JULIETTE BENZONI

Juliette Benzoni est née à Paris. Fervente lectrice d'Alexandre Dumas, elle nourrit dès l'enfance une passion pour l'Histoire. Elle commence en 1964 une carrière de romancière avec la série des *Catherine*, traduite en 22 langues, qui la lance sur la voie d'un succès jamais démenti à ce jour. Depuis, elle a écrit une soixantaine de romans, recueillis notamment dans les séries *La Florentine* (1988-1989), *Les Treize Vents* (1992), *Le boiteux de Varsovie* (1994-1996) et *Secret d'État* (1997-1998). Outre la série des *Catherine* et *La Florentine, Le Gerfaut* et *Marianne* ont fait l'objet d'une adaptation télévisuelle.

Du Moyen Âge aux années trente, les reconstitutions historiques de Juliette Benzoni s'appuient sur une ample documentation. Vue à travers les yeux de ses héroïnes, l'Histoire, ressuscitée par leurs palpitantes aventures, bat au rythme de la passion. Figurant au palmarès des écrivains les plus lus des Français, Juliette Benzoni a su conquérir 50 millions de lecteurs dans 22 pays du monde.

Le boiteux de Varsovie

*

L'ÉTOILE BLEUE

DU MÊME AUTEUR
CHEZ POCKET

Marianne

1. UNE ÉTOILE POUR NAPOLÉON
2. MARIANNE ET L'INCONNU DE TOSCANE
3. JASON DES QUATRE MERS (avril 2001)
4. TOI, MARIANNE (avril 2001)
5. LES LAURIERS DE FLAMME - 1ère PARTIE (juin 2001)
5. LES LAURIERS DE FLAMME - 2ème PARTIE (juin 2001)

Le jeu de l'amour et de la mort

1. UN HOMME POUR LE ROI (avril 2001)
2. LE MESSE ROUGE (septembre 2001)

Secret d'État

1. LA CHAMBRE DE LA REINE
2. LE ROI DES HALLES
3. LE PRISONNIER MASQUÉ

Le boiteux de Varsovie

1. L'ÉTOILE BLEUE
2. LA ROSE D'YORK
3. L'OPALE DE SISSI
4. LE RUBIS DE JEANNE LA FOLLE

Les Treize Vents

1. LE VOYAGEUR
2. LE RÉFUGIÉ
3. L'INTRUS
4. L'EXILÉ

Les loups de Lauzargues

1. JEAN DE LA NUIT
2. HORTENSE AU POINT DU JOUR
3. FÉLICIA AU SOLEIL COUCHANT

(suite en fin de volume)

JULIETTE BENZONI

Le boiteux de Varsovie

*

L'ÉTOILE BLEUE

PLON

Le Code de la propriété intellectuelle n'autorisant, aux termes de l'article L. 122-5, (2° et 3° a), d'une part, que les « copies ou reproductions strictement réservées à l'usage privé du copiste et non destinées à une utilisation collective » et, d'autre part, que les analyses et les courtes citations dans un but d'exemple et d'illustration, « toute représentation ou reproduction intégrale ou partielle faite sans le consentement de l'auteur ou de ses ayants droit ou ayants cause est illicite » (art. L. 122-4).
Cette représentation ou reproduction, par quelque procédé que ce soit, constituerait donc une contrefaçon sanctionnée par les articles L. 335-2 et suivants du Code de la propriété intellectuelle.

© Plon, 1994.

ISBN 2-266-11460-3

Heureux seras-tu toi qui liras l'énigme,
Étoiles au-dessus, étoiles au-dessous ;
Tout ce qui est au-dessus apparaîtra au-dessous
Heureux seras-tu toi qui liras l'énigme.

Hermès Trismégiste

À ceux que j'aime...

Prologue

LE RETOUR

Hiver 1918 – 1919

L'aurore était longue à venir. Elle l'est toujours en décembre mais la nuit semblait prendre un malin plaisir à s'attarder comme si elle ne pouvait se résigner à quitter la scène...

Depuis que le train avait franchi le Brenner où un obélisque flambant neuf marquait la nouvelle frontière de l'ex-empire austro-hongrois, Aldo Morosini n'arrivait pas à garder les yeux fermés plus de quelques minutes, sans jamais trouver le sommeil. Dans le cendrier du compartiment vétuste où il était seul depuis Innsbruck, les mégots s'entassaient. Aldo allumait une nouvelle cigarette à celle qui allait s'éteindre et, pour dissiper la fumée, il dut baisser la vitre à plusieurs reprises. L'air glacé du dehors entrait alors avec les escarbilles crachées par la vieille locomotive, bientôt bonne pour la retraite. Mais les odeurs alpestres pénétraient elles aussi, senteurs de résineux et de neige mélangées à quelque chose de plus doux, d'à peine sensible mais qui appelait déjà les effluves familiers des lagunes.

Le voyageur attendait Venise comme, autrefois, il attendait une femme dans ce qu'il appelait sa « tour de guet ». Avec plus d'impatience, peut-être, car Venise, il le savait, ne le décevrait jamais.

Renonçant à fermer la fenêtre, il se laissa aller contre le velours élimé du compartiment de première classe aux marqueteries écaillées, aux miroirs ternis où, naguère encore, se reflétaient les uniformes blancs des officiers allant rejoindre la flotte autrichienne en rade de Trieste. Reflets évanouis d'un monde qui venait de basculer dans l'horreur et l'anarchie pour les vaincus, dans le soulagement et l'espoir pour les vainqueurs auxquels le prince Morosini se trouvait fort surpris d'appartenir.

La guerre en tant que telle s'était achevée pour lui le 24 octobre 1917. Il fit partie de cette immense cohorte des quelque trois cent mille prisonniers italiens capturés à Caporetto avec trois mille canons. Ce qui lui valut de passer la dernière année dans un château du Tyrol devenu camp de prisonniers où, par faveur spéciale, il bénéficia d'une chambre, pas très grande mais qu'il occupait seul. Et cela pour une raison simple bien qu'assez irrégulière : avant la guerre et au cours d'une chasse en Hongrie, chez les Esterhazy, il s'était trouvé en compagnie du général Hotzendorf, alors tout-puissant.

Le retour

Un type bien, cet Hotzendorf! Capable d'éclairs de génie succédant à de dramatiques périodes de basses eaux. Au physique : un long visage intelligent barré d'une moustache « à l'archiduc » sous une brosse de cheveux blonds, avec des yeux songeurs d'une teinte incertaine. Dieu seul savait ce qu'il avait pu devenir après sa disgrâce survenue en juillet dernier à la suite de ses défaites sur le front italien d'Asiago ! La fin de la guerre le rendait à une sorte d'anonymat et le replaçait, pour Morosini, dans les limites d'une relation d'autrefois...

Le train atteignit Trévise vers six heures du matin sous des rafales de vent aigre. À présent, trente kilomètres séparaient encore le revenant de sa cité bien-aimée. Il alluma sa dernière cigarette d'une main qui tremblait un peu et en rejeta lentement la fumée. Celle-là était encore autrichienne. La prochaine aurait le goût divin de la liberté retrouvée.

Il faisait jour lorsque le convoi s'engagea sur la longue digue qui amarrait le vaisseau vénitien à la terre ferme. Un jour gris sous lequel la lagune luisait comme un étain ancien. La ville, enveloppée d'un brouillard jaune, pointait à peine et, par la vitre ouverte au maximum, entraient l'odeur salée de la mer et le cri des mouettes. Le cœur d'Aldo se mit à battre soudain au rythme si particulier des rendez-vous d'amour. Pourtant aucune épouse, aucune fiancée ne l'attendait au bout du double fil d'acier tendu par-dessus les flots. Sa mère, la seule femme qu'il n'eût jamais cessé d'adorer, venait de mourir, tout juste quelques semaines avant sa libération, ouvrant en lui une blessure rendue plus amère par le sentiment d'absurdité et la déception ; une blessure qui serait difficile à guérir. Isabelle de Montlaure, princesse Morosini, reposait à présent dans l'île San Michele sous le mausolée baroque proche de la chapelle Émilienne. Et tout à l'heure, le palais blanc posé comme une fleur sur le Grand Canal sonnerait creux et serait sans âme...

L'évocation de sa maison aida Morosini à repousser sa douleur : le train entrait en gare et il n'était pas convenable d'aborder Venise avec des larmes dans les yeux. Les freins grincèrent ; il y eut une secousse légère puis la locomotive libéra sa vapeur.

Aldo saisit, dans le filet, son mince bagage, sauta sur le quai et se mit à courir.

Lorsqu'il sortit de la gare, la brume se moirait de reflets mauves. Tout de suite, il vit Zaccaria debout près des marches descendant vers l'eau. Droit comme un I sous son chapeau melon et avec son long pardessus noir, le majordome des Morosini attendait son maître dans l'attitude rigide qui lui était devenue familière au point de lui constituer une seconde nature. Un maintien plutôt difficile à acquérir pour un Vénitien fougueux dont le physique, au temps de sa jeunesse, l'apparentait davantage à un ténor d'opéra qu'au maître d'hôtel d'une maison princière.

Les années jointes à la cuisine généreuse de sa femme Cecina enveloppèrent Zaccaria d'une sorte d'onctuosité, de formes plus imposantes et d'une assurance grâce auxquelles il atteignit presque cette majesté olympienne, un rien dédaigneuse, qu'il enviait depuis toujours à ses confrères britanniques. En même temps, chose curieuse, l'embonpoint révéla chez lui une ressemblance avec l'empereur Napoléon Ier, ce dont il se montra extrêmement fier. En revanche, ses façons solennelles avaient le don d'exaspérer Cecina, bien qu'elle sût que le cœur n'en souffrait pas. Elle répétait volontiers que, s'il la voyait tomber raide morte, le souci de sa dignité l'emporterait sur un chagrin dont elle ne doutait pas d'ailleurs, et que son premier mouvement serait un haussement de sourcil réprobateur devant un tel manque de tenue.

Et pourtant!... En voyant paraître Aldo flottant dans son uniforme usagé avec ce teint cireux des gens qui ont subi privations et manque de soleil, l'impérial Zaccaria laissa tomber d'un coup toute sa superbe. Les larmes aux yeux, il se précipita vers l'arrivant pour le débarrasser de son sac tout en ôtant son chapeau mais avec tant d'ardeur que le melon lui échappa et, tel un ballon noir, roula jusqu'au canal où il se mit à flotter gaiement. Sans que Zaccaria, bouleversé, s'en soucie le moins du monde.

– Mon prince! gémit-il. Dans quel état, mon Dieu!

Aldo se mit à rire :
— Allons, ne dramatise pas ! Tu ferais mieux de m'embrasser !

Ils tombèrent dans les bras l'un de l'autre sous l'œil attendri d'une jeune marchande de fleurs en train d'installer son éventaire et qui, choisissant un superbe œillet grenat, vint l'offrir au voyageur avec une petite révérence :

— C'est la bienvenue de Venise à l'un de ses enfants retrouvés, fit-elle avec un sourire mouillé. Acceptez, *Excellenza !* Cette fleur vous portera bonheur...

La marchande était jolie, fraîche comme son petit jardin ambulant. Morosini accepta le présent et lui rendit son sourire :

— Je garderai cette fleur en souvenir. Comment vous appelez-vous ?

— Desdemona.

C'était en effet la bienvenue de Venise elle-même !

Le nez dans l'œillet, il en respira le parfum poivré avant de le glisser dans l'une des boutonnières de son vieux dolman et de suivre Zaccaria à travers le tohu-bohu dont aucune guerre n'était capable de venir à bout : celui des commissionnaires d'hôtel braillant le nom de leur établissement, des employés de la poste dont le bateau attendait le courrier et des gondoliers en quête de clients matinaux. Enfin des gens du *vaporetto* arrêté à la station de Santa Lucia.

— Les canons viennent seulement de se taire et il y a déjà des touristes ? s'étonna Morosini.

Le majordome haussa les épaules :

— Il y a toujours des touristes. Il faudrait que la mer nous engloutisse pour qu'il ne vienne plus personne... et encore !

Au bas des marches, superbe avec ses lions de bronze aux ailes déployées et ses velours amarante brodés d'or, une longue gondole attendait sous une frange de gamins et de curieux : il était rare d'en voir d'aussi belles devant la gare. Le gondolier, un grand garçon d'un blond presque roux, mince comme un danseur, s'évertuait à repêcher le chapeau de Zaccaria. Il y réussit tout juste comme le prince embarquait, saisit le couvre-chef trempé puis le laissa tomber à ses pieds pour saluer joyeusement :

— Bienvenue à notre prince ! C'est une grande joie et un bien beau jour !

Morosini lui serra la main :

— Merci, Zian ! Tu as raison, c'est un beau jour. Même si le soleil a l'air de bouder.

Celui-ci faisait pourtant un timide essai sur la coupole verte de San Simeone qui brilla un instant comme pour un clin d'œil amical. Installé auprès de Zaccaria, Aldo se laissa baigner par l'air marin tandis que Zian, sautant avec légèreté sur la queue du « scorpion » noir relevé de filets rouges et or, l'envoyait au milieu du canal d'une seule poussée de sa longue rame. Et la grande avenue liquide bordée par les guipures de pierre offrant tous les tons de la chair qui étaient autant de palais se mit à défiler. Mentalement, le revenant se récitait leurs noms comme pour s'assurer que l'absence ne les avait pas effacés : Vendramin-Calergi, Fontana, Pesaro, Sagredo, les deux Corner, Cà d'Oro, Manin où naquit le dernier doge, Dandolo, Loredano, Grimani, Papadopoli, Pisani, Barbarigo, Mocenigo, Rezzonico, Contarini... Ces demeures ouvraient devant le voyageur le Livre d'or de Venise mais, surtout, elles représentaient des parents, des amis, des visages à demi effacés, des souvenirs, et le brouillard irisé du matin leur allait bien, qui pansait avec miséricorde quelques lézardes, quelques blessures... Enfin, à la seconde courbe du Canale apparut une façade Renaissance surmontée de deux minces obélisques de marbre blanc et Morisini cassa le fil de son rêve : il arrivait chez lui...

— Cecina vous attend, souffla Zaccaria. Et elle arbore la grande tenue. J'espère que vous appréciez ?

En effet, au pied du haut portail cintré d'où les longues marches blanches glissaient jusque dans l'eau verte, trois femmes jouaient les garnitures de cheminée, celle du milieu, plutôt ovoïde, s'identifiant au rôle de la pendule et les deux autres à celui de minces chandeliers.

— Hâtons-nous alors ! dit Aldo en considérant avec amusement la belle robe de soie noire aux plis cassants et le bonnet de dentelle qui ornaient sa cuisinière. Cecina ne supporte pas longtemps la toilette d'apparat. Elle prétend que cela nuit à son inspiration et je rêve depuis des mois de mon premier déjeuner !

— Soyez tranquille ! Hier, elle m'a fait courir quatre fois à San Servolo pour s'assurer les plus gros scampis et la *bottega* la plus fraîche. Cependant vous avez raison : mieux vaut ménager son humeur !

C'était la sagesse. Les colères de Cecina étaient aussi célèbres, au palais Morosini, que ses talents culinaires, sa folle générosité et les oripeaux insensés qu'elle aimait endosser pour officier devant ses fourneaux. Née au pied du Vésuve, elle semblait couver autant de laves brûlantes et d'effervescence que son volcan natal, ce qui, à Venise, en faisait une sorte de curiosité. On s'y montrait plus calme, plus froid, plus policé.

Elle constituait le principal souvenir ramené de son voyage de noces par la mère d'Aldo. Celle-ci l'avait trouvée dans une ruelle du vieux Naples, hurlant et sanglotant sur le corps de son frère qui venait d'être victime d'une des bandes mettant trop souvent en coupe réglée les quartiers pauvres de la ville. Ledit frère était d'ailleurs la seule famille de Cecina et elle-même venait d'échapper de justesse à un sort identique. Mais pour combien de temps ? Prise de pitié, la princesse Isabelle décida de la prendre à son service.

Prologue

Venise plut à la petite Napolitaine en dépit d'un climat qu'elle jugea peu réjouissant et d'habitants volontiers distants, mais le masque romain et les beaux yeux noirs du jeune Zaccaria, alors second valet, eurent tôt fait de la conquérir.

Une enthousiaste réciprocité s'étant manifestée, on les maria par un jour d'été caniculaire dans la chapelle de la villa palladienne que les princes Morosini possédaient sur les rives de la Brenta. Une fête suivit, bien entendu, au cours de laquelle le marié força un peu trop sur le valpolicella. De là une nuit de noces mouvementée car, indignée de se retrouver livrée aux instincts lubriques d'un ivrogne, Cecina commença par rosser son époux à l'aide d'un manche à balai avant de lui plonger la tête dans une cuvette d'eau froide. Après quoi elle se rendit aux cuisines afin de lui confectionner le café le plus noir, le plus corsé, le plus onctueux et le plus parfumé qu'il eût jamais bu. Reconnaissant et dégrisé, Zaccaria oublia les coups de balai et eut à cœur de se faire pardonner.

Depuis cette mémorable nuit de 1884, imprécations et malédictions alternèrent dans le ménage Pierlunghi avec les baisers passionnés, les serments d'amour éternel et les petits plats fins que Cecina confectionnait en cachette pour son époux lorsque la cuisinière du palais était couchée car, à l'époque, Cecina occupait un poste de camériste.

Zaccaria adorait ces petits soupers intimes mais il arriva qu'un soir, rentrant de son cercle plus tôt que prévu, le prince Enrico, père d'Aldo, sentit ses narines chatouillées par un fumet indiscret, débarqua dans la cuisine et découvrit le pot aux roses en même temps que le talent culinaire de la femme de chambre. Ravi, il s'installa le plus démocratiquement du monde auprès de Zaccaria, réclama une assiette, un verre et prit sa part du festin. Huit jours plus tard, la cuisinière en titre jetait son tablier amidonné à la tête de l'intruse tandis que celle-ci abandonnait ses insignes de camériste pour prendre possession des casseroles princières et s'en aller régner sur le personnel de cuisine avec la bénédiction pleine et entière des maîtres de maison.

Née d'une très noble et très ancienne famille du Languedoc, les ducs de Montlaure, la princesse Isabelle prit même un certain plaisir à donner quelques recettes d'au-delà les Alpes à son cordon bleu qui les réussit à miracle. Grâce à quoi, toute l'enfance du jeune Aldo s'agrémenta d'une plaisante succession de soufflés aériens, de tartes croustillantes ou moelleuses, de crèmes sublimes et de toutes les merveilles qui peuvent naître dans une cuisine quand la prêtresse du sanctuaire s'attache à gâter son monde. N'ayant pas reçu du Ciel le privilège d'enfanter, Cecina concentra son amour sur un jeune maître qui n'eut pas à s'en plaindre.

Ses parents voyageant beaucoup, Aldo se trouva souvent seul au palais. Aussi passa-t-il des heures béates, assis sur un tabouret, à regarder Cecina se livrer à sa succulente alchimie en houspillant ses marmitons et en chantant à pleine voix airs d'opéras et chansons napolitaines dont elle possédait un vaste répertoire. Il fallait la voir, coiffée de rubans multicolores à la mode de son pays et drapée, sous la blancheur du tablier de percale, dans des oripeaux éclatants mais vagues, élargis à mesure que leur propriétaire approchait la forme parfaite de l'œuf.

Malgré tant d'attraits, Aldo ne passait pas sa vie dans les cuisines. On lui avait donné un précepteur français, Guy Buteau, jeune Bourguignon à l'esprit orné qui s'efforça de transférer son savoir dans la cervelle de son élève, mais dans un ordre dispersé. Il lui apprit pêle-mêle les Grecs et les Romains, Dante et Molière, Byron et les pharaons bâtisseurs, Shakespeare et Goethe, Mozart et Beethoven, Musset, Stendhal, Chopin, Bach et les romantiques allemands, les rois de France, les doges de Venise et la civilisation étrusque, la sublime sobriété de l'art roman et les folies de la Renaissance, Érasme et Descartes, Spinoza et Racine, les splendeurs du Grand Siècle français et la grandeur des ducs de Bourgogne de la seconde race, enfin tout ce qui s'entassait dans sa propre tête, dans l'espoir d'en faire un véritable érudit. Il lui enseigna aussi quelques intéressantes notions de mathématiques ainsi que de sciences physiques et naturelles mais, surtout, il l'initia à l'histoire des pierres précieuses pour lesquelles il éprouvait une passion aussi forte que celle qu'il portait à la production viticole de son pays natal. Par ses soins, à dix-huit ans, le jeune Morosini parlait cinq langues, savait distinguer une améthyste d'une tourmaline, un béryl d'un corindon, une pyrite de cuivre d'une pépite d'or et, sur un autre plan, un meursault d'un chassagne-montrachet sans oublier, mais avec un rien de condescendance, un orvieto d'un lacryma-christi.

Naturellement, l'antre de Cecina intéressa le précepteur. Il y soutint avec la cuisinière d'étonnantes joutes oratoires coupées de dégustations discrètes mais sans jamais manquer aux règles de la bienséance. Résultat : arrivé à Venise maigre comme un héros de M. Octave Feuillet, Guy Buteau avait acquis des rondeurs quasi ecclésiastiques lorsque le prince Enrico lui apprit qu'il songeait à confier son fils à une maison d'éducation suisse. Le pauvre garçon en éprouva une vive émotion mais s'en remit vite en comprenant qu'il n'était pas question de se séparer d'un homme de sa qualité. De précepteur, il devint bibliothécaire. Autrement dit, il entra en paradis, n'abandonnant son grand ouvrage sur la société vénitienne au XVe siècle que pour apprécier les succulences jaillissant des mains de Cecina comme d'une inépuisable corne d'abondance...

Après la mort de son père à la suite d'une chute de cheval en forêt de Rambouillet, alors qu'il courait le cerf avec l'intrépide duchesse d'Uzès, Aldo ne changea rien à l'ordre établi. Tout le monde aimait M. Buteau *in casa Morosini* et personne n'imaginait qu'il pût s'éloigner un jour. Il fallut la guerre pour priver l'aimable garçon de sa douce sinécure. Malheureusement, on ignorait ce qu'il était devenu. Porté disparu au Chemin des Dames, on en déduisit qu'il y avait trouvé une mort obscure et d'autant plus glorieuse. Du coup, oubliant leurs interminables discussions, Cecina le pleura comme un frère et inventa un gâteau au cassis auquel elle donna son nom...

Lorsque la gondole accosta au bas des degrés où elle attendait, Cecina ouvrit de grands yeux vite débordants de larmes puis, poussant une espèce de barrissement qui attira du monde aux fenêtres et fit plonger d'émoi une mouette occupée à pêcher, elle se jeta au cou de son « petit prince », comme elle l'appelait encore en dépit de sa haute taille.

– *Madona Santissima*!... Dans quel état ils me l'ont mis, ces sans-Dieu!... Ce n'est pas possible qu'on me l'ait arrangé comme ça!... Mon petit!... Mon Aldino!... S'il y avait une justice en ce vilain monde...

– Mais il y a une justice, Cecina, puisque l'Allemagne et l'Autriche sont vaincues.

– Ça ne suffit pas!

Embrassé, cajolé, trempé de larmes, emporté sur la houle d'une vaste poitrine sans que cessât un instant le *vocero* vengeur de sa « nourrice », Morosini se retrouva assis dans la cuisine, sur son tabouret d'autrefois, sans avoir compris comment il avait pu traverser sans en rien voir le grand vestibule, le *cortile* et les offices de son palais. Une tasse de café fumait déjà devant lui tandis que la grosse femme beurrait des petits pains qu'elle venait de tirer du four.

— Bois, mange! ordonna-t-elle. On causera après.

Aldo huma, les yeux mi-clos, le sublime breuvage, se força à grignoter une tartine seulement pour lui faire plaisir car l'émotion lui coupait l'appétit, et dégusta trois tasses parfumées puis, repoussant la vaisselle, s'accouda sur la table :

— Parle-moi de ma mère, à présent, Cecina! Je veux savoir comment c'est arrivé.

La Napolitaine se figea devant l'un des buffets où elle rangeait divers objets. Son dos se raidit comme si un projectile l'avait frappée. Puis elle poussa un long soupir :

— Qu'est-ce que je peux te dire? fit-elle sans se retourner.

— Tout, puisque je ne sais rien. Ta lettre n'était pas très explicite.

— La plume n'a jamais été mon fort. Mais je ne voulais pas que tu apprennes ce malheur par quelqu'un d'autre. Il me semblait qu'en passant par moi ça te ferait moins mal. Et puis Zaccaria était trop bouleversé pour aligner trois mots. Il est tellement sensible sous ses grands airs!

Aldo se leva, la rejoignit et entoura ses épaules d'un bras affectueux, ému de la sentir trembler sous la vague de chagrin qui remontait.

Prologue

— Tu as eu raison, Cecina mia. Personne ne me connaît mieux que toi mais, à présent, viens t'asseoir et raconte. Même maintenant, je n'arrive pas encore à y croire...

Il lui avançait un siège et elle s'y laissa tomber en tirant un mouchoir pour s'essuyer les yeux. Ensuite, elle se moucha et finalement soupira :

— Il n'y a pas grand-chose à dire. Tout a été si vite !... Ce soir-là, ta cousine Adriana est venue prendre le thé et, tout à coup, madame la princesse ne s'est pas sentie bien. Elle ne souffrait pas mais elle était très fatiguée. Alors Mme Adriana a insisté pour qu'elle aille se coucher. Elle l'a accompagnée dans sa chambre. Quand elle est redescendue au bout d'un moment, elle a dit que Son Altesse ne dînerait pas mais que je devrais bien lui préparer un peu de tilleul.

Je suis montée dès que la tisane a été prête mais ta pauvre mère n'en a pas voulu. Elle s'est même un peu « montée » en disant que Mme Adriana était une entêtée qui tenait à lui faire avaler quelque chose quand elle n'en avait pas envie. J'ai expliqué alors que mon tilleul sucré au miel lui détendrait les nerfs et que, de toute façon, je ne lui trouvais pas bonne mine, mais j'ai bien vu que je l'agaçais : elle voulait qu'on la laisse dormir. Alors j'ai posé ma tisanière sur la table de chevet, je suis redescendue en lui souhaitant une bonne nuit et j'ai recommandé à Livia de ne pas la déranger. Mais, le lendemain matin, quand Livia est montée avec le plateau du petit déjeuner, je l'ai entendue crier et pleurer. On est montés, Zaccaria et moi... et on a compris que Mme Isabelle n'était plus avec nous et que... oh, mon Dieu !

Aldo la laissa sangloter sur son épaule pendant un moment, luttant contre sa propre douleur, puis demanda :

— Qui est Livia ?

— La plus grande des deux petites que tu as vues en arrivant. Elle et Prisca remplacent, avec nous deux, le personnel d'autrefois : les hommes sont partis à la guerre et chez les femmes, plusieurs, trop âgées ou trop inquiètes, ont voulu rejoindre leur famille. Et puis, on n'avait plus les moyens de garder tout ce monde. Venturina la camériste de ta mère, est morte de la grippe et c'est Livia qui la remplaçait. Une bonne petite, d'ailleurs, faisant bien son ouvrage, et madame la princesse en était contente.

— Qu'a dit le médecin ? Je sais bien que ma mère ne l'appelait jamais. Cependant, vu les circonstances vous avez bien dû appeler le docteur Graziani ?

— Il est paralysé depuis deux ans et ne quitte plus son fauteuil. Celui qui est venu a parlé de crise cardiaque...

— Ça n'a pas de sens ? Mère n'a jamais souffert du cœur et, depuis la mort de mon père, elle menait une vie plutôt austère...

— Je le comprends bien mais, comme a dit le docteur, il suffit d'une fois...

Prologue

Zaccaria, qui n'avait pas voulu obliger sa femme à partager ce premier moment avec celui qu'elle considérait comme son fils, fit son entrée à cet instant. Les yeux rouges de Cecina, le visage douloureux d'Aldo lui apprirent de quoi il était question. Tout de suite, son émotion rejoignit la leur :

– Un bien grand chagrin pour nous, don Aldo ! L'âme de ce palais est partie avec notre bien-aimée princesse...

Les larmes n'étaient pas loin mais il se reprit pour annoncer que maître Massaria, le notaire, venait de téléphoner pour demander si le prince Morosini voulait bien le recevoir en fin de matinée si, toutefois, il ne se sentait pas trop fatigué par le voyage.

Un peu surpris et inquiet d'une telle hâte, Aldo accepta cette première visite : onze heures et demie serait très bien. Cela lui laissait le temps de faire une vraie toilette.

– Le bain est prêt, annonça Zaccaria qui retrouvait son ton solennel. Je vais assister Votre Excellence !

– Pas question ! Là d'où je viens j'ai appris à me débrouiller tout seul. Essaie seulement de trouver dans ma garde-robe quelque chose qui m'aille à peu près !

Choqué, le maître d'hôtel quitta la cuisine. Morosini revint à Cecina pour lui poser une dernière question : savait-elle si la comtesse Vendramin était revenue à Venise ?

La figure de Cecina se ferma comme si on venait de lui appliquer des volets. Elle carra les épaules, se rengorgea à la manière d'une poule offensée et déclara qu'elle n'en savait rien mais qu'il n'y avait guère de chances, Dieu merci !

Morosini se contenta de sourire : il s'attendait à une réponse de ce genre. De façon assez inexplicable, Cecina, qui avait plutôt tendance à encourager ses aventures féminines, détestait Dianora Vendramin. Sans la connaître, bien entendu, mais en s'appuyant sur les ragots du marché et parce qu'elle était étrangère. En dépit de la vocation cosmopolite de Venise, son petit peuple nourrissait pour « les gens du Nord » une antipathie qu'expliquait en partie la longue occupation autrichienne, et Dianora était danoise.

Fille d'un baron ruiné, la jeune fille n'avait que dix-huit ans quand elle inspira une folle passion à l'un des plus nobles patriciens de la lagune qui l'épousa, bien qu'il fût âgé d'une bonne quarantaine d'années de plus qu'elle. Deux ans plus tard, elle était veuve : son époux s'était fait tuer en duel par un hospodar roumain conquis par le charme nordique et les prunelles d'aigue-marine de la jeune femme.

Aldo Morosini la rencontra quelques mois avant la déclaration de guerre, dans la nuit de Noël 1913, au réveillon de lady de Grey, une *professional beauty* qui recevait, dans son palais du Lido, une société cosmopolite, un peu « mêlée » mais élégante et fortunée. La comtesse Vendramin effectuait, ce soir-là, sa rentrée dans un monde dont elle s'était exclue durant les trois années qui avaient suivi la mort de son époux. Cette attitude discrète lui avait évité nombre d'avanies : on disait que le Roumain avait été son amant et qu'elle avait trouvé ce moyen de se débarrasser d'un mari encombrant mais riche.

L'apparition tardive de la jeune femme, juste au moment où l'on allait passer à table, arrêta net les conversations tant elle était saisissante : enroulée par le jeune couturier Poiret dans une panne de soie d'un gris pâle à peine bleuté, toute givrée de menues perles de cristal, et dont la ligne fluide, haut ceinturée sous les seins, caressait un corps élancé qui n'avait jamais connu le corset, la jeune femme ressemblait à une fleur saisie par les frimas. La robe se resserrait autour de chevilles dignes d'une danseuse et de jambes fuselées que le drapé révélait en s'ouvrant avant de s'achever en une courte traîne. Les manches, longues et étroites, s'avançaient sur le dos de la main chargée de diamants, mais le profond décolleté en pointe que la ceinture seule arrêtait révélait des épaules exquises et la naissance de seins ravissants. Un diadème de deux cents carats, assorti au carcan qui entourait le long cou gracieux dont il soulignait la fragilité, couronnait la masse soyeuse des cheveux de lin coiffés à la grecque. En vérité, c'était une reine qui venait de faire son entrée et chacun – chacune surtout ! – en eut pleine conscience, mais personne autant que le prince Morosini qui se retrouva l'esclave de ce regard transparent. Dianora Vendramin était si belle qu'elle éclipsait même l'éblouissante princesse Ruspoli, qui portait ce soir-là des perles fabuleuses ayant appartenu à Marie Mancini.

Bouleversé de bonheur en découvrant que la sylphide des neiges était sa voisine de table, Aldo ne prêta qu'une attention distraite à la conversation générale. Il se contentait de la regarder, ébloui, incapable, une heure plus tard, de se souvenir même des paroles échangées avec la belle. Il n'écoutait pas les mots mais seulement la musique de cette voix basse, un peu voilée, qui passait sur ses nerfs comme l'archet sur les cordes d'un violon.

À minuit, quand les valets en perruques poudrées ouvrirent les fenêtres pour que l'on pût entendre les cloches de la Nativité et les cantiques des enfants massés dans des gondoles, il avait baisé sa main en lui souhaitant un Noël aussi lumineux que celui qu'il vivait grâce à elle. Alors elle avait souri...

Plus tard, ils dansèrent puis elle lui permit de la raccompagner et il osa alors, d'une voix hésitante qu'il ne se connaissait pas, lui parler d'amour, essayer de traduire la passion qu'elle venait d'allumer en lui. Elle l'écouta sans rien dire, les yeux clos, tellement immobile dans la moelleuse douceur de sa cape de chinchilla qu'il la crut endormie. Navré, il se tut. Alors elle entrouvrit ses longues paupières sur le lac clair de son regard pour chuchoter, tout en appuyant sa tête scintillante sur son épaule :

– Continuez ! J'aime vous entendre...

L'instant suivant, il prenait sa bouche et, plus tard encore, dans l'antique et ravissante demeure que la jeune femme possédait au Campo San Polo, il faisait glisser la robe couleur de lune et enfouissait son visage dans la masse libérée d'une chevelure de soie pâle sans parvenir à croire au fabuleux cadeau de Noël que lui faisait le destin : posséder Dianora la nuit même de leur première rencontre.

Quelques mois suivirent : un éclair de folle passion vécu dans les senteurs d'oranger d'une villa de Sorrente dont les jardins descendaient jusqu'à la mer où tous deux aimaient se baigner nus sous les étoiles, puis dans un petit palais enfoui sous les lauriers-roses au bord du lac de Côme. Le couple avait fui Venise et ses milliers de regards si méprisants. En outre, Aldo ne voulait pas offenser sa mère dont il savait qu'elle craignait cette liaison avec une femme jugée dangereuse.

Pourtant, dans la griserie des premiers jours, il offrit à Dianora de devenir princesse Morosini mais la jeune femme refusa, alléguant, non sans raison, que l'époque n'était pas favorable au mariage. Depuis quelques mois, des bruits sinistres couraient d'un bout à l'autre de l'Europe comme des nuages annonciateurs d'orage. Ils semblaient même être en train de se fixer.

— Il se peut que vous deviez vous battre, cher, lui dit-elle, et je n'ai pas de goût pour l'angoisse. Moins encore pour ce rôle de veuve que j'assume déjà et que vous me faites oublier...

— Vous pourriez l'effacer tout à fait et, si vous m'aimez autant que je le crois, l'angoisse sera la même mariée ou non.

— Peut-être mais du moins ne dira-t-on pas que je vous ai porté malheur. Et puis, devenue votre femme je me sentirais obligée de souffrir et je ne veux connaître avec vous que le bonheur.

Le 28 juin 1914, tandis que l'archiduc François-Ferdinand, héritier d'Autriche-Hongrie, tombait à Sarajevo avec son épouse sous les balles de Gavrilo Prinzip, Dianora et Aldo faisaient une promenade en barque sur le lac. Lectrice passionnée de Stendhal, celle-ci aimait s'identifier à la duchesse Sanseverina dont elle admirait l'ardeur à vivre, la liberté et la passion. Ce qui agaçait un peu son amant :

— Vous n'avez pas l'âge du rôle, ironisait-il, ni moi celui du jeune Fabrice... qui d'ailleurs ne fut jamais son amant! À son grand regret! Et moi je suis le tien, ma belle, un amant très amoureux. C'est pourquoi je regrette Sorrente où nous ne courions pas après des amours trop romantiques pour ne pas finir mal...

— Tout a une fin...

— Je ne veux pas de ce mot-là pour notre amour... et je regrette que vous ayez voulu quitter

Sorrente pour ce lac sublime mais un peu mélancolique... Je vous préférais au soleil et vêtue de vos cheveux !

– Quel barbare ! Moi qui croyais vous plaire...

Tant que dura la lente promenade, elle ne lui permit pas de l'approcher. Il n'insista pas : elle avait parfois de ces caprices qui attisaient le désir et Aldo s'y pliait volontiers, sachant que la récompense serait à la mesure de la tentation stoïquement endurée.

Il en fut ainsi cette nuit-là. Dianora se donna plus ardemment que jamais, n'accordant à leurs caresses ni trêve ni repos comme si elle ne pouvait se rassasier d'amour. Devinant peut-être que les heures enchantées leur étaient désormais comptées, la jeune femme souhaitait seulement laisser à son amant un ineffaçable souvenir, mais Aldo ne le savait pas ou ne voulait pas le savoir.

Au matin, en effet, un domestique leur apprit le drame de Sarajevo et Dianora commanda ses bagages.

– Je dois rentrer au Danemark sans plus tarder, expliqua-t-elle à Morosini stupéfait d'une décision si hâtive. Le roi Christian saura, je l'espère, préserver notre neutralité et, de toute façon, j'y serai plus en sûreté qu'en Italie où l'on a toujours vu en moi une étrangère en attendant de me prendre pour une espionne.

– Ne dites pas de folies ! Devenez ma femme et vous serez à l'abri de tout.

— Même quand vous serez au loin ?... C'est la guerre, Aldo, ne vous y trompez pas ! Je préfère la vivre auprès des miens et vous dire adieu tout de suite. Souvenez-vous que je vous ai beaucoup aimé !

— Ne m'aimez-vous donc plus ? fit-il choqué.

— Si, mais, en vérité, cela ne doit plus avoir d'importance.

Refusant le baiser qu'il voulait lui prendre, elle le repoussa doucement, se contentant d'offrir à ses lèvres une main qu'il voulait garder mais qu'elle retira :

— C'est mieux ainsi ! fit-elle avec un sourire un peu contraint qu'il n'aima pas. Le cercle se referme sur ce geste puisque c'est ainsi que tout a commencé chez lady de Grey. Nous ne nous sommes jamais quittés depuis et il me plaît que notre séparation ait la même élégance...

Elle referma sous le suède clair de son gant la trace des lèvres d'Aldo puis, avec un dernier geste d'adieu, monta dans la voiture qu'elle avait demandée pour la conduire à Milan en refusant qu'il l'y accompagne. Et pas une fois elle ne se retourna. Un peu de poussière sous la caisse bleue d'une automobile fut le dernier souvenir que Morosini garda de sa maîtresse. Elle était sortie de sa vie comme on sort d'une maison : en refermant la porte derrière elle sans accepter de donner une adresse, moins encore un rendez-vous.

— Il faut laisser faire le hasard, avait-elle dit. Il arrive quelquefois que le temps revienne...

— C'était la devise de Laurent le Magnifique, répliqua-t-il. Seule une Italienne peut y croire. Pas vous !

Même si Dianora jugeait leur séparation élégante, cette façon de se détacher de lui blessa profondément Aldo, dans son amour comme dans son orgueil masculin. Avant Dianora, il avait connu nombre d'aventures qui, pour lui, ne tiraient jamais à conséquence. Elles s'achevaient toujours de sa propre initiative mais sans brusquerie et en général de façon plutôt consolante pour l'intéressée car il avait une sorte de talent pour transformer ses amours en amitiés.

Rien de semblable cette fois. Il se retrouvait esclave d'un souvenir tellement enivrant qu'il lui collait à la peau et ne lâcha pas prise durant ces quatre années de guerre. Lorsqu'il pensait à Dianora, il éprouvait à la fois du désir et de la fureur, avec une soif de vengeance attisée par le fait que le prudent Danemark, bien que neutre, apportait une aide à l'Allemagne. Il brûlait de la rejoindre tout en étant certain que c'était impossible. Il y avait eu trop de morts, trop de ruines ! Un terrible mur de haine s'élevait désormais entre eux...

L'évocation de son amour ne prit que peu d'instants à Morosini : le temps de quitter les cuisines sous l'œil inquiet de Cecina et de revenir dans le vestibule. Là, il fut repris par la beauté un rien solennelle mais paisible et rassurante de sa maison. L'image de Dianora s'estompa : elle n'avait jamais franchi le seuil du palais.

Le retour

Du regard et de la main, il caressa les fanaux en bronze doré, vestiges de la galère commandée par un Morosini à la bataille de Lépante. Autrefois, les soirs de fête, on les allumait et ils faisaient chatoyer les marbres multicolores du dallage, les ors des longues poutres enluminées d'un plafond que l'on ne pouvait contempler sans rejeter la tête en arrière. Lentement, il monta le large escalier dont tant de mains avaient poli la rampe à balustres pour atteindre à l'étage le *portego*, la longue galerie-musée dont s'enorgueillissaient nombre de palais vénitiens.

La vocation de celui-ci était maritime. Le long des murs couverts de portraits de facture souvent illustre, des bancs de bois armoriés alternaient avec des consoles de porphyre où se gonflaient, dans leurs cages de verre, les voiles des caravelles, caraques, galères et vaisseaux de la Sérénissime République. Les toiles représentaient des hommes toujours vêtus avec une grande magnificence qui formaient le cortège du portrait le plus imposant, celui d'un doge en cuirasse et manteau de pourpre, le *corno* d'or en tête, l'orgueil au fond des yeux : Francesco Morosini, le « Péloponnésien » quatre fois général de la Mer contre les Turcs, mort en 1694 à Nauplie alors qu'il exerçait le commandement suprême de la flotte vénitienne.

Bien que deux autres doges eussent illustré la famille – l'un, Marino, de 1249 à 1253 et l'autre, Michele, emporté par la peste en 1382 après seulement quatre mois de règne! –, c'était le plus grand des Morosini, un homme exceptionnel en qui la puissance s'alliait à la sagesse et qui avait écrit l'une des pages les plus glorieuses de l'histoire de Venise, une page qui fut la dernière... À l'autre bout du *portego*, face au portrait du doge se dressait le *fano*, la triple lanterne marquant le titre de général sur le vaisseau de Francesco à la bataille de Nègrepont.

Un moment, Aldo s'attarda devant l'effigie du grand ancêtre. Il avait toujours aimé ce visage pâle et fin encadré de cheveux blancs dont la moustache et la « royale » encadraient la bouche sensible, ainsi que ces profonds yeux noirs, fiers et dominateurs sous le sourcil que fronçait l'impatience. Le peintre avait dû éprouver quelque peine à obtenir une longue immobilité...

Le revenant pensa qu'en face de tant de splendeur il devait faire triste mine dans son vieil uniforme râpé. Le regard grave semblait fouiller le sien pour lui demander compte de ses exploits guerriers, plutôt minces à vrai dire. Alors, poussé par une force venue de loin et comme il l'eût fait devant le Doge vivant, il plia un instant le genou en murmurant :

– Je n'ai pas démérité, Sérénissime Seigneur ! Je suis toujours l'un des vôtres...

Ensuite, il se releva et grimpa en courant jusqu'au second étage, évitant au passage la chambre de sa mère. Le notaire serait bientôt là et ce n'était pas le moment de se laisser envahir par le chagrin...

S'il éprouva du plaisir à retrouver son cadre d'autrefois, il ne s'y attarda guère, pressé par la hâte de se débarrasser de sa défroque de prisonnier. Pourtant, il prit le temps de mettre l'œillet de la petite bouquetière dans un mince vase irisé et de le poser sur sa table de chevet. Puis, se déshabillant à la volée, il courut se plonger avec béatitude dans la baignoire emplie d'une eau parfumée à la lavande et divinement chaude.

Autrefois, il aimait traîner dans son bain en fumant, en lisant son courrier. C'était un lieu magique et propice à la réflexion, mais cette fois, il se contenta de s'y étriller ferme après s'être enduit de savon jusqu'à la pointe des cheveux. Quand il eut fini, l'eau était grise et peu convenable pour y rêver. Il en sortit au plus vite, ôta la bonde de vidange, se sécha, s'inonda de lavande anglaise puis, enveloppé d'une sortie de bain en tissu éponge qui lui parut le summum du confort, il se rasa, alluma une cigarette et regagna sa chambre.

Dans la penderie voisine, Zaccaria s'agitait, sortant de leurs housses de toile des costumes de teintes et de coupes variées qu'il examinait d'un œil critique.

— Tu m'apportes de quoi m'habiller ou tu as fait du feu avec mes vêtements ? cria Morosini.

— J'aurais bien dû! Rien ne doit plus être à vos mesures. Vous allez avoir l'air d'un clou. Sauf peut-être dans vos tenues de soirée car, grâce à Dieu, les épaules sont toujours là!

Aldo le rejoignit et se mit à rire :

— Je me vois mal recevoir le vieux Massaria en habit et cravate blanche! Tiens, donne-moi ça!

« Ça », c'était un pantalon de flanelle grise et un blazer bleu marine qu'il portait à Oxford l'année où il y était resté pour perfectionner son anglais. Il choisit ensuite une chemise de tussor blanc et noua, sous le col, une cravate aux couleurs de son ancien collège. Cela fait, il se contempla avec une satisfaction mitigée :

— Je ne suis pas si mal après tout!...

— Vous n'êtes pas difficile! Ces chemises molles n'ont aucune élégance. Elles sont bonnes pour les étudiants et les ouvriers! Je vous l'ai dit cent fois. Rien ne vaut...!

— Puisque tu n'aimes pas ma chemise, va donc voir si le notaire arrive! Son faux col te consolera. Tu les mettras tous les deux dans la bibliothèque.

Prenant une paire de brosses en écaille, Aldo entreprit de discipliner ses épais cheveux noirs où se mêlaient déjà, vers les tempes, quelques fils d'argent pas vraiment déplaisants auprès de sa peau mate plaquée sur une ossature arrogante qui eût convenu à un condottiere. Cependant, il s'examinait sans indulgence : où étaient ses muscles de jadis? Quant à son visage creusé par les privations — on ne mangeait guère, en Autriche, ces temps derniers! — il lui donnait plus que ses trente-cinq ans. Seuls ses yeux, d'un bleu d'acier tirant parfois sur le vert dans la colère, toujours insouciants et facilement moqueurs, gardaient leur jeunesse comme ses dents blanches que découvrait à l'occasion un sourire indolent. Qui, pour le moment, ressemblait assez à une grimace :

— Ridicule ! soupira-t-il. Va falloir remeubler tout ça, faire du sport ! Heureusement, la mer n'est pas loin : on ira nager !

S'étant ainsi réconforté, il descendit à la bibliothèque. C'était sa pièce préférée. Il y avait passé de si bons moments avec le cher M. Buteau qui savait évoquer avec le même lyrisme la mort tragique de Marino Faliero, le doge maudit, retracée par le peintre Eugène Delacroix, la longue lutte contre les Turcs, les sonnets de Pétrarque... ou le fumet d'un lièvre à la royale. Devenu homme, Aldo aimait s'y attarder avec le dernier cigare de la soirée en écoutant la fontaine du *cortile* égrener ses notes fraîches. L'odeur suave des merveilleux havanes flottait peut-être encore entre les murs habillés de chêne et d'anciennes reliures.

Comme le *portego*, la chambre des livres proclamait la vocation maritime des Morosini. Un grand chartier y renfermait un véritable trésor de cartes anciennes. Il y avait là, outre l'atlas catalan du juif Cresque, des portulans incomplets, sans doute, mais d'autant plus émouvants, tracés par ordre du prince Henri le Navigateur dans cette étonnante Villa do Infante, à Sagres, près du cap Saint-

Vincent, qui était à la fois palais, couvent, arsenal, bibliothèque et même université. On gardait aussi la fameuse carte du Vénitien Andrea Bianco où paraissaient déjà une partie des Caraïbes et un fragment de la Floride, tracés avant même que Christophe Colomb ait largué les voiles de ses caravelles. Sans compter quelques-uns de ces portulans génois, byzantins, majorquins ou vénitiens que leurs possesseurs, en cas de prise, préféraient jeter à la mer afin qu'ils ne tombent pas aux mains de l'ennemi.

Des armoires peintes, aux portes pleines, protégeaient des livres de bord, des traités de navigation anciens. Il y avait aussi des astrolabes dans une vitrine, des sphères armillaires et l'un des premiers compas. Une superbe mappemonde sur piétement de bronze placée devant la fenêtre centrale recevait la lumière du soleil et, sur le dessus des bibliothèques, d'autres sphères reposaient, magnifiques et inutiles. Et puis des longues-vues, des sextants, des boussoles et un étonnant poisson de fer aimanté dont on disait qu'il servait aux Vikings pour traverser ce qu'ils ignoraient être l'océan Atlantique. Le monde, son histoire et les plus fascinantes aventures humaines reposaient là entre les rayonnages chargés de reliures précieuses dont les cuirs nuancés et les « fers » dorés luisaient. Ici, le parfum du passé rejoignait celui des cigares fumés...

De l'index, Morosini souleva le couvercle du grand coffret d'acajou qui conservait jadis les longs havanes bagués à ses armes que l'on faisait venir de Cuba. Il était vide, mais quelques bribes demeuraient qu'il recueillit pour les porter à ses narines. Il fallait espérer qu'au moins ce plaisir-là lui serait rendu...

Un toussotement le ramena sur terre. Une voix timide murmurait :

— Hum!... J'espère ne pas être importun et...

Tout de suite, il alla vers l'arrivant, les deux mains tendues :

— C'est une joie de vous revoir, mon cher maître! Comment vous portez-vous?

— Bien, bien... merci, mais c'est à vous, prince, qu'il faut demander cela...

— Ne me dites surtout pas que j'ai mauvaise mine : Cecina s'en est chargée en se jurant d'y mettre bon ordre. Venez vous asseoir! ajouta-t-il en désignant un fauteuil tendu de vieux cuir avoisinant un tabouret en X qu'il se réservait. Vous n'avez pas changé! conclut-il en considérant l'aimable visage au nez rond coiffé d'un lorgnon qui s'érigeait sur un impeccable faux col glacé dont la vue avait dû réjouir l'âme de Zaccaria. Morosini aimait bien maître Massaria. Ses moustaches et sa barbiche poivre et sel appartenaient peut-être à un siècle révolu comme son cœur candide et sa conscience scrupuleuse, mais c'était aussi un homme fort entendu dans sa charge, un conseiller financier avisé, assez redoutable même, et un vieil ami de la famille. Son attachement fidèle et silencieux à la mère d'Aldo n'était un secret pour personne; pourtant, nul ne se fût avisé d'en sourire parce que c'était plutôt touchant.

Sous le prétexte d'un farouche amour de sa liberté, Pietro Massaria ne s'était jamais marié, ce qui lui avait permis d'éviter les unions successives que son père tentait jadis de lui imposer, mais en fait il n'avait jamais aimé qu'une seule femme au monde : la princesse Isabelle. Ne pouvant espérer – et pour cause! – en faire son épouse, encore moins sa maîtresse, le notaire avait choisi d'être son très fidèle et très discret serviteur, gardant pour seul trésor, dans le secret d'un coffre toujours fermé à triple tour, un petit portrait peint par lui-même à partir d'une photographie et près duquel, chaque matin, il plaçait une fleur fraîche.

La mort brutale de celle qu'il chérissait l'avait écrasé. Aldo s'en aperçut en l'examinant plus attentivement. En dépit de ce qu'il avait dit tout à l'heure, le petit notaire portait plus que ses soixante-deux ans. Son corps replet se tassait et, derrière les verres du lorgnon, les paupières rougies dénonçaient des larmes trop fréquentes.

– Eh bien? Quel bon vent vous amène? fit Aldo. Je suppose que vous avez quelque chose à me dire...

– ... pour vous tomber dessus dès le matin de votre retour? Je vous ai vu arriver et je tenais beaucoup à être le premier de vos amis à vous souhaiter la bienvenue. Et puis, j'ai pensé que plus tôt vous seriez mis au courant de vos affaires mieux ce serait. Je crains que le vent auquel vous faites allusion ne soit pas des meilleurs, mais vous avez toujours été un jeune homme énergique, et je suppose que la guerre vous a habitué à regarder la vérité en face ?

— Elle n'y a pas manqué! fit Morosini d'un ton allègre qui cachait assez bien l'inquiétude semée par un préambule si peu rassurant. Mais buvons d'abord quelque chose! Ce sera la meilleure manière de renouer nos bonnes relations...

Il alla ouvrir un cabaret ancien posé sur une console, y prit deux bulles de verre gravé d'or et un flacon assorti empli aux trois quarts d'un liquide ambré.

— Le tokay de mon père! annonça-t-il. Vous l'aimiez, je crois ? Et on dirait que Zaccaria a traité ce flacon comme la Sainte Ampoule : il n'y manque pas une goutte!

Il servit son hôte puis, son verre entre les doigts, s'installa sur son tabouret mais laissa son vieil ami déguster avec onction le vin hongrois qui lui rappelait beaucoup de bons moments, but une gorgée qu'il roula un instant sur sa langue avant de l'avaler et déclara :

— Eh bien, me voilà prêt à vous entendre! Cependant... je voudrais que nous évitions autant que possible de parler de mère. Je... je ne puis encore le supporter.

— Moi non plus... J'ai beaucoup de peine.

Pour se remettre, Massaria avala un bon tiers de son verre puis, tirant son mouchoir, il essuya son lorgnon, le remit sur son nez et enfin, avec un tremblement des lèvres qui pouvait passer à la rigueur pour un sourire, il glissa vers son hôte un regard contrit :

– Pardonnez-moi ! À mon âge, les émotions sont facilement ridicules.

– Je ne trouve pas, mais parlons affaires ! Où en suis-je ?

– Pas au mieux, je le crains ! Au moment de la mort de votre père, vous le saviez déjà, les finances...

– ... avaient subi des dégâts, fit Morosini avec un rien d'impatience. Je n'ignore pas non plus qu'au début de la guerre, nous n'avions plus la fortune d'autrefois et j'en suis en partie responsable. Aussi, mon cher maître, épargnez-nous les approches lénifiantes et dites-moi ce qui me reste.

– Ce sera vite fait. Un peu d'argent venant de... votre mère, la villa de Stra, mais elle est hypothéquée jusqu'au paratonnerre, et ce palais qui, lui, est net !

– C'est tout ?

– À mon grand regret... mais si j'ai tenu à vous voir si vite c'est parce que j'ai peut-être un remède...

Aldo n'écoutait pas. Songeur, il était allé reprendre le flacon de tokay et se dirigeait avec lui vers la cheminée après l'avoir offert au notaire qui refusa de la main. Il s'efforçait de faire contre mauvaise fortune bon visage mais, en réalité, il se sentait accablé : son palais, l'un des plus grands de Venise, nécessitait des sommes considérables pour son entretien car, outre l'érosion dont souffrait la cité des eaux, il avait besoin d'un personnel nombreux et, quand la villa de l'arrière-pays – construite par Palladio – serait vendue, il ne resterait sans doute pas grand-chose pour entretenir la maison principale une fois les hypothèques payées. Conclusion : il fallait trouver – et vite ! – une occupation lucrative.

Mais quoi ? À part monter à cheval, chasser, danser, jouer au golf, au tennis et au polo, barrer un voilier, conduire une voiture, baiser avec élégance le métacarpe des patriciennes et faire l'amour, Aldo était bien obligé de s'avouer qu'il ne savait rien faire. Mince bagage pour entamer une carrière et se renflouer ! Restait certain trésor familial dont il était seul, avec sa mère, à connaître le secret mais l'idée de le mettre en vente lui déplaisait : Isabelle Morosini l'aimait tant !...

Accoudé à la cheminée, les yeux dans les flammes, il se versa un troisième verre qu'il avala d'un trait :

– Vous ne songez pas, j'espère, à vous noyer dans la boisson, émit le notaire avec un rien de sévérité. Il y a un instant, je vous disais que j'apportais peut-être un remède à vos maux mais vous ne m'avez pas écouté.

– C'est vrai. Veuillez me pardonner!... Vous auriez une solution ? Laquelle, mon Dieu!

– Un mariage. Très honorable, rassurez-vous, sinon je n'aurais pas pris sur moi de vous le proposer...

Les yeux du prince, dont la forme s'étirait vers les tempes, s'arrondirent :

– J'ai mal entendu ?

– Vous avez très bien entendu, au contraire! Mariez-vous et je vous promets une belle fortune!

– Rien que ça ? Vous avez bien fait d'annoncer qu'il s'agissait d'une proposition honorable! Cela élimine le clan des douairières aux veines refroidies et des veuves en mal de solitude... mais pas des laiderons incasables.

– Qu'allez-vous chercher là ? À trente-cinq ans on épouse une jeune fille.

– Vraiment ? fit Aldo narquois. Eh bien, parlez-m'en! Vous en mourez d'envie et je ne vous ferai pas la peine de vous en empêcher.

– Oh, c'est facile : dix-neuf ans, la fraîcheur d'une rose et les plus beaux yeux du monde... pour les avantages les plus évidents selon la rumeur.

– Ce qui veut dire que vous ne l'avez pas vue ? Et d'où la sortez-vous ?

– De Suisse!

– Vous plaisantez ?

– Voilà une question un peu cruelle pour les Suissesses! Vous n'ignorez pas, je pense, qu'il en est de fort belles ? Mais voici de quoi il retourne : le banquier zurichois Moritz Kledermann a une fille unique, Lisa, à laquelle il ne refuse rien. On la dit charmante et sa dot a de quoi faire rêver même un prince régnant!

— Ce n'est pas une référence. À l'heure actuelle, il doit y en avoir quelques-uns qui tirent le diable par la queue.

— Ce n'est pas non plus une sinécure d'occuper un trône! Quant à Lisa, elle serait tombée amoureuse...

Morosini eut un joyeux éclat de rire:

— Comme c'est romantique! Elle serait amoureuse de moi... mais sans doute pour m'avoir vu, en mon beau temps, dans quelque magazine d'avant guerre. Et comme je ne me ressemble plus...

— C'est une manie de m'empêcher de finir mes phrases? Il n'est pas question de vous mais de Venise.

— De Venise? fit Morosini, si visiblement vexé que le notaire se permit de sourire.

— Eh oui, de notre belle cité! De son charme, de ses ruelles, de ses canaux, de ses palais, de son histoire! fit-il, soudain lyrique. Vous m'accorderez que le fait n'a rien de rare: Mme de Polignac, le prince de Bourbon, lady de Grey, le peintre Daniel Curtis et son cousin Sargent... sans parler des dévots d'autrefois: Byron, Wagner, Browning, etc.

— D'accord mais, dans ce cas, pourquoi votre héritière ne ferait-elle pas comme eux? Elle n'a qu'à acheter ou louer un palais, s'y installer et jouir de la vie. Il y a ici assez de belles vieilles demeures qui crient « au secours » et cela ne m'obligera pas à l'épouser.

— Elle ne veut pas n'importe quel palais! En outre, elle se refuse à être une touriste parmi d'autres. Ce qu'elle désire, c'est s'intégrer à Venise, porter l'un de ses vieux noms si riches de gloire, en un mot devenir vénitienne afin que ses enfants le soient aussi!

— On dirait que Guillaume Tell ne fait plus recette? Après tout pourquoi pas : il y avait déjà pas mal de piquées avant cette foutue guerre, le nombre n'a pas dû en diminuer beaucoup?

— Cessez de rire, je vous en prie! Une chose est certaine : vous répondez point par point aux souhaits de Mlle Kledermann. Vous êtes prince et, au Livre d'or de la Sérénissime, votre nom est l'un des plus beaux, tout comme votre palais. Vous jouissez d'une excellente santé – ce qui a sa valeur pour une fille de la saine Helvétie! – et vous êtes plutôt bien de votre personne...

— Vous êtes bien bon! Seulement il y a un détail qui n'a pas l'air de vous effleurer : on ne peut pas faire une princesse Morosini d'une Suissesse qui doit être protestante... en admettant que je considère la proposition.

— Kledermann est d'origine autrichienne et catholique. Lisa aussi.

— Vous avez réponse à tout, n'est-ce pas? Cependant, je me refuse à épouser une parfaite inconnue pour redorer mon blason. Si j'acceptais, je n'oserais plus contempler en face le portrait du doge Francesco. Prenez-moi pour un fou si vous voulez, mais je me suis juré de ne jamais déchoir...

— Serait-ce déchoir qu'épouser une très jolie femme, intelligente et bonne — ces temps derniers elle soignait des blessés dans un hôpital...

Morosini quitta sa cheminée qu'il commençait à trouver trop chaude et vint poser sa grande main ornée d'une sardoine gravée à ses armes sur l'épaule du petit notaire :

— Mon cher ami, je vous sais un gré infini de la peine que vous prenez mais, en toute sincérité, je ne me crois pas encore réduit à ce genre de marchandage. J'aimerais, si je me marie un jour, suivre l'exemple de mes parents, faire un vrai mariage d'amour, dût la fiancée être pauvre comme la fille de Job. Voyez-vous, j'ai peut-être encore un moyen de me tirer d'affaire.

— Le saphir wisigoth de votre mère ? fit Massaria sans sourciller. Ne croyez-vous pas qu'il serait dommage de le vendre ? Elle y tenait tant...

Aldo ne songea même pas à cacher sa surprise :

— Elle vous en a parlé ?

Le sourire du vieil homme se teinta de mélancolie :

— Donna Isabelle a bien voulu me le montrer, certain soir qui fut peut-être le plus doux de ma vie car ce geste de confiance m'assurait qu'elle me tenait pour un fidèle ami. En même temps j'en fus désolé : voyez-vous, votre mère venait de vendre la plupart de ses bijoux pour entretenir le palais et l'idée de se séparer de ce joyau familial la déchirait.

— Elle a vendu ses bijoux ? s'exclama Aldo atterré.

— Oui, et c'est moi qu'en dépit de ma répugnance elle a chargé des transactions, mais le saphir de Receswinthe [1] lui appartient toujours. Quant à vous, il ne vous est donné qu'en dépôt pour revenir à votre fils aîné si Dieu vous donne des enfants. Voilà pourquoi vous devriez examiner un peu plus sérieusement ma proposition.

— Afin de permettre aux petits-enfants d'un banquier suisse de devenir dépositaires d'une pierre royale et plus que millénaire ?

— Pourquoi pas ? Ne faites donc pas la fine bouche ! Vous qui aimez les pierreries, sachez que Kledermann possède une admirable collection de joyaux parmi lesquels une parure d'améthystes ayant appartenu à la Grande Catherine, une émeraude rapportée du Mexique par Cortès et deux « Mazarin [2] ».

— N'en dites pas plus ! La collection du père pourrait me tenter davantage que la dot de la fille. Vous n'ignorez ma passion des pierres, dont je suis redevable à ce bon M. Buteau ! Je ne tomberai pas

[1]. Roi wisigoth de 649 à 672.
[2]. Grand amateur de diamants, le cardinal Mazarin en avait réuni quelques-uns de taille à peu près égale qui portent son nom. Certains ont fait retour à la couronne de France mais pas tous.

dans votre piège. À présent, oublions tout cela et acceptez de déjeuner avec moi!

— Non, je vous remercie. Je suis attendu par le procurateur Alfonsi mais je viendrai volontiers, un soir prochain, goûter aux merveilles de Cecina.

Le notaire se leva, serra la main de Morosini puis, accompagné par lui, gagna la porte de la bibliothèque, et s'y arrêta.

— Promettez-moi de songer à ma proposition! Elle est, croyez-moi, très sérieuse.

— Je n'en doute pas et vous promets de réfléchir... mais ce sera bien pour vous faire plaisir!

Resté seul, Aldo alluma une cigarette et résista à l'envie de se verser encore un verre. Ce n'était pas un buveur habituel et il s'étonnait de ce besoin soudain. Cela tenait peut-être à ce que, depuis son arrivée, il avait l'impression de se trouver emporté trop vite d'un monde dans un autre. Hier encore, il vivait la vie étriquée d'un prisonnier et, à présent, il retrouvait en même temps sa vie d'autrefois et son ancienne personnalité, seulement l'une lui donnait la sensation d'un vide énorme tandis que l'autre le gênait aux entournures. Il avait tellement souhaité retrouver son cadre familier, ses habitudes peuplées de visages chers! Et voilà qu'à peine débarqué il devait affronter les misérables soucis de la vie quotidienne! Au fond, il en voulait un peu à maître Massaria de ne pas lui avoir accordé un plus long délai de grâce, même si la seule amitié avait inspiré sa visite.

Prologue

Il en venait presque à regretter la chambre glaciale de son burg autrichien où ses rêves au moins lui tenaient chaud tandis que maintenant, rendu aux fastes de sa demeure familiale, il s'y sentait étranger. Quel rapport pouvait exister entre l'amant princier de Dianora Vendramin et le revenant ruiné d'aujourd'hui ?

Car il était bel et bien ruiné, et sans grand remède immédiat. La vente du saphir – en admettant qu'il s'y résigne – lui permettrait peut-être de tenir quelque temps, mais ensuite ? Faudrait-il en venir à vendre aussi le palais et à s'en aller après avoir assuré à Cecina et Zaccaria une pension convenable ? Vers quoi ? L'Amérique, ce refuge des mauvaises fortunes dont il n'aimait pas le style de vie ? La Légion étrangère française où s'était réfugié un de ses cousins ? Il était saturé de guerre. Alors ? L'inconnu, le néant ?... Il avait une telle envie de vivre ! Restait ce mariage insensé que d'aucuns pourraient juger normal mais qui lui paraissait à lui dégradant, peut-être parce que, avant la grande catastrophe, il avait vu plusieurs de ces unions baroques entre de riches héritières yankees avides de faire broder des couronnes sur leur lingerie et des nobles désargentés incapables de trouver une autre solution. Que la candidate fût helvétique ne changeait rien à la répugnance du prince. S'y ajoutait le fait qu'il y verrait même une mauvaise action : cette jeune fille était en droit d'espérer un peu d'amour. Comment aller vers elle avec l'image de Dianora dans le cœur ?

Agacé de se sentir tenté malgré tout, il jeta sa cigarette dans la cheminée et monta chez sa mère comme il avait coutume de le faire jadis lorsqu'un souci se présentait.

Devant la porte, il hésita encore, se décida enfin, éprouvant un réel soulagement à constater que c'était le soleil qui l'accueillait derrière cette porte et non les ténèbres redoutées. L'une des fenêtres s'ouvrait sur l'air frais du dehors mais un feu clair flambait dans la cheminée. Il y avait des tulipes jaunes dans un cornet de cristal posé sur une commode auprès de sa propre photographie en uniforme d'officier des Guides. La chambre était comme autrefois...

Spacieuse et claire, c'était un chef-d'œuvre de grâce et d'élégance, digne écrin d'une grande dame mais aussi d'une jolie femme. Résolument française avec son gracieux lit à baldaquin rond, ses hautes boiseries claires, ses rideaux et ses tentures de satin brodé qui harmonisaient un ivoire crémeux et un bleu turquoise très doux autour d'un grand portrait de femme qu'Aldo avait toujours aimé. Bien qu'il fût celui d'une duchesse de Montlaure qui, pendant la Révolution, avait payé de sa tête sa fidélité à la reine Marie-Antoinette, il offrait une étonnante ressemblance avec sa mère. Et curieusement, il avait toujours péféré cette toile à celle représentant Isabelle Morosini en robe de bal, peinte par Sargent, qui, dans le salon des Laques, faisait pendant à celle de la grand-tante Felicia due à Winterhalter.

À l'exception du portrait, peu de tableaux occupaient les panneaux d'ivoire rechampis de bleu : une tête d'enfant de Fragonard et un délicieux Guardi, seule évocation de Venise avec quelques verreries anciennes irisées comme des bulles de savon.

Lentement, Aldo s'approcha de la table à coiffer couverte de ces mille riens futiles et charmants si nécessaires à la toilette d'une femme raffinée. Il mania les brosses de vermeil, les flacons de cristal encore à demi pleins, en déboucha un pour retrouver le cher parfum, à la fois frais et sauvage, de jardin après la pluie. Puis, avisant le grand châle de dentelles dont la princesse morte aimait à s'envelopper, il le prit, y enfouit son visage et, se laissant tomber à genoux, il cessa de lutter contre son chagrin et sanglota.

Les larmes lui firent du bien en le vidant de ses incertitudes, en balayant le découragement. Il sut, en reposant le vêtement sur le fauteuil, qu'il n'accepterait pas davantage de laisser une étrangère fouler les tapis de cette chambre que de se séparer du vieux palais familial. Cela signifiait qu'il allait devoir opérer un tri parmi ses souvenirs, établir une échelle de valeurs dont, dès à présent, la conclusion s'imposait d'elle-même : si le joyau pouvait sauver la maison, il fallait s'en séparer. Pas pour n'importe quel acheteur bien sûr : un musée serait peut-être l'acquéreur rêvé mais il paierait moins cher que certains collectionneurs. D'abord, il convenait de récupérer la pierre !

S'étant assuré que la porte était fermée, Morosini s'approcha du chevet du lit et, à l'intérieur d'une des colonnes de bois sculpté soutenant le baldaquin, il chercha le cœur d'une fleur, appuya. La moitié du support peint et doré tourna sur d'invisibles gonds, découvrant la cavité où, dans un petit sac en peau de chamois, la princesse Isabelle gardait le magnifique saphir étoilé monté en pendentif. Elle n'avait jamais pu se résigner à le confier à une banque.

Le lit était venu de France avec elle. Depuis plus de deux siècles, il constituait un refuge parfait, à la fois commode et discret, pour ce joyau royal quand le besoin s'en faisait sentir. Ainsi, il avait traversé la Révolution sans que personne se doute de sa présence.

Par piété filiale autant que pour le plaisir de l'avoir toujours sous la main, Isabelle le conservait là. Elle ne s'en parait pas, trouvant la pierre trop importante et trop lourde pour la minceur de son cou. En revanche, elle aimait à le tenir dans ses mains pour chercher à retrouver la chaleur de ces autres paumes évanouies qui l'avaient caressé, jusqu'à celles du roi barbare à cheveux plats dont il ornait le diadème.

La colonne ouverte, le sachet tombait presque de lui-même, cependant cette fois rien ne vint : la cachette était vide...

Le cœur de Morosini manqua un battement tandis que ses longs doigts fouillaient la cavité mais il ne trouva rien et se laissa tomber sur le lit, la sueur au front. Où était passé le saphir ? Vendu ? Impensable. Massaria l'aurait su. Or il avait été affirmatif : la pierre était toujours au palais. Alors ? Sa mère aurait-elle jugé bon de le changer de place ? Aurait-elle préféré une autre cachette ?

Sans y croire, il procéda à une fouille rapide des divers meubles dont aucun n'offrait la sécurité de l'ancienne cache pratiquée par un ébéniste de génie. Il ne trouva rien, revint vers le lit dont il ausculta chaque partie. L'idée lui vint alors que, se sentant mourir, sa mère aurait pu vouloir tenir la pierre une dernière fois et que, d'un geste affaibli, elle l'aurait laissé tomber sans pouvoir la retenir...

Alors, ôtant les tables de chevet, il tira le lit pour le décoller du mur, s'agenouilla et s'aplatit sur le tapis pour explorer le dessous du meuble, si pesant qu'il n'avait pas dû être déplacé depuis son installation.

Quand il eut le nez au ras du sol, l'odeur douceâtre qu'il avait remarquée en pénétrant dans la chambre s'accentua. Apercevant alors un objet qui pouvait être le sac de peau, il engagea son bras jusqu'à l'épaule et réussit à ramener... une souris morte qu'il allait rejeter avec dégoût lorsque quelque chose retint son attention : le corps menu était raide, presque desséché, mais la gueule retenait encore un morceau rougeâtre qu'il identifia aussitôt. C'était un fragment d'une de ces pâtes de fruit à la framboise que sa mère adorait et qu'on lui envoyait de France. Il y en avait toujours quelques-unes dans la bonbonnière de Sèvres posée à son chevet. Il souleva le couvercle de porcelaine dorée : la boîte était à demi pleine.

Aldo aimait beaucoup lui aussi ces confiseries qui avaient sucré son enfance. Il en prit une dans l'intention de la déguster mais, au même instant, son regard tomba sur le cadavre de la souris. Envahi d'une idée bizarre, il suspendit son geste. C'était une idée insensée, abracadabrante, mais plus il essayait de la chasser et plus elle s'accrochait. Se traitant d'imbécile, il approcha de nouveau le bonbon de ses lèvres mais, comme si une main invisible s'était posée sur son bras, il s'arrêta encore.

— Je dois être en train de devenir fou, marmotta-t-il, mais il savait déjà qu'il ne toucherait pas à cette pâte soudain suspecte. Alors, marchant jusqu'à un secrétaire de marqueterie, il y prit une enveloppe, y déposa la souris, le petit morceau et la framboise intacte, fourra le tout dans sa poche, alla chercher un manteau et dégringola l'escalier en annonçant à Zaccaria qu'il avait une course à faire.

— Et mon déjeuner ? protesta Cecina apparue comme par enchantement.

— Il n'est pas encore midi et je n'en ai pas pour longtemps, je vais chez le pharmacien.

Elle prit feu tout de suite :

— Qu'est-ce que tu as ? Tu es malade ?... *Dio mio*, je me disais aussi...

— Mais non, je ne suis pas malade. J'ai simplement envie d'aller dire bonjour à Franco.
— Bon, alors si c'est ça, rapporte-moi du calomel !

Admirant l'esprit pratique de sa cuisinière, Morosini quitta son palais par une porte de derrière et, à pied, gagna rapidement le Campo Santa Margherita où Franco Guardini tenait boutique. C'était son plus ancien camarade. Ils avaient fait ensemble leur première communion après avoir ânonné de concert les grands principes de l'Église sur les bancs du catéchisme.

Fils d'un médecin de Venise fort réputé, Guardini aurait dû suivre la trace de son père au lieu de devenir boutiquier comme celui-ci, indigné et un peu méprisant, le lui avait un jour jeté à la figure mais, passionné de chimie et de botanique alors que les corps de ses semblables ne lui inspiraient qu'un dégoût à peine dissimulé, Franco avait tenu bon même quand le professeur Guardini, tel un ange exterminateur barbu, l'avait chassé de chez lui après une assez vive altercation. Et c'est grâce à la princesse Isabelle, qui appréciait ce garçon sérieux et réfléchi, que Franco avait pu poursuivre ses études jusqu'à ce que la mort de son irascible père l'eût mis en possession d'une confortable fortune. Il avait alors remboursé jusqu'à la dernière lire, mais la reconnaissance qu'il vouait à sa bienfaitrice tenait de la vénération.

Il accueillit Morosini avec le lent sourire qui

était, chez lui, le signe d'une joie extravagante, lui serra la main, lui tapa sur l'épaule, s'enquit de sa santé puis, comme s'il l'avait quitté la veille, lui demanda ce qu'il pouvait faire pour lui.

— L'idée que j'aie pu avoir l'envie de te revoir ne t'effleure même pas ? fit Aldo en riant. Mais si tu veux que nous parlions, emmène-moi dans ton cabinet.

D'un signe de tête, le pharmacien invita son ami à le suivre et ouvrit une porte prise dans la boiserie ancienne de son magasin. Une pièce apparut, réduite de moitié par les bibliothèques dont elle était entourée. Au milieu, un petit bureau flanqué de deux sièges. Le tout dans un ordre impressionnant.

— Je t'écoute ! Je te connais trop bien pour ne pas voir que tu es soucieux.

— C'est simple... ou plutôt non, ce n'est pas simple et je me demande si tu ne vas pas me prendre pour un fou, soupira Morosini en sortant son enveloppe et en la posant devant lui sur la table.

— Qu'est-ce que tu m'apportes là ?

— Regarde toi-même : je voudrais que tu m'analyses ça !

Franco ouvrit le petit paquet et examina le contenu.

— Ça vient d'où ?

— De la chambre de ma mère. C'était sous le lit. Je t'avoue que cette bestiole morte avec, dans la gueule, un morceau de ces pâtes de fruit qu'elle aimait m'a fait un effet bizarre. Je suis incapable de te dire ce que j'ai ressenti, mais une chose est certaine : quand j'ai voulu manger l'un des bonbons restés dans sa boîte quelque chose m'en a empêché.

Sans commentaires, Franco prit le tout et passa dans la pièce voisine qui était son laboratoire privé, celui où il se livrait à des recherches et à des expériences qui n'avaient pas toujours à voir avec la pharmacie. Morosini était venu souvent dans cette salle qu'il appelait « l'antre du sorcier » et où il avait pris la défense des souris et des cobayes que son ami gardait pour ses expériences mais, cette fois, il ne protesta pas quand le pharmacien alla chercher l'une de ses pensionnaires qu'il posa sur une table où il alluma une lampe puissante. Puis, à l'aide d'une pince minuscule, il fit manger à la souris le fragment trouvé sous le lit. La bestiole grignota la pâte sucrée avec un plaisir évident mais, quelques minutes plus tard, elle expirait sans souffrance apparente. Par-dessus ses lunettes, Franco regarda son ami devenu soudain aussi blanc que sa chemise.

– Tu n'es peut-être pas si fou que ça, après tout ? Voyons la suite !

À une autre souris, il fit manger la pâte rouge que Morosini n'avait pas absorbée, et, cette fois encore, l'animal passa tout bonnement de vie à trépas.

— Ce sont les confiseries que la princesse Isabelle gardait dans sa chambre ?

— Oui. Son péché mignon. Nous en avons mangé pas mal quand nous étions gamins. Je n'arrive même pas à comprendre comment elle pouvait s'en procurer encore pendant la guerre.

— Elle les faisait venir du midi de la France et apparemment elle n'a jamais eu de difficultés. Tu devrais aller me chercher le reste de ces sucreries. Pendant ce temps, je vais essayer de savoir de quoi sont mortes les souris...

— Entendu, mais je ne reviendrai qu'après déjeuner sinon Cecina va me faire un scandale. Tu penses bien qu'elle m'a préparé un festin. À propos... tu ne veux pas venir le manger avec moi ?

— Non, merci. Cette histoire m'intrigue et m'a coupé l'appétit.

— Je n'ai pas très faim non plus... Ah, j'allais oublier ! Veux-tu me donner du calomel pour Cecina ?

— Encore ? Mais elle en fait des tartines, ma parole ?

Néanmoins, il emplit un petit flacon de chlorure mercureux en poudre :

— Tu diras à cette grosse gourmande que si elle mangeait moins de chocolat, elle n'aurait pas si souvent besoin de ça...

Un quart d'heure plus tard, Morosini, l'appétit coupé et l'esprit ailleurs, s'attablait devant le fastueux repas de Cecina.

Le déjeuner à peine fini, il déclara en se levant de table qu'il avait besoin d'aller marcher un peu, après quoi il s'en irait rendre visite à sa cousine Adriana. Zian devrait tenir la gondole prête pour quatre heures.

Un moment plus tard, avec le reste des pâtes de fruit, il se retrouvait dans le laboratoire de Guardini. La mine de celui-ci, toujours si sereine, avait subi une curieuse transformation. Derrière les verres brillants de ses lunettes, son regard était soucieux et de grands plis se creusaient sur son front. Morosini n'eut même pas le temps de poser une question.

— Tu as le reste ?

— Voilà. J'ai fait deux paquets, l'un avec ce qu'il y avait dans l'armoire et l'autre avec le reliquat de la bonbonnière.

Deux souris furent conviées à ce qui pouvait être leur dernier repas mais une seule mourut : celle qui avait mangé un bonbon provenant du petit drageoir.

— Je crois que la preuve est faite, soupira le pharmacien en ôtant ses lunettes pour les essuyer. Il y a là-dedans de l'hyoscine. Un alcaloïde dont les pharmaciens ne se servent guère et comme il n'a pas dû venir tout seul, il faut que quelqu'un l'y ait mis... Ça ne va pas ?

Devenu soudain très pâle, Aldo cherchait le secours d'une chaise. Sans répondre, il se prit la tête à deux mains pour essayer de cacher ses larmes. En dépit des craintes encore vagues qu'il éprouvait jusque-là, il y avait au fond de lui-même quelque chose qui refusait de croire que l'on ait pu vouloir faire du mal à sa mère. Tout son être se révoltait devant l'évidence. Comment admettre, en effet, que quelqu'un ait décidé, froidement, la mort d'une femme innocente et bonne ? Dans l'âme meurtrie du fils, le chagrin se mêlait à l'horreur et à une colère qui menaçait de tout balayer s'il ne la maîtrisait pas.

Respectant la douleur de son ami, Franco gardait le silence. Au bout d'un moment, Morosini laissa retomber ses mains, montrant sans honte ses yeux rougis...

— Cela veut dire qu'on l'a tuée, n'est-ce pas ?
— Sans aucun doute. D'ailleurs, je peux bien te l'avouer à présent, la brutalité de l'arrêt cardiaque diagnostiqué par le médecin m'a troublé. Pour moi qui connaissais bien son état de santé, c'était assez inexplicable, mais la nature réserve parfois des surprises plus grandes encore. Ce que je ne comprends pas, c'est la raison d'un acte aussi odieux...

— J'ai peur de la connaître, moi, la raison : on a assassiné ma mère pour la voler. Il s'agit d'un secret de famille mais, à présent, il est plutôt dévalué.

Et de raconter l'histoire du saphir historique en y ajoutant son espoir personnel de rétablir quelque peu sa fortune grâce à lui, et enfin comment il s'était aperçu de la disparition du joyau.

— Voilà une explication, mais elle ouvre sur une autre question : qui ?

— Je ne vois vraiment pas. Depuis mon départ aux armées, mère ne sortait plus guère et ne recevait que de rares intimes : ma cousine Adriana qu'elle aimait comme une fille...

— Tu lui en as déjà parlé ?

— Je ne l'ai pas encore vue. Quand j'ai annoncé mon retour par télégramme à Cecina, je lui ai demandé de ne prévenir personne. Je n'avais pas envie d'être assailli de condoléances à la gare. Si Massaria m'est tombé dessus dès ce matin, c'est parce qu'il m'a vu arriver. Pour en revenir à ce que nous disions, je ne vois pas qui a pu commettre et le crime et le vol, car je suppose que les deux sont liés. Il n'y avait autour de mère que des gens de confiance et, à l'exception de deux gamines engagées par Cecina, nous n'avons plus de personnel...

— Durant ton absence, donna Isabelle a pu rencontrer des gens que tu ne connais pas. Tu es parti depuis longtemps...

— J'interrogerai Zaccaria, sous le sceau du secret. Si je disais à Cecina ce que nous venons de découvrir, elle emplirait Venise de ses clameurs vengeresses et je n'ai pas envie d'ébruiter ce drame...

— Tu ne veux pas avertir la police ?

Morosini tira une cigarette, l'alluma et souffla quelques longues bouffées de fumée avant de répondre :

— Non. J'ai peur que nos trouvailles ne lui paraissent un peu minces...

— Et le bijou volé, ça te paraît mince ?

— Je n'ai aucune preuve du vol. On pourrait toujours alléguer que ma mère l'a vendu sans en parler au notaire. Il lui appartenait en propre : elle pouvait en disposer. Une seule chose serait convaincante pour les policiers : l'autopsie... et je ne peux m'y résoudre. Je ne veux pas que l'on trouble son sommeil pour la dépecer, la... non, je ne supporte pas cette idée-là ! gronda-t-il.

— Je peux te comprendre. Pourtant, tu dois avoir envie de connaître l'assassin ?

— Ça, tu peux en être sûr, mais je préfère le chercher moi-même. S'il croit avoir réussi le crime parfait, le meurtrier se méfiera moins...

— Pourquoi pas une meurtrière ? Le poison est une arme de femme.

— Peut-être. De toute façon, il ou elle baissera la garde. Et puis, tôt ou tard, le saphir reparaîtra. C'est un joyau somptueux et s'il tombe aux mains d'une femme, elle ne résistera pas à l'envie de s'en parer. Oui, j'en suis certain : je le retrouverai et il me mènera au criminel... et ce jour-là...

— Tu penses à faire justice toi-même ?

— Sans un instant d'hésitation ! Merci de ton aide, Franco. Je te tiendrai au courant...

Rentré chez lui, Aldo emmena Zaccaria dans sa chambre sous le prétexte de l'aider à changer de costume. La révélation de ce que son maître venait d'apprendre fut un rude choc pour le fidèle serviteur. Il en perdit son masque olympien et laissa couler des larmes que Morosini se hâta d'arrêter :

– Pour l'amour du Ciel, domine-toi! Si Cecina s'aperçoit que tu as pleuré, tu n'en as pas fini avec les questions et je ne veux pas qu'elle sache...

– Cela vaut mieux, vous avez raison mais avez-vous une idée de qui a pu faire ça?

– Pas la moindre, et c'est là que j'ai besoin de toi. Qui maman a-t-elle vu dans les derniers temps?...

Zaccaria rassembla ses souvenirs et finit par conclure que rien d'extraordinaire ne s'était présenté. Il égrena les quelques noms de vieux amis vénitiens avec lesquels la princesse Isabelle jouait aux cartes ou aux échecs à moins que l'on ne parlât musique et peinture. Il y avait eu l'habituelle visite, en fin d'été, de la marquise de Sommières qui était la marraine d'Isabelle et sa grand-tante : une septuagénaire à la dent dure qui, d'un bout de l'année à l'autre à l'exception de trois mois d'hiver dans son hôtel parisien, voyageait d'un château familial à un manoir ami, en compagnie d'une lointaine cousine, demoiselle sur le retour, pratiquement réduite à l'esclavage mais qui, pour rien au monde, n'eût renoncé à une vie plutôt douillette. De son côté, la marquise n'eût peut-être pas supporté longtemps cette vieille fille lavée à l'eau bénite et parfumée à l'encens si celle-ci n'avait fait preuve d'un flair de chien de chasse pour « lever » les potins, cancans et menus scandales dont la vieille dame se régalait entre deux coupes de champagne, son péché mignon. En aucun cas, on ne pouvait soupçonner ce couple plutôt divertissant : Mme de Sommières adorait sa filleule qu'elle ne cessait de gâter comme au temps où elle était une toute petite fille.

— Ah ! fit soudain Zaccaria, nous avons eu aussi lord Killrenan !

— Seigneur ! Mais d'où sortait-il ?

— Des Indes ou de plus loin. Je ne sais plus...

Vieux loup de mer attaché à son bateau plus qu'à ses terres ancestrales, ce petit homme qui ne dépassait guère les cent soixante centimètres vivait sur le *Robert-Bruce* beaucoup plus souvent que dans son château écossais. À cet égoïste impénitent on ne connaissait qu'une seule faiblesse : l'amour quasi religieux qu'il portait à donna Isabelle. Dès qu'il l'avait su veuve, il était accouru déposer à ses pieds son vieux nom, son yacht et ses millions, mais la mère d'Aldo était incapable de renoncer au souvenir d'un époux qu'elle aimerait jusqu'à son heure dernière.

— On ne refait pas plus sa vie qu'on ne refait ses robes, disait-elle. On peut les mettre encore mais l'empreinte du génie créateur n'y est plus...

Plus épris qu'il ne voulait l'admettre, sir Andrew se le tint pour dit mais n'accepta pas sa défaite et, tous les deux ans, il revenait fidèlement déposer aux pieds de sa dame ses hommages et ses prières agrémentés d'un gigantesque bouquet de fleurs et d'un panier d'épices rares qui faisaient le bonheur de Cecina. Il savait qu'Isabelle n'eût rien accepté d'autre...

Celui-là aussi était insoupçonnable.

La liste de Zaccaria s'achevait sur un couple d'amis romains venu pour un baptême.

— Plus j'y pense, moins je comprends, soupira Zaccaria. On ne peut arrêter sa pensée sur personne, pourtant celui qui a perpétré ce crime odieux devait bien connaître notre princesse et même avoir accès à sa chambre.

— Le médecin qui la soignait depuis que le sien avait disparu ?

— Le docteur Licci ? Autant soupçonner Cecina ou moi. C'est un saint, ce jeune homme. Pour lui, l'argent ne compte qu'en fonction de ce qu'il peut en tirer pour ses malades. C'est le médecin des pauvres, et il lui arrive plus souvent de laisser un billet sur un coin de table que de réclamer des honoraires. Madame la princesse qui l'aimait bien passait souvent par lui pour ses charités...

Aldo choisit de renoncer provisoirement. La chose à faire était de rendre visite à sa cousine Adriana, la dernière à avoir vu vivante donna Isabelle. Non qu'il nourrît le moindre soupçon à son égard : elle était son amie de toujours, sa presque sœur, et il se reprochait déjà de ne pas l'avoir fait prévenir de son retour. Elle était sage autant que belle, très proche de sa tante Isabelle, et peut-être trouverait-elle dans sa mémoire un détail, le détail capable d'aiguiller des recherches.

— Conduis-moi chez la comtesse Orseolo, indiqua-t-il à son gondolier, mais passe par le rio Palazzo : je n'ai pas encore salué San Marco alors que j'aurais dû commencer par là.

Zian eut un sourire et, du bout de sa longue rame, repoussa les marches verdies pour donner la première pulsion à son bateau. Aldo se cala contre son siège en s'enveloppant dans son manteau. Il ne faisait pas chaud sur l'eau. On était en hiver, et le temps, après le timide soleil matinal, avait opté pour la grisaille durant toute la journée.

L'écho d'un violon essayant une valse pour s'accorder courut sur l'eau calme, et le revenant sourit, voyant là un symbole : n'était-il pas normal que Venise, protégée du grand drame par sa beauté séculaire et son âme frivole, donnât le premier coup de baguette à l'orchestre d'une vie brillante qui ne demandait sans doute qu'à reprendre ?...

Un peu plus loin, le palais Loredan qui avait appartenu à don Carlos, le prétendant espagnol, et qui devait être toujours la propriété de don Jaime, son fils, était sombre et silencieux. Désert peut-être ou même abandonné. Un soir, pourtant, le prince Morosini se souvenait d'y avoir entendu chanter, depuis sa gondole, le *Clair de lune* de Duparc interprété par la fabuleuse Nellie Melba qu'accompagnait le pianiste américain George Copeland. Un instant de suprême beauté qu'il aurait été doux de renouveler ce soir...

Prologue

Il fit ralentir la gondole devant les coupoles blanches de la Salute, salua la Dogana, la douane de mer, puis, traversant le canal devenu bassin, demanda qu'on l'arrête à l'aplomb de la Piazzetta pour s'y découvrir devant les ors ternis de San Marco et la dentelle blanche du palais des Doges avant de glisser sous l'ombre spectrale du pont des Soupirs confisqué par tous les amoureux du monde oubliant ou ignorant que les soupirs en question n'avaient rien à voir avec l'amour.

La comtesse Orseolo habitait non loin un petit palais rose, voisin de Santa Maria Formosa. Il y avait là, au bord d'un quai, un mur crêté de lierre noir et le linteau fleuronné d'un étroit portail de pierre blanche encadré de lanternes. La gondole s'y arrêta et Morosini alla actionner le heurtoir de bronze. Au bout d'un instant, la porte s'ouvrait sous une main inconnue, celle d'un valet au profil de médaille qui dévisagea sévèrement l'arrivant.

– Que voulez-vous? demanda-t-il avec un manque de courtoisie qui choqua Morosini.

– On dirait que le ton de la maison a beaucoup changé en quatre ans, remarqua-t-il sèchement. Voir la comtesse Orseolo, bien sûr!

– Qui êtes-vous?

L'homme prétendant l'empêcher de passer, Aldo appuya trois doigts sur sa poitrine pour l'écarter de son chemin.

– Je suis le prince Morosini, je veux voir ma cousine et vous ne m'en empêcherez pas!

Sans plus se soucier du personnage, il traversa le minuscule jardin où une végétation anarchique montait à l'assaut d'un vieux puits, gagna le raide escalier filant vers les minces colonnettes d'une galerie gothique derrière lesquelles brillaient les bleus et les rouges d'un vitrail éclairé de l'intérieur.

Cependant, le malotru qui avait accueilli Morosini ne désarmait pas. Revenu de sa surprise, il escaladait les marches en hurlant :

— Descendez ! Je vous ordonne de descendre !

La moutarde commençant à lui monter au nez, Morosini allait répondre vertement quand la porte de la galerie s'ouvrit, livrant passage à une femme qui, après un bref temps d'arrêt, vint se jeter au cou du visiteur en riant et pleurant tout à la fois :

— Aldo !... C'est bien toi ?... Mais quelle joie, mon Dieu !

Elle était bouleversée à un point qui stupéfia Aldo. Jamais sa cousine ne s'était livrée pour lui à de telles démonstrations d'affection... De cinq ans plus âgée que l'héritier des Morosini, la fille de l'unique frère du prince Enrico — mort bien avant lui d'ailleurs ! — montrait, lorsqu'elle était jeune fille, une tendance nette à traiter son cousin avec une sorte d'indulgence un rien dédaigneuse. Cette fois, elle venait d'exploser.

Heureux de cet accueil mais gêné par la présence indiscrète du valet planté à quelques pas d'eux, Aldo embrassa tendrement sa cousine.

— Nous pourrions peut-être entrer... si toutefois ce personnage n'y voit pas d'inconvénient ? fit-il.

Adriana se mit à rire et, avant de précéder son visiteur dans la maison, elle éloigna son valet d'un geste péremptoire.

— Il faut pardonner à Spiridion s'il joue un peu trop les chiens de garde, dit-elle, mais il m'est dévoué corps et âme depuis que je l'ai recueilli mourant de faim sur la plage du Lido. C'est un jeune Corfiote échappé des prisons turques et comme je n'avais plus guère les moyens d'employer des domestiques, nous nous sommes rendu service mutuellement. Ma vieille Ginevra est de moins en moins ingambe. Un garçon jeune et solide est le bienvenu, tu sais ? Mais comment es-tu ici ? Pourquoi ne m'as-tu pas prévenue ?

— Je n'ai averti personne, mentit Morosini. Je voulais arriver seul. On prend d'étranges manies quand on est prisonnier...

Tandis qu'il parlait, son regard faisait le tour d'un salon qu'il retrouvait avec plaisir. C'était une pièce de belles dimensions qu'une décoration très féminine réussissait à doter d'une atmosphère chaude et intime. Cela tenait au damas feuille-morte qui couvrait les murs, au juponnage de velours turquoise clair des tables, aux abat-jour de soie des lampes, aux fleurs disséminées un peu partout et au désordre de livres et de partitions musicales qui encombrait toujours l'étonnant clavecin baroque dont les feuilles d'acanthe et les petits génies joufflus et dorés dénonçaient une facture romaine. La salle était toujours la même mais plus il la regardait, plus Aldo y découvrait des différences. Ainsi, en prenant place dans l'un des deux fauteuils Régence française, il s'aperçut qu'en face de lui, le petit Botticelli bleu qu'il y avait toujours vu était remplacé par une toile dans des tons similaires mais moderne. De même, la collection de vases chinois qui encombrait jadis les consoles avait disparu. Enfin, une place plus claire sur un mur dénonçait l'absence d'un *Saint Luc* attribué à Rubens.

— Que s'est-il passé ici ? demanda-t-il en se relevant pour voir de plus près. Où sont tes potiches... et ton Botticelli ?

— Je t'expliquerai, dit-elle. J'ai dû les vendre.

— Les vendre ?

— Bien sûr. De quoi crois-tu qu'ait pu vivre pendant tout ce temps une veuve à laquelle son époux a laissé des dettes et un gros paquet de ce mirifique emprunt russe qui a ruiné la moitié de l'Europe ? Ta mère m'approuvait d'ailleurs... Vois-tu, c'était le seul moyen pour moi de conserver cette demeure à laquelle je tiens plus qu'à tout au monde. Elle vaut bien le sacrifice de quelques porcelaines et de deux tableaux...

— J'espère que tu en as tiré un bon prix ?

— Excellent ! L'antiquaire milanais qui s'est chargé de mes ventes s'est acquis un droit entier à ma reconnaissance et nous sommes devenus de grands amis. Est-ce que je te choque beaucoup ?

— Ce serait ridicule. Je ne peux que t'approuver. Mère n'a guère agi autrement. À cette différence près qu'elle, ce sont ses bijoux qu'elle a vendus...

— Parce qu'ils lui appartenaient en propre. J'ai voulu lui présenter Sylvio Brusconi mais elle a toujours refusé de disposer d'objets dont elle disait qu'ils étaient à toi seul par droit d'héritage. Mais oublions tout cela et regarde-moi plutôt! Me trouves-tu changée?

— Pas du tout! fit-il, sincère. Tu es toujours aussi belle!

C'était incontestable, même si quelques marques légères trahissaient la quarantaine. Vingt ans plus tôt, Adriana avait été le rêve de Venise. On l'avait comparée à toutes les madones italiennes. Sa beauté grave et douce représentait l'absolue perfection. Chacun de ses gestes était marqué de noblesse et de dignité. Elle avait été une épouse parfaite pour Tommaso Orseolo qui ne la méritait pas mais qu'elle avait eu l'élégance de pleurer lorsqu'il avait quitté ce monde. Son deuil, ponctué de visites aux églises et d'œuvres charitables, avait été un modèle du genre pendant deux longues années. Ensuite elle choisit de fréquenter le monde musical qui l'intéressait, étant elle-même une remarquable claveciniste. En dehors des concerts, elle ne sortait guère, recevait peu de monde, des intimes tout comme la princesse Isabelle qui ne pouvait se défendre de regretter une vie qu'elle jugeait un peu austère chez une femme à peine âgée de trente ans.

— Elle est trop jeune pour une existence aussi sévère, disait-elle. Je souhaite qu'elle se remarie et qu'elle ait des enfants : elle ferait une mère admirable.

Mais Adriana ne voulait pas se remarier. Ce dont Aldo se réjouissait égoïstement. Tout juste sorti des amours enfantines, il vouait alors à sa cousine les désirs impétueux de sa jeune virilité, fasciné qu'il était par son fin profil, ses lignes harmonieuses, sa taille souple, sa démarche involontairement onduleuse et la manière inimitable qu'elle avait, étant légèrement myope, de voiler par instants son beau regard velouté sous un gracieux face-à-main d'or ciselé.

Qu'elle en eût conscience ou non, la beauté de la jeune veuve était voluptueuse et le tout jeune homme rêvait, nuit après nuit, de dénouer les magnifiques cheveux noirs qu'Adriana portait tordus sur sa nuque mince en un lourd chignon lustré. Adriana le traitait en jeune frère, mais le jour où, en l'embrassant, il eut l'audace de laisser sa bouche glisser de la joue à la commissure des lèvres de sa cousine, elle le repoussa d'un air si farouche qu'il se garda bien de recommencer. Et puis le temps passa.

La retenue qu'elle avait toujours manifestée envers lui n'en rendait que plus étonnante la chaleur de son accueil, surtout sous les yeux d'un serviteur. Et puis, à mieux la regarder, il put noter des différences : le léger maquillage d'abord qui rehaussait – oh à peine! – le teint d'ivoire chaud, la robe de velours épousant de plus près les tendres courbes d'un corps parvenu à cet instant de son épanouissement où l'on devine que la rose largement ouverte va bientôt abandonner ses pétales. Le parfum aussi, plus chaud, plus poivré... À le respirer, Aldo qui durant sa captivité n'avait rencontré aucune jolie femme sentit l'ancien désir lui revenir. Peut-être la comtesse devina-t-elle ce qu'il éprouvait car, sous couleur de lui offrir un verre de marsala, elle vint s'asseoir assez près de lui.

– Ainsi, fit-elle avec un sourire où l'ironie servait de masque à une coquetterie nouvelle, tu me trouves toujours belle?... Autant qu'en ce temps, déjà lointain hélas, où tu étais amoureux de moi?

– Je l'ai toujours été un peu, fit-il.

– Il y eut une époque où tu l'étais beaucoup, dit-elle en riant.

Mais il ne lui permit pas de continuer sur ce chemin glissant. La pensée lui venait, en effet, que, s'il tentait un geste tendre, un autre pourrait suivre et que cette robe, dont le profond décolleté en V se voilait assez hypocritement d'un volant de mousseline blanche, ne demandait peut-être qu'à glisser. Or, en dépit de l'émoi qu'il éprouvait, il ne voulait pas se laisser entraîner. Il fallait couper court à ce marivaudage :

– C'est vrai, je t'ai aimée, dit-il avec un sourire qui corrigea la soudaine gravité du ton.

Adriana, je ne suis pas venu parler de ce passé-là mais d'un autre, vieux de trois mois et très douloureux. En regrettant seulement qu'il envahisse cette première visite. Elle aurait dû être consacrée tout entière à l'affection et à la joie de nous retrouver.

Le beau visage à l'ovale parfait pâlit et se chargea de tristesse tandis qu'Adriana reculait en s'adossant aux coussins du canapé.

— La mort de tante Isabelle, murmura-t-elle. C'est tout naturel, mais que puis-je en dire que Zaccaria ou Cecina ne t'ait appris ?

— Je ne sais pas, je voudrais que tu me racontes toi-même et par le détail ce dernier soir où tu l'as vue vivante.

Les yeux noirs s'emplirent de larmes.

— Est-ce indispensable ? Je ne te cache pas que ce souvenir est si douloureux que je me reproche encore de ne pas être restée auprès d'elle toute la nuit. Si j'avais été là, j'aurais pu appeler son médecin, l'aider, mais je ne la croyais pas malade à ce point...

Touché par ce chagrin, il se pencha pour prendre les deux mains de la jeune femme :

— Je sais que tu aurais fait l'impossible pour elle ! Cependant si je te supplie de fouiller ta mémoire au risque de te faire mal, j'ai pour cela une raison grave...

— Laquelle ?

— Je te l'apprendrai après. Raconte d'abord !

Prologue

— Que puis-je dire ? Ta mère venait d'avoir un rhume qui l'avait fatiguée mais lorsque je suis arrivée, elle m'a paru remise. Nous avons pris le thé ensemble dans le salon des Laques et tout allait pour le mieux jusqu'au moment où elle s'est levée pour m'accompagner lorsque j'allais partir. Elle a eu alors une sorte d'étourdissement. J'ai appelé sa femme de chambre. Elle était allée faire une course et c'est Cecina qui est accourue. Le malaise d'ailleurs semblait passé. Tante Isabelle reprenait un peu couleur, néanmoins nous avons toutes les deux insisté pour qu'elle aille se coucher et comme Cecina avait sur le feu des confitures qui menaçaient de brûler, je me suis proposée pour l'assister. Elle ne voulait pas, mais elle m'avait trop inquiétée. J'ai tenu bon et je l'ai aidée à se mettre au lit. Elle n'a pas voulu que j'appelle le médecin en disant qu'elle avait très envie de dormir. Je l'ai donc laissée en demandant à Cecina de ne pas la déranger, qu'elle ne voulait même pas dîner... Et puis le lendemain matin, Zaccaria m'a téléphoné pour m'annoncer... Rien ne laissait supposer... rien !

Incapable de contenir plus longtemps son émotion, Adriana se mit à pleurer.

— Tu n'as rien à te reprocher, et comme tu le dis, personne ne pouvait imaginer que mère allait nous quitter si vite... ni surtout dans de telles conditions !

— Oh, pour elle, ces conditions n'ont pas été

aussi cruelles que pour nous. Elle est morte dans son sommeil et, vois-tu, c'est ma consolation ! Mais tu avais quelque chose de grave à me dire ?

— Oui, et je te supplie de me pardonner. Il faut que toi au moins tu saches : maman n'est pas morte naturellement. On l'a assassinée...

Il attendait un cri ; il n'y eut qu'un hoquet. Et soudain, en face de lui, un masque pétrifié d'où toute vie semblait absente. Il craignit qu'Adriana ne fût en train de perdre connaissance mais comme il allait la prendre aux épaules pour la secouer, il l'entendit souffler :

— Tu es... fou... Ce n'est pas possible ?...

— Non seulement c'est possible, mais j'en suis certain. Attends !

Cherchant autour de lui, son regard trouva le verre de marsala auquel la jeune femme n'avait pas touché. Il le prit pour lui en faire boire quelques gouttes mais, le saisissant, elle le vida d'un trait. Puis ressuscita. Les yeux reprirent vie, la parole s'affermit...

— As-tu prévenu la police ?

— Non. Ce que j'ai trouvé paraîtrait peut-être un peu mince et j'ai l'intention de chercher moi-même le meurtrier. Aussi te demanderai-je de garder pour toi ce que je viens de t'apprendre. J'entends éviter à la mémoire de ma mère toute publicité de mauvais aloi et à son corps l'outrage d'une autopsie. D'ailleurs, je n'ai guère confiance dans nos sbires vénitiens. Ils n'ont jamais été à la

Prologue

hauteur de ceux du Conseil des Dix [1]... Je n'aurai pas de mal à faire mieux qu'eux.

– Mais enfin pourquoi l'aurait-on tuée ? Une femme si bonne, si...

– Pour la voler.

– N'avait-elle pas déjà vendu ses bijoux ?

– Il en restait un, fit Aldo qui ne voulait pas entrer davantage dans les détails. Assez pour tenter le misérable sur qui, je te jure, j'arriverai bien à mettre la main tôt ou tard !

– Il te faudra alors le remettre à la justice ?

– La justice, c'est moi qui la rendrai et, crois-moi, elle sera sans quartier... même s'il s'agissait d'un membre de ma famille, d'un proche...

– Comment peux-tu plaisanter sur un tel sujet ? s'indigna la comtesse. Cette guerre, décidément, a fait perdre aux hommes tout sens moral ! À présent, dis-moi tout ! Comment as-tu découvert ce... cette abomination ?...

– Non. J'ai déjà trop parlé et tu n'en sauras pas davantage. En revanche, si un souvenir te revenait ou si tu soupçonnais quelque chose ou quelqu'un, je compte que tu m'en feras part.

Il s'était levé et elle voulut le retenir :

– Tu pars déjà ?... Reste avec moi au moins ce soir ?

– Non, je te remercie, mais je dois rentrer. Veux-tu venir déjeuner demain ? Nous aurons tout

---

1. Conseil occulte qui gouverna Venise de 1310 à 1797. Ses espions étaient redoutables.

le temps de parler... et plus de tranquillité, ajouta-t-il, un œil sur le vitrail derrière lequel on pouvait apercevoir la silhouette mouvante de Spiridion qui arpentait la galerie.

— Ne sois pas trop dur avec ce pauvre garçon. Sa rudesse vient de son dévouement et il apprendra vite à te connaître!

— Je ne suis pas certain d'avoir envie de développer nos relations. À propos, où est donc ta vieille Ginevra? J'aurais aimé l'embrasser.

— Tu la verras une autre fois, à moins que tu ne veuilles aller jusqu'à l'église. À cette heure-ci, elle est au salut... Tu sais qu'elle a toujours été très pieuse et je crois qu'en vieillissant elle le devient chaque jour un peu plus. Après tout, tant que ses pauvres jambes pourront la porter jusqu'aux autels tout sera bien pour elle!

— Ses pauvres jambes la porteraient certainement mieux si elle n'usait pas ses genoux à longueur de journée sur les dalles de Santa Maria Formosa à prier le Jésus, la Madone et tous les saints de sa connaissance pour que sa chère donna Adriana retrouve le sens commun et chasse l'Amalécite de sa vertueuse demeure, déclara Cecina en précipitant dans l'eau bouillante les pâtes destinées au dîner de son maître.

— C'est le beau Spiridion que tu traites d'Amalécite? Il est né à Corfou, pas en Palestine.

— C'est Ginevra qui le dit. Pas moi. Elle dit

aussi que la maison est toute tourneboulée, et donna Adriana aussi, depuis qu'il est arrivé. Je ne lui donne pas tout à fait tort : il n'est pas convenable qu'une dame encore jeune garde chez elle ce réfugié... dont tu as d'ailleurs remarqué qu'il n'est pas vilain !

— Comment ça, pas convenable ? Il est son valet. Depuis des siècles il y a eu à Venise des domestiques et même des esclaves venus d'un peu partout et souvent choisis pour leur physique, fit Aldo avec un rien de sévérité. En bonnes cancanières que vous êtes, vous oubliez un peu trop vite, ton amie et toi, que chez les Orseolo on a toujours tenu grand état de maison, jusqu'à ces temps derniers, bien entendu, et que donna Adriana est une grande dame.

— Je ne cancane pas ! s'écria Cecina révoltée, et je sais très bien qui est donna Adriana. Sa vieille gouvernante et moi craignons seulement que ce ne soit elle qui oublie un peu sa grandeur. Tu sais qu'elle lui donne des leçons de chant, à son... domestique ? Sous prétexte qu'il a une voix superbe.

Trouvant que sa cousine poussait un peu loin l'amour de la musique mais refusant d'abonder dans le sens de Cecina, Aldo se contenta d'un « Pourquoi pas ! » légèrement bougon tout en s'interrogeant intérieurement. Cette nouvelle façon de se vêtir, de se maquiller ? Jusqu'à quel point le beau Grec – car il l'était ! – s'était-il insinué dans les bonnes grâces de sa bienfaitrice ?... Mais après tout, c'était l'affaire d'Adriana et non la sienne.

Pour cette première soirée, il demanda qu'on le serve dans le salon des Laques et choisit de revêtir l'un de ses anciens smokings.

— Je dîne ce soir avec ma mère et madonna Felicia, déclara-t-il à un Zaccaria très ému. Tu mettras la table à égale distance des deux portraits... Je veux pouvoir les contempler toutes les deux à la fois...

En fait, avant d'arrêter pour son avenir une décision lourde de conséquences, Aldo voulait prendre conseil de ses souvenirs. Ce soir, le silence du salon serait étonnamment vivant. L'âme de ces deux femmes qui avaient forgé sa jeunesse, beaucoup plus qu'un père trop mondain et souvent absent, serait présente. Comme toujours, elles seraient attentives et secourables, unies dans l'amour qu'elles lui portaient.

Rien de mièvre, rien de convenu dans les deux toiles grandeur nature qui se faisaient face au milieu des laques. Sargent avait représenté Isabelle Morosini à la blondeur quasi vénitienne, à l'éclat de perle, surgissant comme un lys du calice d'un étroit fourreau de velours noir sans autre ornement que la splendeur des épaules découvertes mais prolongé d'une traîne quasi royale. Pas d'autre bijou qu'une admirable émeraude à l'annulaire d'une main idéale.

Le dépouillement de ce portrait lui conférait une

facture moderne en accord parfait, chose étonnante, avec l'œuvre de Winterhalter. Le peintre des beautés épanouies et des falbalas avait dû se plier aux exigences de son modèle. Pas de satins rayonnants, de mousselines évanescentes, de dentelles bouillonnantes pour Felicia Morosini! Une longue, une sévère amazone noire rendait pleine justice à une beauté d'impératrice casquée, sous le petit haut-de-forme ceint d'un voile blanc, d'épaisses torsades de cheveux noirs et lustrés. Une beauté qu'elle avait gardée jusque dans un âge avancé.

Née princesse Orsini, d'une des deux plus grandes familles romaines, donna Felicia s'était éteinte dans ce palais en 1896. Elle avait alors quatre-vingt-quatre ans. Aldo en avait treize; assez pour avoir appris à aimer cette grande dame à la dent dure et au caractère intraitable, dont l'âge ne réussit jamais à éteindre l'indomptable vitalité. À cause de ses exploits, on la tenait dans la famille pour une héroïne.

Mariée à dix-sept ans au comte Angelo Morosini qu'elle ne connaissait pas mais qu'elle avait tout de suite aimé, elle se retrouvait veuve six mois plus tard. Pour incitation à la révolte, les Autrichiens, alors maîtres de Venise, avaient fusillé son époux contre un mur de l'Arsenal, changeant dès cet instant la jeune femme en furie vengeresse[1]. Devenue une farouche bonapartiste et installée en

1. Voir *Les Loups de Lauzargues*, du même auteur chez le même éditeur.

France, Felicia, affiliée au carbonarisme, tentait d'arracher à la forteresse bretonne du Taureau son frère prisonnier à cause des mêmes opinions puis faisait le coup de feu sur les barricades parisiennes durant les Trois Glorieuses, pour la plus grande admiration du peintre Eugène Delacroix dont elle avait été l'une des amours inavouées. Ensuite, haïssant le roi Louis-Philippe qui l'avait jetée en prison, elle voulut arracher à sa cage dorée de Schönbrunn le duc de Reichstadt, le fils de l'Aigle qu'elle prétendait rétablir sur le trône impérial. La mort du prince l'en ayant empêchée, la comtesse Morosini, liée à la comtesse Camerata et devenue l'amie de la princesse Mathilde, consacra sa vie à la restauration de l'empire français dont, pendant de longues années, elle fut à la fois un agent actif et l'un des plus fiers ornements, lorsqu'elle consentait à se montrer à la cour des Tuileries.

Fidèle à elle-même autant qu'à son amour de la France, enfermée dans Paris durant le terrible siège qui acheva si dramatiquement le règne de Napoléon III, Felicia y reçut une grave blessure qui la mit à deux doigts de la mort. Elle avait alors cinquante-huit ans, mais l'amour d'un médecin de ses amis la sauva. Ce fut lui qui, la tourmente passée, l'obligea à regagner Venise où les grands-parents d'Aldo l'accueillirent en reine. De ce jour et à l'exception de quelques voyages à Paris et en Auvergne chez son amie Hortense de Lauzargues, donna Felicia ne quitta plus le palais Morosini où elle occupait auprès d'Aldo la place de la grand-mère défunte.

En dépit de la fatigue due à cette journée et à la nuit de voyage qui l'avait précédée, Aldo trouva tant de douceur à ce repas d'ombres qu'il le prolongea sans même songer à allumer une cigarette, écoutant les bruits de la maison. Ceux du dehors aussi : le tintement des gondoles amarrées contre les piliers rubannés des *palli*, un écho de musique au fond de la nuit, la sirène d'un navire entrant ou sortant du bassin de Saint-Marc. Et puis la voix de Cecina, le bruit discret des pas de Zaccaria apportant une dernière tasse de café. Tous ces riens retrouvés lui rendaient insupportable l'idée de se séparer de son palais.

Bien sûr, il y avait la solution suisse mais plus il y pensait, plus elle lui déplaisait. Au moins autant qu'aux deux nobles dames dont il sollicitait le conseil : l'une comme l'autre concevait seulement le mariage dans l'amour ou, tout au moins, dans l'estime mutuelle. Qu'il se laissât acheter leur ferait horreur...

Mais que faire ?

À ce moment, le regard d'Aldo, suivant les volutes bleues de la cigarette qu'il avait enfin allumée, tomba sur une statue chinoise de l'époque Tang, celle d'un génie guerrier grimaçant, qu'il avait toujours détestée. Sa valeur était incontestable et il s'en débarrasserait sans peine aucune. Se souvenant alors des coupes sombres effectuées par

Adriana dans ses possessions et du fait que donna Isabelle les avait approuvées, il sentit qu'il y avait là une bonne réponse à ses questions muettes. Sa demeure contenait un nombre incroyable d'objets anciens dont certains lui étaient chers, d'autres beaucoup moins. Ce n'étaient pas les plus nombreux et il faudrait déployer un certain courage mais les circuits d'antiquités pouvaient être un bon moyen de retrouver la trace du saphir. En outre, les conseils ne lui manqueraient pas : il comptait parmi ses amis parisiens un homme de goût et d'expérience, Gilles Vauxbrun, dont le magasin de la place Vendôme était l'un des plus beaux de la capitale. Celui-là ne refuserait pas de guider ses premiers pas.

Lorsqu'il abandonna le salon des Laques pour regagner sa chambre, Aldo souriait. Il monta lentement, polissant son idée, la caressant même tandis que son regard commençait à effectuer un choix, pour ne pas dire un tri. Avec un peu de chance, il arriverait peut-être à sauver sa maison et – pourquoi pas ? – à refaire fortune ?

C'est ainsi que le prince Morosini devint antiquaire...

Première partie

L'HOMME DU GHETTO

Printemps 1922

CHAPITRE 1

UN TÉLÉGRAMME DE VARSOVIE

– Vous avez raison : c'est une pure merveille !

Morosini prit entre ses doigts le lourd bracelet moghol où, enchâssée dans de l'or ciselé, une profusion d'émeraudes et de perles enveloppait d'une folle végétation un bouquet de saphirs, d'émeraudes et de diamants. Il le caressa un moment puis, le posant devant lui, il attira d'une main une forte lampe placée sur un coin de son bureau et l'alluma pendant que, de l'autre, il encastrait dans son orbite une loupe de joaillier.

Violemment éclairé, le bracelet se mit à étinceler de feux qui allumèrent des éclats bleus et verts aux quatre coins de la pièce. On aurait dit qu'un volcan miniature venait de s'ouvrir au cœur d'une toute petite prairie. Durant de longues minutes, le prince contempla le joyau, et ses yeux étaient ceux d'un amoureux. Il le fit jouer dans la lumière puis, s'arrachant à sa contemplation, il le reposa sur son lit de velours, éteignit la lampe et soupira :

– Une véritable splendeur, sir Andrew, mais

vous auriez dû savoir que ma mère ne l'accepterait pas.

Lord Killrenan haussa les épaules et fit toute une affaire de reloger son monocle sous la broussaille de son arcade sourcilière.

— Naturellement, je le savais, et elle n'y a pas manqué. Mais cette fois, j'ai insisté : ce bijou est peut-être le seul parmi ceux qu'offrit Shah Jahan à son épouse bien-aimée Mumtaz Mahal qui ne dorme pas avec elle sous les marbres du Taj. C'est un symbole d'amour, bien sûr. En le lui donnant j'avais bien précisé qu'il ne l'obligeait pas à devenir comtesse de Killrenan. J'avais entendu dire qu'elle se séparait de ses propres pierres et je voulais la voir sourire. J'ai eu mieux : elle a ri, mais il y avait des larmes dans ses yeux. J'ai senti que je l'avais émue et j'en ai été presque aussi heureux que si elle avait accepté mon présent. Et quand je suis reparti, j'emportais un tout petit peu d'espoir et puis... J'étais à Malte quand j'ai appris sa mort. Elle m'a assommé. Je me reprochais de n'être pas resté plus longtemps auprès d'elle. Là-dessus, je me suis enfui au bout du monde. Je... je crois que je l'aimais beaucoup...

Le monocle ne résista pas à cette émotion et retomba sur le gilet. D'une main un peu tremblante, le vieux lord sortit de sa poche un mouchoir pour essuyer le bout de son nez, tira sur sa longue moustache avant de remettre le rond de verre en place puis, ayant ainsi donné tous les signes d'une émotion extrême, il se mit à examiner les caissons du plafond. Morosini sourit :

— Je n'en ai jamais douté. Elle non plus, mais puisque vous avez vu ma mère peu de temps avant son départ, dites-moi comment vous l'avez trouvée. Vous est-elle apparue souffrante ?

— Pas le moins du monde. Un peu nerveuse peut-être.

— Puis-je demander, sir Andrew, pourquoi vous m'apportez ce bracelet à présent ?

— Pour que vous le vendiez. Donna Isabelle n'en a pas voulu et il a de ce fait perdu la plus grande partie de sa valeur sentimentale. Reste la valeur intrinsèque. Cette fichue guerre a fait des trous dans les fortunes les mieux assises, en même temps qu'elle en suscitait d'autres un peu trop clinquantes. Si je veux continuer à naviguer à ma fantaisie sans trop écorner le patrimoine de mes héritiers, je dois faire quelques sacrifices. Celui-là n'en est même pas un puisque je n'ai jamais considéré ce bijou comme m'appartenant. Vendez-le au mieux et envoyez l'argent à ma banque. Je vous en donnerai l'adresse.

— Mais enfin pourquoi moi et maintenant ? Voilà quatre ans que ma mère est morte et vous n'aviez guère intérêt à revenir ici ? Pourquoi ne pas avoir confié le bracelet à Sotheby ou encore à quelque grand joaillier parisien : Cartier, Boucheron, que sais-je ?

Derrière sa rondelle de verre, l'œil bleu du vieil homme pétilla :

— J'aime l'idée qu'il séjourne ici quelque temps. Et puis vous avez acquis, mon cher, une assez belle réputation d'expert depuis que vous avez choisi de vous faire boutiquier.

La nuance sarcastique n'échappa pas à Morosini qui releva aussitôt :

— Est-ce que ceci ressemble à une boutique ? Vous m'en voyez surpris.

Son geste embrassa le décor luxueux de son bureau où d'anciennes boiseries montées en bibliothèques vitrées encadraient une fresque inachevée de Tiepolo. Peintes en deux tons de gris, elles s'harmonisaient à merveille au jaune doux des tentures de velours et du précieux tapis chinois sur lequel reposaient peu de meubles, mais très beaux : un bureau Mazarin signé Henri-Charles Boulle et trois fauteuils de même époque habillés de velours, et surtout, supportant un antiphonaire enluminé largement ouvert, un grand lutrin de bois doré dont un aigle aux ailes déployées supportait le pupitre.

Lord Killrenan haussa des épaules désinvoltes :

— Vous savez bien que non, mais vous n'en êtes pas moins devenu commerçant, vous qui appartenez à l'une des douze familles appelées Apostoliques qui, sur une île presque déserte, élirent en 697 le premier Doge Paolo Anafesto... et c'est dommage !

Morosini eut un petit salut ironique :

— Je rends hommage à votre érudition, sir Andrew, mais puisque vous connaissez si bien notre histoire, vous devriez savoir que la pratique du commerce n'a jamais fait rougir un Vénitien même de vieille souche puisque c'est du négoce soutenu par les armes qu'est venue à la Sérénissime République son ancienne richesse. Et si certains de mes ancêtres ont commandé des navires, des escadres et même régné temporairement sur leur cité, le rez-de-chaussée de ce palais dont j'ai fait mon magasin et mes bureaux était jadis un entrepôt. Et puis je n'avais pas le choix si je voulais conserver au moins mes murs. À présent, si vous me considérez comme déchu...

Il avait repris l'écrin sur son bureau et le tendait d'une main péremptoire. Que l'Écossais repoussa :

— Pardonnez-moi! murmura-t-il. J'ai été maladroit... peut-être parce que je voulais vous éprouver. Gardez ceci et vendez-le!

— J'essaierai de vous donner satisfaction le plus vite possible...

— Rien ne presse! Faites pour le mieux, voilà tout!...

— Quand vous reverrai-je ?

— Peut-être plus jamais! J'ai l'intention de retourner aux Indes puis de visiter le Pacifique en descendant vers la Patagonie... et à mon âge...

Après lui avoir remis un reçu et noté l'adresse de sa banque, Morosini raccompagna son visiteur au canot qui allait le ramener à son yacht. Mais au moment où ils se serreraient la main, le vieux lord retint un instant celle d'Aldo :

— J'allais oublier! Vendez à qui vous voulez... sauf à l'un de mes compatriotes! Vous avez compris?

— Non, mais si c'est votre désir?

— C'est plus qu'un désir, c'est une volonté. À aucun prix le bracelet moghol ne doit entrer dans une maison britannique!...

Depuis son installation, le prince-antiquaire avait rencontré suffisamment de caprices chez ses clients pour s'étonner de celui-là.

— Soyez tranquille! L'âme de Mumtaz Mahal n'aura pas lieu de se courroucer, assura-t-il avec un dernier geste d'adieu.

Revenu dans son cabinet de travail, il ne résista pas à l'envie de contempler une fois encore le précieux dépôt. Il ralluma sa lampe et resta de longues minutes à s'emplir les yeux et l'âme du scintillement des gemmes. La fascination qu'exerçaient sur lui des pierres parfaites — plus encore si elles étaient liées à l'Histoire — grandissait au même rythme que sa maison d'antiquités.

Le succès de son entreprise avait été immédiat. À peine savait-on que le *palazzo* Morosini se changeait en magasin d'exposition qu'une volée de touristes et de curieux s'y abattait. Principalement des Américains. Par bateaux entiers, ceux-ci déferlaient sur l'Europe qui ne les connaissait pas. Ils achetaient à pleines malles, à pleins paquebots et sans presque marchander. Ils disaient: «*How much?*» d'une voix nasillarde de vieux phonographe et le tour était joué...

Un télégramme de Varsovie

Pour sa part, Morosini vendit à une incroyable vitesse et à des prix inespérés les quelques meubles, tapisseries et objets divers qu'il sacrifia pour lancer son affaire. Il aurait pu vendre en trois mois le contenu de la Cà Morosini et se retirer après fortune faite car, éblouis par cet étonnant magasin vieux de plusieurs siècles, dallé de marbre, peint à fresque et abondamment armorié, ses clients se sentaient prêts à toutes les folies. Il refusa au moins vingt fois de vendre les murs eux-mêmes à des prix qui auraient suffi pour le palais des Doges!

Bien nanti désormais, il put se lancer à son tour à la chasse aux objets rares. Particulièrement, les bijoux. Par goût personnel d'abord, mais aussi dans l'espoir de retrouver la trace du saphir envolé.

Sans succès jusqu'à présent. En revanche, sa réputation d'expert en pierres précieuses anciennes s'établit grâce à un fantastique coup de chance : la découverte à Rome, dans une maison en démolition où il était venu acheter des boiseries, d'une pierre verte, sale et incrustée aux trois quarts dans une gangue de boue solidifiée et de caillasse, qu'il identifia, une fois nettoyée, comme étant non seulement une grosse émeraude mais encore l'une de celles dont l'empereur Néron se servait pour contempler les jeux du cirque. Ce fut un vrai triomphe.

Accablé de demandes d'achat, il eut l'élégance de donner la préférence au musée du Capitole pour un prix dérisoire qui n'emplit pas sa caisse, mais assit sa renommée. Sans oublier le fait que l'aristocratie vénitienne, qui ne s'était guère privée de bouder ses débuts, se hâta de lui rendre ses bonnes grâces. On le consulta au sujet de parures ancestrales et, en cette année 1922, s'il continuait d'acheter meubles anciens et objets rares, il n'en était pas moins en passe de devenir l'un des meilleurs experts européens en matière de pierreries.

Tandis qu'il contemplait le bracelet, il regrettait de ne pouvoir l'acquérir pour son propre compte : le joyau eût été la pièce maîtresse de la petite collection qu'il commençait à peine. Mais si prometteur que soit son début de fortune, il n'en était pas encore à se permettre des folies et cet achat en serait une...

Secouant le charme, il alla enfermer, avec une sorte de hâte, le joyau dans la cachette perfectionnée qu'il avait fait installer derrière une boiserie à secret. C'était invisible et beaucoup plus discret que l'énorme coffre médiéval, infracturable et intransportable, où il rangeait officiellement ses papiers et ses pierres. Il eut cependant un sourire intérieur en pensant qu'avant de laisser partir l'ornement de la princesse moghole pour une collection privée il pourrait encore en repaître ses yeux et ses doigts. C'était une consolation.

Le panneau venait de reprendre sa place quand Mina, sa secrétaire, frappa et entra, une lettre à la main. Il l'interrogea du regard :

— Oui, Mina ?

— On vous écrit de Paris que la princesse

Ghika... je veux dire l'ancienne courtisane Liane de Pougy veut mettre en vente une série de tapisseries du XVIIIe siècle français. Êtes-vous intéressé ?

Morosini se mit à rire :

— Ce qui m'intéresse surtout c'est la tête que vous faites pour m'annoncer ça ! Vous auriez pu vous en tenir à la princesse, Mina, sans ajouter une précision qui paraît avoir du mal à passer.

— Veuillez m'excuser, monsieur, mais il y a en effet des fortunes dont j'ai peine à admettre la source. Selon moi, les très belles choses, le luxe, les objets rares, les bijoux de prix devraient être l'apanage des seules femmes convenables. C'est sans doute une conception un peu... hollandaise mais je comprends mal pourquoi en France, en Italie et dans plusieurs autres pays les femmes les mieux parées sont aussi les plus dévergondées.

Le regard bleu d'Aldo pétilla de malice :

— Quoi ? Pas la moindre cocotte de haut vol au pays des tulipes ? Pas la moindre « effeuilleuse » de classe enroulée dans les perles et la zibeline alors que, chez vous, les diamantaires poussent comme violettes au printemps ? Signorina Van Zelden vous me surprenez.

— S'il y en a, je ne veux pas le savoir, fit la jeune fille avec dignité. Que dois-je répondre pour les tapisseries ?

— Non. Nous en avons déjà pas mal et cela tient de la place. Sans compter ce qu'en pensent les mites !

— Bien. Je vais répondre dans ce sens.
— Au fait, qui donc écrivait?

La secrétaire ajusta ses lunettes pour mieux déchiffrer la signature:

— Une Mme de... Guebriac, je crois. Elle demande d'ailleurs si vous avez l'intention de vous rendre bientôt à Paris.

Dans la mémoire du prince-antiquaire surgit un joli visage aux dents un peu irrégulières mais aux charmantes fossettes. Depuis qu'il était dans les affaires, le nombre de femmes qui se faisaient un devoir de lui en signaler prenait des proportions flatteuses. Il tendit la main:

— Donnez-moi cette lettre! Je répondrai moi-même.

— Comme vous voudrez.

Elle allait sortir. Il la retint:

— Mina!

— Oui, monsieur.

— Je voudrais vous poser une question: quel âge avez-vous?

Derrière leurs verres cerclés d'écaille, les sourcils de la secrétaire remontèrent légèrement:

— Vingt-deux ans. Je croyais que vous le saviez, monsieur?

— Et il y a environ un an que vous travaillez pour moi, il me semble?

— En effet. Auriez-vous un reproche à me faire?

— Aucun. Vous êtes parfaite... ou plutôt vous pourriez l'être si vous consentiez à vous habiller de façon moins sévère. J'avoue ne pas vous comprendre : vous êtes jeune, vous habitez Venise où les femmes sont coquettes, et vous portez des vêtements d'institutrice anglaise. Vous n'avez pas envie de vous mettre un peu en valeur ?

— Je ne crois pas que nos clients apprécieraient une secrétaire aux allures évaporées...

— Sans aller jusque-là, il me semble qu'un peu moins de rigueur...

Son regard remontait la mince et longue silhouette de Mina, depuis les solides richelieu en cuir marron en passant par le tailleur assorti dont la jupe descendait aux chevilles sous une jaquette allongée en pointe dans le dos qui affectait un peu la forme d'un cornet de frites. Le tout à peine éclairé par un chemisier de piqué blanc à col étroit. Quant au visage aux traits fins et à la peau claire semée de quelques taches de rousseur sur un nez délicat, il disparaissait à moitié derrière de vastes et brillantes lunettes à l'américaine sous lesquelles il était impossible de distinguer la couleur exacte des yeux. Tout ce que Morosini avait pu noter en passant, c'est qu'ils étaient sombres, assez grands et plutôt vifs. Pas l'ombre d'un maquillage, bien sûr ! Quant à la chevelure aux somptueux reflets roux, elle était tirée, nattée, disciplinée en un gros chignon massé dans le cou dont pas un cheveu ne dépassait. En résumé, Mina Van Zelden aurait peut-être été charmante arrangée autrement mais, dans l'état actuel des choses, elle ressemblait davantage à une austère gouvernante qu'à la secrétaire d'un prince-marchand aussi élégant que séduisant. Il est vrai qu'elle semblait remporter un vif succès auprès des clients anglo-saxons, leur donnant, dans ce palais un rien voluptueux, la note de gravité qui inspirait confiance.

Mina ne s'émut pas de la remarque patronale, se contentant de faire observer qu'une secrétaire n'avait pas besoin d'être belle et que Morosini ne l'avait pas engagée pour ça. Point final.

Pourtant, son entrée *in casa Morosini* s'était effectuée d'une façon assez originale et même plutôt piquante. Alors qu'il sortait d'une messe de mariage à l'église San Zanipolo [1], le prince qui reculait pour admirer la sortie du cortège nuptial avait sans le vouloir heurté quelqu'un et entendu un grand cri. En se retournant, il eut juste le temps de voir deux jambes féminines disparaître à la renverse dans le rio dei Mendicanti : c'était Mina qui, à ce moment, reculait elle aussi pour mieux contempler la puissante statue équestre du Colleone, le condottiere, érigée devant l'église. Elle venait de faire un plongeon dans l'eau sale du canal.

Morosini, désolé, se hâta de lui porter secours avec l'aide de sa gondole et de Zian qui attendaient tout près de là. On tira la sinistrée de l'eau, on l'étendit dans le bateau et Aldo la fit ramener au palais où Cecina s'en occupa avec la compétence et

1. San Giovanni e Paolo, en dialecte vénitien.

la vigueur qu'on lui connaissait. Elle réussit à la faire parler et même à la confesser : la jeune Hollandaise pleurait comme une Madeleine la perte de son sac, tombé au fond du rio avec tout son argent. Seul son passeport, resté avec sa valise à la petite pension pour dames où elle était descendue, échappait au désastre.

Comme il n'existait pas de souci ou de chagrin capable de résister à la grosse femme, la naufragée nourrie de *mandorle*[1] et de café en vint presque à considérer son hôtesse comme une mère. De son côté celle-ci, apitoyée par la mine misérable de la jeune fille et son irréprochable italien, décidait de prendre ses intérêts en main. Et s'en alla trouver Aldo pour voir avec lui ce que l'on pouvait faire dans ce sens...

Par chance, Morosini pouvait beaucoup. Il venait de se séparer de sa secrétaire, la signora Rasca, qui avait tendance à confondre ses fonctions avec celles d'un gardien de musée et amenait quotidiennement ses nombreux parents, amis et connaissances admirer les belles choses que vendait son patron, poussant même l'esprit de famille jusqu'à fermer les yeux quand l'un ou l'autre des visiteurs décidait d'emporter un modeste souvenir. Aussi, après quelques instants d'entretien avec sa rescapée, le prince se sentit-il enclin à partager la façon de voir de Cecina : Mina, outre son hollandais

---

1. Tarte aux amandes.

natal, parlait quatre langues. Quant à sa culture artistique, elle était tout à fait convenable.

Estimant leur joute oratoire terminée, Morosini choisit de lui laisser le dernier mot. Tirant sa montre, il constata qu'il n'était pas loin de midi, prit sur un meuble ses gants et son chapeau, et ouvrit la porte du bureau de Mina pour lui rappeler qu'il déjeunait avec un client.

Amarré devant le perron, un *motoscaffo* flambant neuf – acajou blond et cuivres étincelants! – attendait, superbe et anachronique. C'était l'un des premiers canots à moteur qui circulaient sur la lagune. Aldo trouvait un plaisir enfantin à conduire ce beau jouet, presque aussi racé qu'une gondole et signé Riva, qui le confortait dans l'opinion qu'il fallait vivre avec son temps...

Il mit le moteur en marche et démarra doucement. Le *Guidecca* traça une impeccable courbe à peine crêtée d'écume dans l'eau du canal puis piqua droit sur San Marco.

Le temps d'avril était frais, doux et sentait les algues. Le prince-antiquaire s'emplit les poumons de la brise marine qui venait du Lido et lâcha ses chevaux. Dans le bassin, à l'aplomb de San Giorgio Maggiore, un navire de guerre hérissé de canons gris déversait une bordée de marins vêtus de toile blanche à quelques encablures du *Robert-Bruce*. Le yacht noir de lord Killrenan procédait à ses manœuvres d'appareillage.

Morosini le salua du geste avant de piquer sur le

Un télégramme de Varsovie

palais ducal, qui, dans le soleil capricieux, ressemblait à une large broderie rose frangée de dentelle blanche. Heureux sans trop savoir pourquoi, il arrima son bateau, sauta sur le quai en prenant soin de rectifier son nœud de cravate, adressa un bonjour cordial au procureur Spinelli qui bavardait avec un inconnu au pied de la colonne de San Teodoro, sourit à une jolie femme vêtue de bleu ciel et entreprit de traverser la Piazzetta.

Des nuages de pigeons blancs tournoyaient avant de se poser sur les marbres encore luisants d'une pluie récentes et Aldo s'accorda un instant pour les regarder. Il aimait ce temps de midi qui mettait du mouvement au cœur de la ville. C'était l'heure où, devant San Marco, ses coupoles dorées et ses chevaux de bronze, le « grand salon » de Venise recevait sur ses dalles ornées d'une blanche géométrie ses visiteurs étrangers et ses fidèles en cette sorte de carnaval permanent qui renaissait chaque jour, à midi et au coucher du soleil. Alors les cafés de la place accueillaient leur contingent de consommateurs bruyants dont les conversations s'arrêtaient à peine lorsque, sous les marteaux des deux Maures de bronze, la grande cloche plantée sur la tour de l'Horloge sonnait les heures lumineuses de Venise.

Morosini savait bien qu'en passant devant le célèbre Florian il se ferait héler cinq ou six fois mais il était décidé à ne pas s'arrêter car il avait donné rendez-vous pour déjeuner chez Pilsen à un client hongrois et il détestait arriver le second lorsqu'il invitait quelqu'un.

Soudain, il jura silencieusement en constatant que le destin était contre lui et qu'il avait une bonne chance d'être en retard : une extraordinaire apparition venait à lui sous les regards rendus fixes des badauds. Celle qui s'avançait était la dernière dogaresse, la reine sans couronne de Venise et son ultime magicienne : la marquise Casati, qui voguait vers lui au pas lent des spectres, impériale, dramatique à souhait et pâle comme la mort, dans un enroulement de velours pourpre. Un page, vêtu de même couleur, la précédait, tenant au bout d'une laisse assortie au collier d'or clouté de rubis une panthère trop nonchalante pour n'être pas droguée. Un peu en retrait de la marquise, une femme venait, comme sacrifiée...

Lorsque l'on rencontrait Luisa Casati, il fallait se faire à l'idée que ses cheveux auraient changé de couleur depuis la précédente fois. Ils semblaient avoir à leur disposition toutes les nuances de l'arc-en-ciel et, ce jour-là, sous les plumes fulgurantes du chapeau, ils étaient d'un roux aveuglant. Très grande, le visage livide dévoré par d'énormes yeux noirs encore élargis par un maquillage charbonneux, la bouche pareille à une blessure fraîche, la Casati s'avançait d'un pas majestueux en serrant contre sa poitrine une brassée d'iris noirs. Sur ses pas, les gens se figeaient comme en face d'un masque de Méduse ou encore de la Mort, dont la marquise se plaisait à évoquer parfois les rites lugubres, mais elle se souciait peu de l'effet produit. Tout à coup souriante, elle vint à Morosini qui déjà s'inclinait, lui tendit une main royale alourdie d'un anneau qui aurait pu servir au couronnement d'un pape puis, braquant sur lui un monocle serti de diamants, elle s'écria d'une voix aux sonorités de violoncelle :

— Cher Aldo ! Quel plaisir de vous voir bien que vous n'ayez pas répondu à mon invitation pour le bal de ce soir. Je pense qu'il n'y a pas de votre faute : les cartons ont été envoyés en dépit du bon sens... mais vous n'en avez même pas besoin et je compte sur vous, naturellement...

C'était à peine une question. La Casati n'en posait que rarement et se passait en général de la réponse. Elle habitait sur le Grand Canal un palais de marbre, de porphyre et de lapis-lazuli menaçant ruine mais drapé de lierre romantique et de glycines. C'était la Casa Dario, où elle avait aménagé des salons grandioses. Elle y vivait parmi les objets précieux, les fourrures et la vaisselle d'or, entourée de gigantesques serviteurs noirs qu'elle habillait, suivant son humeur, en princes orientaux ou en esclaves. Les fêtes qu'elle y donnait étaient étourdissantes, cependant Morosini n'en goûtait pas toujours l'originalité. Ainsi ce fameux soir où, descendant de sa gondole, il fallut passer entre deux tigres de belle taille et on ne peut plus vivants, puis constater que les porte-flambeaux égrenés le long de l'escalier étaient de jeunes gondoliers à peu près nus mais peints en or, ce dont l'un d'eux devait mourir dans la nuit. Ce drame ne fit qu'ajouter une touche sinistre à la légende de la Casati, sans cesse grandissante depuis que, pour faire danser deux cents invités, elle avait loué la Piazzetta que l'on ferma au vulgaire par un cordon de ses domestiques vêtus de pagnes écarlates et reliés entre eux par des chaînes dorées. En fait, il n'était pas d'excentricité qu'on ne lui prêtât. On disait même que dans sa demeure française du Vésinet, le charmant palais Rose qu'elle avait acheté à Robert de Montesquiou, elle élevait des serpents. Ce qui était d'ailleurs l'exacte vérité.

Morosini, n'étant pas tenté par le fameux bal, répondit qu'il n'était pas libre. Les sourcils couleur d'encre se relevèrent d'un cran.

— Êtes-vous devenu boutiquier au point d'oublier qu'on ne refuse pas de vivre chez moi un instant d'éternité ?

— Si, justement ! fit Morosini que la répétition de l'étiquette commençait à agacer. La boutique a de ces exigences. Ainsi je pars ce soir pour Genève où je dois conclure une importante affaire. Il faudra me pardonner.

— Sûrement pas ! Vous n'avez qu'à téléphoner que vous avez la grippe. Les Suisses ont horreur des microbes et vous partirez plus tard. Allons, cessez de vous faire prier !... surtout si vous souhaitez entendre des nouvelles d'une dame que vous aimiez beaucoup.

Quelque chose frémit aux environs du cœur d'Aldo.

— J'en ai aimé quelques-unes...
— Mais celle-là plus que les autres. Du moins tout Venise en était persuadé...

Troublé, il hésitait à répondre. Ce fut la compagne de la marquise, la créature « sacrifiée », qui le tira d'embarras en s'avançant sur le devant de la scène et en déclarant avec quelque impatience :

— Ne serait-il pas temps, Luisa, que vous me présentiez monsieur ? Je n'aime pas beaucoup que l'on m'oublie...

— C'est en effet inexcusable, madame, fit Aldo en souriant. Je suis le prince Morosini et je vous supplie de me pardonner d'avoir été non seulement aussi grossier que notre amie, mais aveugle de surcroît.

La dame était ravissante. Elle ne devait sa beauté ni à la lumière irisée de l'Adriatique, ni à ses vêtements élégants, ni à son discret maquillage. Mince et blonde, elle portait un tailleur grège d'une coupe parfaite qui n'avait rien à voir avec le « cornet de frites » de Mina Van Zelden. En dépit du mécontentement qu'elle exprimait, sa voix était douce et mélodieuse. Quant à ses yeux gris clair, ils étaient insondables à force de transparence. Une bien jolie créature !...

— Eh bien, fit la marquise avec une bonne humeur inattendue, me voilà bien arrangée ! Il est vrai que j'ai un peu tendance à monopoliser le devant de la scène. Pardonnez-moi, ma chère, et, puisqu'il s'est présenté lui-même, souffrez que je lui apprenne qui vous êtes. Aldo, voici lady Mary Saint Albans, venue tout exprès pour danser chez moi. Une raison de plus de vous y rendre. À présent, nous devons rentrer !

Sans attendre de réponse et avec un dernier geste amical, la Casati se dirigea vers la gondole à proue d'argent qui l'attendait. La belle Anglaise, elle, se retourna pour offrir un sourire à celui qu'on laissait là. Assez désorienté d'ailleurs et ne sachant trop quel parti prendre. À l'émotion qui lui venait à l'idée d'avoir enfin des nouvelles de Dianora, il devait bien admettre une fois de plus qu'il n'était pas guéri. Aurait-il assez de force d'âme pour ne pas se rendre à l'ukase de Luisa ? Le client qu'il devait voir était important. D'autre part, son orgueil se révoltait à l'idée de courir, comme un toutou bien dressé, à l'appât du sucre qu'on lui tendait.

Peut-être fût-il resté encore un bon moment figé sur place à suivre d'un regard distrait le sillage pourpre de la dame aux iris noirs si une voix amusée ne s'était élevée soudain :

– Que te disait donc la Sorcière ? Aurait-elle choisi d'arborer aujourd'hui le masque de Méduse ?

Décidément, il était écrit que Morosini serait en retard à un rendez-vous dont le souvenir lui revenait ! Avec un léger soupir, il se retourna pour considérer sa cousine Adriana...

— On croirait que tu ne la connais pas ? Elle m'intimait l'ordre de me rendre au bal qu'elle donne ce soir alors que j'ai autre chose à faire...

Adriana se mit à rire. Elle était en beauté et semblait d'excellente humeur. Vêtue d'un tailleur noir et blanc à la dernière mode, coiffée d'un charmant chapeau blanc poignardé d'un « couteau » noir, elle offrait une parfaite image d'élégance.

— C'est simple : n'y va pas ! Elle serait capable de te faire dévorer par sa panthère et peut-être même de te jeter dans son vivier. De mauvaises langues prétendent qu'elle y élève des murènes dans la grande tradition des empereurs romains...

— Elle en est bien capable. N'empêche que l'on mange divinement chez elle.

— Chez Momin aussi ! Tu devrais m'inviter à déjeuner : j'ai très faim et il y a longtemps que nous n'avons pas bavardé tous les deux...

— Désolé, je ne peux pas. Bathory doit déjà m'attendre chez Pilsen !

— L'homme aux émaux champlevés ?

— Tout juste ! Je ne peux pas l'inviter chez moi parce qu'il n'aime que la choucroute et que Cecina, de ce fait, le considère comme un insoutenable barbare. Cela dit, je le regrette vivement. Tu es superbe !

Elle rit en pivotant sur elle-même à la manière d'un mannequin.

— Incroyable, n'est-ce pas, ce que peut faire la magie d'un couturier parisien ? Tu vois, je porte l'une des dernières créations de Madeleine Vionnet... et une partie du Longhi que tu as si bien vendu pour moi. Et ne me dis pas que c'est une folie : si je veux me remarier, il faut que je soigne mon apparence... Au fait, si tu es en retard, marchons! Je t'accompagne jusque chez Pilsen...

Le couple allait atteindre la célèbre taverne implantée jadis à Venise au temps de l'occupation autrichienne et dont le petit jardin accueillait toujours un solide contingent d'amateurs de charcuteries d'origine, quand Mina surgit tout à coup. Rouge, essoufflée et décoiffée, elle n'avait même pas pris le temps de mettre son chapeau et paraissait très émue :

— Grâce à Dieu, monsieur, vous n'êtes pas encore à table, s'écria-t-elle.

— Ah ça, mais c'est une conspiration ? On dirait que tout le monde se ligue pour m'empêcher de déjeuner, ici! Que vous arrive-t-il, Mina ? Rien de grave, j'espère, ajouta-t-il plus sérieusement.

— Je ne pense pas mais il y a ce télégramme et il vient de Varsovie... Il m'est apparu que vous deviez être prévenu très vite. Si vous voulez vous rendre à ce rendez-vous, il faut que vous puissiez prendre le train pour Paris en fin d'après-midi afin d'attraper le Nord-Express qui part demain soir et moi il faut que je retienne vos places...

Elle avait sorti de sa poche un papier bleu qu'elle offrait tout déplié. Sans répondre, Morosini parcourut le télégramme qui était assez court :

« Si êtes intéressé par affaire exceptionnelle, serai heureux de vous rencontrer à Varsovie le 22. Trouvez-vous vers huit heures du soir à la taverne Fukier. Salutations distinguées. Simon Aronov. »

— Qui est-ce ? demanda Adriana qui avec le sans-gêne de l'intimité s'était arrogé le droit de lire par-dessus l'épaule de son cousin.

Trop surpris pour avoir entendu la question, Morosini ne répondit pas. Il réfléchissait mais, comme la comtesse répétait sa demande, il fourra le télégramme dans sa poche et sourit avec une apparente liberté d'esprit.

— Un client polonais. Pas dépourvu d'intérêt, du reste ! Mina a raison, il vaut mieux que je rentre.

— Eh bien, mais... et ton Hongrois ?

— J'allais l'oublier celui-là !

Il réfléchit encore un court instant puis se décida :

— Écoute, puisque tu es là et que tu as faim, tu vas me rendre un grand service : va déjeuner à ma place avec Bathory. Tu diras à Scapini, le maître d'hôtel, que vous êtes mes invités...

— Que nous.... mais qu'est-ce que je vais lui dire, moi, à cet homme ?

— Eh bien... que je dois m'absenter et que je t'ai priée de lui tenir compagnie. Il ne sera pas surpris puisqu'il te connaît déjà et je peux même t'assurer qu'il sera très content. Il aime les jolies femmes au moins autant que les émaux du XIIe siècle, l'animal, et si d'aventure il tombait amoureux de toi, tu ferais la meilleure affaire de ta vie. Il est veuf, plus noble que nous deux réunis puisqu'il est de sang royal, follement riche et pourvu de terres sur lesquelles le soleil ne se couche presque jamais.

— Possible, mais la dernière fois que je l'ai vu il sentait le cheval.

— Normal! Comme tous les Hongrois de grande souche, il est moitié homme moitié cheval. Il a des écuries magnifiques et monte comme un dieu. Ceci compense cela.

— Comme tu y vas! La *puszta* ne me tente pas plus que de passer ma vie sur la croupe d'un centaure. Et puis...

— Adriana, tu me fais perdre mon temps! Va toujours déjeuner avec lui! Quant aux émaux, tu les lui montreras demain. Je les sortirai et tu n'auras qu'à les demander à Mina. Avec les prix... Fais ça pour moi, je te le revaudrai, ajouta-t-il du ton caressant qu'il savait prendre dans certaines occasions et qui manquait rarement son effet.

Un instant plus tard, Adriana Orseolo faisait chez Pilsen une entrée digne de la Casati. Elle avait à peine franchi la porte que Morosini rebroussait chemin vers San Marco en remorquant sa secrétaire pour rejoindre son bateau.

Le télégramme qui gisait au fond de sa poche le troublait un peu, mais surtout lui procurait cette excitation spéciale du chasseur qui flaire une piste chaude. Recevoir une invitation d'un personnage quasi mythique n'avait rien d'ordinaire.

En effet, s'il était inconnu du grand public, le nom de Simon Aronov atteignait à la légende dans le milieu restreint, fermé et secret, des grands collectionneurs de joyaux. Et si les silhouettes de lord Astor, de Nathan Guggenheim, de Pierpont Morgan ou d'Harry Winston, le joaillier new-yorkais, apparaissaient dans les grandes ventes internationales, il n'en allait pas de même de ce Simon Aronov que personne n'avait jamais vu.

Une importante vente de bijoux anciens était-elle annoncée quelque part en Europe qu'un petit homme discret à barbiche de chèvre et chapeau rond venait prendre place dans la salle. Il n'ouvrait pas la bouche, se contentant de gestes discrets à l'adresse du commissaire-priseur qui semblait toujours plein de révérence envers lui et, souvent, il emportait des pièces à faire pleurer de rage les conservateurs de musée.

On avait fini par savoir qu'il se nommait Élie Amschel et qu'il était l'homme de confiance d'un certain Simon Aronov dont il expliquait volontiers l'absence perpétuelle par une impossibilité physique, mais il se refermait comme une huître dès qu'on lui posait d'autres questions, à commencer par le lieu de résidence de son patron. Les seules adresses connues de ce Juif, qui devait être puissamment riche, étaient celles des banques suisses qui géraient ses intérêts. Quant au petit M. Amschel, il achetait, revendait quelquefois et, toujours silencieux, toujours discret, toujours courtois, disparaissait pour retrouver à la sortie des salles de ventes un quator de gardes du corps de type asiatique, musclés et aussi avenants qu'une cage de fer.

La personnalité mystérieuse de Simon Aronov n'était pas sans soulever des curiosités, mais le monde hermétique des collectionneurs possédait ses lois qu'il pouvait être dangereux de transgresser ; celle du silence était la plus importante.

Tout en regagnant sa demeure, Morosini observait sa secrétaire du coin de l'œil. Il ne restait plus rien de l'agitation inhabituelle où l'avait jetée le télégramme. Sa coiffure remise en ordre, elle se tenait assise très droite à l'arrière du canot, les mains croisées sur ses genoux et regardant distraitement le paysage familier. L'espèce de passion qu'avait déchaînée en elle l'étrange message s'était effacée comme une risée sur les eaux d'un lac.

— Dites-moi, Mina, fit soudain Morosini, que savez-vous de Simon Aronov ?

— Je ne comprends pas, monsieur.

— C'est pourtant simple. Comment avez-vous su qu'un télégramme signé de ce nom pouvait avoir suffisamment d'importance pour me faire bouleverser mon emploi du temps et m'envoyer galoper à l'autre bout de l'Europe ?

— Mais... c'est un nom très connu parmi les collectionneurs.

— Certes, mais je ne me souviens pas d'en avoir parlé jusqu'à maintenant ?

— La mémoire vous fait défaut, monsieur. Je

crois même me rappeler que c'était à propos de la collection de perles noires de cette chanteuse française, Mlle Gaby Deslys, récemment décédée. Et puis, vous savez bien que j'ai travaillé quelque temps chez un diamantaire d'Amsterdam. Si vous trouvez que j'ai eu tort de vous déranger, ajouta-t-elle d'un ton offensé, je vous prie de m'en excuser et de...

— Ne dites donc pas de sottises ! Pour rien au monde je ne voudrais manquer ce rendez-vous...

Pour rien au monde en effet ! Le regard d'Aldo se posa un instant sur les mosaïques bleues et vertes du palais Dario, séduisant et précieux avec son lierre et les lauriers-roses qui en gardaient l'entrée. La gondole à proue d'argent était amarrée à l'un des *palli* rayés de noir et de blanc. En refusant l'invitation de la Casati, il risquait peut-être de perdre sa dernière chance de retrouver Dianora et aussi de se faire une ennemie de Luisa. Pourtant, même à ce prix, il ne renoncerait pas à son voyage en Pologne. Il éprouvait une sorte de lâche soulagement de se voir ainsi protégé d'un péril grave car, superstitieux comme tout bon Vénitien, il n'était pas éloigné de voir un signe du destin dans le papier chiffonné qui reposait dans sa poche. Dans quelques heures, il prendrait le train et oublierait jusqu'au souvenir de la Casati.

— Au fait, Mina, reprit-il, pourquoi donc m'envoyez-vous à Paris prendre le Nord-Express ? Ne serait-il pas plus simple d'aller chercher le

Trieste-Vienne et de relayer avec le Vienne-Varsovie ?

Le regard que sa secrétaire lui lança à travers les verres de ses lunettes était lourd de réprobation :

– J'ignorais que vous aviez du goût pour les wagons à bestiaux ! Le confort du Nord-Express est parfait à ce que l'on dit et, en outre, il vous amènera à Varsovie vingt-quatre heures avant le train de Vienne qui part seulement jeudi !

Morosini se mit à rire :

– Dire que vous avez toujours raison ! Une fois de plus, je suis battu à plates coutures. Que ferais-je sans vous !...

Rentré chez lui, Morosini écrivit à l'intention de la marquise Casati une lettre d'excuses. Puis il choisit dans ses salons un petit porte-flambeau ancien représentant un esclave noir ceinturé d'un pagne doré et appela Mina.

– Vous ferez porter cette lettre et cette babiole chez donna Luisa Casati dès que j'aurai quitté la maison mais pas avant, indiqua-t-il.

La jeune fille considéra le présent d'un œil critique :

– Est-ce que deux ou trois douzaines de roses ne seraient pas suffisantes ?

– Les roses, elle en use au moins une centaine par jour. Ce serait comme si je lui envoyais une botte d'asperges ou quelques côtelettes. Ceci lui conviendra mieux...

Mina marmotta quelque chose sur les goûts de

la dame pour les esclaves noirs, ce qui eut le don d'amuser Aldo :

— Voilà que vous donnez dans les cancans, Mina ? J'aimerais avoir le temps de discuter avec vous des préférences de notre amie mais mon train est dans trois heures et j'ai encore pas mal à faire...

Ayant dit, il s'en alla rejoindre Zaccaria déjà occupé à préparer sa valise en se demandant quel temps il pouvait bien faire à Varsovie en avril. Il était persuadé, sans trop savoir pourquoi, qu'il se trouvait à l'orée d'une aventure passionnante.

Il redescendait pour préparer les émaux du comte Bathory et mettre ordre à quelques papiers quand la voix de Mina alternant avec une autre parvint jusqu'à lui. De toute évidence, sa secrétaire était en train de jouer l'un de ses rôles préférés : celui de chien de garde.

— Il est impossible, milady, que le prince vous reçoive à cette heure. Il s'apprête à partir en voyage et n'a que peu de temps mais si je peux vous être de quelque utilité...

— Non. C'est lui que je veux voir et c'est extrêmement important. Dites-lui, je vous prie, que j'en ai seulement pour quelques minutes !...

Doué d'une oreille sensible, Aldo reconnut aussitôt ce timbre doux et chantant : la belle lady Saint Albans qu'il avait trouvée dans le sillage de la Casati ! Intrigué, car il se demandait ce qu'elle pouvait bien lui vouloir, il commença par consulter sa montre, décida qu'il pouvait distraire un petit quart d'heure et alla rejoindre les deux femmes...

— Merci, Mina, de votre dévouement, mais je vais pouvoir accorder une entrevue à madame. Oh, très brève!... Voulez-vous me suivre dans mon cabinet, lady Saint Albans?

Elle acquiesça d'une inclinaison de la tête et Morosini pensa qu'elle possédait décidément beaucoup de grâce.

— Eh bien? fit-il après lui avoir offert un siège, quelle est cette affaire qui ne souffre aucun retard? Ne pouvions-nous en parler tout à l'heure?

— En aucun cas! fit-elle catégorique. Je n'ai pas coutume de discuter sur une place publique de ce qui me tient à cœur...

— Je le conçois volontiers. Alors confiez-moi ce qui vous tient à cœur.

— Le bracelet de Mumtaz Mahal! Je suis certaine que mon oncle vous l'a apporté tout à l'heure et je suis venue vous prier de me le vendre.

Bien qu'il fût surpris, Morosini ne broncha pas.

— Puis-je demander d'abord qui est votre oncle? C'est un peu court comme signalement.

— Lord Killrenan, voyons! Je suis surprise qu'il faille vous le préciser. Il est bien venu vous voir, ce matin, et le but de sa visite ne pouvait être que la vente du bracelet.

Le visage soudain sévère, Aldo se leva pour indiquer qu'il n'entendait pas poursuivre le dialogue.

— Sir Andrew était un grand ami de ma mère, lady Mary. Il veut bien me continuer cette amitié et jamais il n'a fait escale à Venise sans venir passer un moment chez nous. Comment sa nièce peut-elle ignorer ce détail ?

— Je ne suis sa parente que par alliance et je ne suis mariée que depuis un an. Je dois ajouter qu'il ne m'aime guère mais comme il n'aime personne, je n'ai pas à m'en offusquer...

— Sait-il votre présence à Venise ?

— Je me serais bien gardée de la lui révéler mais, ayant appris qu'il ferait escale ici avant de reprendre la route des Indes, je l'ai suivi, ajouta-t-elle avec un demi-sourire en levant ses beaux yeux gris sur son interlocuteur. Quant au bracelet...

— Je n'ai aucun bracelet, coupa Morosini, choisissant de s'en tenir aux ordres de son vieil ami : le joyau ne devait être vendu, à aucun prix, à l'un de ses compatriotes et Mary Saint Albans était anglaise. Sir Andrew est venu me dire adieu avant le grand voyage qu'il entreprend et dont il ignore quand il prendra fin.

— C'est impossible ! s'écria la jeune femme en se levant à son tour. J'ai la certitude qu'il emportait le bracelet avec lui et je jurerais qu'il vous l'a confié ! Oh, prince, je vous en prie : je donnerais tout ce que je possède pour ce bijou...

Elle était de plus en plus jolie et même assez touchante mais Aldo refusa de se laisser attendrir...

— Je vous l'ai dit, je sais seulement, de cet objet, que lors de sa dernière visite, il y a plus de quatre ans, sir Andrew avait voulu l'offrir à ma mère dont il était épris depuis de longues années mais elle l'a refusé. Ce qu'il a pu en faire depuis...

— Il l'a toujours, j'en suis certaine, et maintenant il est parti !...

Elle semblait vraiment désespérée, tordant ses mains dans un geste convulsif tandis que les larmes montaient à ses prunelles transparentes. Aldo ne savait que faire d'elle quand, soudain, elle vint vers lui presque à le toucher. Il put sentir son parfum, voir de tout près ses beaux yeux implorants :

— Dites-moi la vérité, je vous en conjure ! Vous êtes bien certain... qu'il ne vous l'a pas remis ?

Il faillit se fâcher, choisit de se mettre à rire :

— Mais quelle obstination ! Ce bijou doit être exceptionnel pour que vous souhaitiez vous l'approprier !

— Il l'est ! C'est une pure merveille.... mais il vous l'a au moins montré ?

— Mon Dieu, non ! fit Morosini avec désinvolture. Il se doutait bien que j'aurais le même désir que vous de l'acquérir. Savez-vous ce que je pense ?

— Vous avez une idée ?

— Oui... et qui lui ressemblerait assez : n'ayant pu offrir le joyau à celle qu'il aimait, il va le rapporter aux Indes. Voilà qui expliquerait bien ce nouveau voyage. Il va le rendre à Mumtaz Mahal... Autrement dit, le vendre à quelqu'un de là-bas.

— C'est vrai, soupira-t-elle. Ce serait assez dans sa manière. Dans ce cas, il me faut prendre d'autres dispositions...

— Songeriez-vous à lui courir après ?

— Pourquoi pas ? Pour se rendre aux Indes, il faut passer le canal de Suez et tous les navires font escale à Port-Saïd.

« Ma parole, elle est capable de se précipiter sur le premier bateau en partance, pensa Morosini. Il est temps de calmer le jeu ! »

— Soyez un peu raisonnable, lady Mary. Même si vous rejoignez sir Andrew en Égypte, vous n'aurez guère plus de chance d'obtenir de lui ce que vous voulez. À moins que vous ne lui ayez pas dit que vous souhaitiez posséder ce bijou ?

— Oh si, je lui ai dit ! Il m'a répondu qu'il n'était ni à vendre ni à donner et qu'il entendait le garder pour lui !

— Vous voyez bien !... Croyez-vous qu'il se montrera plus compréhensif à l'ombre d'un palmier qu'au bord de la Tamise ? Il faut vous résigner en songeant qu'il est bien d'autres joyaux au monde qu'une jeune femme riche peut s'offrir. À la limite, pourquoi ne pas le faire copier, à l'aide d'un dessin, par un joaillier ?

— Une copie n'aurait aucun intérêt ! C'est le vrai que je désire... parce qu'il était un présent d'amour...

Aldo commençait à trouver que l'entretien s'éternisait quand Mina, qui devait en penser tout autant, frappa discrètement et apparut :

— Veuillez me pardonner, prince, mais je vous rappelle que vous avez un train à prendre et que...

— Seigneur, Mina, j'allais l'oublier ! Merci de

me le rappeler. Lady Saint Albans, ajouta-t-il en se tournant vers la jeune femme, je suis obligé de prendre congé de vous, mais s'il m'arrivait d'avoir des nouvelles, je ne manquerais pas de vous les communiquer si vous voulez bien me donner une adresse...

— Ce serait aimable à vous!...

Elle semblait rassérénée, tira de son sac une petite carte qu'elle lui remit et, après quelques formules de politesse banales, quitta enfin le cabinet d'Aldo escortée par Mina.

Sa visiteuse partie, le prince réfléchit un instant. Quel dommage que cette vieille mule de Killrenan n'ait pas accepté de faire plaisir à sa jolie nièce! Au fond, la destination normale d'un beau bijou se trouve sur la personne d'une femme ravissante beaucoup plus que dans le coffre-fort d'un collectionneur. Et comme il avait bon cœur, il rédigea un court message destiné à sir Andrew, lui demandant à mots couverts s'il ne réviserait pas sa façon de penser en faveur de sa nièce. Mina s'arrangerait pour le faire parvenir à bord du *Robert-Bruce* lorsqu'il ferait escale à Port-Saïd. De toute façon, Aldo n'était nullement pressé de vendre ce petit trésor qu'il s'accorda le loisir d'aller contempler une dernière fois avant de monter se mettre en tenue de voyage et de rejoindre Zian dans le canot que le jeune homme maniait aussi bien que la gondole.

Un moment plus tard, il roulait vers la France.

CHAPITRE 2

LE RENDEZ-VOUS

Le temps était affreux. Une pluie fine et glacée faite de neige fondue se déversait d'un ciel bouché quand Aldo Morosini sortit de la gare de Varsovie. Un fiacre grêle le conduisit par la bruyante Marzalskowska zébrée de réclames lumineuses jusqu'à l'hôtel de l'Europe, l'un des trois ou quatre palaces locaux. Sa chambre y était retenue et on lui octroya, avec tous les signes de la plus exquise politesse, une immense pièce à l'ameublement pompeux flanquée d'une salle de bains tout aussi majestueuse mais dont le chauffage, plus discret que le décor, lui fit regretter l'étroit sleeping habillé d'acajou et de moquette qu'il avait occupé dans le Nord-Express. Varsovie n'avait pas encore retrouvé l'élégance raffinée et le confort qui lui étaient propres avant la guerre.

Bien qu'il mourût de faim, Morosini ne descendit pas à la salle à manger. La Pologne étant un pays où l'on déjeunait entre deux et quatre heures et où le repas du soir n'était jamais servi avant neuf heures, il pensa qu'il avait juste le temps de se rendre auprès d'Aronov et se contenta de se faire monter de la « woudka » accompagnée de quelques zakouskis au poisson fumé.

Réchauffé et réconforté par ce petit repas, il endossa une pelisse, se coiffa de la toque fourrée qu'il devait à la prévoyance de Zaccaria et quitta l'hôtel de l'Europe après s'être fait indiquer le chemin à suivre qui n'était pas très long. La pluie avait cessé et Morosini n'aimait rien tant que marcher dans une ville inconnue. C'était, selon lui, la meilleure façon de prendre contact.

Par la Krakowkie Przedmiescie, il gagna la place Zamkowy dont le tracé peu harmonieux était écrasé par la masse imposante du Zamek, le château royal aux tourelles verdies. Il se contenta de lui jeter un coup d'œil intéressé en se promettant de revenir le visiter puis s'engagea dans une rue muette et mal éclairée qui le mena droit au Rynek, la grande place où, de tout temps, battait le cœur de Varsovie. C'était là qu'avant 1764 les rois de Pologne, en costume de couronnement, recevaient les clefs d'or de la ville et nommaient ensuite les chevaliers de leur Milice Dorée.

La place où se tenait toujours le marché était noble et belle. Ses hautes maisons Renaissance, aux volets bardés de fer, conservaient avec beaucoup de grâce, sous les longs toits obliques, un peu de leurs passés successifs. Certaines de ces demeures patriciennes étaient jadis peintes et en gardaient des traces.

Le rendez-vous

La taverne Fukier, lieu du rendez-vous, occupait l'une des plus intéressantes de ces maisons, mais l'entrée, dépourvue d'enseigne, étant obscure, Morosini dut se renseigner avant de s'apercevoir qu'elle se situait au n° 27. Cette bâtisse était non seulement vénérable mais célèbre. Les Fugger, puissants banquiers d'Augsbourg rivaux des Médicis, qui avaient empli l'Europe de leur richesse et prêté de l'argent à nombre de souverains en commençant par l'Empereur, s'y étaient installés au XVIᵉ siècle pour y faire le commerce des vins, et leurs descendants, après avoir polonisé leur nom en Fukier, y exerçaient toujours le même négoce. Leurs profondes caves, réparties sur trois étages, étaient peut-être les meilleures du pays mais aussi un lieu historique : en 1830 et 1863, elles servaient aux réunions secrètes des insurgés.

Tout cela, Aldo le savait depuis peu et ce fut avec un certain respect qu'il pénétra dans le vestibule à la voûte duquel pendait un modèle de frégate. Sur l'un des murs, une tête de cerf louchait un peu vers un ange noir qui portait une croix, assis sur une colonne. Au-delà, il se trouva dans la salle réservée aux dégustateurs. Elle était meublée de ce chêne massif qui, avec le temps, prend une si belle couleur sombre et brillante. Des gravures anciennes ornaient les boiseries.

Si l'on ne tenait pas compte de son décor, la taverne était semblable à bien d'autres salles de café. Des hommes attablés buvaient des vins de provenances diverses tout en causant et en fumant. Après l'avoir parcourue du regard, Morosini alla s'asseoir à une table et commanda une bouteille de tokay. On la lui apporta toute poudreuse avec son étiquette mentionnant l'ancienne formule remontant aux Fugger : *Hungariæ natum, Poloniæ educatum* [1].

Un instant, le prince mira le vin couleur d'ambre avant de le respirer et d'y tremper les lèvres. Encore ne le fit-il qu'après avoir porté un toast muet aux ombres de tous ceux qui étaient venus trinquer ici avant lui : ambassadeurs de Louis XIV ou du roi de Perse, généraux de la Grande Catherine, maréchaux de Napoléon, sans compter peut-être Pierre le Grand, presque tous les hommes illustres de Pologne et surtout les héroïques partisans qui tentaient de secouer le joug russe.

Le vin était superbe et Morosini y prit un véritable plaisir tout en suivant les évolutions de la jolie serveuse blonde dont la taille souple bougeait sous les rubans multicolores du costume national. Une agréable euphorie commençait à se glisser dans ses veines quand, soudain, la silhouette bien connue du petit M. Amschel, avec son chapeau rond et sa correction parfaite, s'encadra dans la porte.

Ses yeux vifs eurent vite repéré le Vénitien et il

---

1. Né en Hongrie, élevé en Pologne.

vint à lui d'un pas empressé avec, aux lèvres, le sourire de celui qui retrouve un ami.

– Serais-je en retard? demanda-t-il dans un français dépourvu d'accent.

– En aucune façon. J'étais en avance. Peut-être parce que j'avais quelque hâte d'arriver à ce rendez-vous. Et puis, je ne connais pas Varsovie.

– Vous n'êtes jamais venu? Vous m'étonnez! Les Italiens ont toujours apprécié notre ville, surtout les architectes! Ceux par exemple qui ont bâti les maisons du Rynek. Ils s'y sont toujours sentis comme chez eux. Quant à vous, prince, vos relations familiales devraient vous ouvrir bien des portes en Pologne. La haute aristocratie européenne ne connaissait guère de frontières jusqu'à cette guerre...

– C'est vrai. J'y possède de vagues cousins et mon père comptait ici nombre d'amis. Il est venu souvent chasser dans les Tatras, mais peut-être ce voyage n'est-il pas l'instant le mieux choisi pour renouer les anciennes relations? Si je m'en tiens au peu que je sais de celui qui vous envoie... et à ce curieux rendez-vous dans une taverne, il m'a semblé que la discrétion s'imposait pour moi.

– Sans aucun doute et je vous remercie de l'avoir compris. J'espère que votre voyage a été agréable?

– Très satisfaisant... en dépit du fait que je ne disposais que d'un temps assez court et qu'il m'était impossible de vous donner une réponse puisque votre télégramme ne comportait pas d'adresse...

Le ton de Morosini traduisait un léger mécontentement qui n'échappa pas à son compagnon dont la mine s'attrista :

— Croyez que nous en sommes conscients mais lorsque vous saurez pourquoi vous avez été invité à venir ici, j'espère que vous ne nous en tiendrez pas rigueur. J'ajoute qu'au cas où vous auriez été retardé, j'avais ordre de venir chaque soir à pareille heure vous attendre ici. Et cela pendant un mois.

— Vous étiez donc sûrs que je viendrais ?

— Nous l'espérions, fit Amschel avec une grande urbanité...

— Vous comptiez... avec juste raison, sur la réputation de...

— ... mon maître. C'est le terme qui convient ! fit gravement le petit homme sans s'expliquer davantage.

— Et, bien entendu, sur la curiosité que suscite le mystère dont il s'entoure. Un mystère qu'il ne semble pas disposé à dissiper puisque vous êtes ici et non lui.

— Que croyez-vous donc ? Ma mission est de vous mener à lui dès que vous aurez fini de boire votre vin...

— Vous en offrirai-je ? Il est délicieux...

— Pourquoi pas ? approuva joyeusement le petit homme, qui partagea le tokay et les pâtisseries dont il s'accompagnait avec un visible plaisir. Après quoi, prenant une feuille de papier de soie dans l'espèce de porte-bouquet en étain placé au centre de la table, il s'essuya les lèvres et les doigts avant de consulter sa montre, un gros oignon ancien en argent niellé.

— Si nous partons maintenant, nous serons à peu près à l'heure prévue, dit-il. Merci pour cet agréable moment.

Quittant la taverne, les deux hommes plongèrent dans la quasi-obscurité du Rynek, à peine troublée par les petites lampes à pétrole qui éclairaient les guérites à guichets des vendeurs de cigarettes. L'un derrière l'autre, ils gagnèrent les abords proches du quartier juif, grouillant d'activité dans la journée mais qui, avec la nuit, s'enfonçait dans le silence.

À l'entrée d'une rue marquée par deux tours, ils croisèrent un homme maigre aux yeux de feu dont le visage oriental s'ornait d'une barbe rousse. Long et un peu voûté, il portait une lévite noire et une casquette ronde, droite et rigide, d'où pendaient de longues mèches tortillées. Le pas de cet homme était feutré comme celui d'un chat et, après avoir salué Élie Amschel, il disparut aussi vite qu'il était apparu, laissant à Morosini l'étrange impression d'avoir croisé en lui le symbole du ghetto, l'ombre même du Juif errant...

Toujours derrière son guide, il emprunta une ruelle tortueuse, si étroite qu'elle ressemblait à une faille creusée entre deux rochers sous un ciel invisible. Le pavage de la rue principale où s'incrustait le chemin d'acier du tramway faisait maintenant place à de gros galets irréguliers provenant selon toute vraisemblance du lit de la Vistule et sur lesquels il ne devait pas faire bon s'aventurer avec des talons hauts. Des boutiques fermées n'en jalonnaient pas moins le boyau, annonçant des marchands de meubles, des bijoutiers, des fripiers et des marchands de curiosités. L'enseigne de ces derniers éveilla chez le prince-antiquaire le vieux démon de la chasse à l'objet. Peut-être des merveilles s'abritaient-elles derrière ces volets crasseux ?...

La ruelle débouchait sur une placette pourvue d'une fontaine. On s'y arrêta. Tirant une clef de sa poche, Amschel s'approcha d'une maison haute et étroite, grimpa les deux marches de pierre menant à la porte basse, flanquée de l'inévitable niche rituelle, et ouvrit.

– Nous voici chez moi, dit-il en s'effaçant pour laisser son compagnon pénétrer dans un étroit vestibule presque entièrement envahi par un sévère escalier de bois, puis dans une pièce assez confortable où des bibliothèques s'ordonnaient autour d'un grand poêle carré répandant une agréable chaleur et d'une vaste table chargée de papiers et de livres. Des fauteuils en tapisserie invitaient à s'asseoir, ce que Morosini s'apprêtait à faire, mais Élie Amschel se contenta de traverser cette salle pour atteindre une sorte de réduit occupé par plusieurs lampes à pétrole posées sur un coffre.

Le petit homme en alluma une puis, repoussant le tapis usé, il découvrit une trappe armée de fer qu'il souleva. Les marches d'un escalier de pierre enfoncé dans le sol apparurent.

— Je vous montre le chemin, dit-il en élevant la lampe.

— Dois-je refermer la trappe? demanda Morosini un peu surpris de ce cérémonial, mais Amschel lui dédia un bon sourire :

— Pour quoi faire? Personne ne nous poursuit.

Le mystérieux escalier aboutissait tout bêtement à une cave comportant ce que l'on peut s'attendre à trouver dans une cave : tonneaux, bouteilles pleines, bouteilles vides et tout le matériel nécessaire à l'usage et à l'entretien. Élie Amschel sourit :

— J'ai quelques bons crus, dit-il. Au retour, nous pourrions choisir une ou deux bouteilles pour vous remettre du voyage souterrain que vous allez devoir accomplir.

— Un voyage souterrain? Mais je ne vois ici qu'un cellier...

— ... qui ouvre sur un autre et sur d'autres encore ! Presque toutes les maisons qui composent le ghetto sont reliées par un réseau de couloirs, de caveaux. Durant les siècles écoulés, notre sécurité a souvent dépendu de cet immense terrier. Il se peut qu'elle en dépende encore. Depuis la guerre, la Pologne est libre du joug russe mais nous, les Juifs, ne le sommes pas autant que le reste de la population. Par ici, s'il vous plaît !...

Sous sa main, un grand casier à bouteilles tourna avec un pan du mur auquel il s'attachait mais, cette fois, Amschel referma après avoir laissé passer Morosini qui évitait de se poser des questions, attentif à la bizarre aventure qu'il vivait.

On marcha longtemps par une suite de galeries et de boyaux dont le sol était fait tantôt de vieilles briques, tantôt de terre battue. Parfois, on franchissait une ogive à demi écroulée, parfois quelques marches visqueuses, mais toujours un couloir succédait à un autre avec la même odeur de moisi et de brouillard où se mêlaient des relents plus humains. C'était un hallucinant voyage à travers les âges et les souffrances d'une race qui avait dû, pour survivre, se terrer dans le domaine des rats et y attendre, le cœur arrêté, que s'éloigne le pas des massacreurs. Le regard fixé sur le chapeau rond du petit homme qui trottait devant lui, Aldo finissait par se demander si l'on arriverait jamais. Les limites du quartier juif devaient être dépassées depuis longtemps... à moins que, pour brouiller la piste, le fidèle serviteur d'Aronov n'ait choisi de recouper ses propres traces ? Certains détails surgis dans la lumière jaune de la lampe paraissaient tout à coup bizarrement familiers...

Morosini se pencha pour toucher l'épaule de son guide :

— C'est encore loin ?
— Nous arrivons.

Un instant plus tard, en effet, les deux hommes pénétraient à l'aide d'une clef dans un caveau bas à demi rempli de décombres. Un escalier, adroite-

Le rendez-vous

ment dissimulé au milieu des pierres écroulées, s'enfonçait dans une faille du mur pour aboutir à une porte en fer qui avait dû être forgée au temps des rois Jagellons mais, si antique qu'elle fût, cette porte s'ouvrit sans le plus petit grincement quand Amschel eut tiré trois fois sur un cordon pendant dans un renfoncement. Alors, en une seconde, Morosini changea de monde et remonta plusieurs siècles : un majordome vêtu à l'anglaise s'inclinait devant lui au bas de quelques marches recouvertes d'un tapis rouge sombre menant à une sorte de galerie. La seule différence avec un Britannique résidait dans les traits du visage quasi mongol et impénétrable. Sous le vêtement bien taillé, les épaules de cet homme et l'épaisseur de son torse révélaient une force redoutable. Il ne dit pas un mot mais, sur un signe d'Amschel, il se mit à gravir les marches suivi des deux visiteurs. Une autre porte s'ouvrit et une voix à la fois basse et profonde, émouvante comme un chant de violoncelle, se fit entendre :

– Entrez, prince ! dit-elle en français. Je suis extrêmement heureux de votre venue...

Le majordome débarrassa Morosini de sa pelisse au seuil d'une pièce qui ressemblait à une ancienne chapelle avec sa voûte de pierre dont les croisées d'ogives s'ornaient de culs-de-lampe ouvragés, mais c'était, pour l'heure présente, une vaste bibliothèque dont les murs que n'occultaient pas de hauts rideaux de velours noir disparaissaient sous une infinité de rayonnages remplis de livres. Une grande table de marbre sur piétements de bronze supportait un admirable chandelier à sept branches. Sur le sol couvert de précieux kilims, deux grandes torchères Louis-XIV répandaient une lumière chaude révélant le poêle sombre et, dans le renfoncement d'un enfeu attestant qu'il s'agissait bien d'un ancien sanctuaire, un coffre médiéval que ses verrous et ses défenses compliquées devaient rendre plus inattaquable que n'importe quel coffre-fort moderne.

Aldo embrassa tout cela d'un coup d'œil rapide, mais ensuite son regard se fixa pour ne plus bouger. Simon Aronov était devant lui, et le personnage était capable de retenir l'attention la plus flottante.

Sans trop savoir pourquoi, et tandis qu'il suivait Élie Amschel dans les entrailles du ghetto, l'imagination de Morosini, toujours prête à courir la poste, s'était composé une image pittoresque de celui qui l'attendait au bout de son voyage : une sorte de Shylock en lévite et haut bonnet de feutre noir, un Juif dans la plus pure tradition des récits moyenâgeux, habitant logique d'un souterrain ténébreux. Au lieu de cela, il rencontrait l'un de ses pareils, un gentilhomme moderne qui n'eût déparé aucun salon aristocratique.

Aussi grand que lui mais peut-être un peu plus massif, Simon Aronov dressait une tête ronde, presque chauve à l'exception d'une demi-couronne de cheveux gris, sur une silhouette à l'élégance sévère habillée très certainement par un tailleur anglais. Le visage, à la peau de blond tannée comme il arrive à ceux qui vivent beaucoup au-dehors, était marqué de rides profondes mais l'éclat de l'œil unique – l'autre se cachait sous une œillère de cuir noir – d'un bleu intense devait se révéler insoutenable à la longue.

Ce fut seulement lorsque Aronov vint vers lui en appuyant sur une lourde canne une boiterie prononcée que Morosini remarqua la chaussure orthopédique où s'emprisonnait le pied gauche, mais la main qui se tendait était belle tandis que la voix de velours sombre reprenait :

– Je vous sais un gré infini d'avoir bien voulu venir jusqu'ici, prince Morosini, et j'espère que vous me pardonnerez les désagréments qu'ont pu vous causer le voyage par ce mauvais temps et aussi les multiples précautions que je me vois obligé de prendre. Puis-je vous offrir quelque chose pour vous réconforter ?

– Merci.

– Un peu de café peut-être ? J'en bois à longueur de journée.

Comme si le mot lui-même l'avait suscité, le serviteur reparut, portant un plateau chargé d'une cafetière et de deux tasses. Il posa le tout auprès de son maître et disparut sur un signe de sa main. Le boiteux emplit une tasse et la divine odeur alla chatouiller de façon encourageante les narines d'Aldo qui venait de prendre place dans une rare chaire gothique tendue de cuir.

— Quelques gouttes peut-être, accepta-t-il, mais le ton prudent de sa voix n'échappa pas à son hôte qui se mit à rire.

— Bien que vous soyez italien donc difficile en cette matière, je crois que vous pouvez goûter ce moka sans risquer de tomber en syncope.

Il avait raison : son café était bon. Ils le burent en silence mais Aronov reposa sa tasse le premier.

— Je suppose, prince, que vous avez hâte d'apprendre la raison de mon télégramme et de votre présence ici ?

— Vous rencontrer représente déjà une suffisante satisfaction. J'avoue qu'il m'est arrivé de me demander si vous n'étiez pas un mythe, si vous existiez vraiment. Je ne suis pas seul dans ce cas, d'ailleurs. Nombreux sont ceux de mes confrères qui donneraient cher pour vous voir de près.

— Cette satisfaction ne leur sera pas donnée de sitôt ! Ne croyez cependant pas qu'en agissant ainsi je me laisse aller à un goût déplacé pour le mystère à bon marché ou la publicité de mauvais aloi. Il s'agit pour moi d'une simple question de survie. Je suis un homme qui doit rester caché s'il veut avoir une chance de mener à bien la tâche qui lui incombe.

— Pourquoi, alors, lever pour moi le secret ?

— Parce que j'ai besoin de vous.... et de personne d'autre !

Aronov se leva et, de son pas inégal, alla jusqu'à la muraille où se creusait l'enfeu. C'était l'un des deux seuls endroits de la vaste salle où les livres laissaient une place libre : l'autre était occupé par le portrait, ravissant, d'une petite fille aux yeux graves, en collerette de dentelle, peint, jadis, par Cornelis de Vos dont Aldo identifia aussitôt la facture. Mais pour l'instant, son attention s'attachait aux mains du boiteux qui enfonçaient une pierre. Il y eut un déclic et le couvercle de l'énorme coffre se souleva. Aronov y prit un grand écrin de cuir antique décoloré à force d'usure, qu'il tendit à son visiteur :

— Ouvrez ! dit-il.

Morosini s'exécuta et resta médusé devant ce qu'il découvrait sur un lit de velours noir verdi par le temps : une grande plaque d'or massif, un rectangle long d'une trentaine de centimètres sur lequel douze rosaces d'or étaient disposées sur quatre rangs, enchâssant de gros cabochons de pierres précieuses toutes différentes pour celles qui existaient encore : quatre rosaces, en effet, étaient vides. Il y avait là une sardoine, une topaze, une escarboucle, une agate, une améthyste, un béryl, une malachite et une turquoise : huit pierres parfaitement appareillées d'une grosseur égale et d'un poli admirable. La seule différence tenait à ce que certaines étaient plus précieuses que les autres. Enfin, une épaisse chaîne d'or attachée à deux coins de ce bijou barbare devait permettre de le passer au cou.

L'étrange ornement était sûrement très ancien et

le temps ne l'avait pas épargné : l'or se bosselait par endroits. En le soupesant, Morosini se sentait habité par une foule de points d'interrogation : il était certain de n'avoir jamais vu cet objet et pourtant il lui semblait familier. La voix basse de son hôte vint mettre fin à ses efforts de mémoire :

— Savez-vous ce que c'est ?
— Non. On dirait... une sorte de pectoral...

Le mot apporta la lumière. À l'instant où il le prononçait, son esprit évoqua un tableau de Titien, une grande toile qui se trouvait à l'Accademia de Venise où le peintre avait retracé la Présentation de la Vierge au Temple. Avec netteté, il revit le grand vieillard vêtu de vert et d'or, un croissant d'or à son bonnet, qui accueillait l'enfant prédestinée. Il revit les mains bénisseuses, la barbe de neige dont les deux pointes caressaient un joyau exactement semblable.

— Le pectoral du Grand Prêtre ? souffla-t-il suffoqué. Il existait donc ? Je croyais à une imagination du peintre ?

— Il a toujours existé, même après avoir échappé par miracle à la destruction du temple de Jérusalem. Les soldats de Titus n'ont pas réussi à se l'approprier... Cependant, je ne vous cacherai pas que vous me surprenez. Pour avoir identifié si vite notre relique, il faut que vous possédiez une vaste culture.

— Non. Je suis un Vénitien qui aime sa ville et en connaît à peu près tous les trésors, et parmi eux ceux de l'Accademia. Ce qui me confond, c'est que Tiziano ait représenté le pectoral avec cette fidélité. L'aurait-il vu ?

— J'en suis certain : le joyau devait se trouver alors dans le ghetto de Venise où le maître prenait volontiers ses modèles. Il se pourrait même que le Grand Prêtre de sa toile ne soit autre que Juda Leon Abrabanel, ce Léon l'Hébreu qui a compté parmi les sommités intellectuelles de son temps et qui fut peut-être l'un des gardiens. Cependant, le pinceau magique n'a pu qu'imaginer les pierres absentes : les plus précieuses bien, entendu.

— Quand ont-elles disparu ?

— Pendant le pillage du Temple. Un lévite a réussi à sauver le pectoral, malheureusement il a été tué par un compagnon, celui qui l'avait aidé. L'homme a emporté le joyau mais, craignant peut-être de subir la malédiction qui s'attache toujours au sacrilège, il n'a pas osé le garder. Cela ne l'a pas empêché de dessertir les pierres les plus rares : le saphir, le diamant, l'opale et le rubis avec lesquels il a réussi à s'embarquer pour Rome où sa trace s'est perdue. Le pectoral, enfoui sous des détritus, a été sauvé par une femme qui est parvenue à gagner l'Égypte.

Fasciné par l'étonnante plaque d'or où ses longs doigts erraient d'un cabochon à l'autre, Morosini, bercé par la voix d'Aronov, subissait à la fois la fascination des gemmes et celle d'une histoire comme il les aimait.

— D'où viennent-t-elles ? demanda-t-il. La terre de Palestine ne produit guère de pierreries. Les réunir a dû être difficile.

— Les caravanes de la reine de Saba les ont apportées de très loin pour le roi Salomon. Mais voulez-vous que nous revenions à la raison de votre voyage ?

— Je vous en prie.

— C'est assez simple ; j'aimerais, si nous tombons d'accord, que vous retrouviez pour moi les pierres manquantes.

— Que je... Vous plaisantez ?

— Pas le moins du monde.

— Des cailloux disparus depuis la nuit des temps ? Ce n'est pas sérieux !

— On ne peut plus sérieux au contraire et les pierres n'ont pas disparu tout à fait. Elles ont laissé des traces, sanglantes malheureusement, mais le sang s'efface difficilement. J'ajoute que leur possession ne porte pas bonheur comme il arrive pour les objets sacrés volés. Et pourtant il me les faut.

— Avez-vous à ce point le goût du malheur ?

— Peu d'hommes le connaissent aussi bien que moi. Savez-vous ce qu'est un pogrom, prince ? Moi je le sais pour avoir vécu celui de Nijni-Novgorod en 1882. On y a enfoncé des clous dans la tête de mon père, crevé les yeux de ma mère et jeté mon jeune frère et moi par une fenêtre. Lui a été tué sur le coup. Pas moi, et j'ai pu m'enfuir, mais cette jambe et cette canne m'en gardent le souvenir bien vivant, ajouta-t-il en tapotant l'une du bout de l'autre. Vous voyez, je sais ce qu'est le malheur et c'est pourquoi je voudrais tenter de l'écarter enfin de mon peuple. C'est pourquoi aussi il me faut rendre au pectoral son intégrité...

— Comment ce joyau pourrait-il vaincre une malédiction vieille de dix-neuf siècles ?

Le mot était maladroit et Morosini s'en aperçut en voyant un pli de dédain marquer les lèvres de son hôte mais il n'essaya pas de le corriger, estimant que ce n'était pas à lui de refaire l'histoire. Aronov d'ailleurs ne le releva pas et continua :

— Une tradition assure qu'Israël retrouvera sa souveraineté et sa terre ancestrale quand le pectoral du Grand Prêtre où s'enchâssent les pierres symboliques des Douze Tribus regagnera Jérusalem. Ne souriez pas ! J'ai dit tradition. Pas légende !

— Je ne souris pas sinon à la beauté de l'histoire. Je vois mal cependant comment ce rêve pourrait se réaliser.

— En rentrant chez nous en masse afin d'obliger le monde à reconnaître un jour un État juif.

— Et vous croyez cela possible ?

— Pourquoi pas ? Nous avons déjà commencé. En 1862, un groupe de Juifs roumains s'est installé en Galilée, à Roscha Pina et en Samarie. L'année suivante ce sont des Polonais qui ont créé à Yesod Hamale, près du lac Huleh, une colonie agricole, un « kibboutz ». Enfin des Russes se sont établis aux environs de Jaffa et d'ici, en ce moment, partent quelques jeunes hommes qui vont là-bas pour se faire pionniers. C'est bien peu, je l'admets, et, en outre, la terre est rude, inculte depuis trop longtemps. Il faut creuser des puits, amener de l'eau et la plupart de ces émigrants sont des intellectuels. Enfin, il y a les bédouins qui obligent au combat...

— Et vous pensez qu'il en irait autrement si cet objet rentrait chez lui ?

— Oui, à condition qu'il soit au complet. Voyez-vous, il symbolise les Douze Tribus, l'unité d'Israël, et l'utilité des symboles vient de ce qu'ils soulèvent l'enthousiasme et confortent la foi. Or quatre pierres manquent, donc quatre tribus et non des moindres.

— En ce cas, pourquoi ne pas essayer de les remplacer ? J'admets que leur importance rend peut-être la chose difficile mais...

— Non. On ne triche pas avec les traditions et les croyances d'un peuple ! Il faut retrouver les pierres d'origine. À tout prix !

— Et c'est sur moi que vous comptez pour cette mission impossible ? Je ne vous comprends pas, puisque je n'ai rien de commun avec Israël. Je suis italien, chrétien...

— Pourtant c'est vous et vous seul que je veux. Pour deux raisons : la première est que vous possédez l'une des pierres, peut-être la plus sacrée de toutes. La seconde parce qu'il a été prédit, voici longtemps déjà, que seul le dernier maître du saphir aurait le pouvoir de retrouver les autres égarées. Si l'on y ajoute que votre profession est, pour moi, un sûr garant de succès...

Avec un soupir Morosini se leva. Il aimait les belles histoires mais pas les contes de fées et commençait à se sentir las :

— J'ai beaucoup de sympathie pour vous, monsieur Aronov, et pour votre cause, mais je dois refuser : je ne suis pas celui qu'il vous faut. Ou plutôt je ne le suis plus en admettant que je l'aie jamais été. Si vous voulez bien me faire reconduire...

— Pas encore ! Vos parents vous ont bien légué un superbe saphir astérié qui est, depuis plusieurs siècles, la propriété des ducs de Montlaure ?

— Qui était, et c'est là où vous faites erreur. De toute façon, il ne pouvait s'agir du vôtre : celui-là était une pierre wisigothe provenant du trésor du roi Receswinthe...

— ... lequel trésor provenait de celui d'Alaric, autre Wisigoth qui, au Ve siècle eut le privilège de piller Rome durant six jours. C'est là qu'il a pris le saphir... entre autres objets ! Attendez, je vais vous montrer quelque chose !

De ce pas inégal qui lui conférait une sorte de majesté tragique, Aronov retourna au coffre. Quand il en revint, un joyau somptueux étincelait sur sa main : un grand saphir d'un bleu profond étoilé de lumière, soutenu par trois diamants en forme de fleur de lys qui formaient la bélière du pendentif. À peine y eut-il jeté les yeux que Morosini explosait :

— Mais... c'est le bijou de ma mère ? Comment est-il ici ?

— Réfléchissez ! Si c'était lui je ne vous demanderais pas de me le vendre. C'est seulement une copie... mais fidèle au moindre détail. Voyez plutôt !

D'une main, il retournait le saphir et, de l'autre, tendait une forte loupe. Puis, désignant au dos de la pierre un minuscule dessin imperceptible à l'œil :

— Voici l'étoile de Salomon, et chacune des gemmes du pectoral est marquée de même. Si vous voulez bien examiner la vôtre vous découvrirez sans peine ce signe.

Il revint s'asseoir tandis qu'Aldo maniait le pendentif avec une bizarre impression : la ressemblance avait quelque chose d'hallucinant et il fallait s'y connaître pour s'apercevoir qu'il s'agissait d'un faux.

— C'est à peine croyable ! murmura-t-il. Comment une copie aussi parfaite a-t-elle été réalisée ? Le saphir, monté de cette façon qui date de Louis XIV, n'a jamais bougé de ma famille, et ma mère ne le portait pas.

— Reproduire le pendentif, c'est l'enfance de l'art : il en existe plusieurs descriptions minutieuses et même un dessin. Quant à la fabrication de la pierre, c'est un secret que je désire garder.

Mais vous aurez sans doute noté que la monture et les diamants sont vrais. En fait, j'ai fait exécuter ceci pour vous dans l'intention de vous l'offrir. En surplus du prix que je suis prêt à payer. Je sais que je vous demande un sacrifice mais je vous supplie de considérer qu'il y va de la renaissance de tout un peuple...

Dans l'œil unique, flamboyant de la passion de convaincre, Morosini vit les mêmes éclairs bleus que dans le saphir, mais son visage s'assombrit :

— Je croyais que vous m'aviez compris il y a un instant quand je vous ai dit qu'il m'était impossible de vous aider. Je vous céderais volontiers cette pierre : quand je suis rentré de guerre, j'étais disposé à la vendre pour sauver ma maison de la ruine. Seulement, je ne l'avais déjà plus.

— Comment cela ? Si madame la princesse Morosini s'en était défaite on l'aurait su ! Je l'aurais su !

— On l'en a défaite. En vérité, ma mère a été assassinée. Vous avez raison de penser que ces pierres ne portent pas bonheur.

Un silence passa que le boiteux rompit avec beaucoup de douceur :

— Je vous demande humblement de me pardonner, prince. J'étais si loin d'imaginer !... Voulez-vous bien me confier les circonstances de ce drame ?

À cet inconnu attentif et chaleureux, Aldo raconta le drame sans omettre ses répugnances à prévenir la police, ajoutant même que n'ayant relevé encore la moindre trace après toutes ces années, il en venait à le regretter...

— Ne regrettez rien! assura Simon Aronov. Ce crime est l'œuvre d'un meurtrier habile et vous n'auriez fait que brouiller les pistes. Je déplore seulement de n'avoir pas essayé de vous joindre plus tôt. Plusieurs événements m'en ont empêché et c'est grand dommage, mais pour que rien n'ait transpiré pendant si longtemps, il faut que le saphir, là où il se trouve, soit bien caché. Celui qui a osé voler une pierre pareille a dû travailler sur commande, avoir un client très important et discret. Tenter de la vendre au premier joaillier venu aurait relevé de la folie. Son apparition sur le marché, outre qu'elle vous eût donné l'alarme, aurait fait événement, attiré la presse...

— Autrement dit : je ne dois garder aucun espoir de le revoir un jour ? Sinon peut-être dans plusieurs années, à la mort de celui qui le garde, par exemple ? Au fait, ajouta-t-il avec amertume, vous auriez tout intérêt à le rechercher, celui-là. N'est-il pas le dernier maître du saphir pour parler comme votre prédiction ?

— Ne plaisantez pas avec ça! Et ne jouez pas sur les mots : c'est bel et bien vous l'homme en question. Je ne vous ai pas donné tous les détails mais laissons cela pour le moment! Bien sûr que je vais me mettre en chasse! Et vous allez m'y aider comme vous m'aiderez ensuite à reprendre les trois autres. Jusqu'à présent, me croyant sûr d'avoir le saphir, je me suis beaucoup consacré à elles...

— Et... vous avez des pistes?

— Encore assez floues pour l'opale et le rubis! L'une est peut-être à Vienne, dans le trésor des Habsbourgs, et l'autre en Espagne. Pour le diamant, j'ai une certitude : l'Angleterre! Mais reprenez votre siège!... Je vais vous raconter... oh! ce café est froid!

— C'est sans importance, assura Morosini dont la curiosité grandissait. Je n'en désire plus.

— Vous, peut-être, mais moi si! Je vous ai dit que j'en buvais beaucoup... Cependant je peux vous offrir autre chose : un peu de brandy peut-être, ou du cognac?

— Ni l'un ni l'autre. En revanche, un peu de votre excellente *woudka* me ferait plaisir, fit Morosini qui espérait bien que, selon l'habitude du pays, quelques zakouskis accompagneraient l'alcool national. Il commençait à sentir une petite faim et l'idée d'accomplir le long voyage de retour sans avoir pris quelque nourriture l'angoissait un peu.

Appelé par un claquement de mains, le valet jaune reçut des ordres dans une langue inconnue et s'esquiva, mais Morosini, sa passion éveillée, relançait déjà son hôte :

— Vous disiez que le diamant serait devenu anglais?

— J'en suis à peu près sûr et, dans un sens, c'est assez naturel. Au XVe siècle il appartenait au roi Édouard IV dont la sœur, Marguerite d'York, allait épouser le duc de Bourgogne, le fameux

Charles que l'on appelait le Téméraire. Il fit partie de la dot de la fiancée, avec d'autres merveilles. On l'appelait la Rose d'York mais le Bourguignon ne l'a pas gardé longtemps : il a disparu après la bataille de Grandson où les Suisses des Cantons ont pillé le trésor du Téméraire vaincu en 1476. Depuis, il est considéré comme perdu... et, cependant, il va être mis en vente dans six mois, à Londres, chez Christie, par les soins d'un joaillier britannique...

— Un instant ! coupa Morosini plutôt déçu. Apprenez-moi ce que je viens faire là-dedans ! Demandez à M. Amschel de vous l'acheter comme vous en avez l'habitude !

Pour la première fois, le boiteux se mit à rire.

— Ce n'est pas si simple. La pierre qui sera livrée au feu des enchères n'est qu'une copie. Tout aussi fidèle que ce saphir et venant du même atelier, dit Aronov en reprenant la superbe pièce restée sur la table. Les experts s'y laisseront prendre, croyez-moi, et la vente sera annoncée à grand fracas...

— Je dois être idiot mais je ne comprends toujours pas. Qu'espérez-vous donc ?

— Connaissez-vous si mal les collectionneurs ? Il n'y a rien de plus jaloux ni de plus orgueilleux que ces animaux-là et c'est là-dessus que je compte jouer : j'espère que la vente fera sortir le vrai diamant de son trou... et que vous serez là pour assister au miracle.

Morosini ne répondit pas tout de suite : il appréciait en connaisseur la tactique d'Aronov, la seule en effet susceptible de pousser un collectionneur à se déclarer possesseur. Il en connaissait deux ou trois sur ce modèle, cachant férocement un trésor obtenu parfois par des moyens discutables mais incapables de ne pas protester si, d'aventure, un quidam osait se prétendre véritable détenteur de la merveille. Se taire devient alors impossible parce que, sous le silence, rampe un ver rongeur : celui du doute. Et si l'autre avait raison ? Si la vraie pierre c'était la sienne, et non celle qu'il s'en va contempler quotidiennement au fond d'un caveau secret et dans le plus grand mystère ?

Tandis qu'il réfléchissait, son regard revenait presque machinalement à la copie du saphir et le rire du boiteux se fit à nouveau entendre.

– Mais bien entendu, dit-il, devinant la pensée du prince, il serait possible d'agir de même avec celui-ci... que je vais vous donner pour que vous en fassiez tel usage qui vous semblera bon. Seulement n'oubliez pas, ajouta-t-il en changeant brusquement de ton, que, dès l'instant où vous déciderez de vous en servir, vous serez en danger parce que celui qui détient le vrai ne peut être un paisible amateur, même passionné. Sachez que je ne suis pas seul à connaître le secret du pectoral. D'autres le cherchent qui sont prêts à tout pour se l'approprier et c'est la principale raison de ma vie cachée...

– Avez-vous une idée de ce que sont ces « autres » ?

— Je n'ai pas de noms à vous livrer. Pas encore, mais il est des signes certains. Sachez qu'un ordre noir va bientôt se lever sur l'Europe, une anti-chevalerie, la négation forcenée des plus nobles valeurs humaines. Il sera, il est déjà l'ennemi juré de mon peuple qui aura tout à craindre de lui... à moins qu'Israël puisse renaître à temps pour l'éviter. Alors prenez garde! S'ils découvrent que vous m'aidez, vous deviendrez leur cible, et n'oubliez pas qu'avec ces gens-là tous les coups sont permis. A présent... il vous reste la possibilité de refuser : il est sans doute injuste de demander à un chrétien de risquer sa vie pour des juifs!

Pour toute réponse, Morosini empocha le saphir puis, offrant à son hôte son sourire le plus impertinent :

— Si je vous disais que cette histoire commence à m'amuser, je vous choquerais, et pourtant, c'est on ne peut plus vrai. Aussi je préfère vous rassurer en vous déclarant que je veux la peau du meurtrier de ma mère quel qu'il soit. Je jouerai le jeu avec vous... jusqu'au bout!

L'œil unique du boiteux plongea dans ceux, étincelants, de son visiteur :

— Merci, dit-il.

Le serviteur venait de reparaître, portant un grand plateau où la cafetière voisinait avec une bouteille glacée, un verre, de petites serviettes en papier et le plat de zakouskis espéré par Morosini.

— Il est temps, je crois, que vous m'appreniez ce

Le rendez-vous

que je dois savoir pour ne pas commettre d'erreurs : la date de la vente chez Christie, par exemple, le nom du joaillier anglais et quelques autres détails.

Pendant que son hôte se restaurait, Simon Aronov parla encore un long moment avec une sagesse qui fascina Morosini. Cet homme étonnant ressemblait un peu au miroir noir du mage Luc Gauric : il était possible d'y contempler sa propre image mais il possédait aussi la vertu de refléter, avec une égale vérité, le passé et l'avenir. En l'écoutant, son nouvel allié acquit la certitude que leur croisade était sainte et qu'ensemble ils sauraient la mener à son terme.

– Quand nous reverrons-nous ? demanda-t-il.
– Je l'ignore, mais je vous demande en grâce de me laisser l'initiative de nos rencontres. Cependant, s'il vous arrivait d'éprouver l'urgent besoin de me toucher, adressez un télégramme à la personne dont je vous inscris ici l'adresse. Si l'on venait à trouver ce bout de papier cela ne tirerait pas à conséquence : il s'agit du fondé de pouvoir d'une banque zurichoise. Mais ne vous adressez jamais à Amschel que vous aurez encore l'occasion de rencontrer. Au moins chez Christie où il me représentera. On ne doit jamais vous revoir ensemble. Votre message en Suisse devra toujours être du genre anodin : l'annonce de la prochaine mise en vente d'un objet intéressant à signaler à un client, par exemple, ou encore d'une transaction quelconque.

Votre signature suffira pour que mon correspondant comprenne.

— C'est entendu, promit Aldo en fourrant le papier dans sa poche avec la ferme intention de l'apprendre par cœur et de le détruire. Eh bien, je crois qu'il ne me reste plus qu'à prendre congé...

— Encore un instant s'il vous plaît : j'allais oublier quelque chose d'important. Auriez-vous la possibilité de passer par Paris prochainement ?

— Bien sûr. Je repars jeudi par le Nord-Express et je peux m'y arrêter un jour ou deux...

— Alors ne manquez pas d'y voir l'un de mes très rares amis qui vous sera d'une grande utilité dans la suite de nos affaires. Vous pourrez lui accorder une confiance absolue même si, à première vue, il vous fait l'effet d'un hurluberlu. Il s'appelle Adalbert Vidal-Pellicorne.

— Seigneur, quel nom ! dit Morosini en riant. Et il fait quoi dans la vie ?

— Officiellement il est archéologue. Officieusement aussi d'ailleurs mais il ajoute à cela toute sorte d'activités... Ainsi, il s'y connaît beaucoup en pierres précieuses et, surtout, il connaît le monde entier, sait s'introduire dans n'importe quel milieu. Enfin, il est fouineur comme il n'est pas permis. Je crois qu'il vous amusera. Rendez-moi mon papier que j'y ajoute son adresse !

Lorsque ce fut fait, Simon Aronov se leva, tendant une main ferme et chaude qu'Aldo serra avec plaisir, scellant ainsi entre eux un accord pour lequel aucun papier n'était nécessaire.

Le rendez-vous

— Je vous suis infiniment reconnaissant, prince. Je regrette d'autant plus de devoir vous infliger un nouveau voyage souterrain mais, au cas où vous auriez été observé, il est indispensable que l'on vous voie sortir de la maison où vous êtes entré. Elle est l'un des deux domiciles de mon fidèle Amschel : l'autre est à Francfort...

— J'en suis tout à fait conscient. Me permettez-vous une question avant de m'éloigner ?

— Bien entendu.

— Habitez-vous toujours Varsovie ?

— Non. J'ai d'autres demeures et même d'autres noms sous lesquels vous me rencontrerez peut-être mais c'est ici que je suis chez moi. J'aime cette maison et c'est pourquoi je la cache si jalousement, ajouta-t-il avec l'un des sourires qu'Aldo jugeait si attirants. De toute façon, nous nous reverrons... et je vous souhaite bonne chasse. Vous pouvez demander à la banque de Zurich l'argent dont vous aurez besoin. Je prierai pour que le secours de Celui dont le nom ne doit pas être prononcé vous soit accordé !

Il n'était pas loin de minuit quand Morosini regagna enfin l'hôtel de l'Europe.

CHAPITRE 3

JARDINS DE WILANOW!...

Quand il mit le nez à la fenêtre, le lendemain matin, Aldo eut peine à en croire ses yeux. Par la magie d'un rayonnant soleil, la ville d'hier, frileuse, mélancolique et grise, s'était muée en une capitale pleine de vie et d'animation, cadre séduisant d'un peuple jeune et ardent vivant avec passion la réunification de sa vieille terre, glorieuse, indomptable mais trop longtemps déchirée. Depuis quatre ans, la Pologne respirait l'air vivifiant de la liberté et cela se sentait. Aussi fut-elle soudain chère au visiteur indifférent de la veille. Peut-être parce que, ce matin, elle lui rappelait l'Italie. La grande place qui s'étendait entre l'hôtel de l'Europe et une caserne en pleine activité ressemblait assez à une *piazza* italienne. Elle était peuplée d'enfants, de cochers de fiacre et de jeunes officiers promenant leurs sabres encombrants avec la même gravité que leurs confrères de la Péninsule.

Pressé soudain de se mêler à cet aimable brouhaha et de grimper dans l'un de ces fiacres, Moro-

Jardins de Wilanow!...

sini hâta sa toilette, engloutit un petit déjeuner qui lui parut regrettablement occidental et, dédaignant la toque de fourrure de la veille, sortit dans la lumière blonde.

Tandis qu'il descendait, il avait pensé un moment aller à pied, mais il changea d'avis à nouveau : s'il voulait avoir une vue d'ensemble, le mieux était de prendre une voiture, et il indiqua au portier galonné qu'il désirait voir la ville :

— Trouvez-moi un bon cocher! recommanda-t-il.

L'homme aux clefs s'empressa de héler un fiacre de belle apparence pourvu d'un cocher ventripotent, jovial et moustachu, qui lui offrit un sourire édenté mais radieux quand il lui demanda dans la langue de Molière de lui montrer Varsovie.

— Vous êtes français, monsieur?

— À moitié. En réalité, je suis italien.

— C'est presque la même chose. Ça va être un plaisir de vous montrer la Rome du Nord!... Vous saviez qu'on l'appelait comme ça?

— Je l'ai entendu dire mais je ne comprends pas. J'ai fait quelques pas hier soir et il ne m'a pas semblé qu'il y eût beaucoup de vestiges antiques.

— Vous comprendrez tout à l'heure! Boleslas connaît la capitale comme personne!

— J'ajoute qu'il parle très bien le français.

— Tout le monde parle cette belle langue ici. La France, c'est notre seconde patrie! En avant!

Ayant dit, Boleslas enfonça sur sa tête sa

casquette de drap bleu ornée d'une sorte de couronne de marquis en métal argenté, claqua des lèvres et mit son cheval en marche. Comme tous les cochers de fiacre, il portait plusieurs chiffres en fonte accrochés à un bouton placé près de son col et qui lui pendaient sur le dos comme une étiquette. Intrigué, Morosini lui demanda la raison de ce curieux affichage!

— Un souvenir du temps où la police russe sévissait ici, grogna le cocher. C'était pour mieux nous repérer. Un autre souvenir, c'est les lanternes que vous avez dû voir le soir accrochées devant les maisons. Comme on a l'habitude, on n'a rien changé...

Et la visite commença. Au fur et à mesure qu'elle se déroulait, Morosini appréciait davantage le choix de son portier. Boleslas semblait connaître chacune des maisons devant lesquelles on passait. Surtout les palais, qui donnèrent au visiteur la clef du surnom de Varsovie : il y en avait ici autant qu'à Rome. Tout au long de la Krakowskie Przedmiescie, la grande artère de la ville, ils se côtoyaient ou se faisaient face, certains bâtis par des architectes italiens mais sans le côté massif des grandes demeures romaines. Construits souvent sur plan rectangulaire, flanqués de quatre pavillons, vestiges d'anciens bastions fortifiés, ils possédaient de vastes cours et de hauts toits couverts de cuivre verdi qui ne contribuaient pas peu au charme coloré de la ville. Boleslas montra les palais Tepper où Napoléon rencontra Maria Walewska et dansa avec elle une contredanse, Krasinsski où le futur maréchal Poniatowski fit bénir les drapeaux des nouveaux régiments polonais, Potocki où Murat donna des fêtes superbes, Soltyk où séjourna Cagliostro, Pac, ambassade de France sous Louis XV, où se cacha Stanislas Leczinski, le futur beau-père du roi, Miecznik dont la dame fut l'inspiratrice de Bernardin de Saint-Pierre. Aldo finit par protester :

— Vous êtes bien sûr de ne pas être en train de me faire visiter Paris ? fit-il. Il n'est question que de la France et des amours des Français...

— Mais parce que entre la France et nous c'est une histoire d'amour qui dure, et ne me dites pas qu'un Italien n'aime pas l'amour ? Ce serait le monde à l'envers...

— Le monde restera à l'endroit : j'y suis aussi sensible que mes compatriotes mais, pour l'instant, j'aimerais visiter le château.

— Vous avez le temps avant le déjeuner. Vous pourrez voir aussi la maison de Chopin et celle de la princesse Lubomirska, une femme charmante qui, par amour, est allée se faire exécuter en France pendant la Révolution.

— Encore l'amour ?

— Vous n'y échapperez pas. Cet après-midi, si vous me faites toujours confiance, je vous emmènerai voir sa maison : le château de Wilanow, construit par notre roi Sobieski pour son épouse... française.

– Pourquoi pas ?

À midi, le voyageur choisit de déjeuner dans la *cukierna* de la place du château, une pâtisserie dont la terrasse fleurie surplombait la rue. Des jeunes filles vêtues comme des infirmières lui servirent un assortiment de choses délicieuses qu'il arrosa de thé. Il avait toujours adoré les gâteaux et trouvait parfois amusant d'en faire un repas, mais Boleslas qu'il invita refusa de le suivre sur ce terrain : il préférait des nourritures plus substantielles et promit de revenir chercher son client deux heures plus tard.

Aldo fut plutôt content qu'il ait refusé son offre : le cocher était bavard et le moment d'isolement qu'il goûta dans cet endroit, mi-salon de thé, mi-café, lui parut bien agréable. Morosini s'y régala donc de *mazourki*, sorte de tourtes à la manière viennoise dont le fourrage semblait varier à l'infini, et de *nalesniki*, crêpes chaudes à la confiture, tout en admirant quelques charmants visages. C'était très agréable de ne penser à rien et d'avoir l'impression d'être en vacances !

Il la prolongea en fumant un odorant cigare tandis que le trot allègre du cheval l'emmenait au sud de la capitale. Son automédon, momentanément réduit au silence, digérait en somnolant, laissant son attelage se conduire à peu près seul sur une route habituelle. Le beau temps du matin commençait à décliner. Un peu de vent s'était levé et poussait vers l'est des nuages grisonnants qui, par instants, voilaient le soleil, mais la promenade était agréable.

Wilanow plut à Morosini. Avec ses terrasses, ses balustres et ses deux amusantes tourelles carrées dont les toits à plusieurs étages se donnaient des airs de pagode, le château baroque étalé au milieu de ses jardins ne manquait pas de charme. Il possédait ce qu'il fallait pour séduire une jolie femme coquette, ce qu'était à n'en pas douter cette Marie-Casimire de la Grange d'Arquien, de bonne noblesse nivernaise, dont l'amour, pour parler comme Boleslas, fit une reine de Pologne alors que rien ne l'y destinait à l'origine.

Aldo connaissait son histoire par sa mère dont les ancêtres cousinaient avec les ducs de Gonzague : l'une de leurs plus belles fleurs, Louise-Marie, dut, sur l'ordre de Louis XIII, s'en aller épouser le roi Ladislas IV alors qu'elle était follement éprise du beau Cinq-Mars. Elle emmenait avec elle Marie-Casimire, celle qu'elle préférait parmi ses dames d'honneur. Parvenue en Pologne, celle-ci épousa d'abord le vieux mais riche prince Zamoyski, puis, après un veuvage assez hâtif, le grand maréchal de Pologne, Jean Sobieski, à qui elle inspira une ardente passion. Lorsqu'il devint roi sous le nom de Jean III, celui-ci éleva au trône la femme qu'il aimait et fit bâtir pour elle ce palais d'été tandis qu'il s'en allait acquérir une gloire sinon universelle, du moins européenne en barrant aux Turcs, à Vienne, la route de l'Occident et en les rejetant vers leurs propres terres.

L'homme du ghetto

Un guide rafraîchit la mémoire du visiteur qui, en l'écoutant, s'expliquait de plus en plus mal les envolées lyriques de son cocher au sujet de cet « amour de légende ». Sobieski, certes, était légendaire mais pas Marie-Casimire, ambitieuse et intrigante, qui influença de façon désastreuse la politique de son mari, le brouilla avec Louis XIV et, après sa mort, fit tant et si bien que la Diète polonaise la renvoya dans ses foyers [1].

L'intérieur du château se révéla plutôt décevant. Les Russes avaient emporté beaucoup de ce qu'il contenait initialement. Seuls quelques meubles – et nombre de portraits! – rappelaient le souvenir du grand roi. L'antiquaire admira pourtant sans réserve certain ravissant cabinet florentin, don du pape Innocent IX, un miroir superbement ouvragé qui avait reflété le trop joli visage de la reine et un panneau de Van Iden provenant d'un clavecin à elle offert par l'impératrice Éléonore d'Autriche...

À mesure qu'il parcourait les pièces souvent vides, Aldo sentait une bizarre mélancolie l'envahir. Il était presque le seul visiteur et cet endroit trop silencieux finissait par lui procurer une sorte d'angoisse. Il se demanda ce qu'il était venu faire là et regretta de n'être pas resté en ville. Pensant que les jardins où revenait le soleil lui rendraient sa bonne humeur, il choisit de sortir sur la terrasse dominant un bras de la Vistule pour admirer, au

---

[1]. N'en ayant plus guère, elle mourut en 1716 au château de Blois où le Régent lui accordait une négligente hospitalité.

bord de l'eau, les arbres géants dont on disait qu'ils avaient été plantés par Sobieski lui-même. C'est alors qu'il vit la jeune fille...

Peut-être n'avait-elle pas vingt ans mais elle était d'une surprenante beauté : grande et presque frêle avec des cheveux d'un blond d'or pur, des yeux clairs et une bouche ravissante, elle portait avec une élégance parfaite un manteau de drap bleu ourlé de renard blanc avec une toque assortie qui lui donnait l'apparence d'une héroïne d'Andersen. Elle semblait en proie à une vive émotion et parlait avec animation à un jeune homme brun, romantique et décoiffé, qui n'avait pas l'air plus heureux qu'elle mais dont Aldo n'avait même pas remarqué la présence tant il était occupé à regarder l'inconnue.

Pour ce qu'il pouvait diagnostiquer de l'attitude des deux personnages, il s'agissait d'une scène de rupture ou quelque chose d'approchant. La jeune fille semblait prier, supplier. Il y avait des larmes dans ses yeux ; dans ceux du garçon aussi mais bien qu'ils parlassent assez fort, Morosini ne comprenait pas un mot de ce qu'ils se disaient. Tout ce qu'il réussit à saisir fut le nom des protagonistes. La belle enfant s'appelait Anielka et son compagnon Ladislas.

Retranché, par discrétion, derrière un if taillé, il suivit avec intérêt le dialogue passionné. Anielka implorait de plus belle un Ladislas drapé plus fermement que jamais dans sa dignité. Peut-être l'histoire classique entre la demoiselle riche et le garçon pauvre mais fier qui veut bien partager sa misère mais pas la fortune de la bien-aimée ? Dans ses habits noirs et flottants, Ladislas ressemblait assez à un nihiliste ou à un étudiant illuminé et le spectateur caché ne comprenait guère pourquoi cette ravissante enfant semblait y tenir à ce point : il était certainement incapable de lui offrir un avenir digne d'elle, ou même un avenir tout court. Et il n'était même pas tellement beau !

Soudain, le drame atteignit son point d'orgue. Ladislas saisit Anielka dans ses bras pour lui donner un baiser trop passionné pour n'être pas le dernier puis, s'arrachant à elle en dépit d'une tentative désespérée pour le retenir, il s'enfuit à toutes jambes, laissant voler dans le vent frais son manteau trop long et son écharpe grise.

Anielka n'essaya pas de le suivre. S'accoudant sur la balustrade, elle se courba jusqu'à ce que sa tête repose sur ses bras et se mit à sangloter. De son côté, Aldo resta sans bouger à l'abri de son if, ne sachant trop que faire. Il ne se voyait pas aller offrir de banales consolations à la désespérée mais, d'autre part, il lui était impossible de s'en aller et de la laisser là, seule avec son chagrin.

Elle se redressa et demeura un moment debout, les mains posées sur la pierre, bien droite, regardant le paysage étalé à ses pieds, puis se résolut à partir. Aldo, de son côté, décida de la suivre mais, au lieu de se diriger vers l'entrée du château, elle

Jardins de Wilanow!...

prit l'escalier qui menait au bord de la rivière, ce qui ne laissa pas d'inquiéter Morosini, pris d'un bizarre pressentiment.

Bien que son pas à lui fût léger et silencieux, elle s'aperçut vite de sa présence et se mit à courir avec une rapidité qui le surprit. Ses pieds minces, chaussés de daim bleu, volaient sur les graviers du chemin. Elle fonçait vers le fleuve et cette fois, son dernier doute balayé, Aldo se lança à sa poursuite. Lui aussi courait bien : depuis son retour de captivité, il avait eu le temps de refaire du sport – natation, athlétisme et boxe! – et sa forme physique était sans défaut. Ses longues jambes grignotèrent l'avance de la jeune fille mais il ne réussit, cependant, à l'atteindre qu'au bord même de la Vistule. Elle poussa un cri strident en se débattant contre lui de toutes ses forces et en proférant des paroles incompréhensibles mais qui ne semblaient pas des plus aimables. Alors il la secoua, dans l'espoir qu'elle se tairait et se tiendrait tranquille.

— Ne m'obligez pas à vous gifler pour vous calmer! fit-il en français dans l'espoir qu'elle appartenait à la majorité francophone de son pays. Espoir exaucé :

— Qui vous dit que j'aie besoin d'être calmée? Et d'abord de quoi vous mêlez-vous? En voilà une façon de poursuivre les gens et de se jeter sur eux!

— Quand « les gens » s'apprêtent à commettre une énorme bêtise, c'est un devoir de les en empêcher! Osez dire que vous n'aviez pas l'intention de vous jeter là-dedans?

— Et quand cela serait ? Est-ce que ça vous regarde ? Est-ce que je vous connais ?

— J'admets que nous sommes inconnus l'un à l'autre mais je tiens à ce que vous sachiez au moins ceci : je suis un homme de goût et je ne supporte pas de voir détruire une œuvre d'art. C'est ce que vous étiez sur le point de faire, alors j'interviens. En remerciant Dieu de m'avoir permis de vous attraper avant que vous ne fassiez le plongeon : j'aurais détesté vous suivre dans cette eau grise qui doit être glaciale...

— C'est moi, l'œuvre d'art ? fit-elle sur un ton un peu radouci.

— Vous voyez quelqu'un d'autre ? Allons, jeune fille, si vous essayiez de me confier vos ennuis ? Sans le vouloir, en sortant du château j'ai été le témoin involontaire d'une scène qui semble vous avoir fait beaucoup de peine. Ne parlant pas votre langue, je n'ai pas compris grand-chose, sinon, peut-être, que vous aimez ce garçon et qu'il vous aime mais qu'il entend le faire à ses propres conditions. Je me trompe ?

Anielka leva sur lui un regard tout scintillant de larmes. Dieu qu'elle avait de jolis yeux ! Ils avaient la couleur exacte d'une coulée de miel au soleil. Morosini eut soudain une furieuse envie de l'embrasser mais il se retint en pensant qu'après le baiser passionné de l'amoureux, le sien lui serait sans doute fort désagréable...

— Vous ne vous trompez pas, soupira-t-elle.

Jardins de Wilanow!...

Nous nous aimons mais si je ne peux pas le suivre, c'est parce que je n'en ai pas le droit. Je ne suis pas libre...

— Vous êtes mariée?

— Non, mais...

La phrase s'interrompit tandis qu'une angoisse s'imprimait sur le ravissant visage qui regardait quelque chose par-dessus l'épaule de Morosini. Un troisième personnage venait de faire son apparition. Aldo en eut la certitude en percevant un bruit de respiration derrière lui. Il se retourna. Un homme bâti comme un coffre-fort et vêtu comme un valet de bonne maison se tenait derrière lui, son chapeau melon à la main. Sans même lui accorder un regard, il proféra quelques mots d'une voix gutturale. Anielka baissa la tête et s'écarta de son compagnon :

— Dieu que c'est agaçant de ne jamais rien comprendre, s'exclama celui-ci. Que dit-il ?

— Que l'on me cherche partout, que mon père est très inquiet... et que je dois rentrer. Veuillez m'excuser !

— Qui est-ce ?

— Un serviteur de mon père. Laissez-moi passer, s'il vous plaît !

— Je voudrais vous revoir.

— Comme je n'en ai pas la moindre envie, il n'en est pas question. Sachez que je vous en voudrai toujours de m'avoir retenue. Sans vous, je serais tranquille à cette heure... Je viens, Bogdan...

L'homme du ghetto

Pendant le bref dialogue, l'homme n'avait pas bronché, se contentant de tendre à la jeune fille la toque de fourrure qu'elle avait perdue dans sa course. Elle la prit mais ne s'en coiffa pas. Rejetant en arrière d'une main lasse les longues mèches soyeuses de sa chevelure dénouée et resserrant de l'autre son manteau, elle se dirigea sans se retourner vers les grilles du château.

Impressionné, Morosini s'aperçut que le jour était gris à présent, obscurci par le brouillard qui montait du fleuve. Jamais encore une femme ne l'avait traité avec ce mépris désinvolte, et il fallait justement que ce soit la seule qui lui plût depuis sa rupture avec Dianora. Il ignorait même son nom : rien qu'un prénom charmant. Il est vrai qu'elle ne s'était pas souciée du sien. Alors il se sentit intrigué encore plus que vexé.

Les deux silhouettes commençaient à se fondre dans la grande allée de peupliers quand il se décida enfin à se lancer à leur suite. Il se mit à courir comme si sa vie en dépendait.

Lorsqu'il atteignit l'imposant portail aux piliers sommés de statues qui donnait accès au château et devant lequel le cocher et son fiacre l'attendaient, il vit la jeune fille s'engouffrer dans une limousine noire dont Bogdan lui tenait la portière ouverte. Quand elle fut montée, celui-ci s'installa à la place du chauffeur et l'instant suivant, il démarrait. Morosini avait déjà rejoint Boleslas qui, faute d'autres distractions sans doute, observait lui aussi le départ en fumant une cigarette et, grimpant dans le fiacre, il ordonna :

— Vite ! Suivez cette voiture !

Le cocher éclata d'un rire énorme :

— Vous n'imaginez tout de même pas que mon cheval peut suivre un monstre comme celui-là ? Il est en bonne santé et je n'ai pas envie de le tuer... même si vous m'offriez une fortune. Demandez-moi autre chose !

— Qu'est-ce que vous voulez que je vous demande ? grogna Morosini. À moins que vous ne sachiez à qui est cette automobile...

— Eh bien, voilà quelque chose de raisonnable ! Évidemment que je le sais. Il faudrait être aveugle et stupide pour ne pas connaître la plus jolie fille de Varsovie. La voiture appartient au comte Solmanski et la demoiselle s'appelle Anielka. Elle doit avoir dix-huit ou dix-neuf ans...

— Bravo ! Et vous savez leur adresse ?

— Bien entendu ! Vous voulez que je vous montre en vous ramenant à l'hôtel ?

— Faites donc ça ! Je vous en serai très reconnaissant, dit Morosini en lui tendant un billet que le bonhomme empocha sans complexes.

— C'est ce qui s'appelle comprendre la reconnaissance, fit-il en riant. Les Solmanski n'habitent pas bien de L'Europe : c'est dans la Mazowiecka...

Et l'on partit à la même allure qu'à l'arrivée, ce qui laissa aux occupants de la limousine le temps de rentrer. Aussi, quand le fiacre passa sans s'arrêter devant leur maison, tout y était-il calme et tranquille. Morosini se contenta de noter le numéro et de repérer les ornements du porche en se promettant de revenir, à la nuit. C'était peut-être stupide, étant donné qu'il repartait le lendemain, mais il éprouvait le vif désir d'en savoir un peu plus sur Anielka et de parvenir, peut-être, à revoir son ravissant visage...

C'était compter sans la double surprise qui l'attendait à l'hôtel. Dans sa chambre d'abord où quelques coups d'œil rapides lui apprirent qu'elle avait été visitée. Rien ne manquait dans ses bagages, tout était en ordre, mais pour un homme aussi observateur que lui, le doute n'était pas possible : on avait fouillé ses affaires. Pour y trouver quoi ? Là était la question. Le seul objet de quelque intérêt, la copie du saphir, ne quittait pas ses poches. Alors ? Qui pouvait s'intéresser à un voyageur – inconnu de surcroît ! – arrivé la veille au point d'inspecter ses affaires ? C'était assez délirant, cependant Morosini refusa de s'attarder trop longtemps là-dessus. Peut-être s'agissait-il d'un banal rat d'hôtel à la recherche d'une aubaine chez un client que l'on pouvait deviner fortuné. Dans ce cas, il pouvait être instructif de voir un peu de quoi se composait aujourd'hui la faune de L'Europe.

Aldo décida de dîner sur place, fit une brève toilette, changea ses vêtements de sortie pour un smoking, quitta sa chambre et descendit dans le hall, ce

Jardins de Wilanow !...

cœur battant de tout palace qui se respecte, et là réclama un journal français avant d'aller s'installer dans un fauteuil abrité des courants d'air par un énorme aspidistra. De là, il pouvait surveiller la porte à tambour, le comptoir du portier, le grand escalier et l'entrée du bar.

Comme tous les palaces d'une génération qui avait vu le jour au début du siècle, L'Europe faisait preuve d'un manque total d'imagination en ce qui concernait sa décoration. Comme son homonyme de Prague, il accumulait les dorures, les vitraux modern style, les fresques et les statues, les appliques et les lustres en bronze doré. Pourtant, il y avait quelque chose de différent et d'assez sympathique : une atmosphère plus chaleureuse, presque familiale. Les gens qui prenaient place autour des guéridons ou dans les fauteuils se saluaient sans se connaître d'un sourire, d'un signe de tête, ce qui laissait supposer qu'ils appartenaient à ce peuple polonais qui est bien l'un des plus courtois et des plus aimables du monde. Seuls un couple américain qui semblait s'ennuyer prodigieusement et un voyageur belge dodu et solitaire qui dévorait des journaux en buvant de la bière rompaient un peu le charme.

À observer ces gens – il y avait quelques jolies femmes qui semblaient les sœurs plus blondes de celles que l'on rencontrait à Paris au Ritz ou au Claridge – Morosini, qui faisait semblant de lire, cherchait qui pouvait être son visiteur quand soudain il se passa quelque chose : toutes les têtes se tournaient vers le grand escalier dont une femme descendait lentement les marches couvertes d'un tapis pourpre. Une femme ? Plutôt une déesse et qu'Aldo, ramené cinq années en arrière, identifia du premier regard : le fabuleux manteau de chinchilla n'était plus le même que celui de Noël 1913, mais le port de reine, la blondeur nacrée et les yeux d'aigue-marine étaient semblables au souvenir qu'il en gardait : c'était bel et bien Dianora qui venait là, laissant traîner derrière elle sa longue robe de velours noir ourlée de même fourrure.

Tout comme à Venise, jadis, elle ne se pressait pas, goûtant sans doute le silence provoqué par son arrivée et les regards admiratifs levés vers sa lumineuse image. Elle s'arrêta au milieu des degrés, une main sur la rampe de bronze, examinant le hall comme si elle cherchait quelqu'un.

Accourant du bar, un jeune homme en habit se précipitait, escaladant les marches deux à deux avec la hâte un peu maladroite d'un chiot qui voit arriver sa maîtresse. Dianora l'accueillit d'un sourire mais ne bougea pas : elle regardait toujours en bas et Aldo dont le regard croisa le sien vit que c'était lui qu'elle fixait, un sourcil un peu relevé par la surprise, un sourire aux lèvres.

Il hésita un instant sur la conduite à tenir puis reprit son journal d'une main qui tremblait un peu mais avec détermination, bien décidé à ne rien montrer de l'émotion éprouvée. Cependant, s'il

Jardins de Wilanow!...

espérait échapper à son passé, il se trompait : achevant de descendre l'escalier, la jeune femme dit quelques mots au jeune homme en habit qui parut un peu surpris mais s'inclina et retourna vers le bar. Imperturbable, Morosini ne bougea pas, bien qu'un léger courant d'air lui apportât une bouffée d'un parfum familier.

– Pourquoi faites-vous semblant de lire comme si vous ne m'aviez pas vue, mon cher Aldo? fit la voix bien connue. Ce n'est guère galant. Ou bien ai-je tellement changé?

Sans la moindre hâte, il rejeta la feuille imprimée et se leva pour s'incliner sur une petite main étincelante de diamants.

– Vous savez bien que non, ma chère amie, vous êtes toujours aussi belle, fit-il d'un ton paisible qui le surprit, mais il se peut qu'en venant à moi, vous couriez un certain risque.

– Lequel, mon Dieu?

– Celui d'être mal reçue. L'idée ne vous est-elle pas venue que je ne souhaitais pas de nouvelles rencontres?

– Ne dites donc pas de sottises! Nous n'avons partagé, il me semble, que d'agréables moments. Pourquoi, dans ces conditions, n'aurions-nous pas plaisir à nous retrouver?

Souriante, sûre d'elle-même, elle s'installait dans un fauteuil, ouvrant son manteau qui, en s'écartant, permit à Morosini de constater qu'elle avait conservé son goût des hauts colliers de chien qui seyaient si bien à son cou flexible et délicat. Celui-ci, fait d'émeraudes et de diamants, était d'une rare beauté et Aldo en oublia un instant la jeune femme pour l'admirer sans réserve : un bijou dont il se serait souvenu s'il l'avait déjà vu et que Dianora ne possédait pas lorsqu'elle était l'épouse de Vendramin. S'il s'était écouté, il aurait cherché dans sa poche la loupe de joaillier qui ne le quittait jamais pour examiner l'objet de plus près, mais la courtoisie exigeait qu'il soutînt la conversation :

— Je suis heureux, dit-il froidement, que vous ne conserviez que d'aimables souvenirs. Peut-être n'avons-nous pas les mêmes? Le dernier qui me reste n'est pas vraiment de ceux que l'on aime rappeler, surtout dans un hall d'hôtel!

— Alors ne le rappelez pas! Dieu me pardonne, Aldo, vous m'en voulez à ce point? fit-elle plus sérieusement. Je ne crois pourtant pas avoir commis une si grande faute en vous quittant. La guerre venait d'éclater... et nous n'avions plus d'avenir.

— En êtes-vous toujours persuadée? Vous pouviez devenir ma femme comme je vous en priais et faire comme les autres épouses de soldats : attendre!

— Quatre ans? Quatre longues années? Pardonnez-moi, mais je ne sais pas attendre. Je n'ai jamais su : ce que je veux, ce que je désire, il me le faut sur-le-champ. Or, vous avez été longtemps prisonnier. Je n'aurais pas pu le supporter.

— Qu'auriez-vous fait ? Vous m'auriez trompé ?

Bien loin de chercher à dissimuler son regard, elle ouvrit tout grands ses yeux limpides qui se fixèrent sur lui d'un air songeur.

— Je n'en sais rien, dit-elle avec une franchise qui fit grimacer son vis-à-vis.

— Et vous disiez m'aimer ? fit-il avec une amertume voilée de dédain...

— Mais je vous aimais... peut-être même vous gardé-je... un sentiment ? ajouta-t-elle avec ce sourire auquel il était incapable de résister au temps de leurs amours. Seulement... la passion s'accommode mal de la vie quotidienne, surtout en temps de guerre. Même si vous ne l'avez pas cru, je devais me protéger. Le Danemark est bien proche de l'Allemagne et pour tous je restais une étrangère, presque une ennemie. Même affublée d'une couronne de comtesse vénitienne, je ne pouvais être que suspecte.

— Vous ne l'auriez pas été si vous aviez consenti à vous... « affubler » d'une couronne princière. On ne s'en prend pas à une Morosini sans risquer de s'en mordre les doigts. Auprès de ma mère vous n'aviez rien à craindre.

— Elle ne m'aimait pas. Et puis quand vous dites que je n'avais rien à craindre, vous oubliez une chose : c'est qu'en rentrant de captivité, il vous a fallu travailler. Vous n'êtes certainement pas devenu antiquaire de gaieté de cœur ?

— Plus que vous ne le pensez! Mon métier me

passionne, mais si je vous ai bien comprise vous essayez de me faire entendre qu'en devenant ma femme vous auriez eu à redouter... la pauvreté ? C'est bien ça ?

— Je l'admets, dit-elle avec cette franchise sans nuances qui l'avait toujours caractérisée. Même si les hostilités n'étaient pas intervenues, je ne vous aurais pas épousé car je me doutais que vous ne pourriez pas soutenir votre train de vie pendant de longues années encore et, que voulez-vous, j'ai toujours craint la gêne depuis que j'ai quitté la maison paternelle. Nous n'étions pas riches et j'en ai souffert. On n'imagine pas ce que c'est lorsque l'on a toujours connu l'opulence, ajouta-t-elle en jouant avec un bracelet qui devait totaliser une belle quantité de carats. Avant d'épouser Vendramin, j'ignorais ce que c'était qu'une paire de bas de soie...

— À présent, en tout cas, vous ne semblez pas dans le besoin. Mais, pendant que j'y pense, dites-moi comment vous êtes aussi renseignée sur mes affaires ? On ne vous a pas vue depuis longtemps à Venise, pour ce que j'en sais...

— Sans doute ; cependant j'y garde des amis.

Il lui dédia le sourire à la fois moqueur et nonchalant qui manquait rarement son effet.

— La Casati, par exemple ?

— En effet. Comment le savez-vous ?

— Oh, c'est très simple : le soir où j'ai quitté Venise pour venir ici, elle m'avait prié à l'une de

Jardins de Wilanow!...

ces fêtes dont elle détient le secret et, pour m'appâter, elle m'avait annoncé une surprise, ajoutant même que j'avais tout intérêt à venir si je désirais savoir ce que vous deveniez. J'ai cru un instant que vous étiez chez elle...

– Je n'y étais pas... cependant vous êtes parti ?
– Eh oui! Que voulez-vous, je suis devenu un homme d'affaires donc un homme sérieux... Mais, en ce cas, je me demande ce que pouvait être la surprise ?

Dianora allait peut-être répondre quand le jeune homme en habit, trouvant sans doute le temps long, surgit du bar et les rejoignit, la mine à la fois contrite et inquiète. Il s'excusa d'interrompre un dialogue où il n'avait que faire en suppliant la jeune femme de considérer que le temps passait vite et qu'ils étaient déjà en retard... Un pli de contrariété se forma aussitôt sur le joli front de Dianora :

– Dieu, que vous êtes ennuyeux, Sigismond! Par le plus grand des hasards, je viens de retrouver un ami... cher, perdu de vue depuis longtemps et vous venez me parler pendule! J'ai bien envie d'annuler ce dîner...

Tout de suite Morosini fut debout et se tourna vers le jeune homme dont on pouvait craindre qu'il se mît à pleurer :

– Pour rien au monde, monsieur, je ne voudrais troubler le programme de votre soirée. Quant à vous, ma chère Dianora, il ne faut pas vous faire attendre davantage. Nous nous reverrons un peu plus tard... ou demain matin ? Je pars seulement demain soir.

— Non. Promettez-moi de m'attendre! Nous ne nous sommes pas dit la moitié de ce que nous avons accumulé pendant ces années. Promettez ou je reste ici! fit-elle d'un ton définitif. Après tout, je connais peu le comte Solmanski votre père, mon cher Sigismond, et mon absence ne devrait pas lui causer une grande peine.

— N'en croyez rien! s'écria le jeune homme. Ce serait une grave offense pour lui si vous vous décommandiez au dernier moment! Je vous en prie, venez!...

— Mais oui, ma chère, il faut y aller, ajouta Morosini que le nom de l'inviteur venait de frapper au plus sensible de la curiosité. Je promets de vous attendre! Rejoignez-moi au bar lorsque vous rentrerez. De mon côté, je vais grignoter un petit quelque chose ici même...

— Dans ces conditions, soupira la jeune femme en se levant et en refermant son chinchilla, je me rends à vos raisons, messieurs! Allons donc, Sigismond, et vous Aldo à tout à l'heure!

Quand elle eut disparu en traînant tous les regards après elle, le prince quitta son aspidistra pour gagner le restaurant. Un maître d'hôtel cérémonieux l'installa à une table fleurie de tulipes roses et éclairée par une petite lampe à abat-jour couleur d'aurore. Puis il lui remit une grande carte

Jardins de Wilanow!...

et s'éloigna sur un salut pour le laisser composer son menu. Telle n'était d'ailleurs pas la préoccupation majeure de Morosini, assez excité à la pensée que Dianora s'en allait dîner dans la maison de la Mazowiecka où il avait songé faire un tour. Ce qui ne s'imposait plus : il en apprendrait davantage quand sa belle amie reviendrait, le regard d'une femme étant toujours beaucoup plus aigu que celui d'un homme. Surtout lorsqu'il y avait là une ravissante jeune fille ! Il serait très instructif d'entendre, tout à l'heure, ce qu'on lui en dirait !

Mis en belle humeur par cette perspective, Aldo se commanda un repas composé de caviar – il avait toujours adoré les petits œufs gris ! – de *kaczka*, canard braisé farci aux pommes, et de ces *koldouni* dont les Polonais affirmaient qu'une déesse venue se baigner dans la Wilejka et retenue sur terre par la ruse d'un amoureux en avait donné la recette pour son repas de noces. Il s'agissait d'une sorte de raviolis farcis de viande et de moelle de bœuf, parfumés à la marjolaine et qui, pochés à l'eau, devaient se manger à la cuillère sans les entamer afin qu'ils éclatent seulement dans la bouche. Quant à la boisson et pour être certain de ne pas se tromper, il choisit un champagne qui aurait au moins l'avantage de le faire digérer.

Tout en laissant son regard errer sur la salle à manger scintillante de cristaux et d'argenterie, Aldo pensait que la vie réserve de bien curieuses surprises. Dianora devait être à cent lieues d'imaginer qu'il l'attendait en pensant à une autre et lui-même admettait volontiers que l'entrevue de tout à l'heure se fût peut-être déroulée de façon bien différente si la blonde Anielka n'avait fait son apparition. La nymphe désolée de la Vistule venait de lui rendre un grand service en le faisant moins sensible à l'assaut des souvenirs trop doux. En procurant à Morosini une émotion nouvelle, elle agissait pour lui à la manière d'un de ces gracieux écrans que l'on place devant les flammes d'un foyer afin d'en atténuer l'ardeur. En fait, ce dont Aldo brûlait, c'était de la revoir.

Malheureusement, il ne lui restait pas beaucoup de temps s'il voulait prendre son train demain soir, et différer son départ serait prendre un retard de plusieurs jours. Or il y avait chez lui plusieurs affaires importantes qui l'attendaient... D'autre part, et même s'il en mourait d'envie, cela valait-il la peine de perdre du temps pour une fille amoureuse d'un autre homme et que, de toute évidence, il n'intéressait pas du tout ? Le plus sage ne serait-il pas de lui tourner le dos ?

Tous ces points d'interrogation occupèrent la majeure partie d'un dîner dont l'orchestre fit une sorte de douche écossaise en alternant allègres mazurkas et nocturnes déchirants.

Son café avalé – un de ces breuvages infâmes dont les hôtels ont le secret – Aldo regagna le bar où il n'aurait à craindre qu'un pianiste discret et dont

Jardins de Wilanow !...

l'atmosphère feutrée lui plaisait. Il y avait là quelques hommes qui discutaient à voix retenue, perchés sur de hauts tabourets, en buvant des boissons variées. Lui-même choisit un cognac hors d'âge et passa de longues minutes le ballon de cristal dans la paume à en humer le parfum tout en suivant des yeux les volutes bleutées montant de sa cigarette.

Le verre vidé, il se demandait s'il allait en commander un autre quand le barman qui venait de répondre au téléphone intérieur s'approcha de sa table :

— Monsieur me pardonnera si je me permets de supposer qu'il est bien le prince Morosini ?

— En effet.

— Je dois transmettre un message. Mme Kledermann vient de rentrer et fait dire à Votre Altesse Sérénissime qu'elle se sent trop lasse pour prolonger la soirée et qu'elle s'est retirée...

— Madame qui ? sursauta Aldo avec l'impression bizarre que le plafond venait de lui tomber sur la tête.

— Mme Moritz Kledermann, cette très belle dame que j'ai crue voir converser avant le dîner dans le hall avec Votre Altesse ?... Elle présente ses excuses mais...

Morosini semblait tellement médusé que le barman, inquiet, se demanda s'il ne commettait pas une bévue, quand, soudain, son interlocuteur parut reprendre vie et se mit à rire :

— Ne vous troublez pas, mon ami, tout va bien !

Et ça irait même encore mieux si vous m'apportiez un autre cognac...

Quand l'homme revint avec la boisson, Morosini lui mit un billet dans la main :

– Sauriez-vous me dire quel appartement occupe Mme Kledermann ?

– Oh oui ! L'appartement royal, bien entendu...

– Bien entendu...

Le supplément d'alcool s'avérait nécessaire, contrairement à ce que l'on pouvait craindre, pour qu'Aldo retrouve son équilibre face à la troisième surprise de la soirée, et non des moindres. Que Dianora se fût remariée ne l'étonnait pas. Même, il en était venu à le supposer. Le faste déployé par la jeune femme, ses bijoux fabuleux – ceux que lui avait offerts le vieux Vendramin étaient moins impressionnants ! – tout laissait supposer la présence d'un homme extrêmement riche. Mais que cet homme fût le banquier zurichois dont maître Massaria lui avait offert la fille en mariage, voilà qui dépassait tout ce qu'on pouvait imaginer ! C'était même à mourir de rire. Qu'il eût accepté, et Dianora devenait sa belle-mère ! De quoi bâtir une tragédie... ou plutôt l'une de ces comédies de boulevard si fort appréciées des Français.

L'aventure étant plutôt amusante, elle méritait bien qu'on la prolonge un peu. Bavarder avec la femme du banquier suisse allait être un moment exaltant !

S'arrachant enfin à son fauteuil, Morosini se

Jardins de Wilanow !...

dirigea vers le grand escalier qu'il gravit d'un pas nonchalant. Point n'était besoin de s'adresser au portier pour trouver l'appartement royal : c'était l'enfance de l'art pour un habitué des palaces. Parvenu au premier étage, il marcha droit à une imposante double porte à laquelle il frappa en se demandant ce qui pouvait pousser Dianora, voyageant sans doute seule avec une femme de chambre, à s'installer tellement au large. Dans tous les grands hôtels, la suite royale se composait en général de deux salons, quatre ou cinq chambres et autant de salles de bains. Il est vrai qu'elle n'appréciait guère la simplicité...

Une soubrette lui ouvrit. Sans rien lui demander, elle tourna les talons et le précéda dans une antichambre puis un salon meublé en style Empire où elle le laissa. La pièce était majestueuse, les meubles ornés de sphinx dorés étaient de grande qualité et quelques toiles honnêtes représentant des paysages habillaient les murs, mais elle évoquait davantage les réceptions officielles que les causeries intimes. Heureusement, le beau feu allumé dans la cheminée arrangeait un peu les choses. Aldo alla s'asseoir près du seul élément chaleureux et alluma une cigarette.

Trois autres suivirent et il commençait à perdre patience quand une porte s'ouvrit enfin pour livrer passage à Dianora. Il se leva à son entrée :

— Avez-vous donc l'habitude d'ouvrir votre porte au premier venu ? fit-il narquois. Votre camériste ne m'a même pas laissé le temps de lui donner mon nom.

— Elle n'en avait pas besoin. Mais vous n'étiez guère pressé de me rejoindre.

— Jamais, lorsque je ne suis pas invité. Si vous m'aviez appelé, je serais venu immédiatement.

— Alors pourquoi êtes-vous venu puisque je ne vous ai pas appelé?

— Un vif désir de causer avec vous! Vous n'aviez pas l'habitude de vous coucher tôt jadis. Or votre soirée ne s'est guère prolongée. Vous êtes même rentrée de bonne heure. Était-ce ennuyeux à ce point?

— Plus encore que vous ne l'imaginez! Le comte Solmanski est sans doute un parfait gentilhomme mais il est aussi récréatif qu'une porte de prison et l'on respire chez lui une atmosphère glaciale...

— Pourquoi y être allée dans ce cas? Vous n'aviez pas non plus l'habitude de fréquenter des gens qui vous déplaisaient ou même vous ennuyaient?

— J'ai accepté ce dîner pour faire plaisir à mon mari avec qui Solmanski est en affaires. Mais je ne crois pas vous avoir dit que je suis remariée?

— Je l'ai appris par le barman, avec un rien de surprise, bien sûr, mais, après tout, c'est une façon comme une autre d'être mis au courant. Et, à propos de surprise, je suppose que c'était celle que me réservait Luisa Casati l'autre soir? Cet heureux événement est récent?

— Pas vraiment. Je suis mariée depuis deux ans!
— Mes sincères félicitations. Ainsi, vous voilà suissesse? ajouta Morosini avec un sourire impertinent. Pas étonnant que vous ayez regagné l'hôtel si tôt! On se couche de bonne heure dans ce pays-là! C'est d'ailleurs excellent pour la santé!

Dianora n'eut pas l'air d'apprécier la plaisanterie. Elle tourna le dos à son visiteur, lui permettant ainsi d'admirer la perfection de sa silhouette dans une longue robe d'intérieur en fin lainage blanc bordé d'hermine:

— Je vous ai connu un esprit plus délicat, murmura-t-elle. Si vous souhaitez me dire des choses désagréables, je ne vais pas tarder à regretter de vous avoir reçu.

— Où prenez-vous que je veuille vous déplaire? Je pensais seulement que votre humour d'autrefois était intact. Dans ce cas, parlons de bonne amitié et dites-moi comment vous êtes devenue Mme Kledermann? Un coup de foudre?

— En aucune façon... du moins en ce qui me concerne. J'ai connu Moritz à Genève, pendant la guerre. Il m'a tout de suite fait la cour mais je tenais alors à garder ma liberté. Nous nous sommes revus par la suite et finalement j'ai consenti à l'épouser. C'est un homme très seul!

Morosini trouva l'histoire un peu courte et cependant n'en crut qu'une partie: il n'avait jamais rencontré de collectionneur qui se sentît seul: la passion qu'il nourrissait suffisait toujours à meubler ses instants de loisir en admettant qu'il en eût beaucoup. Ce qui ne devait pas être le cas d'un homme d'affaires de son envergure. Néanmoins, il garda ses réflexions pour lui, se contentant de déclarer négligemment :

— Si seul que cela ? Dans le monde où j'évolue à présent, celui des collectionneurs, votre époux est assez connu. Il me semble bien avoir entendu dire qu'il était père d'une fille ?

— En effet, mais je ne la connais guère. C'est une créature bizarre, très indépendante. Elle voyage beaucoup pour satisfaire sa passion de l'art. De toute façon, nous ne nous aimons guère...

Ça, Morosini voulait bien le croire. Quelle fille sensée eût souhaité voir son père saisi par le démon de midi au bénéfice d'une aussi affolante sirène ? Elle revenait vers lui maintenant et son éclat le frappa plus que tout à l'heure, bien qu'elle eût dépouillé toute parure au bénéfice de cette simple robe blanche qui, en s'ouvrant à la marche, lui rappelait qu'elle possédait les plus belles jambes du monde. Pour jouir un peu plus longtemps du spectacle, il recula vers la cheminée où il s'adossa. Il se surprit à se demander ce qu'elle pouvait bien porter sous ce vêtement. Pas grand-chose, sans doute ?

Pour rompre le charme, il alluma une cigarette puis demanda :

— Serait-il indiscret de vous demander si vous vous plaisez beaucoup à Zurich ? Je vous verrais mieux à Paris, ou à Londres. Il est vrai que Varso-

Jardins de Wilanow!...

vie est plus gaie que je ne le croyais. C'est une surprise de vous y rencontrer.

— Vous aussi. Que venez-vous y faire?

— Voir un client. Rien de passionnant comme vous voyez... mais vous conservez toujours cette habitude que vous aviez de répondre à une question par une autre question.

— Ne soyez pas agaçant! Je vous ai déjà répondu. Nous avions décidé d'un voyage en Europe centrale, quelques amis et moi, mais ils n'étaient pas tentés par la Pologne. Je les ai donc laissés à Prague et je suis venue seule pour cette visite à Solmanski mais je les rejoins demain à Vienne. Satisfait, cette fois?

— Pourquoi pas? Encore que je vous voie mal en femme d'affaires.

— Le terme est excessif. Disons que je suis pour Moritz une... coursière de luxe. Je suis un peu sa vitrine : il est très fier de moi...

— Non sans raison! Qui pourrait mieux que vous porter les améthystes de la Grande Catherine ou l'émeraude de Montezuma?

— Sans compter quelques parures achetées à une ou deux grandes-duchesses fuyant la révolution russe. Celle que je portais ce soir en fait partie... cependant je n'ai jamais eu le privilège d'arborer les joyaux historiques : Moritz y tient beaucoup trop! Mais... dites-moi, vous en connaissez des choses?

— C'est mon métier. Si vous l'ignorez, je vous l'apprends : je suis expert en bijoux anciens.

— Oh, je sais... mais ne pourrions-nous pas aborder un autre sujet que mon mari ?

Elle se leva du bras de fauteuil où elle s'était posée non sans révéler une cuisse fuselée et vint à lui, sachant bien qu'il lui serait impossible d'échapper sans risquer une gymnastique ridicule : la cheminée s'y opposait.

— Lequel par exemple ?
— Nous-mêmes. N'êtes-vous pas frappé par cette étonnante coïncidence qui nous remet en présence après tant d'années ? J'y verrais volontiers... un signe du destin.

— Si le destin avait décidé de s'en mêler, nous nous serions rencontrés avant que vous n'épousiez Kledermann. Il possède une présence que l'on doit prendre en considération...

— Pas à ce point-là ! Il est au bout du monde pour l'instant. À Rio de Janeiro pour être plus précise... et vous êtes bien près de moi. Nous étions jadis de grands amis, il me semble ?

Avec une grossièreté voulue, il tira une bouffée de sa cigarette, sans l'envoyer toutefois dans la figure de la jeune femme mais comme s'il en espérait une protection contre ce charme incomparable qu'elle dégageait.

— Nous n'avons jamais été des amis, Dianora, fit-il avec dureté. Nous étions des amants... passionnés, je crois, et c'est vous qui avez choisi de tout briser. On ne recolle pas les morceaux d'une passion.

Jardins de Wilanow!...

— Un brasier que l'on croit éteint peut avoir d'ardents rejets! Je suis de celles qui aiment à saisir l'instant, Aldo, et j'espérais qu'il en serait de même pour toi. Je ne te propose pas une liaison mais un simple retour d'un moment à un magnifique autrefois. Et tu n'as jamais été plus séduisant...

Elle était contre lui à présent, trop proche pour la paix de son âme et de ses sens. La cigarette roula à leurs pieds.

— Tu es très belle.

Ce n'était qu'un souffle mais elle était si près! L'instant suivant, la robe blanche glissait sur le bras dont Aldo enveloppait la taille de la jeune femme, lui démontrant qu'il ne se trompait pas : elle ne portait rien en dessous. Le contact de cette peau divinement soyeuse acheva de déchaîner un désir que l'homme n'avait plus la moindre envie de refréner.

En regagnant sa chambre à l'heure où les valets de l'hôtel commençaient à replacer devant les portes les chaussures cirées des clients, Morosini se sentait à la fois recru de fatigue et léger comme une plume. Ce qui venait de se passer le rajeunissait de dix ans tout en lui laissant une extraordinaire impression de liberté. Peut-être parce qu'il n'était plus tout à fait question d'amour entre eux, mais de la recherche d'un accord parfait qui s'était fait naturellement. Leurs corps s'étaient rejoints, remodelés l'un à l'autre d'une façon spontanée, et c'est presque joyeusement qu'ils avaient égrené le chapelet des caresses d'autrefois qui, cependant, leur paraissaient toutes neuves. Pas de questions, pas de serments, pas d'aveux qui n'auraient plus de sens mais le goût à la fois âpre et délicat d'un plaisir qu'ils étaient seuls sans doute à pouvoir se dispenser. Le corps de Dianora était un objet d'art fait pour l'amour. Il savait procurer de rares délices qu'Aldo cependant ne chercherait pas à renouveler. Leur dernier baiser avait été le dernier, donné, reçu à la croisée de chemins qui se séparaient. Sans d'ailleurs qu'il en éprouvât de regrets.

Ainsi qu'elle le lui avait fait remarquer en riant, « le temps était revenu », mais seulement pour quelques heures. Le véritable adieu restait celui de la route au bord du lac de Côme et Morosini découvrait qu'il n'en souffrait pas. Peut-être parce qu'au cours de cette nuit brûlante, il était arrivé qu'un autre visage vînt se poser comme un masque sur celui de Dianora...

— Demain ou plutôt tout à l'heure, pensa-t-il en se glissant dans ses draps pour un court sommeil, il faudra que j'essaie de « la » revoir. Si je n'y parviens pas, je reviendrai à Varsovie...

C'était une pensée insensée mais plutôt agréable. Toujours ce sentiment de liberté nouvelle! Il savait très bien qu'il devrait compter aussi avec la mission confiée par Simon Aronov et que celle-ci ne lui laisserait guère le temps de courir après un jupon, si ravissant soit-il.

Le joli rêve qui berça son repos s'arrêta net avec le plateau du petit déjeuner que lui apporta vers neuf heures un serveur en habit noir. Une lettre y était déposée entre la cafetière argentée et la corbeille de brioches. Comme l'enveloppe portait seulement son nom, il la prit avec un sourire amusé : en dépit de leurs dernières paroles, Dianora avait-elle encore quelque chose à lui dire ? Ce serait tellement féminin, au fond...

Mais ce qu'il lut n'avait rien d'un message de Cupidon. Quelques mots tracés sur une page blanche d'une écriture virile :

« Élie Amschel a été assassiné hier soir. Ne quittez votre hôtel que pour vous rendre à la gare et soyez sur vos gardes ! »

Pas de signature. Rien que l'étoile de Salomon.

CHAPITRE 4

LES VOYAGEURS DU NORD-EXPRESS

Odjadz!... Odjadz!

Amplifié par le porte-voix, le timbre sonore du chef de gare invitait les voyageurs à monter en voiture. Le Nord-Express, qui, deux fois la semaine, se prolongeait de Berlin à Varsovie et retour, allait s'élancer, libérant sa vapeur, pour rayer l'Europe d'un trait d'acier bleu. Mille six cent quarante kilomètres couverts en vingt-deux heures vingt minutes!

Depuis deux années seulement, l'un des trains les plus rapides et les plus luxueux d'avant guerre reprenait ses parcours. Les blessures laissées par le conflit étaient nombreuses, douloureuses aussi, mais la communication entre les hommes, les villes, les pays, devait renaître. Le matériel ayant beaucoup souffert, on s'aperçut vite qu'il fallait le remplacer et, en cette année 1922, c'était la gloire de la Compagnie Internationale des Wagons-Lits et des Grands Express Européens d'offrir à ses passagers de longues voitures neuves, couleur de nuit, ceinturées d'une bande jaune, tout juste sorties de chantiers anglais et pourvues d'un confort qui recueillait tous les suffrages.

Rencogné contre la fenêtre aux rideaux à demi tirés de son *single*, Morosini suivait des yeux, sur le quai, l'agitation des derniers instants. Le cri du chef de gare venait de tout figer. Des mains s'agitaient encore, et des mouchoirs, mais dans les regards il y avait cette espèce de tristesse des grands départs. On ne parlait plus guère – un mot, une recommandation! – et c'était peu à peu le silence qui s'établissait. Le même qu'au théâtre lorsque le « brigadier » a frappé les trois coups.

Il y eut des claquements de portières puis un coup de sifflet strident et le train frémit, gémit comme s'il lui était douloureux de s'arracher à la gare. Avec une majestueuse lenteur, le convoi glissa sur les rails, la trépidation rythmée des boggies commença à se faire entendre, s'accéléra et enfin, sur un dernier coup de sifflet, triomphal celui-là, la locomotive s'élança dans la nuit en direction de l'ouest. On était parti et bien parti!

Avec une sensation de soulagement, Morosini se leva, ôta sa casquette et son pardessus qu'il jeta sur les coussins de velours brun et s'étira en bâillant. Cette journée passée à ne rien faire d'autre que tourner en rond dans une chambre d'hôtel l'avait fatigué plus que s'il avait couru pendant plusieurs heures au grand air. L'énervement en était la cause. Pas la peur. S'il avait choisi, en effet, de se conformer aux recommandations de Simon Aronov, c'est parce qu'il eût été insensé de ne pas les prendre au sérieux. La mort de son homme de confiance devait suffisamment contrarier – peut-être même peiner! – le Boiteux pour risquer de lui faire perdre, quelques heures après, l'émissaire chargé de tous ses espoirs. Il avait donc bien fallu rester là, se priver du plaisir d'aller errer, le nez au vent, dans la Mazowiecka ou même s'attabler un moment à la taverne Fukier. Il est vrai que le temps, redevenu mauvais, avec cette fois de grandes rafales de pluie, n'engageait guère à la promenade, fût-elle sentimentale.

Alors, pour la véracité de son rôle, il s'était déclaré souffrant. On lui avait monté son déjeuner, des journaux, mais ni les Français ni les Anglais ne mentionnaient la mort du petit monsieur au chapeau rond. Quant aux quotidiens polonais qui peut-être lui auraient appris quelque chose, il était incapable d'en comprendre un traître mot. Cette disparition lui était plus pénible qu'il ne l'aurait cru. Élie Amschel était attachant, cultivé, et c'était toujours amusant de le voir arriver dans une salle des ventes avec son escorte de janissaires et sa mine paisible et souriante de fonctionnaire consciencieux. Ce drame était la preuve qu'il avait affaire à des gens sans scrupules et sans pitié. Si cela ne l'effrayait pas, il en conclut qu'il allait falloir prendre quelques précautions et regarder où il mettait les pieds. Quant aux circonstances de l'assassinat, il en apprendrait peut-être un peu plus à Paris auprès de ce Vidal-Pellicorne qui semblait être l'un des rouages importants de l'organisation du Boiteux.

Pour tuer le temps, il réclama un jeu de cartes, fit des patiences, regarda le mouvement de la place à travers les vitres. Cela lui permit d'être témoin, vers la fin de la matinée, du départ de Dianora au milieu d'un moutonnement de malles et de valises que la femme de chambre ne cessait de recompter. Toujours aussi dévotieux que la veille, le jeune Sigismond voltigeait autour d'elle comme un bourdon aux environs d'une rose. Pas une seule fois la jeune femme ne leva les yeux vers la façade de l'hôtel mais en y réfléchissant, il n'y avait aucune raison : n'était-il pas convenu entre eux de ne pas chercher à se revoir une fois la nuit achevée ? Ce départ fut la seule distraction un peu récréative de la trop longue journée et ce fut avec un vif soulagement qu'Aldo vit arriver l'heure de quitter sa prison pour se rendre à la gare.

Les formalités de départ accomplies avec le personnel de L'Europe, il décida que l'ère des précautions s'ouvrait. Aussi commença-t-il par refuser le fiacre qu'on lui offrait pour réclamer Boleslas qu'il avait aperçu dans la file. Celui-ci accourut avec empressement tandis que le voyageur pansait la blessure d'amour du cocher répudié avec quelques zlotys.

À peine installé, Morosini lui demanda si l'on

parlait, dans les journaux, d'un assassinat commis la veille, ajoutant que le bruit en courait dans l'hôtel mais que ce pouvait être une erreur.

— Une erreur ? se récria Boleslas. Que non ! Une bien vilaine réalité au contraire. C'est le sujet de toutes les conversations aujourd'hui mais il faut dire aussi que le crime a été particulièrement affreux...

— À ce point ? murmura Morosini, qui ressentait dans la poitrine un désagréable pincement. Sait-on qui est la victime ?

— Pas vraiment. Il s'agit d'un Juif, ça c'est sûr, et on a retrouvé son corps à l'entrée du ghetto, entre les deux tourelles, mais pour l'identifier c'est plutôt difficile parce qu'il n'a plus de visage. En plus de ça, il a été torturé avant de mourir. Il paraît que c'était insoutenable à voir...

— Mais qui a pu faire une chose pareille ?

— C'est ça le mystère. Personne n'a la moindre idée. Les journaux parlent de l'Inconnu du quartier juif et j'ai idée que la police va avoir du mal à en savoir davantage.

— Il doit tout de même exister quelques indices ? Même la nuit quelqu'un a peut-être vu...

— Rien du tout ou alors il se taira. Vous savez, les gens ne sont pas très bavards, dans ce coin-là, parce qu'ils n'aiment pas avoir affaire à la police, même si ce n'est plus celle des Russes. Pour eux, elles se valent toutes.

— Je suppose qu'il y a tout de même une différence ?

— Sans doute mais comme jusqu'à présent, on les a laissés tranquilles, ils aiment autant que ça continue.

Que pouvait penser Simon Aronov à cette heure ? Peut-être regrettait-il de l'avoir appelé puisque, si discret qu'ait été le rendez-vous, il avait dû être observé, épié ?

En évoquant la silhouette du Boiteux, son visage à la fois ardent et grave, Aldo rejeta aussitôt cette idée de regret. Cet homme voué à une noble cause, ce chevalier d'un autre âge n'était pas de ceux qui se laissent impressionner par l'horreur – il la connaissait trop – ou par une mort de plus, fût-ce celle d'un ami. Le contrat tenait toujours sinon il aurait su, en quelques mots ajoutés à son message, y mettre fin. Quant à lui-même, il se sentait plus déterminé que jamais à donner l'aide que l'on réclamait de lui. Demain soir, il serait à Paris et, le jour suivant, il pourrait peut-être faire un premier point avec ce Vidal-Pellicorne. Avec un nom pareil, c'était à coup sûr un personnage hors du commun.

Le train roulait à travers la vaste plaine qui environnait Varsovie. En dépit du confort douillet de son compartiment, Morosini éprouva le besoin de sortir de cette boîte. Sa journée de claustration lui donnait envie de bouger, de voir du monde, ne fût-ce que pour éviter de trop penser au petit homme au chapeau rond. C'était idiot mais dès qu'il y pensait, il éprouvait comme une envie de pleurer...

À l'appel de la clochette annonçant le premier service, il se rendit au wagon-restaurant. Un maître d'hôtel révérencieux, en culotte courte et bas blancs, le conduisit à la seule place encore libre mais l'informa que les trois autres étaient réservées et qu'il aurait des compagnons...

– À moins que vous ne préfériez attendre le second service ? Il y aura un peu moins de monde...

– Ma foi non. J'y suis, j'y reste! fit Morosini que l'idée de retrouver sa solitude, même pour une heure, n'enchantait pas. En revanche, l'atmosphère du wagon avec ses marqueteries brillantes, ses tables fleuries et éclairées par de petites lampes à abat-jour de soie orangée était tout à fait agréable. Les autres dîneurs étaient des hommes élégants il y avait deux ou trois jolies femmes.

Le problème réglé, il s'absorba dans la lecture du menu bien qu'il n'eût pas vraiment faim. La voix du maître d'hôtel s'exprimant en français lui fit lever les yeux :

– Monsieur le comte, mademoiselle, voici votre table. Comme je vous l'ai expliqué...

– Laissez, laissez, mon ami! C'est très bien ainsi.

Aldo était déjà debout pour saluer les trois personnes qui allaient être ses compagnons pendant la durée du repas et retint juste à temps une exclamation de joyeuse surprise : devant lui se tenait la jeune désespérée de Wilanow, flanquée d'un homme aux cheveux gris, à la mine hautaine encore renforcée par le monocle logé dans son orbite ; le troisième personnage n'étant autre que Sigismond, le jeune agité qui, la veille, attendait Dianora dans le hall de L'Europe.

Le Vénitien allait se présenter quand Anielka réagit :

— N'avez-vous pas d'autre table ? demanda-t-elle au maître d'hôtel soudain très inquiet. Vous savez bien que nous n'aimons guère être en compagnie...

— Mais, mademoiselle, dès l'instant où monsieur le comte voulait bien se déclarer satisfait...

— C'est sans importance, coupa Morosini. Pour rien au monde je ne voudrais contrarier mademoiselle. Réservez-moi une place pour le second service !

Sa froide courtoisie cachait bien le regret qu'il éprouvait à devoir se retirer car soudain le voyage lui était apparu sous des couleurs beaucoup plus riantes mais puisque sa compagnie était désagréable à cette ravissante enfant – ravissante mais mal élevée ! –, il ne pouvait faire autrement que céder la place. Cependant sa bonne étoile devait se révéler efficace car l'homme au monocle protestait aussitôt :

— À Dieu ne plaise, monsieur, que nous vous obligions à interrompre votre repas !...

— Je n'ai pas encore commandé ; vous n'interrompez rien !

— Peut-être, mais nous sommes, je pense, entre

gens de bonne compagnie et je vous demande d'excuser la grossièreté de ma fille. À cet âge on supporte mal les contraintes de la société.

— Une raison de plus pour ne pas les lui imposer.

Il saluait la jeune fille avec un sourire impertinent quand Sigismond jugea bon de se mêler du débat :

— Ne permettez pas à monsieur de s'éloigner, père! C'est un ami de Mme Kledermann... le prince... le prince...

— Morosini! compléta celui-ci, venant avec plaisir à son secours. Il me semblait bien vous reconnaître moi aussi.

— Dans ce cas l'affaire est entendue! Ce sera un plaisir de dîner en votre compagnie, monsieur. Je suis le comte Roman Solmanski et voici ma fille Anielka. Je ne vous présente pas mon fils puisque vous le connaissez déjà...

On s'installa. Aldo céda son siège contre la fenêtre à la jeune fille qui l'en remercia d'un signe de tête. Son frère s'assit auprès d'elle tandis que le comte leur faisait face au côté de Morosini. Sigismond paraissait ravi de la rencontre et Aldo n'eut guère de peine à démêler pourquoi : amoureux de Dianora, il était enchanté de pouvoir parler d'elle avec quelqu'un qu'il croyait de ses familiers. Morosini, peu désireux de raconter ses affaires de cœur, le détrompa :

— Cela peut vous paraître étrange mais lorsque

nous nous sommes rencontrés hier soir à l'hôtel, Mme Kledermann et moi nous ne nous étions pas vus depuis... la déclaration de guerre en 1914, fit-il en ayant l'air de chercher une date qu'il aurait eu du mal à oublier. Elle était alors veuve du comte Vendramin qui m'était un peu cousin et comme, vous le savez, elle est née danoise, elle rejoignait alors son pays et son père.

Pour la première fois, Anielka sortit du mutisme boudeur qu'elle observait depuis la décision paternelle :

— Pourquoi quittait-elle Venise ? Est-ce qu'elle ne s'y plaisait pas ?

— C'est à elle qu'il faudrait le demander, mademoiselle. Je suppose qu'elle lui préférait Copenhague. C'est assez normal, au fond, puisque celui qui l'y avait amenée n'était plus de ce monde.

— Ne l'aimait-elle pas assez pour vivre avec ses souvenirs ? Même pendant une guerre ?

— Encore une question à laquelle il m'est impossible de répondre. Les Vendramin passaient pour fort unis en dépit d'une grande différence d'âge...

Les jolies lèvres de la jeune fille eurent une moue dédaigneuse :

— Déjà ? On dirait que cette dame se fait une spécialité des hommes âgés. Le banquier suisse qu'elle a épousé n'est pas non plus de toute première jeunesse. En revanche, il est très riche. Est-ce que ce comte Vendramin l'était aussi ?

— Anielka ! coupa son père, je ne te savais pas si

mauvaise langue. Tes questions frisent l'indiscrétion...

— Pardonnez-moi mais je n'aime pas cette femme!

— Quelle stupidité! gronda son frère. Je suppose que tu la trouves trop belle! C'est une femme merveilleuse! N'est-ce pas, père?

Celui-ci se mit à rire:

— Nous pourrions trouver un autre sujet de conversations. Si Mme Kledermann est « un peu » cousine du prince Morosini, il n'est guère courtois d'en débattre devant lui. Vous arrêtez-vous à Berlin, prince, ajouta-t-il en se tournant vers son voisin, ou bien continuez-vous jusqu'à Paris?

— Je vais à Paris où je compte passer quelques jours.

— Eh bien, nous aurons le plaisir de votre compagnie jusqu'à demain soir.

Morosini acquiesça d'un sourire et la conversation dévia sur d'autres sujets mais, en fait, ce fut surtout le comte qui parla. Anielka, qui touchait à peine à son dîner, regardait le plus souvent par la fenêtre. Elle portait ce soir-là un manteau de kolinski d'un brun chaud sur une robe d'une simplicité quasi monacale relevée d'un collier d'or guilloché mais qui ne réclamait aucun autre ornement étant donné la grâce du corps charmant qu'elle renfermait. Une toque de même fourrure couronnait les cheveux doux et soyeux qui se tordaient sur la nuque fragile en un lourd chignon.

Un bien joli spectacle auquel Aldo se complaisait en écoutant d'une oreille distraite le comte parler de la rupture dramatique, survenue deux mois plus tôt sous la pression des glaces, d'une digue de l'Oder qui avait provoqué de graves inondations dans le nord du pays, ajoutant que c'était une vraie chance que la ligne de chemin de fer n'ait pas été touchée. Ce genre de propos n'appelait guère de réponse et laissait Aldo à sa contemplation. D'autant que de l'Oder le comte, d'un bond acrobatique, passait au Nil et à l'instauration de la royauté dans l'ancienne dépendance de l'empire ottoman désormais sous protectorat britannique. Le tout en se livrant au jeu passionnant de la politique-fiction et des prédictions sur les conséquences éventuelles.

Pendant ce temps, son voisin déplorait la trop visible tristesse d'Anielka. Tenait-elle tellement à ce Ladislas, passionné sans doute mais doué d'un évident mauvais caractère ? C'était aussi impensable que l'union de la carpe et du lapin. Cette fille ravissante et ce garçon quelconque ? Ce ne pouvait pas être bien sérieux...

Solmanski dissertait à présent sur l'art japonais en se réjouissant à l'avance de pouvoir visiter à Paris l'intéressante exposition qui devait avoir lieu au Grand Palais, célébrant avec un lyrisme inattendu chez lui les mérites comparés de la grande peinture de l'époque Momoyama – la plus admirable selon lui – et de celle de l'ère Tokugawa quand, soudain, le cœur d'Aldo battit un peu plus vite. Sous leurs grands cils baissés, les yeux de la jeune fille glissaient vers lui. Les longues paupières se relevèrent, laissant apparaître une poignante supplication comme si Anielka attendait de lui une aide, un secours. Mais de quel ordre? L'impression fut profonde mais brève. Déjà le fin visage se fermait, retournait à son indifférence...

Lorsque le repas s'acheva, on se sépara en se promettant de se retrouver le lendemain pour le déjeuner. Le comte et sa famille se retirèrent les premiers, laissant Morosini un peu abasourdi par le long monologue qu'il venait de subir. Il s'aperçut alors qu'il n'en savait pas plus qu'avant sur la famille Solmanski et finit par se demander si ce bavardage incessant ne constituait pas une tactique : l'épisode Dianora une fois clos, il avait permis au comte de ne rien dire de lui-même et des siens : quand on ne peut pas placer une parole, les questions deviennent impossibles...

Autour de lui, les serveurs débarrassaient pour préparer le second service. Il se résigna donc à laisser la place, bien qu'il se fût volontiers attardé devant une nouvelle tasse de café. Cependant, avant de quitter le wagon, il arrêta le maître d'hôtel :

– Vous semblez bien connaître le comte Solmanski et sa famille.

– C'est beaucoup dire, Excellence! Le comte fait assez souvent le voyage de Paris en compagnie de son fils mais en ce qui concerne Mlle Solmanska, je n'avais pas encore eu l'honneur de la rencontrer.

— C'est étonnant. Elle s'est adressée à vous avant le repas comme si elle était l'une de vos habituées ?

— En effet. J'en ai été surpris moi-même. Mais on peut tout accepter d'une aussi jolie femme, ajouta-t-il avec un sourire.

— Je partage votre avis. Il est dommage qu'elle soit si triste. L'idée d'aller à Paris ne semble pas l'enchanter. Dites-moi : en savez-vous un peu plus sur cette famille ? ajouta Morosini en faisant surgir d'un geste de prestidigitateur un billet au bout de ses doigts.

— Ce que l'on peut apercevoir quand on est un oiseau de passage. Le comte passe pour fortuné. Quant à son fils, c'est un joueur invétéré. Je suis certain qu'il est déjà à la recherche de quelques compagnons... auxquels j'oserai vous déconseiller de vous joindre...

— Pourquoi ? Il triche ?

— Non, mais s'il est charmant et d'une grande générosité quand il gagne, il devient odieux, brutal et agressif s'il lui arrive de perdre. En outre, il boit.

— Je suivrai votre avis. Un mauvais joueur est un être détestable.

Non sans regrets d'ailleurs : une partie de bridge ou de poker eût été un agréable passe-temps, mais il était tout de même plus prudent d'y renoncer, se prendre de querelle avec le jeune Solmanski n'étant pas le bon moyen de se concilier sa sœur. Étouffant un soupir, Morosini regagna son *single* où l'on avait fait le lit pendant son absence. Avec son éclairage électrique adouci par des verres dépolis, sa moquette moelleuse sous les pieds, ses marqueteries d'acajou, ses cuivres brillants et son armoire-lavabo, l'étroite cabine où s'attardait encore l'odeur du neuf et où le chauffage bien réglé entretenait une douce chaleur invitait au repos. Peu habitué à se coucher si tôt, Morosini n'avait pas sommeil. Il choisit de rester un moment dans le couloir pour fumer une ou deux cigarettes.

Non que le paysage fût récréatif : il faisait nuit noire et, en dehors des rafales de pluie qui flagellaient les vitres, on ne voyait rien sinon, par instants, une lampe fugitive, un signal lumineux ou quelques pâles lucioles qui devaient être les feux d'un village. Le conducteur qui sortait d'un compartiment salua poliment son voyageur et lui demanda s'il désirait quelque chose. Aldo eut envie de lui demander où se trouvait logée la famille Solmanski mais pensa aussitôt que cela ne lui servirait à rien et répondit par la négative. Le fonctionnaire en uniforme marron se retira en lui souhaitant une bonne nuit, alla rejoindre le siège qui lui était réservé à l'autre bout du wagon et se mit à écrire dans un grand carnet. À ce moment, plusieurs personnes passèrent bruyamment en se rendant au wagon-restaurant et l'une d'elles, un gros homme en costume à carreaux, déséquilibré par le balancement du train, écrasa le pied de Morosini, bredouilla une vague excuse avec un rire bête et continua son chemin. Dégoûté et peu désireux d'en subir autant au retour, Aldo rentra chez lui, ferma sa porte, tira son verrou et entreprit de se déshabiller. Il passa un pyjama de soie, des pantoufles, une robe de chambre, et ouvrit son armoire-lavabo pour se laver les dents. Après quoi, il s'étendit sur sa couchette pour essayer de lire un magazine allemand acheté en gare qu'il ne tarda pas à trouver d'autant plus assommant qu'il n'arrivait pas à fixer son attention sur les malheurs du deutschmark alors en chute libre. Entre le texte et lui, c'était le regard d'Anielka qu'il revoyait sans cesse. Avait-il rêvé l'appel de détresse qu'il avait cru y lire ?... Mais en ce cas, que pouvait-il faire ?

À force d'y songer sans trouver de réponse valable, il se laissait gagner par l'assoupissement quand un bruit léger le réveilla. Il tourna la tête vers la porte dont il vit la poignée bouger, s'arrêter, bouger encore comme si la personne qui était derrière hésitait. Aldo crut entendre une petite plainte faible, une sorte de sanglot contenu...

D'un bond silencieux il fut debout, tira le verrou sans faire de bruit et ouvrit d'un coup sec : il n'y avait personne.

Il s'avança dans le couloir où les lumières étaient déjà atténuées, ne vit rien du côté du conducteur qui avait dû s'absenter mais, de l'autre, il aperçut une femme enveloppée d'un peignoir blanc qui s'éloignait en courant. Une femme dont les longs cheveux clairs tombaient presque jusqu'à la taille et qu'il reconnut d'instinct : Anielka!

Le cœur battant, il s'élança sur ses pas, envahi par un espoir fou : se pouvait-il qu'elle fût venue jusque chez lui au risque d'encourir la colère de son père? Fallait-il qu'elle fût malheureuse car, jusqu'à présent, il doutait beaucoup de lui être seulement sympathique...

Il l'atteignit au moment où, secouée de sanglots, elle s'efforçait d'ouvrir la portière dans l'évidente intention de se précipiter au-dehors.

— Encore? gronda-t-il. Mais c'est une manie!

Une lutte s'ensuivit, courte parce que trop inégale, cependant Anielka fournissait une défense honorable au point que Morosini hésita une fraction de seconde à la frapper pour la mettre K.-O., mais elle mollit juste à temps pour éviter un bleu au menton.

— Laissez-moi, balbutiait-elle, laissez-moi... Je veux mourir...

— Nous en reparlerons plus tard! Allons, venez avec moi pour vous remettre un peu... et puis vous me direz ce qui ne va pas.

Il la ramena en la soutenant le long du couloir. Ce que voyant, le conducteur accourut :

— Que se passe-t-il? Est-ce que mademoiselle est malade?

— Non, mais vous avez failli avoir un accident! Allez me chercher un peu de cognac! Je la ramène chez moi...

— Je vais faire prévenir sa femme de chambre. Elle est dans la voiture suivante...

— Non... non, par pitié !..., gémit la jeune fille. Je... je ne veux pas la voir !

Avec autant de précautions que si elle eût été en porcelaine, Aldo fit asseoir Anielka sur sa couchette et mouilla une serviette pour lui rafraîchir le visage, puis il lui donna à boire un peu de l'alcool parfumé rapporté par le conducteur avec une célérité digne d'éloges. Elle se laissait faire comme une enfant qui, après une longue errance dans les ténèbres glacées, vient de trouver enfin un endroit chaud et éclairé pour s'y abriter. Elle était ainsi infiniment touchante et aussi jolie que d'habitude, grâce à ce privilège de la grande jeunesse que les larmes n'arrivent pas à enlaidir. Finalement, elle poussa un énorme soupir.

— Vous devez me prendre pour une folle ? articula-t-elle.

— Pas vraiment. Plutôt pour quelqu'un de malheureux... C'est toujours le souvenir de ce garçon qui vous obsède ?

— Bien sûr... Si vous saviez que vous ne reverrez plus jamais celle que vous aimez, ne seriez-vous pas désespéré ?

— C'est peut-être parce que j'ai vécu, jadis, quelque chose d'analogue que je peux vous dire qu'on n'en meurt pas. Même en temps de guerre !

— Vous êtes un homme et je suis une femme : cela fait toute la différence. Je suis persuadée que

Ladislas, lui, n'a pas la moindre envie de se supprimer. Il a sa « cause »...

— Et c'est quoi cette cause ? Le nihilisme, le bolchevisme ?...

— Quelque chose comme ça ! Je n'y connais rien, moi. Je sais qu'il déteste les gens nobles ou riches, qu'il veut l'égalité pour tous...

— Et que ce genre d'existence ne vous tentait pas ? C'est pourquoi vous avez refusé de le suivre ?...

Les grands yeux dorés considérèrent Morosini avec une admiration craintive.

— Comment pouvez-vous le savoir ? Nous parlions polonais à Wilanow...

— Sans doute, mais votre pantomime était fort expressive et je ne peux pas vous donner tort : vous n'êtes pas faite pour une vie de taupe assoiffée de sang.

— Vous n'y comprenez rien ! s'écria-t-elle, son ancienne agressivité retrouvée. Le rejoindre dans sa pauvreté ne me faisait pas peur. Quand on s'aime, on doit pouvoir être heureux dans une mansarde. Si je n'ai pas accepté, c'est parce que je me suis rendu compte qu'en allant habiter avec lui je le mettrais en danger... S'il vous plaît, donnez-moi encore un peu de cognac : j'ai... j'ai très froid !

Aldo se hâta de la servir puis, ôtant sa pelisse du portemanteau, il la lui posa sur les épaules.

— Ça va mieux ? demanda-t-il.

Elle le remercia d'un sourire un peu tremblant,

qui acheva de le faire fondre tant il était frais, fragile, timide, délicieux...

— Beaucoup mieux, merci ! Vous avez une certaine tendance à vous mêler de ce qui ne vous regarde pas mais vous êtes tout de même très gentil...

— C'est agréable à entendre. J'ajoute que je ne regrette pas d'être intervenu par deux fois dans votre vie et que je suis prêt à recommencer. Mais revenons à votre ami : pourquoi dites-vous qu'en allant vivre avec lui vous lui feriez courir un danger ?

Fidèle à ce qui semblait une habitude, elle répondit par une question :

— Que pensez-vous de mon père ?

— Vous m'embarrassez. Que puis-je penser d'un homme que je viens de rencontrer pour la première fois ? Il a grand air, des manières et une courtoisie parfaites. Il est intelligent, cultivé... très au fait des événements extérieurs. Pas très commode peut-être ? ajouta-t-il en évoquant la figure granitique et les yeux pâles du comte sous le reflet du monocle et son maintien empreint de morgue qui l'apparentaient davantage à un officier prussien qu'à ces nobles polonais dont l'élégance naturelle se teintait souvent de romantisme.

— Le terme est faible. C'est un homme redoutable contre lequel il vaut mieux ne pas entrer en lutte. Si j'avais suivi Ladislas, il nous aurait retrouvés et... Je n'aurais jamais revu celui que j'aime. En cette vie tout au moins...

— Vous voulez dire qu'il l'aurait tué ?

— Sans hésiter... et moi aussi s'il avait acquis la certitude que je n'étais plus vierge...!

— Il vous aurait... votre propre père ? s'exclama Aldo abasourdi. Est-ce qu'il ne vous aime pas ?

— Si. À sa manière. Il est fier de moi parce que je suis très belle et qu'il voit en moi la meilleure manière de rétablir une fortune qui n'est plus ce qu'elle était. Que croyez-vous que nous allons faire à Paris ?

— En dehors de visiter l'exposition japonaise, je n'en ai pas la moindre idée.

— Me marier. Je ne reviendrai plus en Pologne... du moins en tant d'Anielka Solmanska. Je dois épouser l'un des hommes les plus riches d'Europe. Vous comprenez à présent pourquoi j'ai voulu mourir... je veux toujours mourir ?

— Nous voilà revenus à notre point de départ ! soupira Morosini. Tenez-vous à être déraisonnable ? Vous avez la vie devant vous et elle peut être aussi belle que vous. Peut-être pas maintenant mais plus tard !

— De toute façon pas dans les circonstances actuelles.

— Vous en êtes persuadée parce que votre esprit et votre cœur ne sont emplis que de ce Ladislas, mais cet homme à qui l'on vous marie, êtes-vous bien sûre de ne jamais arriver à l'aimer ?

— C'est une question à laquelle je ne peux pas répondre : je ne le connais pas.

— Mais lui vous connaît sans doute d'une façon ou d'une autre et il doit souhaiter vous rendre heureuse ?

— Je ne crois pas qu'il m'ait vue autrement qu'en photographie. Je l'intéresse parce que je lui apporte en dot un bijou de famille qu'il souhaite acquérir depuis longtemps. Il paraît néanmoins que je lui plais...

— Qu'est-ce que cette histoire ? souffla Morosini abasourdi. On vous épouse à cause de votre dot ? Vous ne me ferez pas croire que l'on ait osé faire de vous une sorte de... prime à l'acheteur ? Ce serait monstrueux.

Soudain très calme, elle planta son regard lumineux dans celui de son compagnon tout en achevant son verre. Elle eut même un petit sourire dédaigneux.

— Et pourtant c'est ainsi. Ce... financier offrait un grand prix pour le joyau ; mon père lui a fait savoir que, venant de ma mère, il ne lui appartenait pas et qu'aux termes des dernières volontés de celle-ci je ne devais en aucun cas m'en séparer. La réponse est venue d'elle-même : il a dit « j'épouse » et il va m'épouser. Que voulez-vous, c'est sans doute un collectionneur impénitent. Vous ne savez pas ce que c'est, vous, que cette maladie... car c'en est une !

— Que je peux comprendre puisque j'en suis atteint moi aussi... mais pas à ce point-là. Et votre père a accepté ?

— Bien sûr ! Il guigne la fortune de l'autre et le

217

contrat de mariage m'en assurera une belle partie... sans compter l'héritage : il est nettement plus vieux que moi. Il doit avoir... au moins votre âge ! Peut-être un peu plus : je crois qu'il a cinquante ans...

— Laissez donc mon âge tranquille ! bougonna Aldo plus amusé que vexé. Il est évident qu'aux yeux de cette gamine ses tempes légèrement argentées devaient lui donner des airs de patriarche. À présent, que comptez-vous faire ? Essayer l'eau de la Seine quand vous seriez arrivée à Paris ? Ou vous jeter sous les roues du métropolitain ?

— Quelle horreur !

— Vous trouvez ? Que croyez-vous qui se serait passé si vous aviez réussi à ouvrir la portière tout à l'heure ? Le résultat aurait été exactement le même : vous pouviez glisser sous les roues... ou demeurer infirme ! Le suicide est un art, ma chère, si l'on tient à laisser derrière soi une image supportable...

— Taisez-vous !...

Elle était devenue si pâle qu'il se demanda s'il ne devait pas appeler le conducteur pour lui commander une nouvelle ration d'alcool, mais elle ne lui laissa pas le temps d'en décider :

— Voulez-vous m'aider ? demanda-t-elle soudain. Par deux fois, vous vous êtes mis entre mes projets et moi, d'où je conclus que vous me portez un peu d'intérêt ? Dans ce cas, vous devez souhaiter venir à mon secours ?

— Je souhaite vous aider, bien sûr. Si toutefois c'est en mon pouvoir...

— Une réticence, déjà ?

— Ce n'est pas cela : si vous avez une suggestion, exposez-la et nous en discuterons.

— À quelle heure le train arrive-t-il à Berlin ?

— Vers quatre heures du matin, je crois. Pourquoi me demandez-vous ça ?

— Parce que ce sera ma seule chance. À cette heure-là, tout le monde dormira dans ce sleeping...

— Sauf le conducteur, les voyageurs qui descendront et ceux qui monteront, fit Morosini que la tournure de la conversation commençait à inquiéter. Qu'est-ce que vous avez en tête ?

— Une idée simple et facile : vous m'aidez à quitter ce train et nous disparaissons ensemble dans la nuit...

— Vous voulez que...

— Que nous partions ensemble, vous et moi. Ce serait une folie je le sais, mais est-ce que je ne vaux pas une folie ? Vous pourrez même m'épouser si vous le voulez.

Il eut un éblouissement, tandis que son imagination lui offrait toute une galerie de tableaux charmants : elle et lui fuyant au fond d'une voiture jusqu'à Prague pour y rejoindre un train qui les mènerait à Vienne puis à Venise où elle deviendrait sienne... Quelle adorable princesse Morosini elle serait ! Le vieux palais serait tout illuminé de sa blondeur... Seulement cet avenir romanesque relevait du rêve plus que de la réalité et il vient toujours un moment où le rêve prend fin et où l'on retombe d'autant plus douloureusement que l'on est monté plus haut. Anielka était sans doute la tentation la plus séduisante qui lui soit advenue depuis longtemps. Son image lui avait permis de lutter à armes égales avec Dianora, mais une autre image effaça subitement son ravissant visage : celle d'un petit homme vêtu de noir étendu dans une mare de sang, un petit homme qui n'en avait plus, lui, de visage, et puis l'écho d'une voix profonde et suppliante qui n'avait jamais prononcé les paroles qu'Aldo entendait :

— À présent, je n'ai plus que vous. N'abandonnez pas ma cause !

Or quelque chose lui soufflait qu'en s'enfuyant avec la jeune fille, il tournait le dos à l'homme du ghetto et renonçait peut-être à démasquer un jour l'assassin de sa mère. L'aimait-il assez pour en arriver là ?... L'aimait-il seulement ? Elle lui plaisait, l'attirait, excitait son désir, mais, comme elle le disait, il n'avait plus l'âge des amours romanesques...

Son silence impatienta la jeune fille.

— C'est tout ce que vous trouvez à dire ?

— Vous admettrez avec moi qu'une telle proposition mérite réflexion. Quel âge avez-vous, Anielka ?

— Celui d'être malheureuse... J'ai dix-neuf ans !

— C'est bien ce que je craignais. Savez-vous ce qui se passerait si je me laissais aller à vous enlever ? Votre père serait en droit de me traîner devant n'importe quel tribunal de n'importe quel pays d'Europe pour incitation à la débauche et détournement de mineur.

— Oh, il ferait même beaucoup mieux que ça : il est capable de vous loger une balle dans la tête...

— À moins que je ne l'en empêche en le trucidant le premier, ce qui nous mettrait dans une situation des plus cornéliennes...

— Si vous m'aimiez, quelle importance !

Ineffable inconscience de la jeunesse ! Aldo se sentit tout à coup beaucoup plus vieux.

— Ai-je dit que je vous aimais ? fit-il avec une grande douceur. Si je vous disais ce que vous m'inspirez vous seriez sans doute... très choquée ! Mais redescendons sur terre si vous le voulez bien et tâchons d'examiner la situation avec plus de réalisme...

— Vous ne voulez pas descendre à Berlin avec moi ?

— Ce serait la plus redoutable folie que nous puissions commettre. L'Allemagne actuelle est le pays le moins romantique de l'univers...

— Alors je descendrai sans vous ! fit-elle, butée.

— Ne dites donc pas de sottises ! Pour l'instant, la seule chose intelligente à faire est de rentrer dans votre compartiment et d'y prendre quelques bonnes heures de repos. Moi, j'ai besoin de réfléchir. Il se peut qu'à Paris je puisse vous aider, alors qu'en Allemagne je ne pourrais même pas m'aider moi-même.

— C'est bien ! Je sais ce qu'il me reste à faire...

Elle s'était levée, rejetait la pelisse avec colère et s'élançait vers la porte. Il l'attrapa au vol, la maîtrisa une fois de plus en la serrant contre lui :

— Cessez de vous conduire comme une enfant et sachez ceci : c'est facile de vous aimer... trop facile peut-être et plus je vous connais moins je supporte l'idée de votre mariage...

— Si je pouvais vous croire ?...

— Croirez-vous ceci ?

Il l'embrassa avec une ardeur, une avidité qui le surprirent. L'impression de boire à une source fraîche après une course sous le soleil, de plonger son visage dans un bouquet de fleurs... Après une brève résistance, Anielka s'abandonna avec un petit soupir heureux, laissant son jeune corps épouser celui de son compagnon. Ce fut ce qui la sauva d'être jetée sur la couchette et traitée comme n'importe quelle fille dans une ville prise d'assaut. Une sorte d'alarme se déclencha dans le cerveau d'Aldo : il l'arracha de lui.

— C'est bien ce que je disais, fit-il avec un sourire qui acheva de désarmer la jeune fille. C'est la chose la plus naturelle du monde que vous aimer ! À présent, allez dormir et promettez que nous nous reverrons demain !... Allons ! Promettez !

— Je vous le jure !...

Ce fut elle, cette fois, qui effleura de ses lèvres celles d'Aldo dont la main faisait alors jouer le verrou avant d'ouvrir la porte. Et ce fut au moment où elle la franchissait qu'elle se trouva nez à nez avec son père. Poussant alors un faible cri, elle voulut refermer le battant mais déjà Solmanski était entré.

On aurait pu s'attendre à une explosion de fureur : il n'en fut rien. Solmanski se contenta de toiser sa fille qui tremblait à présent comme une feuille au vent et d'ordonner :

— Rentre chez toi et n'en bouge plus ! Wanda t'attend et elle a ordre de ne plus te quitter de jour ni de nuit !

— C'est impossible, balbutia la jeune fille. Il n'y a qu'une couchette et...

— Elle couchera par terre. Pour une nuit elle n'en mourra pas et ainsi je suis certain que ta porte ne s'ouvrira plus ! Va maintenant !

Tête basse, Anielka sortit du compartiment, laissant son père en face d'un Morosini plus désinvolte qu'on aurait pu l'attendre en pareilles circonstances : il était en train d'allumer une cigarette et prit d'ailleurs l'initiative d'ouvrir le feu :

— Bien que les faits apparents ne plaident guère en ma faveur, je peux vous assurer que vous vous méprenez sur ce qui vient de se passer ici. Cependant, je suis à votre disposition, conclut-il froidement.

Un sourire goguenard détendit un peu le visage granitique du Polonais :

— En d'autres termes, vous êtes prêt à vous battre pour une faute que vous n'avez pas commise ?

— Exactement !

— Ce ne sera pas nécessaire et je ne vais pas davantage vous intimer l'ordre d'épouser ma fille. Je sais ce qui s'est passé.

— Comment est-ce possible ?

— Le conducteur. Tout à l'heure, j'ai voulu dire un mot à Anielka. Je me suis rendu chez elle et, ayant trouvé sa cabine vide, j'ai interrogé cet employé. Il m'a appris que vous aviez été amené à empêcher ma fille de commettre un acte irréparable et, ensuite, aviez tenté de la réconforter. Ce sont donc des remerciements que je vous dois. Je vous les adresse, ajouta-t-il du ton dont il eût annoncé qu'il allait envoyer ses témoins. Cependant, j'ai besoin de savoir comment Anielka justifie son geste à vos yeux.

— Ses gestes ! rectifia Morosini. C'est la seconde fois que j'empêche la jeune comtesse de se détruire : visitant avant-hier le château de Wilanow, j'ai eu la chance de la retenir au moment où elle allait plonger dans la Vistule. Je crois que vous devriez lui porter plus d'attention : vous la conduisez à un mariage qui la désespère.

— Cela ne durera pas. L'homme que je lui destine a tout ce qu'il faut pour être le meilleur des époux et il est loin d'être répugnant ! Plus tard, elle admettra que j'avais raison. Pour l'instant, elle s'est entichée d'une espèce d'étudiant nihiliste dont elle ne peut attendre que des déboires et peut-être le malheur... Vous savez ce qu'il en est de ces amours adolescentes ?

— Sans doute, mais elles peuvent devenir dramatiques.

— Soyez sûr que je veillerai à ce qu'aucun... drame ne se reproduise. Merci encore ! ... Ah ! puis-je vous demander de ne pas ébruiter l'incident de ce soir ? Demain, ma fille sera servie chez elle, ce qui vous évitera des rencontres embarrassantes...

— Il est bien inutile de me demander le silence, dit Morosini avec raideur. Je ne suis pas de ceux qui clabaudent. De votre côté, si vous n'avez plus rien à me dire, nous pourrions en rester là.

— C'est exactement ce que je souhaite. Bonne nuit, prince !

— Bonne nuit !

Quand le Nord-Express entra en gare de Berlin-Friedrichstrasse, la gare centrale où il devait s'arrêter une demi-heure, Morosini passa un pantalon, se chaussa, endossa sa pelisse et descendit sur le quai. Derrière ses rideaux tirés, le train était silencieux. La nuit, à cette heure la plus noire, était froide, humide, aussi peu propice que possible à la promenade, pourtant, incapable de chasser de son esprit une sourde inquiétude, Morosini arpenta le quai avec conscience, épiant les mouvements ou plutôt l'absence de mouvements des différents compartiments jusqu'à ce que le conducteur vînt lui dire que l'on allait repartir. Et ce fut avec une vive satisfaction qu'il retrouva la douce chaleur de son logis roulant et le confort de sa couchette dans laquelle il se glissa en poussant un soupir de soulagement.

Anielka devait dormir à poings fermés et il se hâta d'en faire autant.

En dépit des distractions offertes par les passages en douane, la traversée de l'Allemagne par Hanovre, Düsseldorf et Aix-la-Chapelle puis de la Belgique par Liège et Namur et enfin du nord de la France par Jeumont, Saint-Quentin et Compiègne sous un ciel uniformément gris et pleurard lui parut d'une grande monotonie. Il n'y avait que très peu de monde au wagon-restaurant quand il prit son petit déjeuner et, comme au repas de midi il choisit le second service pour avoir la faculté de s'attarder un peu, il ne rencontra pas les Solmanski. Il aperçut le jeune Sigismond en train de se disputer dans le couloir avec un voyageur belge. Le beau jeune homme semblait d'une humeur exécrable : s'il avait joué, cette nuit, il avait dû perdre. Quant à Anielka, elle demeura invisible ainsi que son père l'avait annoncé. Aldo le regretta : c'était une vraie joie de contempler son ravissant visage...

Aussi se hâta-t-il de descendre quand le train acheva sa longue course en gare du Nord à Paris. Il alla se poster à l'entrée du quai puis, à l'abri d'un des énormes piliers de fer, il attendit que le flot de voyageurs s'écoule. Ignorant où devaient descendre les Solmanski, il espérait pouvoir les suivre. Autre chose l'intriguait aussi, le nom du futur époux. Anielka avait dit : l'un des hommes les plus riches d'Europe. Il ne s'agissait pas d'un Rothschild. En bonne Polonaise, la jeune fille devait être catholique ?

Ces pensées charmèrent la longueur de l'attente. Ceux qu'il guettait ne se pressaient pas de paraître. Et soudain, il les vit venir, suivis de Bogdan et d'une femme de chambre, entourés d'un grand concours de porteurs, et aussi de curieux attirés par une élégance véritablement insolite en dehors des voyages officiels. Les hommes étaient en jaquette et chapeau haut de forme. Quant à la jeune fille, coiffée d'un charmant tricorne en velours enveloppé d'une voilette, elle était une symphonie de velours et de renard bleu. Elle était si belle qu'il ne put se retenir d'avancer un peu pour mieux l'admirer.

Et soudain, il reçut un véritable choc : dans l'ouverture du grand col de fourrure, tout contre le cou délicat, un joyau fastueux brillait de tous ses feux d'un bleu profond, un pendentif qu'il reconnaissait trop bien : le saphir wisigoth, celui dont il avait, dans sa poche, la copie fidèle...

Ce fut si brutal qu'il dut s'appuyer un instant à son pilier et se secouer pour s'assurer qu'il ne rêvait pas. Et puis la surprise fit place à la colère et il oublia qu'il était sur le point d'aimer cette femme qui osait se parer d'une pierre volée au prix d'un meurtre, d'un « bijou rouge », selon le langage des receleurs qui refusent le plus souvent de toucher un objet pour lequel on a tué. Et elle avait eu l'audace incroyable d'affirmer que le saphir venait de sa mère, alors qu'elle ne pouvait ignorer ce qui se trouvait ou non dans les biens familiaux...

Sa courte défaillance sauva Morosini d'un geste

irréfléchi. N'eût-il écouté que son indignation et sa fureur qu'il se fût précipité sur la jeune fille pour lui arracher le pendentif et lui cracher son mépris, mais la sagesse lui revint à temps. Ce qu'il fallait, à présent, c'était savoir où se rendaient ces gens et ensuite les surveiller de près. Saisissant les valises qu'il n'avait confiées à aucun bagagiste, il s'élança à la suite du trio.

Ce n'était pas difficile : les chapeaux brillants des deux hommes voguaient au-dessus des têtes. Arrivé devant la gare, Morosini les vit se diriger vers une somptueuse Rolls-Royce avec chauffeur et valet de pied près de laquelle attendait un jeune homme aux allures de secrétaire. Pendant ce temps, les serviteurs et le ballet des porteurs obliquaient en direction d'un vaste fourgon destiné aux bagages.

Aldo, pour sa part, courut vers un taxi dans lequel il se jeta avec ses valises en ordonnant :

— Suivez cette voiture et surtout ne la lâchez sous aucun prétexte !

Le chauffeur tourna vers lui une paire de moustaches à la Clemenceau et un œil goguenard :

— Vous êtes de la police, vous ? Vous n'en avez pas l'air.

— Ce que je suis est sans importance. Faites ce que je dis, vous ne le regretterez pas !

— Craignez rien ! On y va, mon prince...

Et le taxi, virant avec une maestria et une rapidité qui faillirent précipiter son passager sur le plancher, se mit en devoir de suivre la grande voiture.

Deuxième partie

LES HABITANTS DU PARC MONCEAU

CHAPITRE 5

CE QUE L'ON TROUVE
DANS UN BUISSON

Le taxi d'Aldo n'eut guère de peine à suivre la limousine. Celle-ci roulait à l'allure sereine et majestueuse convenant à si noble véhicule, soucieuse sans doute de secouer le moins possible des voyageurs qui venaient de subir un si long trajet. Par le boulevard Denain et la rue La Fayette, on rejoignit le boulevard Haussmann que l'on remonta jusqu'à la rue de Courcelles pour gagner finalement les abords du parc Monceau. Morosini était venu trop souvent à Paris pour ne pas s'y reconnaître. Il imaginait que la longue voiture noire devait appartenir à ce que l'on appelait les beaux quartiers mais n'en fut pas moins surpris en voyant s'ouvrir devant elle le porche d'un vaste hôtel particulier de la rue Alfred-de-Vigny, proche voisin d'un autre où il était venu à plusieurs reprises : celui de la marquise de Sommières sa grand-tante, qui avait été la marraine de sa mère et qui, jusqu'à la mort de celle-ci, était venue chaque automne passer quelques jours à Venise pour le bonheur d'embrasser une filleule qu'elle aimait tendrement.

En homme qui connaît son métier, le chauffeur d'Aldo dépassa la maison où venait d'entrer la Rolls-Royce et s'arrêta un peu plus loin, devant la porte de Mme de Sommières. Puis, s'adressant à son client :

– Qu'est-ce qu'on fait maintenant ? dit-il.

– Si vous n'êtes pas trop pressé, laissez-moi réfléchir un instant.

– Oh ! moi j'ai tout mon temps, et du moment que le compteur tourne... Tiens ! On dirait que vos gens vont habiter là ? Ce sont bien les bagages qui arrivent ?

En effet, l'espèce d'omnibus qui attendait devant la gare et vers lequel s'étaient dirigés les porteurs et les « diables » chargés de malles guidés par le gigantesque Bogdan était en train de se faire ouvrir la porte cochère. Ce qui plongea Morosini dans de profondes réflexions.

Quand il venait à Paris, ses habitudes étaient attachées à l'hôtel Ritz, à cause des multiples agréments de la maison, de son charme et aussi de sa proximité avec le magasin de son ami Gilles Vauxbrun, l'antiquaire de la place Vendôme mais, ce soir, le prince eût voté sans hésitation pour un hôtel borgne en admettant qu'il y en eût un en face de la demeure qui venait d'avaler son saphir et la belle Anielka. Au besoin, une tente de cantonnier installée sur le trottoir aurait fait son affaire car il éprouvait une insurmontable répugnance à s'éloigner d'un lieu si attrayant. Même le Royal-Monceau qui se trouvait à un jet de pierre lui semblait trop distant.

L'idéal eût été de pouvoir poser ses cantines chez la vieille marquise, mais on touchait à la fin d'avril et, depuis des lustres, Mme de Sommières, attachée à ses habitudes, fermait son hôtel parisien le 15 de ce même mois et partait pour ce qu'elle appelait sa « tournée des châteaux ». Ceux de sa famille auxquels la noble dame consacrait printemps et été avec en prime un petit séjour à Vichy, après quoi l'automne était réservé aux voyages à l'étranger : Venise toujours, Rome, Vienne, Londres ou Montreux quelquefois.

Comme elle était sa parente, Aldo commençait à caresser l'idée de sonner chez le concierge et de lui demander l'hospitalité, quitte à camper au milieu des housses de fauteuils, quand le silence de la rue résonna sous un pas solide qui se rapprocha et s'arrêta entre le taxi et l'huis de la marquise. En même temps, une tête se penchait pour voir qui pouvait bien se trouver dans ce véhicule. Aldo retint un grand cri d'enthousiasme : la figure apparue derrière sa vitre était celle de Marie-Angéline du Plan-Crépin, lectrice, demoiselle d'honneur et bécassine à tout faire de Mme de Sommières. Si celle-ci était là, cela voulait dire que la vieille dame n'était pas loin.

Jaillissant hors de la voiture après avoir

demandé au chauffeur de patienter encore un peu, il se précipita sur elle avec autant d'allégresse que si elle eût été le Saint Graal et lui le chevalier Galahad.

— Vous ici ? Quelle chance inespérée, mon Dieu !

La lumière ayant beaucoup baissé, elle ne le reconnut pas tout de suite et se plaqua contre la porte en se signant à plusieurs reprises.

— Mais, monsieur, votre conduite est inconcevable...

Par chance, l'allumeur de réverbères venait de faire son entrée, et la scène s'en trouva tout de suite mieux éclairée. Du coup, la vieille fille indignée se changea en roucoulante tourterelle !

— Doux Jésus !... Le prince Aldo ! fit-elle d'un ton proche de l'extase. Quelle incroyable surprise ! C'est notre chère marquise qui va être heureuse !

— Elle est donc encore là ? J'étais persuadé qu'elle était déjà partie pour sa randonnée habituelle.

— Je crains que ce ne soit difficile cette année ; notre chère marquise a fait une chute malencontreuse dans son cabinet de bains et s'est cassé trois côtes : elle doit se reposer le plus possible... ce qui n'arrange pas son humeur.

— Dans ce cas, ce n'est peut-être pas le moment d'aller l'importuner ? Elle doit avoir besoin de beaucoup de calme...

Quelques gouttes de pluie venant de se manifester, demoiselle Angéline leva en l'air une main dégantée pour s'en assurer puis ouvrit le grand parapluie pointu dont elle était nantie.

— Ça, c'est ce que dit son médecin, mais ce n'est pas ce qu'elle pense. Votre venue va la combler de joie! Elle s'ennuie à mourir.

— Vraiment? Pensez-vous qu'elle accepterait de me garder ici quelques jours? J'arrive de Pologne, je n'ai pas prévenu mon hôtel habituel qui est complet et je n'ai guère envie d'en essayer un autre.

— Sainte Vierge bénie, mais elle va être folle de joie! Nous allons faire la fête... Vous allez être pour elle un vrai rayon de soleil! Entrez, entrez!

Marie-Angéline s'étranglait presque tout en fouillant frénétiquement son réticule pour chercher sa clef, opération difficile qui fit choir le parapluie rattrapé au vol par Morosini. En désespoir de cause, elle se pendit à la cloche d'entrée pour appeler le concierge.

— Prenez votre temps! conseilla Aldo. Je vais payer mon taxi et prendre mes valises.

Tandis que le chauffeur s'éloignait, plein d'admiration pour un client capable de se loger là où il le voulait en s'adressant à la première personne rencontrée dans la rue, le concierge, qui semblait tout frais sorti d'un dessin de Daumier, faisait son apparition et se livrait, à la vue du visiteur, à des démonstrations de joie nées peut-être en partie du fait qu'il voyait poindre à l'horizon quelques agréables gratifications. Dans la maison, on savait

Morosini généreux. Puis ce fut le tour de Cyprien, le maître d'hôtel de Mme de Sommières, qui, de sa vie, n'avait jamais aimé qu'elle et ceux, plutôt rares, qu'elle affectionnait.

C'était un cas, Cyprien. Né au château de Faucherolles chez les parents de Mme de Sommières, mais quelques années avant elle, il vouait à la future marquise, depuis sa naissance, une espèce de dévotion éblouie qui ne s'était jamais démentie. « Mademoiselle Amélie » avait été et demeurait – mais uniquement lorsqu'elle ne risquait pas de l'entendre! – « notre petite demoiselle ». L'intéressée, qui ne l'ignorait pas, en ressentait un agacement vaguement attendri :

– Quel vieux fou! disait-elle. Être, à soixante-quinze ans bien sonnés, la « petite demoiselle » d'un gaillard octogénaire, c'est d'un ridicule!

Mais sachant qu'elle lui ferait mal, elle se gardait bien de le lui interdire et, quand il n'y avait personne, le tutoyait comme au temps de leur enfance, scandalisant sa demoiselle de compagnie et néanmoins cousine, qui voyait là l'indice d'une répréhensible intimité. Cyprien, de son côté, la payait de ses mauvaises pensées en lui vouant une solide aversion.

L'arrivée d'Aldo mit les larmes aux yeux du vieux serviteur. Il voulut se rendre en hâte auprès de sa maîtresse pour annoncer le visiteur, mais Marie-Angéline entreprit de l'en empêcher :

– C'est moi qui ai trouvé le prince et c'est moi

encore qui vais annoncer la bonne nouvelle! s'écria-t-elle du ton excité d'une gamine qui fait un caprice. Contentez-vous d'aller préparer une chambre et d'avertir la cuisinière.

— Je regrette, mademoiselle, mais annoncer les visiteurs est l'une de mes fonctions et je n'y renoncerai pas. Surtout aujourd'hui! Notre... Madame la marquise va être si heureuse!

— Justement, ce sera moi!...

La dispute menaçant de durer, Morosini décida de s'annoncer lui-même et entreprit la traversée des pièces de réception pour gagner l'endroit où il était à peu près sûr de trouver son hôtesse : le jardin d'hiver où elle se tenait le plus volontiers lorsqu'elle était à Paris.

L'hôtel datant du Second Empire, les salons appartenaient à la même époque, leur propriétaire actuelle n'ayant jamais jugé utile d'y changer quoi que ce soit. Ils ressemblaient à la fois à ceux de la princesse Mathilde et du ministère des Finances. C'était le triomphe du style « tapissier » : un amoncellement de peluches, de velours, de franges, de passementeries – glands, galons, tresses et torsades – sur un archipel de fauteuils capitonnés, de causeuses, de divans ronds permettant l'épanouissement harmonieux des crinolines, ponctué de tables d'ébène incrusté sous d'énormes lustres à pendeloques de cristal. Il y avait aussi des potiches plus ou moins chinoises d'où jaillissaient des aspidistras géants, montant à l'assaut des plafonds surdorés et cachant parfois les murs tout aussi dorés, chargés de plates allégories dues au pinceau laborieux d'émules de Vasari.

Morosini détestait cet ensemble pompeux. Mme de Sommières aussi et si, à la mort de son époux, elle avait choisi de déserter l'hôtel familial du faubourg Saint-Germain, laissé à la seule disposition de son fils, pour s'installer dans celui-ci qu'elle tenait d'héritage, c'était à cause du parc Monceau dont la verdure foisonnante s'étendait sous les fenêtres de derrière, au-delà du petit jardin privé... et aussi pour le plaisir pervers de contrarier sa belle-fille et d'embêter la famille en général.

En effet, la donatrice de ce petit palais néogothique, épousée sur le tard par un de ses oncles fort lancé dans la fête parisienne, avait été l'une de ces « lionnes » dont les aristocrates français, belges ou anglais, sans compter les grands-ducs russes, fréquentaient avec assiduité les alcôves parfumées. Belle à damner tout un monastère de trappistes, Anna Deschamps en avait ruiné quelques-uns et, avant de devenir Mme Gaston de Faucherolles, s'était constitué une assez jolie fortune qui lui avait permis de dorloter les vieux jours d'un mari décavé et honni par les siens.

Naturellement, le couple n'eut pas d'enfants, mais ayant rencontré un jour, par un pur hasard, la petite Amélie, l'ancienne courtisane s'était entichée d'elle et, lorsqu'elle en vint à faire son testament, elle l'institua sa légataire universelle. Si elle avait été mineure, les Faucherolles eussent sans doute refusé avec hauteur la donation suspecte – bien que personne ne puisse en jurer ! – mais Amélie était déjà mariée et son époux considérait la chose d'un œil amusé et beaucoup plus bénin. Sur son conseil, le testament fut accepté, l'argent partagé entre des œuvres charitables et des messes pour le repos de l'âme de la défunte pécheresse, et Mme de Sommières garda la maison. Ce dont elle ne cessa de se féliciter.

Tandis que les parquets recouverts de tapis craquaient sous ses pas, Morosini entendit une voix furieuse issue de la cage de verre agrémentée de peintures japonaises – roseaux, cueillette du thé, femmes en kimono – qui fermait la noble enfilade. Une voix qui, en contrepoint, faisait résonner le sol de vigoureux coups de canne :

– Qu'est-ce que ce vacarme ? Est-on encore en train de se chamailler ? Je veux savoir ce qu'il en est ! Et tout de suite ! Plan-Crépin, Cyprien ! Venez ici !

– Laissez-les donc vider leur querelle en paix, tante Amélie ! Je crains qu'ils n'en aient encore pour un moment, fit Aldo en débouchant dans la lumière laiteuse dispensée par les deux grands lampadaires à globes dépolis qui éclairaient le jardin d'hiver.

– Aldo !... Toi ici ? Mais d'où sors-tu ?

– Du Nord-Express, tante Amélie, et je viens vous demander l'hospitalité... si toutefois cela ne vous dérange pas ?

Les habitants du parc Monceau

– Me déranger ? Alors que je meurs d'ennui dans ce trou ? Tu veux rire !

Le trou en question était un agréable fouillis de roseaux, de lauriers-roses, de rhododendrons et d'autres plantes au nom compliqué, sans oublier les yuccas aux feuilles acérées comme des poignards, quelques palmiers nains et les inévitables aspidistras. Tout cela composait un fond vert et fleuri sur lequel la marquise se détachait à la manière d'un personnage de tapisserie médiévale. C'était une belle vieille femme de haute taille qui ressemblait à Sarah Bernhardt. La masse de ses cheveux bicolores – roux et blancs ! – ombrageait d'une sorte de coussin mousseux des yeux vert feuille que l'âge ne semblait pas disposé à pâlir. Elle s'habillait d'habitude de robes princesses, suivant la mode lancée par la reine d'Angleterre Alexandra que Mme de Sommières s'était toujours appliquée à prendre pour modèle. Cette fois, son long cou serré dans une guimpe de tulle baleiné sortait d'un amas de taffetas noir, destiné à dissimuler le large pansement appliqué autour de son torse. Pour en atténuer la tristesse, elle portait par-dessus de grands sautoirs d'or entrecoupés de perles, de turquoises ou d'émaux translucides avec lesquels ses belles mains jouaient volontiers. Pour compléter le décor, il y avait, posé sur une petite table, un rafraîchissoir contenant une bouteille de champagne et deux ou trois coupes de cristal taillé : la marquise avait l'habitude d'en boire en fin de journée et qui se présentait était toujours invité à partager ce plaisir.

Aldo l'embrassa puis prit un peu de recul pour mieux l'admirer et se mit à rire.

– J'ai appris que vous avez eu un accident mais du diable si l'on s'en douterait! Vous avez l'air d'une impératrice!

Elle rosit un peu, contente d'un compliment qu'elle savait sincère, et agita nerveusement le face-à-main d'or pendu au milieu de ses sautoirs.

– Ce n'est pas un poste enviable : celle que j'ai connues ont mal tourné, mais cesse de cultiver le madrigal, sers-nous un verre, viens t'asseoir près de moi et dis un peu quel vent t'amène! Tu es un homme très occupé, et je refuse de croire que tu aies eu tout à coup envie de venir t'ennuyer plusieurs jours dans ce mausolée...

– Ne vous ai-je pas dit...

– Taratata! Je ne suis pas encore gâteuse et, même si elle m'enchante, je trouve ton arrivée bien subite. D'autant que tu ne pouvais pas savoir que tu me trouverais ici, la date fatidique du 15 avril étant dépassée. Alors, la vérité!

Après avoir rempli deux coupes, Aldo lui en tendit une puis, de sa main libre, tira une petite chaise dorée près du fauteuil de cette étonnante vieille femme.

– Vous avez raison en pensant que je ne pensais pas venir. Cependant, lorsque mon taxi s'est arrêté juste devant votre porte, j'ai songé à demander asile à votre portier. C'est à ce moment que votre Marie-Angéline est arrivée...

– ... Mais qu'est-ce que ton taxi faisait devant ma porte ?

– Il suivait depuis la gare de Nord une Rolls noire qui est entrée dans la maison d'à côté. Me feriez-vous la grâce de me dire à qui ce monument appartient ?

– L'autre étant vide, je suppose qu'il s'agit de celle de droite. Tu sais que je ne me suis jamais beaucoup préoccupée de mes voisins, surtout dans ce quartier de manieurs d'argent qui se prennent pour des aristocrates, mais celui-là, je le connais... un peu : c'est sir Eric Ferrals.

– Le marchand de canons ? Vous avez ça au parc Monceau ?

– Ça ? Te voilà bien dédaigneux, persifla la marquise. Un personnage richissime, anobli par le roi d'Angleterre pour « services rendus pendant la guerre » et décoré de la Légion d'honneur ? Cela dit, je ne peux pas te donner tout à fait fort : l'homme est d'origine incertaine et on ne sait trop comment il a bâti sa fortune. Cependant, comme je ne l'ai jamais vu, je ne peux pas te dire à quoi il ressemble. N'empêche que nous sommes lui et moi à couteaux tirés.

– Pour quelle raison ?

– Oh, toute simple ! Il a une maison énorme et il veut la mienne pour l'agrandir encore : des collections à installer ou Dieu sait quoi ! En tout cas, s'il veut faire concurrence au musée du Louvre, il ne faut pas qu'il compte sur moi. Seulement, il n'a pas l'air de comprendre et ne cesse de me dépêcher hommes d'affaires et lettres pressantes. Mes gens ont ordre de refuser le tout et quant à Ferrals lui-même, je n'ai pas voulu le recevoir quand il s'est présenté...

— En auriez-vous peur ?

— Peut-être !... On dit que ce baron de hasard est laid mais qu'il possède un certain charme et surtout une voix grâce à laquelle il réussirait à vendre des mitrailleuses à des bonnes sœurs. Mais laissons-le là et dis-moi ce qu'il y avait dans sa voiture et pourquoi tu l'as suivie jusqu'ici.

— C'est une longue histoire, murmura Aldo d'un ton hésitant, nuance que sa compagne saisit aussitôt.

— Nous avons tout le temps avant le dîner. On sert tard, chez moi, pour raccourcir les nuits. Cependant, si tu vois une raison quelconque de ne pas me faire partager tes secrets...

— Non pas ! protesta-t-il. Je voudrais être certain qu'ils ne seront que pour vos oreilles. Il s'agit de choses graves... remontant à la mort de ma mère.

Instantanément, toute trace d'ironie disparut du beau visage, remplacée par une attente pleine de compréhensive affection.

— Nous sommes ici au bout de la maison et je peux t'assurer que personne n'est caché dans mes plantes vertes, mais on peut prendre quelques précautions supplémentaires...

Pêchant dans les plis étalés de sa robe une cloche rapportée jadis du Tibet, elle en tira un carillon qui fit accourir en même temps Cyprien et Marie-Angéline qui devaient être toujours occupés à en découdre. Mme de Sommières fronça le sourcil :

— Depuis quand répondez-vous à la cloche, Plan-Crépin ? Allez donc prier ou vous tirer les cartes, mais je ne veux pas vous voir avant le dîner. Quant à toi, Cyprien, tu veilleras à ce que personne ne nous dérange. Je sonnerai quand j'en aurai fini. A-t-on préparé une chambre ?

— Oui, madame la marquise, et Eulalie est en train de mettre les petits plats dans les grands en l'honneur de Son Excellence.

— Bien... Maintenant, je t'écoute, mon garçon, ajouta-t-elle quand les doubles portes se furent refermées.

Pendant la courte scène, Morosini prenait la décision de se livrer, sachant bien à qui il s'adressait : Amélie de Sommières n'était pas seulement une grande dame par la naissance, le nom et l'allure, elle en avait aussi l'âme : elle se laisserait déchirer par la torture plutôt que de livrer un secret confié... Alors il raconta tout, depuis ses découvertes dans la chambre d'Isabelle à Venise jusqu'à ses rencontres avec Anielka pour finir par la brève vision dans le hall de la gare : le grand saphir au cou de la jeune fille. Sans toutefois parler de Simon Aronov et du pectoral. Ce secret-là ne lui appartenait pas.

Mme de Sommières l'écouta sans l'interrompre autrement que par une brève exclamation de douloureuse surprise en apprenant l'assassinat de sa chère filleule. Elle suivait son récit avec passion et, lorsque celui-ci prit fin, elle murmura :

— Je crois que j'ai compris, mais peux-tu me dire ce qui t'importe le plus : le saphir ou la fille ?

— Le saphir, soyez-en sûre! Je veux savoir comment elle l'a eu. Elle prétend qu'il lui vient de sa mère! C'est impossible, elle ment.

— Pas forcément. Elle ne fait que croire, sans doute, ce que lui a dit son père. Il ne faut pas juger trop vite! Mais dis-moi, ce client qui t'a envoyé à Varsovie et souhaitait acquérir le joyau des Montlaure, pourquoi ne s'est-il pas dérangé au lieu de te faire courir au bout de l'Europe? Il me semble que c'eût été la moindre des choses?

Décidément rien ne lui échappait! Aldo lui offrit son sourire le plus séducteur.

— Un homme âgé et infirme. Il semble que, dans la nuit des temps, le saphir ait appartenu aux siens. Il espérait que je le lui apporterais afin qu'il puisse le voir...

— ... avant de mourir? Ça ne te paraît pas un peu bizarre cette histoire? Je t'ai connu moins naïf. Il sent le piège à cents pas, ton roman. Et le tout moyennant une nouvelle galopade à travers la Mitteleuropa? Il t'offrait sans doute une fortune mais j'espère que tu ne te serais pas laissé faire?

— Certainement pas! fit Morosini d'un ton détaché qui ne laissait guère place à d'autres questions.

Il fut sauvé par une toux légère qui résonna au fond des salons. Tout de suite la marquise hérissa ses plumes :

– Qu'est-ce que c'est ? N'ai-je pas dit que je ne voulais pas être dérangée ?

– Je présente mes excuses à madame la marquise, fit Cyprien d'une voix contrite, mais il se fait tard et je voudrais bien annoncer à madame la marquise que madame la marquise est servie. Eulalie a fait un soufflé aux pointes d'asperges et...

– ... et nous aurons un drame domestique si nous n'allons pas le manger au galop. Ton bras, Aldo !

Ils gagnèrent la salle à manger qui se trouvait à l'autre extrémité des salons : une cathédrale gothique où de lourds rideaux de panne rousse brodés d'or cachaient les portes et où tout un monde de tapisseries avec souliers à poulaines, chimères et lions volants absorbaient ce qui restait des murs. La mine pincée, Marie-Angéline attendait debout derrière une chaise sculptée dont le dossier arrivait à la hauteur de son nez pointu. En prenant sa place, Mme de Sommières lui lança un coup d'œil ironique :

– Ne faites pas cette tête-là, Plan-Crépin ! Nous allons avoir besoin de vous.

– De moi ?

– Eh oui ! N'êtes-vous pas celle à qui rien n'échappe... à commencer par les nouvelles du quartier ? Dites-nous un peu ce qui se passe chez le voisin d'à côté !

Sous sa toison frisée qui lui donnait l'air d'un mouton un peu jaune, Mlle du Plan-Crépin devint rouge brique. Elle marmonna des choses indistinctes tout en égratignant de la cuillère le soufflé que l'on venait de lui servir, y goûta, en reprit et toussa pour s'éclaircir la gorge :

— Aurions-nous enfin décidé de nous intéresser à ce cher baron Ferrals ? dit-elle, employant comme elle en avait la manie la première personne du pluriel pour s'adresser à la marquise, que cela agaçait prodigieusement, mais elle avait fini par abandonner le combat en face d'un adversaire plus coriace qu'il n'y paraissait. Elle s'y faisait, d'ailleurs, ayant constaté que cette forme d'interrogation lui permettait d'employer le pluriel de majesté.

— Non, mais nous savons qu'il a reçu des visiteurs venus de loin et nous aimerions apprendre ce qu'il a l'intention d'en faire.

— S'il s'agit de Polonais, il a l'intention d'épouser, fit Marie-Angéline aussi naturellement que si elle avait été dans l'intimité du marchand de canons. On le dit, mais le monde entier sait que le baron a fait vœu de célibat, ou peu s'en faut...

— Alors tâchez de savoir la suite des événements ! Il s'agit bien des Polonais attendus... Et à Saint-Augustin ? Rien de nouveau ? Le jeune vicaire est toujours assiégé par ses ouailles ?

Lancée sur son terrain favori, celui des potins, cancans et autres médisances dont elle régalait la marquise, Plan-Crépin se révéla vite intarissable. Ce qui permit à Morosini de s'abstraire de la conversation pour se consacrer au soufflé, qui était admirable, et au montrachet de grand cru qui l'accompagnait. Il pensait aussi que, dès le lendemain, il se mettrait à la recherche de Vidal-Pellicorne. Grâce à l'heureux hasard qui semblait prendre à tâche de le favoriser depuis quelque temps, l'homme que lui avait recommandé le Boiteux n'habitait pas bien loin.

Rue Jouffroy, très exactement. Un court trajet depuis la rue Alfred-de-Vigny. Pas désagréable à parcourir dans la fraîcheur ensoleillée d'un matin de printemps. Le mystérieux personnage logeait au premier étage sur entresol d'un imposant immeuble fin de siècle mais, au bout du tapis rouge de l'escalier et derrière la porte vernie aux cuivres étincelants, Morosini ne trouva que la figure compassée d'un valet de chambre en gilet rayé dont il apprit que « monsieur était à Chantilly pour voir ses chevaux et ne rentrerait pas avant le lendemain ». Impressionné par l'élégance du visiteur et plus encore par son état civil, l'homme s'empressa de se mettre à sa disposition. Souhaitait-il que monsieur lui téléphone dès son retour ?

— Étant donné qu'il ne me connaît pas, ce serait un peu cavalier, répondit Morosini. Malheureusement, là où je suis il n'y a pas de téléphone.

Ce qui était presque la vérité, Mme de Sommières détestant un ustensile qu'elle jugeait indiscret, peu convenable et agaçant.

— Je ne supporte pas d'être « sonnée » comme une servante, disait-elle. Jamais cet outil n'entrera chez moi !

En fait, il avait été installé pour les besoins de la maison, mais dans la loge du concierge.

Quittant la rue Jouffroy, Morosini prit le chemin du retour. Cependant, arrivé devant la grille de la Rotonde qui ouvrait le parc Monceau sur le boulevard de Courcelles, il se laissa tenter par une promenade sous les ombrages du jardin qu'animaient jadis de leur grâce les belles amies des ducs d'Orléans. À travers le feuillage des marronniers en fleur, des flèches de soleil frappaient les pelouses et les allées peuplées de nurses en uniforme bleu et blanc poussant des landaus de luxe remplis de bébés joufflus ou surveillant des bambins bien habillés galopant derrière des cerceaux.

Préférant un site plus romantique, Aldo alla vers la Naumachie dont la colonnade en demi-cercle délimitait une allée plantée de peupliers. Là, les rayons dorés jouaient à plaisir avec l'eau miroitante du petit lac dont le promeneur s'apprêtait à faire le tour quand apparut une claire silhouette qu'il identifia d'un seul regard : vêtue d'un tailleur gris clair, animé d'un joyeux foulard de soie à pois verts, Anielka venait droit vers lui. Sans d'ailleurs s'en rendre compte le moins du monde : tout en marchant, elle observait les ébats d'une famille de canards.

Saisi d'une soudaine allégresse, Aldo s'arrangea

pour barrer le chemin de la jeune fille. Puis, constatant qu'elle paraissait d'humeur mélancolique et mettant de côté ses soupçons, il la salua comme l'eût fait l'Arlequin de la commedia dell'arte, et ne résista pas au plaisir de parodier Molière :

— Mais la place m'est heureuse à vous y rencontrer, comtesse ! Ce jardin serait-il vraiment celui des enchantements ?

Anielka ne sourit même pas. Ses grands yeux dorés considérèrent avec une sorte d'inquiétude l'homme à l'allure nonchalante qui lui faisait face, sans paraître le moins du monde sensible à l'éclat insolent de ses prunelles bleues et de ses dents blanches :

— Je vous demande pardon, monsieur, mais est-ce que nous nous connaissons ?

Elle semblait si surprise que l'inexplicable joie de Morosini tomba d'un seul coup.

— Pas intimement, fit-il avec une grande douceur, mais j'espérais que vous vous souviendriez de moi ?...

— Le devrais-je ?

— Avez-vous oublié les jardins de Wilanow et votre voyage dans le Nord-Express ? Avez-vous oublié... Ladislas ?

— Veuillez m'excuser mais je ne connais personne de ce nom. Vous faites erreur, monsieur !

De sa main gantée de suède clair, elle eut un geste pour l'écarter de son chemin qu'elle accompagna d'un petit sourire triste.

Insister eût été de la dernière grossièreté, aussi Morosini se résigna-t-il à lui livrer passage. Figé sur place, un sourcil relevé par l'étonnement, il la regarda s'éloigner de son allure lente et gracieuse, admirant la finesse de sa ligne et de ses longues jambes que le mouvement révélait sous la jupe étroite du tailleur.

Ce qui venait d'arriver était tellement surprenant qu'il en vint à se demander s'il n'était pas victime d'une ressemblance, mais à ce point-là et à quelques centaines de mètres de la maison où habitait Anielka, c'était impensable... D'ailleurs l'étrange fille se dirigeait droit vers l'endroit du parc où se trouvait la maison de Ferrals. Et puis il y avait ce frais parfum de lilas dont il conservait le souvenir...

Perdu dans ses conjectures, Morosini allait peut-être se décider à suivre son énigme vivante quand une voix railleuse se fit entendre :

– Une bien jolie femme, n'est-ce pas ? Mais on ne peut pas gagner à tous les coups !

Il tressaillit et considéra sans aménité l'homme qui venait d'arriver à sa hauteur. Plutôt petit mais bâti en force, l'intrus avait la peau brune, un nez agressif et des yeux noirs enfoncés sous les sourcils qui contrastaient avec l'épaisse crinière argentée dépassant du feutre noir à bords roulés. Habillé par un bon tailleur, son costume gris anthracite parfaitement coupé faisait valoir de larges épaules et il s'appuyait sur une canne à pommeau d'ambre cerclé d'or. Mais, de trop mauvaise humeur pour s'arrêter à de tels détails, Aldo se contenta de grogner :

– Je ne crois pas vous avoir demandé votre avis...

Puis, tournant le dos au personnage, il s'éloigna à grandes enjambées rapides.

Il suivit la jeune fille, pensant que si elle n'était pas Anielka, elle bifurquerait à un moment ou à un autre, mais il n'en fut rien : comme attirée par un aimant, elle alla droit vers l'hôtel Ferrals qu'elle regagna en empruntant la grille du jardin communiquant avec le parc. Lorsqu'il l'eut vue disparaître, Aldo se retourna pour voir si l'homme à la canne suivait le même chemin, mais il ne l'aperçut nulle part.

Il examina les abords de l'hôtel comme s'il espérait trouver un moyen d'y pénétrer. Il devait être intéressant de visiter ce monument, surtout sans la permission du propriétaire! Malheureusement, ses connaissances dans l'art de s'introduire chez les gens étaient nulles : dans son collège suisse, personne ne lui avait appris à fabriquer une fausse clef ou à manier la pince-monseigneur. Une lacune qu'il faudrait peut-être songer à combler en faisant un stage chez un serrurier. Encore qu'il se voyait mal allant demander des leçons au père Fabrizzi qui régnait depuis des années sur les serrures de son palais...

Ses idées ramenées par ce biais à Venise, il se dit

qu'il pourrait peut-être donner de ses nouvelles à Mina, consulta sa montre, en déduisit qu'il avait encore le temps avant le déjeuner et se rendit d'un pas vif vers le bureau de poste du boulevard Malesherbes pour envoyer un télégramme destiné à rassurer sa maisonnée. Il aurait préféré téléphoner mais craignait une trop longue attente. Il se contenta donc de rédiger un message donnant son adresse actuelle et annonçant son intention de passer quelques jours à Paris où il comptait quelques clients importants.

Cela fait, il rentra rue Alfred-de-Vigny où Mme de Sommières lui tenait au chaud une nouvelle fraîchement véhiculée par Marie-Angéline : Ferrals donnait, ce soir, une réception pour annoncer son mariage et présenter sa fiancée, le mariage étant prévu pour le mardi 16 mai.

— Si vite, alors qu'avant-hier Ferrals n'avait jamais vu la comtesse Solmanska ?

— Il paraît que notre trafiquant d'armes est pressé. Il aurait même subi, à la surprise générale, un véritable coup de foudre.

— Cela n'a rien de bien étonnant même pour un dur-à-cuire du célibat, soupira Morosini en évoquant les cheveux d'or clair, le ravissant visage et la silhouette exquise d'Anielka. Quel homme normal ne se sentirait séduit par cette adorable créature...

Se gardant de relever la légère mélancolie révélée par le ton d'Aldo, la marquise se contenta de remarquer :

— Il semble qu'elle soit très belle. La cérémonie et la réception auront lieu au château que Ferrals possède sur la Loire.

Cette précision dans l'information confondit Morosini qui ne put s'empêcher de demander :

— Mais enfin, d'où votre « Plan-Crépin » sort-elle tout cela ? C'est à croire qu'elle possède le pouvoir de soulever les toits, comme le démon Asmodée ?

La marquise étouffa un petit rire derrière son face-à-main.

— Eh bien, si ma vierge folle t'entendait l'assimiler à un démon, tu aurais droit à une ou deux oraisons d'exorcisme! D'autant que, pour employer ton expression, elle sort ça de Saint-Augustin. Et même de la messe du petit matin.

— Qui la renseigne ?

— Mme Quémeneur, l'imposante cuisinière de sir Eric.

— Je croyais Mlle du Plan-Crépin trop fière de son sang bleu pour l'aventurer dans la valetaille ?

— Oh! fit la vieille dame scandalisée, en voilà un terme! Te viendrait-il à l'idée d'assimiler ta Cecina à la valetaille ?

— Cecina est un cas à part.

— Tout comme Mme Quémeneur qui est elle aussi un grand cordon bleu! Quant à Marie-Angéline, tu n'imagines pas à quel point elle se démocratise lorsque sa curiosité est en jeu. Quoi qu'il en soit, te voilà renseigné. Que vas-tu faire ?

– Rien pour le moment. Ou plutôt si... réfléchir !

En fait, une première décision s'imposait : il s'arrangerait d'une façon ou d'une autre pour jeter un coup d'œil à la réception du voisin. Passer du jardin de sa tante au sien ne devait guère présenter de difficulté et, quand la fête battrait son plein, il serait facile d'observer à travers les hautes fenêtres des salons ce qui se passerait à l'intérieur.

Ne sachant trop comment occuper son après-midi, il alla prendre un taxi boulevard Malesherbes et se fit conduire place Vendôme dans l'intention de passer un moment avec son ami Gilles Vauxbrun et d'essayer de glaner de lui ce qu'il pouvait savoir sur Ferrals. Si l'homme des canons était le collectionneur annoncé par Anielka – ce dont il doutait un peu, n'en ayant jamais entendu parler – le plus grand antiquaire parisien ne pouvait manquer d'en être informé. Mais il était écrit quelque part que, ce jour-là, Aldo jouerait de malheur : dans le magnifique magasin-musée de son ami, il ne trouva qu'un homme mince, âgé mais fort élégant et pourvu d'un léger accent anglais : Mr. Bailey, l'assistant de Vauxbrun déjà rencontré à plusieurs reprises. Ce gentleman le reçut avec le mince sourire qui était signe chez lui d'une joie exubérante mais lui apprit que l'antiquaire s'était rendu le matin même en Touraine pour une expertise : on ne l'attendait pas avant quarante-huit heures.

Pendant un moment, Aldo flâna au milieu d'un

admirable et rarissime ensemble de meubles signés Henri-Charles Boulle mis en valeur par trois tapisseries flamandes en parfait état de conservation, provenant d'un palais bourguignon. Voir de belles choses était pour lui le meilleur moyen d'oublier ses soucis et de se retremper l'âme. Cependant, quand il eut achevé sa promenade à travers d'autres merveilles, il ne résista pas à l'envie d'interroger Mr. Bailey :

– J'ai entendu dire que vous aviez vendu récemment à sir Eric Ferrals l'un de vos fauteuils Louis-XIV en argent ? Cela m'a surpris, étant donné le soin jaloux avec lequel Vauxbrun veille sur ces pièces extraordinaires...

– Je ne sais qui a pu vous annoncer pareille nouvelle, prince ! M. Vauxbrun n'est pas encore résigné à s'arracher le cœur et s'il en venait là ce ne serait certainement pas au bénéfice du baron Ferrals. Celui-ci ne s'intéresse qu'aux antiques. Le dernier objet que nous lui ayons vendu est une statuette d'or empruntée voici quelques siècles à un temple d'Athéna...

– On m'aura mal renseigné ou j'aurai mal compris, fit Morosini avec philosophie. J'avoue que, personnellement, je ne le connais pas en tant que collectionneur. Peut-être parce que je n'ai jamais eu affaire à lui ?...

À nouveau, Mr. Bailey se laissa aller à sourire.

– Étant donné votre spécialité, ce serait assez étonnant. Il ne s'intéresse pas du tout aux pierres précieuses ni aux joyaux à moins qu'il ne s'agisse d'intailles ou de camées grecs ou romains...

— Vous en êtes certain ?

Le vieux monsieur leva une main blanche et soignée ornée d'une chevalière armoriée :

— Je suis formel : jamais sir Eric ni l'un de ses mandataires n'a enchéri sur un joyau, même célèbre, dans quelque vente que ce soit. Vous devriez le savoir aussi bien que moi, ajouta-t-il d'un ton de doux reproche.

— C'est vrai, murmura Morosini d'un air de distraite contrition parfaitement jouée, mais il y a des moments où la mémoire me fait défaut. L'âge, peut-être, ajouta ce vieillard de trente-neuf ans.

En quittant la boutique comme il avait besoin de réfléchir, il choisit d'aller boire un chocolat à la terrasse du Café de la Paix.

Ce qu'il avait appris de Bailey lui donnait beaucoup à penser. Seul un collectionneur enragé pouvait accepter le marché proposé par Solmanski pour le saphir : Ferrals ne l'obtiendrait qu'en faisant dudit Solmanski son beau-père. Or les joyaux ne l'attiraient pas, c'était un célibataire impénitent, et pourtant il avait accepté. En ce cas, que pouvait représenter à ses yeux le saphir wisigoth pour qu'il lui attache une telle valeur ?... De quelque côté qu'Aldo prît le problème, il n'arrivait pas à lui donner une solution satisfaisante...

L'idée lui vint de demander une entrevue au marchand de canons afin d'en discuter avec lui d'homme à homme mais, auparavant, il entendait jouer à son tour les Asmodée et jeter un coup d'œil dans une demeure où se traitaient de si curieuses affaires.

Aussi le soir après le dîner, quand il eut conduit tante Amélie à la cage de verre agrémentée de fleurs peintes contenant le petit ascenseur hydraulique doux et lent chargé de véhiculer la vieille dame jusqu'au seuil de sa chambre, annonça-t-il à Cyprien son intention d'aller fumer un cigare dans le jardin de la maison.

— Inutile de laisser les salons allumés! indiqua-t-il. Conservez ce qu'il faut pour que je retrouve mon chemin jusqu'à l'escalier et allez vous coucher! J'éteindrai lorsque je regagnerai ma chambre.

— Monsieur le prince ne craint pas de prendre froid? La pluie qui nous est venue en fin d'après-midi a tout arrosé copieusement et des souliers vernis ne sont guère confortables par une nuit humide. Pas plus qu'un smoking d'ailleurs... Madame la marquise suggère à monsieur le prince de se changer pour quelque chose de plus... adapté à ce genre d'environnement avant d'aller y savourer un havane.

Le visage du vieux serviteur était un poème d'innocente sollicitude, mais Morosini ne s'y laissa pas prendre et éclata de rire :

— Elle a tout prévu, n'est-ce pas?

— Madame la marquise prévoit toujours tout... et elle aime infiniment monsieur le prince...

— Alors pourquoi ne m'a-t-elle pas donné ces bons conseils quand nous nous sommes dit bonsoir ?

Cyprien émit un petit reniflement accompagné d'un geste vague :

— Mademoiselle Marie-Angéline, je pense !... madame la marquise ne tient pas à ce qu'elle soit au courant de ce grand désir d'aller fumer dans un jardin dégoulinant d'eau. Je... hum !... je gagerais que Mlle Marie-Angéline va être priée de faire la lecture à madame la marquise, ce soir. Peut-être pas *Les Misérables* dans leur entier mais au moins deux ou trois tomes...

— Compris ! fit Aldo en tapotant l'épaule du majordome. Je vais me changer.

Il souriait en grimpant quatre à quatre le grand escalier et, passant silencieusement devant la porte de Mme de Sommières, il lui envoya un baiser du bout des doigts. Quelle étonnante vieille dame ! Si fine et si malicieuse !... Sachant qu'elle détestait se coucher tôt, il avait été surpris — mais soulagé aussi ! — de l'entendre exprimer à dîner son intention de se mettre au lit de bonne heure. En agissant ainsi, tante Amélie lui laissait entendre qu'elle était avec lui en toutes circonstances et qu'il pouvait agir dans sa maison comme bon lui semblait.

Un moment plus tard, ayant échangé son vêtement de soirée pour un tricot de marin en laine noire et ses escarpins pour de solides chaussures à semelles de caoutchouc, il gagnait le jardin sans le moindre cigare mais avec, dans sa poche, un étui à cigarettes rempli. Dieu seul savait combien de temps allait durer la faction qu'il entendait s'imposer !

Le jardin était paisible, mais, dans la maison voisine, la réception devait battre son plein. À cause de l'humidité de la nuit, les grandes portes-fenêtres n'étaient qu'entrouvertes, laissant passer les sons sublimes d'un piano exhalant la fureur désespérée d'une polonaise de Chopin et les mains qui jouaient devaient être celles d'un grand interprète. « On dirait qu'il y a concert ? pensa Morosini. Comment se fait-il que Plan-Crépin ne l'ait pas dit ? » Il décida d'aller voir de plus près.

Les deux hôtels étant mitoyens, une simple grille doublée de massifs séparait les parterres. Prenant son courage à deux mains, Aldo pénétra dans les rhododendrons pour atteindre le muret où s'encastrait la grille. Quelques instants plus tard, il atterrissait de l'autre côté où régnaient des troènes, des aucubas et des hortensias, un véritable mur végétal reliant le parterre à la bâtisse et aux larges marches régnant sur toute la longueur de la maison dont les fenêtres éclairées illuminaient le jardin.

Si inconfortable que ce fût, Aldo choisit de progresser dans les branches. Il allait atteindre son but quand une espèce d'aérolithe tombant du ciel s'abattit près de lui dans un craquement de petit bois, manquant son dos de fort peu. Un aérolithe d'une espèce rare car il fit « Ouille ! » avant de défiler à voix basse un chapelet de jurons.

— Un cambrioleur! traduisit Aldo, en empoignant le personnage pour le remettre sur pied, quitte à le renvoyer à terre d'un direct bien appliqué s'il se montrait agressif. Sans songer que sa propre situation était aussi délicate que celle du nouveau venu. Qui d'ailleurs se rebiffait en reprenant pied sur la terre ferme.

— Moi, un cambrioleur? Sachez à qui vous parlez, mon brave! Je suis l'un des invités de votre maître...

Comprenant que l'autre le prenait pour un quelconque garde de la propriété, Aldo choisit de jouer le jeu. Le personnage était plutôt sympathique, voire amusant : long et mince dans un habit de soirée qui avait pas mal souffert de son atterrissage, il arborait un regard bleu d'enfant de chœur sous une attendrissante mèche blonde qui lui mangeait un sourcil. Sa figure ronde surmontée d'une abondance de cheveux frisés n'était pas celle d'un gamin mais d'un homme qui pouvait avoir trente-cinq à quarante ans.

— Je veux bien vous croire, monsieur, dit Aldo, mais les invités se tiennent dans les salons et non sur les toits...

— Qu'aurais-je fait sur le toit, fit l'aérolithe d'un ton de vertueuse indignation. Je me tenais sur le balcon du premier étage pour y fumer une cigarette et, je ne sais trop comment, j'ai perdu l'équilibre. Je suis parfois sujet à des étourdissements. Seulement, maintenant, je ne sais trop quelle figure je vais faire en rejoignant les autres. Je suis trempé... Si vous êtes de la maison, auriez-vous la gentillesse de me conduire dans un endroit sec afin que je puisse remettre de l'ordre dans mes vêtements ?

— Pas avant que vous m'ayez appris ce que vous faisiez au premier étage.

— Je n'aime pas beaucoup la musique et Chopin m'ennuie. Si j'avais su que cette réception commençait par un concert, je serais venu plus tard. Alors, vous m'emmenez me sécher ?

— Ça peut se faire, dit Aldo avec un sourire moqueur. Dès l'instant où vous aurez bien voulu me confier votre nom... afin de vérifier si vous êtes sur la liste de ce soir.

— Je vous trouve bien méfiant, marmotta l'homme aux étourdissements. Est-ce que vous ne préféreriez pas une pièce de dix francs ? J'aimerais autant que Ferrals continue d'ignorer qu'un de ses hôtes se promenait sur son balcon...

— L'un n'empêche pas l'autre, fit Aldo qui commençait à s'amuser. Je ne dirai rien... mais dites-moi qui vous êtes... pour la tranquillité de ma conscience.

— Si vous y tenez !... Je me nomme Adalbert Vidal-Pellicorne, archéologue et homme de lettres... Vous êtes satisfait ?

Un brusque éclat de rire s'étouffa dans la gorge de Morosini.

— Plus que vous ne sauriez croire. C'est un plaisir inattendu de vous rencontrer dans ces buissons : je vous croyais à Chantilly ?

Les yeux d'Adalbert s'arrondirent davantage en considérant plus attentivement son interlocuteur. À bien y réfléchir, cet homme-là ne manquait pas d'allure.

— Comment est-ce qu'un gardien peut savoir ça ? fit-il. Mais... peut-être n'êtes-vous pas gardien ?

— Pas vraiment, non.

— Alors qui êtes-vous et que faites-vous ici ? dit l'invité d'un ton soudain beaucoup moins innocent. En même temps, sa main droite se dirigeait vers la poche arrière de son pantalon. Il devait être armé et Aldo jugea qu'il était temps de le rassurer :

— Je suis le voisin d'à côté.

— Quelle blague ! Le voisin d'à côté ou plutôt la voisine, c'est la vieille marquise de Sommières. Vous êtes un peu jeune pour être son marquis. D'autant qu'elle est veuve depuis belle lurette.

— Sans doute, mais j'ai l'âge convenable pour être son petit-neveu... et un ami de Simon Aronov. Venez donc par ici ! Nous y serons mieux pour causer et vous remettre en état... mais prenez garde à ne pas vous déchirer en franchissant la grille.

Cette fois, l'archéologue-homme de lettres se laissa emmener sans protester et, un moment plus tard, pénétrait avec son guide dans l'univers de tante Amélie où Aldo se mit aussitôt à la recherche de Cyprien dont il était persuadé qu'il n'irait pas se coucher tant que lui-même serait dehors. Le vieux majordome considéra l'intrus sans surprise excessive :

— Je vois! dit-il. Si monsieur le prince voulait bien prêter une robe de chambre à... monsieur, je pourrais peut-être réparer les dommages subis par l'habit de monsieur?

— Monsieur le prince? Peste! siffla Vidal-Pellicorne. Je me disais aussi que vous ne deviez pas être ce que vous vouliez me faire croire.

— Je m'appelle Aldo Morosini... et je vais de ce pas chercher ce qu'il vous faut.

Quand il revint une ou deux minutes plus tard, celui qui était à présent son invité alla en compagnie de Cyprien se réfugier dans les plantes vertes pour se changer puis revint s'asseoir en face de lui. Entre eux deux, Aldo avait transporté puis ouvert une cave à liqueurs Napoléon-III contenant une remarquable fine Napoléon Ier dont il servit deux généreuses rations :

— Rien de mieux pour se remettre d'une émotion! commenta-t-il. Et maintenant si l'on se disait la vérité?

— Sachant qui vous êtes, je crois que je connais la vôtre car je viens de comprendre ce que vous faisiez dans ce jardin : le saphir étoilé que la fiancée porte au cou ce soir, c'est le vôtre, n'est-ce pas? Celui que Simon espérait tant vous amener à lui céder. Ce que je n'ai pas saisi, cependant, c'est comment une pierre réputée appartenir à une grande dame française mariée à un Vénitien pouvait briller sur la gorge – ravissante d'ailleurs! – d'une comtesse polonaise en train d'épouser, à

Paris, un homme de nationalité incertaine affublé d'un blason anglais.

– Comment l'avez-vous reconnu ?

– J'en possède une reproduction fidèle dessinée par Simon. Ainsi d'ailleurs que des autres pierres manquantes. Lorsque j'ai salué la jeune fille, je l'ai reçu en pleine figure avec une foule de points d'interrogation : qu'est-ce qu'il faisait là ?

– Voilà ce que j'aimerais apprendre. Il a disparu de chez moi il y aura bientôt cinq ans et, pour le voler, on a assassiné ma mère, mais j'ai préféré garder le secret. C'est pourquoi M. Aronov... et vous-même le pensiez toujours en ma possession. En fait, il était à Varsovie...

Et Morosini raconta son entrevue avec le boiteux, son bref séjour en Pologne et son voyage de retour.

– Si je suis allé chez vous ce matin, conclut-il, c'est sur la recommandation expresse de M. Aronov. Il espérait que vous pourriez m'aider à retrouver le saphir et aussi...

– Que nous pourrions collaborer dans l'affaire du pectoral. Il y a un moment déjà qu'il pense à vous mettre dans le secret et à nous réunir afin que nous conjuguions nos talents. Pour ma part, j'y suis tout disposé, fit l'archéologue. Notre rencontre humide aux abords d'une maison ne nous appartenant ni à l'un ni à l'autre m'a convaincu que vous étiez un homme déterminé. À propos, que comptiez-vous faire quand je vous suis tombé sur le dos ? Tout de même pas surgir pour reprendre votre bien, sous la menace d'un revolver, par exemple ?

— Rien de si retentissant. Je voulais seulement jeter un coup d'œil à la réception et examiner les aîtres. D'ailleurs je n'ai pas d'arme.

— Une grave lacune quand on s'embarque dans une aventure comme celle-là ! Il se pourrait que vous en ayez besoin un jour.

— Nous verrons bien ! Mais maintenant que vous savez tout de moi, si vous me révéliez votre vérité à vous ? Que faisiez-vous au juste sur le balcon d'un...

— ... trafiquant d'armes réputé ? J'essayais de découvrir certaines précisions concernant une nouvelle série de grenades offensives et le concert m'est apparu comme le moment idéal pour mener à bien cette exploration. J'ai été dérangé. La seule issue étant les balcons, j'y ai fait retraite et c'est en passant de l'un à l'autre que j'ai eu un mouvement malheureux. Je suis, je l'avoue, d'une regrettable maladresse avec mes pieds ! soupira Vidal-Pellicorne dont la figure atteignait à cet instant une sorte de perfection dans l'angélisme.

Aldo releva un sourcil ironique.

— Cette façon de comprendre l'archéologie ne relèverait-elle pas plutôt de l'activité d'un agent secret ou même d'un... cambrioleur ?

— Pourquoi pas ? Je suis tout ça ! fit Adalbert avec bonne humeur. Vous savez, l'archéologie peut mener à tout. Même au vol qualifié ! Pour ma part, j'estime ne pas être plus coupable en essayant d'assurer une arme intéressante à mon pays que feu lord Elgin fauchant les frises du Parthénon pour en orner le British Museum. Ah ! voilà mon habit !

Cyprien revenait avec les vêtements brossés et repassés. Vidal-Pellicorne redisparut dans les plantes vertes, laissant son hôte méditer sur la valeur de ce dernier sophisme... qui, après tout, n'en était peut-être pas un. Au bout de quelques instants, rendu à sa splendeur originelle et presque bien coiffé, le curieux personnage serrait avec effusion les mains de Morosini :

— Merci de tout cœur, prince ! Vous m'avez tiré d'un mauvais pas et j'espère que nous allons, dans l'avenir, faire du bon travail ensemble. Voulez-vous que nous en parlions tranquillement demain en déjeunant chez moi ? Mon valet est un assez bon cuisinier et j'ai une cave intéressante...

— Avec plaisir... mais je pense que vous allez de nouveau vous mouiller en retraversant les buissons.

— Aussi vais-je rentrer par la grande porte. Le concert dure encore si j'en crois mes oreilles. Je vous attends à midi et demi ?

— Entendu ! Je vous raccompagne...

Au moment de franchir la porte de l'hôtel de Sommières, Vidal-Pellicorne tendit une dernière fois la main à son nouvel allié :

— Encore un mot ! Au cas où vous ne l'auriez pas

remarqué, j'ai un nom épuisant à prononcer. Aussi mes amis m'appellent-ils Adal.

— Les miens m'appellent Aldo. C'est plutôt drôle, non ?

L'archéologue se mit à rire tout en rejetant d'une main agacée l'innocente boucle blonde qui s'obstinait à lui tomber sur l'œil.

— Une affiche parfaite pour un duo d'acrobates ! On était faits pour se rencontrer !

Morosini le regarda s'éloigner, les mains dans les poches, sous la lumière blanche d'un réverbère, et rejoindre la majestueuse entrée de l'hôtel Ferrals où veillaient deux sergents de ville, preuve vivante de la considération que la République du président Millerand portait au marchand de canons...

Revenu dans le vestibule, Aldo rencontra le regard interrogateur de Cyprien qui portait les verres à la cuisine et sourit :

— Soyez tranquille ! C'est terminé pour cette nuit. Je crois que je vais aller me coucher et vous, vous avez mérité d'en faire autant ! Dormez bien, Cyprien !

— J'en souhaite tout autant à monsieur le prince !

Dormir ? Aldo aurait bien voulu, mais il n'en éprouvait pas la moindre envie. Éteignant les lumières de sa chambre, il alluma une cigarette puis sortit sur le balcon. Le besoin d'entendre encore les bruits de la maison voisine l'attirait au-dehors. Le concert devait être achevé. Seul l'écho des conversations ponctuées de rires parvenait jusqu'à lui et il envia son nouvel ami qui allait voir Anielka, parler à Anielka, souper avec Anielka... Il se reprocha de n'avoir posé aucune question sur la fiancée. Il ne savait d'elle, pour ce soir, que deux choses : elle était ravissante — mais ce n'était pas une nouveauté! — et elle portait le saphir, mais il ignorait tout ce qui était important, sa robe, sa coiffure et surtout si elle souriait à cet homme qu'on l'obligeait à épouser.

Devant lui s'étendait le parc déserté par les enfants et rendu à sa magie d'œuvre d'art. La lune, à demi cachée par un nuage, baignait d'un reflet pâle ses pelouses et ses bouquets d'arbres, ses statues de musiciens ou d'écrivains qui ressemblaient à des monuments funéraires. Mais, veillant sur les splendides grilles noir et or dessinées par Gabriel Davioud que l'on fermait toujours très tard, les globes de lumière opalescente n'éclairaient plus que le bal mystérieux des ombres, un bal où le veilleur solitaire eût aimé entraîner une fée blonde dont la taille souple plierait sur son bras au rythme un peu solennel d'une valse lente.

Oubliée, sa cigarette se vengea en lui brûlant les doigts. Il la jetait pour en allumer une autre quand, soudain, un frisson courut le long de son dos et il commença à éternuer. Ramené brutalement des brumes de son rêve à la plus déprimante réalité, il se mit à rire tout seul, à rire de lui-même. Convoiter une enfant de dix-neuf ans et attraper

Les habitants du parc Monceau

bêtement un rhume de cerveau en allant se tremper les pieds sous ses fenêtres dans un jardin mouillé, c'était le comble du ridicule!

Rentrant dans sa chambre, il referma la fenêtre et alla se jeter sur son lit tout habillé. À sa grande surprise, il s'endormit presque aussitôt...

CHAPITRE 6

CARTES SUR TABLE

— Ce que je n'arrive pas à comprendre, soupira Vidal-Pellicorne, c'est pourquoi Ferrals tient à votre saphir au point d'accepter de se marier, lui un célibataire enragé, pour s'en assurer la possession. Jamais les bijoux ne l'ont intéressé. À moins, bien sûr, qu'ils n'aient appartenu à Cléopâtre ou à Aspasie.

Le déjeuner venait de s'achever. Réfugiés dans le fumoir, les deux hommes, installés dans de profonds fauteuils de cuir style club anglais, en étaient au café, aux liqueurs et aux cigares.

— Il y a là un problème, fit Morosini en allumant le sien à la flamme d'une bougie, mais je vous avoue que je préférerais apprendre comment une pierre qui est dans ma famille depuis Louis XIV s'est retrouvée changée en précieux trésor ancestral d'une comtesse polonaise.

— L'un n'empêche pas l'autre : il y a peut-être un lien. La belle Anielka vous a bien dit que son père voulait qu'elle épouse Ferrals afin de lui assurer – et à lui-même plus qu'à elle ! – une part non négligeable d'une fabuleuse fortune ? Il a dû apprendre que sir Eric cherchait le saphir et il s'est arrangé pour se le procurer à vos dépens.

– Et il aurait attendu cinq ans pour mettre son projet à exécution ?

– Le moyen de faire autrement ? D'abord il fallait profiter de votre absence forcée de Venise, et puis attendre que sa fille soit en âge d'être mariée. Difficile d'offrir une gamine de treize ans qui n'était sans doute pas aussi belle que maintenant. Moi je trouve que mon histoire se tient assez bien. Quelque chose me dit que ce Solmanski est capable de tout.

– À ce sujet, j'aimerais, puisque vous possédez vos grandes et petites entrées chez Ferrals, que vous essayiez d'en apprendre un peu plus sur ce Polonais à qui je trouve une tête d'officier prussien. De mon côté, je compte attaquer Ferrals.

– De quelle façon ?

– Oh, je vais jouer cartes sur table et lui demander pourquoi il veut ce bijou et pas un autre. Peut-être aussi pourquoi il ne s'est pas adressé directement à moi.

L'archéologue réfléchit un instant tout en caressant du bout d'un doigt une statuette du dieu-faucon Horus posée sur une sellette.

– La méthode directe peut avoir du bon avec lui, pourtant je me demande si c'est la bonne ? L'homme est habile, plutôt séduisant, et il est très capable de vous rouler dans la farine.

— Ne me prenez pas pour un enfant de chœur, mon cher Adal ! C'est moins facile que vous le supposez.

— J'en suis persuadé, mais comment espérez-vous obtenir un rendez-vous ? C'est un méfiant qui se garde bien.

— Sans doute, mais j'aurai mon entrevue. Je pourrais même le faire venir chez Mme de Sommières si je le voulais. Vous ai-je dit qu'il la harcèle de propositions d'achat de son hôtel pour s'agrandir ? Néanmoins je préfère me déplacer... à cause de cette envie que j'ai toujours de visiter sa maison.

— Il est certain que, pour arriver à caser tout ce qu'il rafle en fait de statues, stèles, sarcophages et autres bricoles, il a besoin de plus en plus de place. Son hôtel menace de déborder et celui qu'il possède à Londres est tout aussi bourré. Mais, dans ce grand désir de visiter l'antre du sorcier, se cache peut-être l'espoir d'apercevoir son adorable fiancée ? Quelque chose me dit que vous n'êtes pas insensible à son charme.

— On dirait que vos mèches folles ne vous empêchent pas de voir clair ? C'est vrai, elle me plaît, mais je vous en prie, n'en parlons pas : je me trouve assez ridicule comme ça !

— Il n'y a aucune raison. Étant donné la proposition qu'elle vous a faite dans le train, je gagerais que vous lui convenez assez... Seulement, là où nous en sommes, je crois que vous devriez l'oublier. Ferrals ne lâche pas facilement ce qu'il tient. Ou alors ça fait très mal!... Si vous le voyez, essayez de lui parler du saphir mais pas de la future lady. Ce serait un peu trop à la fois...

— Soyez tranquille! Je ne suis pas idiot et j'ai une priorité à respecter...

— Bien. Nous en resterons là... Ah! Vous m'aviez bien dit qu'Aronov vous avait remis la copie du pendentif?

— Que voulez-vous en faire?

— Le mettre en lieu sûr. Dès l'instant où vous aurez ouvert la bouche à son sujet, vous ne serez peut-être plus en sécurité, dit froidement Vidal-Pellicorne. Il serait fâcheux que vous y laissiez la vie, mais il est important que ce moyen de récupérer le joyau ne disparaisse pas avec vous.

Aldo considéra son vis-à-vis avec une entière stupeur:

— Vous êtes sérieux?

— Très! Si vous allez réclamer votre saphir, je suis persuadé que vous serez en danger : ces gens-là se sont donné trop de mal pour se l'approprier. Ils n'auront plus qu'une idée : vous éliminer!

— Ces gens-là? Vous voulez dire Ferrals?

— Pas forcément. On peut vendre de quoi détruire l'humanité sans s'abaisser à jouer du couteau et du revolver. À ce degré-là, la mort des autres devient une notion abstraite. D'ailleurs, la réputation de sir Eric est plutôt bonne : il est dur en affaires mais droit et honnête. Votre Solmanski m'inquiéterait davantage. Le marché qu'il passe avec Ferrals ne plaide guère en sa faveur.

— D'accord, mais de là à assassiner...

— Si la jeune fille était libre, je pencherais à croire que vous voulez ménager un futur beau-père. Réfléchissez ! Il vient de Varsovie où Simon réside... momentanément, et c'est à Varsovie qu'Élie Amschel vient d'être mis à mort et que l'on vous a conseillé de fuir au plus vite.

— Si c'est lui le coupable, il devait lui être facile de se débarrasser de moi dans le train : j'étais seul contre trois hommes.

— Ne simplifiez pas trop : c'eût été peut-être inopportun. Vous ne voulez pas me laisser d'abord agir à ma guise ?

— C'est-à-dire ?

— Tenter d'opérer la substitution des bijoux : le faux contre le vrai. Je suis assez maladroit avec mes pieds mais avec mes mains, je suis très habile, conclut Adalbert en contemplant ses longs doigts avec une vive satisfaction.

— Et vous êtes sûr de réussir ?

Un silence, puis un soupir :

— Non. Tout dépendra des circonstances...

— Alors, fit Aldo en se levant, je vais suivre mon propre plan. Il aura au moins le mérite de faire bouger les choses.

— La politique du pavé dans la mare ? Oh, après tout, pourquoi pas ? Mais croyez-moi : il faut auparavant me confier votre copie.

— Vous l'aurez ce soir.

Dans l'antichambre, après avoir reçu du domestique son chapeau, sa canne et ses gants, Morosini ne put s'empêcher d'offrir à son hôte son sourire le plus impertinent :

— À présent que nous sommes d'accord, me permettez-vous une question... un peu indiscrète ?

— Pourquoi pas ? C'est très instructif l'indiscrétion.

— Vous êtes archéologue ?

Les yeux d'un bleu si candide plongèrent dans ceux d'Aldo avec détermination :

— Dans l'âme ! Si la mort d'Amschel ne me faisait un devoir d'aider Simon en priorité, je serais en Égypte, mon cher, en compagnie de ce bon M. Loret qui est en charge du musée du Caire et probablement en train de suivre avec envie les fouilles que lord Carnavon et Howard Carter mènent dans la vallée des Rois... avec des moyens que nous n'aurons jamais C'est mon allusion à mes mains et l'expédition d'hier soir qui vous inquiètent ?

— Je ne suis pas inquiet. Seulement curieux...

— C'est une qualité que je partage. Cela dit, je n'ai rien d'un cambrioleur... même si mes talents de serrurier dépassent ceux de notre bon roi Louis XVI. Il y a longtemps que j'ai compris à quel point cela pouvait se révéler utile...

— Il faudra que je m'en souvienne. À présent, souhaitez-moi bonne chance... et merci pour le déjeuner : c'était une parfaite réussite !

Dans le courant de l'après-midi, Cyprien, en chapeau melon et long manteau noir boutonné comme pour un duel, portait à l'hôtel Ferrals une carte d'Aldo demandant un entretien. La réponse arriva une demi-heure plus tard : sir Eric s'y déclarait très honoré de rencontrer le prince Morosini et proposait de le recevoir le lendemain à cinq heures.

— Tu vas y aller ? demanda Mme de Sommières que le rendez-vous n'enchantait pas. Il aurait mieux valu que tu le fasses venir.

— Pour qu'il s'imagine que vous êtes prête à signer votre reddition ? Je ne vais pas à Canossa, tante Amélie, mais causer affaires, et je ne tiens pas à ce que vous y soyez mêlée...

— Sois prudent ! Ce sacré saphir est un sujet brûlant et mon voisin ne m'inspire aucune confiance.

— C'est naturel étant donné l'état de vos relations mais, rassurez-vous, il ne me mangera pas.

Sa tranquillité d'esprit était totale. En se rendant chez Ferrals, il éprouvait beaucoup plus l'impression de partir en croisade que de donner tête baissée dans un piège et, bien qu'il eût, le matin même, rendu visite à un célèbre armurier pour ne pas dédaigner les conseils d'Adalbert, la forme cependant réduite du 6,35 Browning dont il s'était rendu acquéreur ne risquait pas de briser la ligne suprêmement élégante de son complet gris taillé à Londres : il l'avait laissé à la maison.

Ledit costume se retrouva d'ailleurs en pays de connaissance quand un valet de pied en tenue anglaise, puis un maître d'hôtel et enfin un secrétaire eurent pris livraison du visiteur : tous sentaient Londres à une lieue. Quant à la maison, elle était un mélange du British Museum et du palais de Buckingham. C'était sans doute la demeure d'un homme riche mais pas celle d'un homme de goût et Morosini contempla avec accablement cette accumulation de chefs-d'œuvre antiques parfois d'une incroyable beauté, comme ce *Dionysos* de Praxitèle voisinant avec un taureau crétois et deux vitrines pleines à ras bord d'admirables vases grecs. Il y avait, dans ces salons, de quoi remplir un ou deux musées et trois ou quatre magasins d'antiquités.

— Je commence à croire qu'il manque de place, pensa Morosini en suivant la silhouette compassée du secrétaire, mais ce n'est pas le modeste hôtel de tante Amélie qui peut lui suffire. Il devrait essayer d'acheter le Grand Palais ou une gare désaffectée...

On escalada un escalier peuplé de matrones et de patriciens romains pour déboucher dans un vaste cabinet de travail — celui-là même sans doute où s'était introduit Vidal-Pellicorne — et là, le délire cessa tandis que l'on remontait quelques siècles : des murs tapissés de livres et quatre meubles seulement sur un immense et somptueux tapis persan d'un rouge à la fois profond et lumineux. Une grande table de marbre noir à pieds de bronze et trois sièges espagnols du XVIᵉ siècle dignes de l'Escurial complétaient l'ameublement.

Le fauteuil du maître de céans étant adossé à la grande baie vitrée tournait le dos à la lumière, mais Aldo n'eut besoin que d'un regard pour reconnaître dans celui qui se levait courtoisement pour venir à sa rencontre le personnage qui suivait Anielka au parc Monceau, l'homme aux yeux noirs et aux cheveux blancs.

— Il me semble que nous nous sommes déjà rencontrés ? dit-il avec un sourire amusé,... et aussi que nous sommes admirateurs de jolies femmes ?

La voix de cet homme était superbe et rappelait celle de Simon Aronov. C'était la même chaleur veloutée, la même magie. Et sans doute le plus grand charme de ce curieux personnage. De même, la main qu'il tendait — et que Morosini prit sans hésiter — était ferme et le regard direct. À son tour, le visiteur sourit, bien qu'une vague jalousie lui pinçât le cœur : il était peut-être plus facile d'aimer Ferrals qu'il ne le supposait...

— Les circonstances de cette rencontre me font un devoir d'offrir des excuses au fiancé de Mlle Solmanska, dit-il. Encore que je n'aie pas conscience d'avoir été en faute. Il se trouve que nous avons voyagé ensemble dans le Nord-Express et même partagé un repas. Je souhaitais seulement la saluer, bavarder un instant, mais il semble que ma vue l'ait effrayée dans le parc : elle n'a pas voulu me reconnaître. Au point que je me suis demandé si je n'étais pas victime d'une incroyable ressemblance.

— Une impossible ressemblance! Ma fiancée est unique, je crois, et aucune femme ne saurait lui être comparée, fit sir Eric avec orgueil. Mais je vous en prie, prenez un siège et dites-moi ce qui me vaut le plaisir de vous recevoir.

Aldo s'installa sur l'une des deux chaises anciennes en accordant un soin particulier au pli de son pantalon. Ce qui lui donnait encore quelques secondes de réflexion.

— Vous voudrez bien m'excuser de m'attarder sur la jeune comtesse, dit-il avec une lenteur calculée. Lorsque nous sommes arrivés à Paris l'autre soir, j'ai été ébloui par sa splendeur... mais surtout par celle du pendentif qu'elle portait au cou, un joyau précieux que je cherche depuis bientôt cinq ans.

Un éclair s'alluma sous les sourcils touffus de Ferrals, mais il continua de sourire :

— Avouez qu'elle le porte à merveille! dit-il d'un ton suave qui irrita Morosini, saisi soudain par l'impression que l'autre était en train de se moquer de lui.

— Ma mère aussi le portait à merveille... avant, bien sûr, qu'on ne l'assassine pour le lui voler! dit-il avec une rudesse qui effaça le sourire du négociant.

— Assassinée? Êtes-vous bien certain de ne pas vous tromper?

— À moins qu'une forte dose de d'hyoscine administrée dans une confiserie ne vous paraisse un traitement médical salutaire ? On a tué la princesse Isabelle, sir Eric, pour lui voler le saphir ancestral qu'un dispositif connu d'elle et de moi seuls cachait dans l'une des colonnes de son lit.

— Et vous n'avez pas porté plainte ?

— Pour quoi faire ? Pour que les gens de la police mélangent tout, profanent le corps de ma mère et créent un affreux gâchis ? Depuis des siècles, nous autres Morosini sommes assez enclins à rendre nous-mêmes notre justice...

— C'est une réaction que je peux comprendre mais... me ferez-vous l'honneur de me croire si je vous affirme que j'ignorais tout... je dis bien tout de ce drame ?

— Sauriez-vous au moins comment le comte Solmanski est entré en sa possession ? Votre fiancée semble croire que le saphir lui vient de sa mère et je n'ai aucune raison de mettre sa parole en doute...

— Elle vous en a parlé ? Où ? Quand ?

— Dans le train... après que je l'ai empêchée de se jeter par la portière !

Une subite pâleur s'étendit sur le visage mat de Ferrals, lui conférant une curieuse teinte grisâtre.

— Elle voulait se suicider ?

— Quand on veut descendre d'un train lancé à grande vitesse, les intentions me semblent claires.

— Mais pourquoi ?

— Peut-être parce qu'elle n'est pas en plein accord avec son père au sujet de ce mariage ? Vous êtes un parti... exceptionnel, sir Eric, capable d'éblouir un homme dont la fortune n'est sans doute plus ce qu'elle était... mais une jeune fille voit les choses autrement.

— Vous m'étonnez ! Elle m'est apparue jusqu'ici plutôt satisfaite.

— Au point de ne pas oser reconnaître un compagnon de voyage parce que vous étiez derrière elle ? Peut-être a-t-elle peur ?

— Pas de moi, j'espère ? Je suis prêt à lui offrir une vie de reine et à me montrer avec elle aussi doux, aussi patient qu'il le faudra.

— Je n'en doute pas. J'irais même jusqu'à dire qu'en vous rencontrant, elle a dû éprouver une agréable surprise. Son père, en revanche, me paraît d'un caractère plutôt abrupt... et il tient à ce mariage. Au moins autant que vous tenez à mon saphir. À ce propos, j'aimerais que vous m'éclairiez. Vous n'êtes pas collectionneur de pierres historiques. Alors pourquoi vouloir à tout prix ce bijou ?

Sir Eric se leva de son fauteuil, vint s'adosser au marbre de son bureau, joignit ses mains par le bout des doigts et en caressa l'arête de son nez.

— C'est une vieille histoire, soupira-t-il. Vous me dites que vous cherchez l'Étoile bleue – c'est ainsi qu'on l'a toujours appelée dans ma famille ! – depuis cinq ans ? Moi, je la cherche depuis trois siècles.

Morosini s'attendait à tout sauf à cela et se demanda un instant si cet homme n'était pas en train de devenir fou. Mais non, il semblait sérieux.

— Trois siècles ? fit-il. J'avoue ne pas comprendre : il doit y avoir quelque part une méprise. D'abord je n'ai jamais entendu dire que le saphir wisigoth ou saphir Montlaure fût appelé autrement ?

— Parce que les Montlaure lorsqu'ils s'en sont emparés se sont hâtés de le débaptiser. Ou encore parce qu'ils l'ignoraient.

— Voulez-vous considérer que vous êtes en train de traiter mes ancêtres maternels de voleurs ?

— Vous traitez bien mon futur beau-père d'assassin ou peu s'en faut ? Nous sommes à égalité.

Le ton changeait de part et d'autre. Aldo sentait qu'à présent il s'agissait d'un duel : les fers étaient engagés. Ce n'était pas le moment de commettre une faute et il obligea sa voix à retrouver un registre plus calme :

— C'est une façon de voir les choses ! soupira-t-il. Racontez-moi votre histoire d'Étoile bleue et nous verrons ce qu'il convient d'en penser. Qu'est-ce que votre famille peut avoir de commun avec les Montlaure ?

— Vous auriez dû spécifier : les « ducs » de Montlaure, ricana Ferrals en insistant sur le titre. Toute la morgue de vos ancêtres s'est réfugiée un instant dans votre voix... Alors, sachez ceci : les miens sont originaires du Haut-Languedoc tout comme les vôtres, mais les uns étaient protestants, les autres catholiques. Lorsque, le 18 octobre 1685, votre glorieux Louis XIV révoqua l'édit de Nantes, mettant hors la loi tous ceux qui se refuseraient à prier comme lui, mon ancêtre Guilhem Ferrals était à la fois médecin et viguier d'une petite cité du Carcassés proche de certain puissant château ducal. L'Étoile bleue lui appartenait par droit d'héritage depuis la fin des rois wisigoths. Elle avait son histoire, sa légende aussi, passant pour une pierre sacrée porteuse de bonheur et, jusqu'à ces temps terribles, rien n'était venu s'inscrire en faux sur sa réputation...

— Si ce n'est tout le sang versé pour elle depuis qu'elle avait été arrachée du temple de Jérusalem. Mais, je vous en prie, continuez!

— Par dizaines de milliers — il en partit, je crois, deux cent mille — les huguenots émigraient pour avoir le droit de vivre et de prier en paix. La famille de Guilhem le suppliait de faire de même : l'avenir pouvait encore leur sourire puisqu'ils emporteraient l'Étoile. Elle les guiderait comme cette autre lumière céleste avait mené les Rois Mages dans la nuit de Bethléem... Mais Guilhem était entêté comme un âne rouge : il ne voulait pas abandonner la terre qu'il aimait, comptant pour sa sauvegarde et celle des siens sur l'héritier des Montlaure auquel le liait ce qu'il croyait être une ancienne amitié. Comme si l'amitié était possible entre un si grand seigneur et un simple bourgeois! ricana Ferrals en haussant les épaules. En fait, le futur duc, fort désireux de briller à la cour de Versailles – chose que l'avarice de son père rendait impossible – réussit à convaincre Guilhem de lui confier la pierre en lui jurant que, remise à certain ministre royal, elle assurerait une parfaite tranquillité à tous les Ferrals présents et à venir. Et Guilhem, trop naïf sans doute, crut ce misérable. Le lendemain, il était arrêté, sommairement jugé pour opiniâtreté dans ses convictions et traîné jusqu'à Marseille pour y être enchaîné aux rames de la galère réale. Il y mourut sous le fouet des comites. Sa femme et ses enfants réussirent à fuir et à gagner la Hollande où ils reçurent l'accueil que leur malheur méritait. Quant à l'Étoile bleue, confiée à un usurier, elle fut dégagée à la mort du vieux duc et prit place dès lors dans le trésor de vos ancêtres, prince Morosini !... Que pensez-vous de mon histoire ?

Relevant les paupières qu'il avait tenues baissées, Aldo planta son regard grave dans celui de son adversaire :

– Qu'elle est terrible... mais que, depuis la nuit des temps, les hommes n'ont cessé d'en accumuler de semblables. En ce qui me concerne, je ne sais qu'une chose : ma mère est morte pour qu'on puisse la dépouiller plus commodément. Le reste ne m'intéresse pas !

– Vous avez tort : je pense qu'il y a là un juste retour des choses d'ici-bas. Il fallait que le sang d'une innocente paie pour celui d'un homme de bien et même si c'est dur à entendre pour vous, je pense que les mânes de Guilhem doivent être apaisés maintenant.

Aldo se leva si brusquement que la lourde chaise espagnole vacilla avant de reprendre son aplomb.

— Pas ceux de ma mère! Apprenez ceci, sir Eric : je veux son assassin quel qu'il soit. Priez Dieu qu'il ne vous touche pas de trop près!

À nouveau, l'Anglais haussa les épaules :

— Celle que je vais épouser est le seul être qui m'importe, car je l'aime d'un amour... ardent, passionné! Les autres me sont indifférents et, dussiez-vous trucider sa parenté tout entière que je ne m'en soucierais pas. C'est elle mon bien le plus précieux désormais.

— Alors rendez-moi le saphir! Je suis prêt à vous l'acheter.

Le marchand de canons eut un lent sourire où malice et dédain se mêlaient :

— Vous n'êtes pas assez riche.

— Je le suis moins que vous, c'est certain, mais plus que vous ne l'imaginez. Les pierres, historiques ou non, c'est mon métier et j'en connais la valeur au taux actuel, fût-ce celle du Régent ou du Koh-i-Noor. Dites un prix et je l'accepte!... Allons, sir Eric, soyez généreux : vous avez le bonheur, rendez-moi le joyau!

— L'un ne va pas sans l'autre. Mais je vais, en effet, me montrer généreux : c'est moi qui vais vous verser la somme d'argent que représente l'Étoile bleue. À titre de dédommagement...

Morosini faillit se fâcher. Ce parvenu pensait sans doute que sa fortune lui permettait tout. Pour se calmer, il se donna le temps de tirer de sa poche son étui à cigarettes en or gravé à ses armes, en prit une, la tapota sur la brillante surface avant de la mettre entre ses lèvres, de l'allumer et d'en tirer une lente bouffée. Le tout sans que son regard glacé eût quitté son adversaire qu'il considérait avec un demi-sourire insolent comme s'il examinait une bête curieuse.

— Vos prétendues traditions familiales n'empêchent pas que vous ne soyez qu'un commerçant ! Tout ce que vous savez faire, c'est payer : pour une femme... pour un objet. Même pour conjurer la mort ! Croyez-vous que l'on puisse chiffrer la vie d'une mère ?... On dirait que la chance est avec vous en ce moment, mais il se pourrait qu'elle tourne !

— Si vous espérez me mettre en colère, vous perdez votre temps. Quant à ma chance, ne vous tourmentez pas pour elle : j'ai les moyens de la faire tenir bon !

— Encore l'argent ? Vous êtes incorrigible mais retenez ceci : la pierre que vous venez d'acquérir par des moyens si discutables et en laquelle vous voyez un talisman a été la cause de trop de drames pour qu'elle puisse porter bonheur. Souvenez-vous de mes paroles quand le vôtre s'écroulera ! Serviteur, sir Eric !

Et, sans vouloir en entendre davantage, Morosini

se dirigea vers la porte du cabinet de travail, en sortit et redescendit dans le vestibule où il reprit des mains de deux valets son chapeau, sa canne et ses gants. Mais, quand il voulut enfiler ceux-ci, il sentit qu'il y avait quelque chose dans le gant de la main gauche et, sans sourciller, renonça à le mettre et le fourra dans sa poche. Ce fut une fois rentré chez Mme de Sommières qu'il en entreprit l'exploration et ramena au jour un petit rouleau de papier où quelques mots étaient écrits d'une main un peu tremblante :

« Je compte aller prendre le thé demain, vers cinq heures, au Jardin d'Acclimation. Nous pourrions nous y retrouver mais ne m'abordez que lorsque je serai seule. Il faut que je vous parle. »

Aucune signature mais ce n'était pas nécessaire.

Une soudaine bouffée d'allégresse envahit Aldo et lui restitua sa bonne humeur. Décidément, Anielka affectionnait les jardins ! Après Wilanow, ceux du bois de Boulogne, mais lui eût-elle donné rendez-vous dans les égouts ou les catacombes que l'heureux destinataire du billet les eût parés de toutes les grâces du Paradis. Il allait la voir, il allait lui parler et, du coup, se sentait l'âme de Fortunio !

Pour meubler le temps qui menaçait d'être long, il alla chez le concierge passer un coup de téléphone à son ami Gilles Vauxbrun. Rentré de son expédition tourangelle, celui-ci riposta en l'invitant à dîner le soir même : on irait chez Cubat, un ancien chef de cuisine du tsar nouvellement installé aux Champs-Élysées dans ce qui avait été l'hôtel de la Païva[1].

— On y mange bien, précisa Vauxbrun, et surtout on y mange tranquille, ce qui n'est pas le cas partout. On se retrouve là-bas à huit heures.

Les deux amis cultivant le même respect de l'exactitude, ils s'apprêtaient à franchir ensemble les portes du restaurant quand la pétarade d'une voiture coupa court à leurs retrouvailles : le long du trottoir venait de s'arrêter un petit roadster Amilcar rouge vif dont Morosini reconnut les occupants avec une certaine surprise : la tignasse blonde de Vidal-Pellicorne qui conduisait y voisinait avec celle, beaucoup plus ordonnée, du jeune Sigismond Solmanski.

— Tu connais cet archéologue cinglé ? fit l'antiquaire à qui l'étonnement de son ami n'avait pas échappé.

— Je l'ai rencontré une fois ou deux. Tu dis qu'il est fou ?

— Dès qu'il s'agit d'égyptologie, il délire. La seule fois où je me suis laissé aller à exposer une paire de vases canopes, il a envahi mon magasin pour me régaler d'une conférence magistrale sur la XVIIIe dynastie. Jamais plus je ne toucherai au mobilier funéraire égyptien par peur de le voir revenir ! Allons dîner, avec un peu de chance, il ne vous verra pas !...

1. Célèbre courtisane du Second Empire.

Les habitants du parc Monceau

S'il espérait échapper à l'œil investigateur d'Adalbert, Gilles Vauxbrun se trompait : le cheveu rare, le nez important, l'œil impérieux et la paupière lourde, il ressemblait à Jules César ou à Louis XI selon l'éclairage. Cette tête caractéristique portée sur un grand corps douillettement capitonné mais toujours vêtu avec une parfaite élégance et la boutonnière fleurie faisait qu'il ne passait pas inaperçu. Son compagnon étant tout aussi remarquable dans un autre genre, les têtes se tournèrent vers eux quand ils pénétrèrent dans le restaurant dont le maître d'hôtel s'empressait, et plusieurs mains se levèrent pour saluer Vauxbrun. On dut même s'arrêter à une table où une très jolie femme tendait une petite main chargée de perles en exigeant de l'antiquaire la présentation de Morosini. Le résultat fut qu'en prenant enfin place à leur table, les deux hommes s'aperçurent qu'Adalbert et Sigimond étaient leurs voisins immédiats : il fallut bien se saluer mais, grâce à Dieu, on s'en tint là et le dîner se déroula agréablement pour les deux amis, jusqu'au dessert.

Pourtant, Aldo ne put s'empêcher de remarquer l'intérêt que le jeune Solmanski lui portait. Il ne cessait de regarder vers lui, souriait aussi de temps en temps d'un air entendu qui avait le don de l'agacer et même de l'inquiéter un peu, car il était évident que le garçon buvait trop. Tout aussi évident d'ailleurs qu'Adalbert ne se sentait pas au mieux. Il pressa le repas dans l'intention d'en avoir fini avant les autres et parvint sans trop de peine au résultat cherché. Aldo le vit se lever, prendre son compagnon par le bras pour l'entraîner vers la sortie mais, d'un geste brusque, Sigismond se dégagea, effectua une légère embardée et vint se planter devant l'objectif qu'il semblait s'être fixé malgré les efforts de son compagnon pour l'entraîner. En dépit du côté idiot propre aux pochards, le sourire qu'il arborait n'en était pas moins menaçant :

— Décidément... hic !... on ne peut pas faire... un pas sans tomber sur vous, prince... machin ? On vous trouve... dans le train... près d' la portière quand ma... sœur décide d'en finir. On vous r'trouve à la gare et maintenant ici... J' commence à trouver qu' vous... t'nez un peu trop d' place !

— C'est vous qui semblez avoir le plus grand mal à tenir la vôtre, fit Morosini avec dédain. Quand on ne veut pas rencontrer les gens, on reste chez soi.

— J' vais où j' veux... et...

— Moi aussi.

— Et j' fais c' que j' veux... et c' que j' veux... c'est vous tuer parce que j' trouve qu' vous vous occupez un peu trop... hic... d' ma sœur !

— Monsieur Vidal-Pellicorne, intervint Vauxbrun, voulez-vous que je vous aide à sortir cet olibrius... au cas où vous n'y arriveriez pas ?

— Je devrais pouvoir m'en tirer ! Allons, Solmanski, venez ! Vous êtes en train de vous donner en spectacle et vous avez trop bu. Je vous ramène chez vous...

— Pas... pas question! Nous d'vons... aller jouer... au Cercle.

— Ça m'étonnerait qu'on vous accepte dans cet état-là, fit Aldo en riant.

— Je le pense aussi. Venez, Sigismond, nous rentrons! Bonsoir, messieurs!

— J'ai dit que j' voulais... tuer cet homme! En duel! s'entêta le Polonais...

— Plus tard! D'abord il faut vous remettre d'aplomb et ensuite nous ressortirons...

Avec l'assistance du maître d'hôtel accouru à la rescousse, Adalbert réussit à faire sortir Solmanski de chez Cubat, suivi par le regard songeur de Morosini qui cherchait à comprendre pour quelle raison Vidal-Pellicorne s'était mis à entretenir de si étroites relations avec le frère d'Anielka. Quant à son attitude envers lui-même, elle avait été parfaite : celle d'un homme qui rencontre une vague relation. Il valait beaucoup mieux que leur amitié naissante demeurât ignorée le plus longtemps possible.

Un instant plus tard, la pétarade de l'Amilcar se faisait entendre à nouveau et Gilles Vauxbrun haussait les épaules :

— Je n'aimerais pas avoir ce genre de passager. Mais, dis-moi un peu, pourquoi ce Polonais... Je ne me trompe pas? C'en est bien un?

— Tu ne te trompes pas.

— Pourquoi ce Polonais tient-il à te trucider? Qu'est-ce que tu as fait à sa sœur?

— Rien! Nous nous sommes rencontrés à une ou deux reprises et... elle a été aimable avec moi. Sans plus, mais il est possible qu'aux yeux d'un ivrogne...

— Sans doute, fit l'antiquaire d'un air méditatif, mais le fameux *In vino veritas* s'est souvent vérifié. Ce jeune homme te hait, mon vieux, et tu ferais bien de prendre garde.

— Que veux-tu qu'il fasse? On ne se bat plus en duel...

— Il y a d'autres moyens, mais au moins te voilà prévenu...

En termes à peine différents, ce fut à peu près ce qu'Adalbert répéta quand il appela Aldo au téléphone le lendemain matin.

— Je ne pensais pas que le jeune Sigismond soit à ce point monté contre vous! Dès qu'il vous a reconnu, votre personne et vos agissements ont été son unique sujet de conversation et il s'est mis à boire comme une éponge.

— J'avais remarqué, mais comment se fait-il que vous soyez en si bons termes avec lui?

— Pure stratégie, mon cher. Il est bon, pour la suite de nos projets, d'être implanté dans la place. Cela a été facile, il m'a suffi de l'emmener au cercle de la rue Royale. Comme il y a eu un peu de chance, il m'adore. Et vous? Où en êtes-vous?

— J'ai vu Ferrals hier, mais comme j'ai un autre rendez-vous important cet après-midi, je vous raconterai ça plus tard. Où pourrions-nous nous rencontrer puisque, si j'ai bien compris votre attitude d'hier soir, nous ne sommes pas censés nous connaître ?

– C'est préférable pour le moment. Le mieux est que vous veniez chez moi assez tard dans la soirée quand la nuit est bien installée...

– Dois-je me munir d'un sombrero et d'un manteau couleur de muraille ? dit Morosini amusé. Ou alors d'un masque à la mode de chez nous ?

– Vous autres Vénitiens êtes les derniers romantiques. Venez vers neuf heures ! On grignotera quelque chose et on fera le point.

Situé dans l'enceinte du bois de Boulogne entre la porte des Sablons et celle de Madrid, le Jardin d'Acclimation avait été créé en 1860 pour « réunir les espèces animales qui peuvent donner avec avantage leur force, leur chair, leur laine, leurs produits de tous genres à l'industrie et au commerce ou servir à nos délassements ». On y trouvait divers départements séduisants : une magnanerie, une grande volière, une poulerie, une singerie, un aquarium, un bassin pour les phoques, une immense serre et cent autres « merveilles » qui attiraient journellement le peuple enfantin des alentours et même de beaucoup plus loin. Pour petits et grands, un charmant salon de thé-restaurant de plein air offrait à la gourmandise de tous des éclairs, des babas, des glaces et aussi des « sultanes », délicieuses pâtisseries fourrées à la crème de vanille. On s'y régalait en écoutant la musique du kiosque voisin où, durant la belle saison, un orchestre de soixante musiciens donnait des concerts très suivis entre trois et cinq heures. Enfin – divine distraction pour les enfants! – il était possible de faire le tour de la grande pelouse monté sur un âne, un poney, un zèbre, un chameau, un éléphant ou même une autruche... Cet éden était desservi par un petit train qui faisait la navette avec la porte Maillot, mais ce fut en taxi que Morosini s'y fit conduire.

Tout de suite, en arrivant devant la terrasse du salon de thé, il vit Anielka assise à une table en compagnie de sa femme de chambre. Un rayon de soleil passant à travers les feuilles de marronnier jouait sur sa tête coiffée d'une petite toque en plumes de martin-pêcheur. D'une cuillère distraite, elle égratignait une glace à la fraise...

N'ayant rien d'autre à faire pour le moment, Aldo s'installa de façon à être vu, commanda du thé et un baba au rhum, mais savoura bien davantage le plaisir de contempler le teint de fleur et le délicat profil. Dans cet environnement de verdure et de gaieté, plein de cris et de rires d'enfants sur lesquels voltigeait la valse de *La Veuve joyeuse* jouée par l'orchestre, elle formait un tableau adorable. Elle était trop jolie pour ne pas susciter la passion, même chez un quasi-mysogyne comme Ferrals, et lui-même sentait une profonde amertume l'envahir à l'idée de l'incroyable bonheur qui attendait le marchand de canons au soir de son mariage.

Soudain, après avoir consulté la petite montre enrichie de diamants qu'elle portait au poignet, il la vit s'adosser à son siège et laisser son regard se poser sur ce qui l'entourait. Elle aperçut très vite Morosini, battit des paupières et esquissa un sourire puis se mit à contempler l'orchestre. Morosini comprit qu'il devait attendre. Au bout d'un moment, quand la musique se tut, la camériste appela le garçon, régla la dépense, après quoi les deux femmes se levèrent au milieu du léger brouhaha qui se produisait toujours à la fin du concert. Aldo jeta un billet sur la table et se prépara à les suivre.

Anielka se dirigea au pas de promenade vers le village des lamas puis franchit une petite oasis de verdure formée par une pépinière d'arbres nains et arriva près du bassin aux phoques surmonté d'un rocher artificiel. On s'y attardait volontiers pour regarder les tritons à moustaches plonger de ce perchoir pour reparaître, brillants comme du satin et crachant l'eau joyeusement ou encore happant un poisson. Comme il y avait du monde, Aldo put s'approcher d'Anielka, momentanément séparée de Wanda par une nurse anglaise nantie d'un encombrant landau où gazouillaient des jumeaux.

— Où pouvons-nous parler ? murmura-t-il contre son dos.

— Allez à la grande serre ! Je vous y rejoins.

Il se détourna et prit le chemin de la vaste verrière qui était l'endroit le plus paisible du jardin. Il y régnait une atmosphère de chaleur humide tombant des fougères et des lianes qui semblaient s'étendre à perte de vue. Dans le haut de la serre, des oiseaux voletaient au-dessus des grands bananiers ou se posaient sur les grottes moussues toutes frissonnantes de capillaires. Le plus joli était la pièce d'eau couverte de lotus et de nymphéas étendue entre des gazons d'un vert éclatant. Aldo choisit de s'y arrêter et d'attendre.

Quand un pas léger fit crisser le gravier, il se retourna et la vit devant lui. Seule.

– Où est passée votre cerbère ? sourit-il.

– Ce n'est pas un cerbère. Elle m'est dévouée et se jetterait dans ce bassin sans hésiter si je le lui demandais.

– Elle risquerait tout juste de prendre un bain de pieds mais vous avez raison : c'est un signe. Vous l'avez laissée dehors ?

– Oui. Je lui ai dit que je voulais me promener seule dans cet endroit. Elle attend en face de l'entrée près du chariot du marchand de gaufres. Elle adore les gaufres...

– Bénissons la gourmandise de Wanda ! Voulez-vous que nous nous promenions un peu ?

– Non. Il y a un banc là-bas près des rochers. Nous y serons bien pour parler...

Par respect pour le costume blanc que portait Anielka, Morosini tira un mouchoir et l'étendit sur la pierre avant de permettre à sa compagne de s'installer. Elle le remercia d'un sourire, croisant sagement sur son sac assorti au bleu-vert de sa toque ses mains gantées du même cuir. Elle semblait hésiter à présent comme si elle ne savait par où commencer. Aldo vint à son secours :

— Eh bien, fit-il avec beaucoup de douceur, qu'aviez-vous donc à me dire de si important pour m'avoir demandé de vous rejoindre... en cachette ?

— Mon père et mon frère me tueraient s'ils me savaient avec vous. Ils vous détestent...

— Je n'en vois pas la raison.

— Cela tient à la conversation que vous avez eue hier avec sir Eric. Après votre départ, père et Sigismond ont eu, je crois, une scène assez désagréable avec mon... fiancé à propos de notre saphir familial. Vous auriez osé dire...

— Un moment ! Je n'ai pas la moindre intention de discuter ce sujet avec vous. En revanche, je m'étonne que sir Eric ait suscité cette explication devant vous.

— Ce n'était pas devant moi... mais j'ai appris à écouter aux portes quand il me faut savoir quelque chose.

Morosini se mit à rire :

— Est-ce ainsi que l'on élève les jeunes filles dans l'aristocratie polonaise ?

— Bien sûr que non, mais j'ai découvert depuis longtemps qu'il faut, parfois, prendre ses distances avec les grands principes et les bonnes manières.

— Je ne peux pas vous donner tout à fait tort. À présent, apprenez-moi vite la raison d'un rendez-vous qui m'enchante.

— Je suis venue vous dire que je vous aime.

Ce fut déclaré simplement, presque timidement, d'une voix douce mais ferme, sans pourtant qu'Anielka ose regarder Aldo. Celui-ci n'en fut pas moins stupéfait :

— Vous rendez-vous compte de ce que vous venez de dire ? demanda-t-il en essayant d'éliminer le chat qui était en train de s'installer dans sa gorge.

Le beau regard doré qui s'était posé un instant sur le visage de Morosini se détourna.

— Il se peut, murmura Anielka, devenue toute rose, que je sois en train de commettre une nouvelle atteinte aux convenances, pourtant il y a des moments où il faut exprimer ce que l'on a sur le cœur. Moi je viens de le faire. Et c'est vrai que je vous aime...

— Anielka ! souffla-t-il, remué jusqu'au fond de l'être. Je voudrais tellement vous croire !

— Et pourquoi ne me croiriez-vous pas ?

— Mais... à cause du début de nos relations. À cause de ce que j'ai vu à Wilanow. À cause de Ladislas.

Elle eut un joli geste de la main qui balayait ce souvenir comme une mouche importune.

— Oh ! lui ?... Je crois que je l'ai oublié dès l'instant où je vous ai rencontré. Vous savez, quand on est très jeune, continua cette vieille personne de dix-neuf ans, on cherche l'évasion à tout prix et il arrive le plus souvent que l'on se trompe. C'est ce que j'ai fait et voilà où j'en suis : je vous aime, vous, et je voudrais que vous m'aimiez.

Refrénant encore l'envie de la prendre dans ses bras, Aldo se rapprocha d'elle et prit l'une de ses mains dans les siennes :

— Souvenez-vous de ce que je vous ai dit dans le Nord-Express ! C'est la chose la plus facile, la plus naturelle de vous aimer. Quel homme digne de ce nom pourrait vous résister ?

— C'est pourtant ce que vous avez fait quand vous avez refusé de descendre avec moi à Berlin ?

— Peut-être que je n'étais pas encore assez fou ? dit-il avec un sourire moqueur en rabattant le gant pour poser ses lèvres sur la peau soyeuse du poignet.

— Et vous l'êtes maintenant ?

— En tout cas, j'ai bien peur d'être en train de le devenir, mais ne me faites pas trop rêver, Anielka ! Vous êtes désormais fiancée, et ces fiançailles vous les avez acceptées.

D'un geste brusque, elle lui arracha sa main, ôta son gant pour faire étinceler dans une flaque de soleil le superbe saphir d'un bleu de bleuet satiné et entouré de diamants qui ornait son annulaire.

— Regardez comme il est beau, le lien qui m'enchaîne à cet homme ! Il me fait horreur... On dit que cette pierre assure la paix de l'âme, chasse la haine du cœur de celui qui la porte...

— ... et invite à la fidélité, acheva Morosini. Je sais ce que prétend la tradition...

— Mais moi je refuse les traditions, moi je veux être heureuse avec celui que j'ai choisi, je veux me donner à lui, avoir des enfants de lui... Pourquoi ne voulez-vous pas de moi, Aldo ?

Il y avait des larmes dans les beaux yeux, et les lèvres fraîches comme un corail tout juste sorti de l'eau tremblaient en se levant vers lui.

— Ai-je jamais proféré pareille sottise ? fit-il en l'attirant contre lui. Bien sûr que je vous aime, bien sûr que je vous veux... je vous...

Le baiser étouffa le dernier mot et Morosini oublia tout, conscient de se noyer dans un bouquet de fleurs, de sentir contre lui un jeune corps frissonnant qui semblait l'appeler. C'était à la fois délicieux et angoissant comme un rêve dont on sait qu'il n'est qu'un rêve et que le réveil va l'interrompre... L'enchantement continua encore un instant puis Anielka soupira :

— Alors prenez-moi ! Faites-moi vôtre à tout jamais.

La proposition était tellement inattendue que le sens de la réalité reprit le dessus.

— Quoi ? Ici et tout de suite ?..., dit-il avec un petit rire auquel la jeune fille fit écho en laissant sa bouche effleurer celle de son compagnon.

— Bien sûr que non, dit-elle gaiement, mais... un peu plus tard.

— Vous voulez encore que je vous enlève ? Je crois qu'il y a ce soir un train pour Venise...

— Non. Pas ce soir. Ce serait trop tôt !!

— Pourquoi ? Il me semble que vous n'êtes pas logique, mon amour. Entre Varsovie et Berlin, vous vouliez que je vous emmène sur-le-champ, fût-ce en robe de chambre, et quand je vous propose de partir vous me dites que c'est trop tôt ? Songez à ce que vous refusez ! L'Orient-Express est un train divin, fait pour l'amour... comme vous-même. Nous aurons une cabine de velours et d'acajou... deux plutôt afin de respecter les convenances, mais communicantes, et cette nuit même vous deviendrez ma femme en attendant qu'à Venise un prêtre nous marie. Anielka, Anielka, si vous avez décidé de me rendre fou, il faut le devenir vous aussi et tant pis pour les conséquences !

— Si nous voulons être heureux, il faut tenir compte de ce que vous appelez les conséquences. Autrement dit, mon père et mon frère...

— Vous ne souhaitez tout de même pas que nous les emmenions ?

— Sûrement pas, mais que nous repoussions le merveilleux Orient-Express de quelques jours. Au soir de mon mariage, par exemple ?

— Qu'est-ce que vous dites ?

Aldo s'écarta de toute la longueur du banc pour mieux la considérer tandis qu'il se demandait s'il n'y avait pas, dans cette adorable fille, plus de folie qu'il n'en souhaitait. Mais elle le regardait avec un sourire amusé qui plissait son petit nez.

— Vous voilà tout effarouché, fit-elle avec l'indulgence d'une grande personne sage pour un gamin borné. C'est pourtant la seule chose intelligente à faire...

— Vraiment ? Expliquez-moi un peu ça !

— Je dirais même plus ! C'est non seulement intelligent, mais en cela votre intérêt rejoint celui de ma famille. Que veut mon père ? Que j'épouse sir Eric Ferrals qui, à la veille de nos noces, signera un contrat m'assurant une belle fortune, et je n'ai aucune raison de lui refuser cette joie. Le pauvre a besoin d'argent !... D'autre part, moi, je ne veux à aucun prix appartenir à ce vieil homme. Je ne veux pas qu'il me déshabille, qu'il mette sa peau contre la mienne... Quelle horreur !

Réduit au silence par les plans d'avenir de la jeune Polonaise et le réalisme décrivant sa nuit de noces, Aldo réussit tout juste à émettre un « Et alors ? » un peu enroué.

— Alors ? Le mariage doit avoir lieu dans un château à la campagne mais en grande pompe. Il y aura beaucoup d'invités au dîner qui suivra la cérémonie et au feu d'artifice. Vous, vous n'aurez qu'à m'attendre au fond du parc avec une voiture rapide. Je viendrai vous rejoindre et nous partirons tous les trois.

— Tous les trois ?

— Bien sûr ! Vous, moi... et le saphir. Votre saphir, notre saphir ! Enfin celui que vous réclamez. Comme je ne saurai jamais à qui il appartient au juste, c'est, je crois, la meilleure manière de tout régler : il sera à nous, un point c'est tout.

— Parce que vous supposez que Ferrals va l'emporter à la campagne

— Je ne suppose pas : je sais. Il ne veut plus s'en séparer et comme il y aura réception après le mariage civil, la veille, j'y porterai une robe couleur de lune comme dans *Peau d'Âne* avec l'Étoile bleue comme seul ornement. On prépare la robe et rien ne sera plus facile!

— Ah! vous croyez? Mais, pauvre innocente, à peine aurez-vous disparu que votre Ferrals n'aura qu'une hâte – surtout si le saphir est parti avec vous! – demander l'annulation, et votre cher papa n'aura même pas un centime.

— Oh! mais si! Et plus que vous ne croyez! Nous nous arrangerons pour que j'aie l'air d'avoir été enlevée par des bandits qui réclameront une rançon. Nous laisserons un billet dans ce sens derrière nous. On me cherchera partout et, comme on ne me retrouvera pas, on croira que mes ravisseurs m'ont tuée. Tout le monde sera très triste et sir Eric ne pourra pas faire autrement que pleurer et essayer de consoler les miens... Pendant ce temps-là, nous serons heureux tous les deux, conclut Anielka avec simplicité. Que pensez-vous de mes idées?

Revenu de sa stupeur mais incapable de se contenir plus longtemps, Morosini éclata de rire :

— Je pense que vous lisez trop de romans ou que vous avez une imagination débordante... ou les deux. Mais surtout que vous faites trop bon marché de l'intelligence des autres. Ferrals est un homme puissant : à peine vous aurai-je emportée sur mon fougeux destrier que nous aurons à nos trousses la maréchaussée du royaume. Les frontières et les ports seront gardés...

— Sûrement pas! Dans la lettre que nous laisserons, nous expliquerons que l'on pourrait me tuer si la police était prévenue.

— Vous avez réponse à tout... ou presque tout! Vous n'oubliez qu'une chose : vous-même!

Anielka ouvrit de grands yeux incompréhensifs :

— Que voulez-vous dire?

— Que vous êtes sans doute l'une des femmes les plus ravissantes d'Europe et que, devenue princesse Morosini, vous serez sur un piédestal autour duquel Venise s'agenouillera. Votre renommée dépassera les frontières et pourrait bien atteindre les oreilles de vos prétendus désespérés. Ils auront tôt fait de nous retrouver et alors adieu le bonheur!

— Serait-ce moins grave si je partais ce soir avec vous comme vous le demandiez? Croyez-moi, vous n'avez rien à craindre! Et même, si vous voulez une preuve, faites de moi votre maîtresse avant le mariage. Demain... le jour que vous voudrez je vous appartiendrai.

Il eut un éblouissement, follement tenté soudain de lui obéir, de la prendre dans un coin de grotte ou dans la forêt vierge miniature. Heureusement, la raison lui revint. C'était déjà enivrant de savoir qu'un jour prochain elle serait sienne...

— Non, Anielka. Pas tant que Ferrals sera entre nous. Quand nous serons l'un à l'autre, ce sera en toute liberté et pas en cachette. Et, à propos de votre départ, j'aimerais mieux que vous renonciez à cette histoire de rançon malhonnête. Je ne peux l'accepter.

— N'est-ce pas cependant la seule façon de détourner de vous les soupçons ?

— Il doit y en avoir une autre. Laissez-moi y penser et revoyons-nous bientôt ! Maintenant, il est temps de nous séparer. Votre Wanda doit avoir englouti le fonds de commerce du marchand de gaufres...

— Comment faire pour vous donner un autre rendez-vous ?

— J'habite chez votre voisine, la marquise de Sommières, qui est ma grand-tante. Faites glisser un mot dans sa boîte aux lettres. J'irai où vous voudrez...

Il ponctua cette affirmation d'un baiser léger sur le bout du nez de la jeune fille, puis l'écarta de lui avec douceur :

— À mon grand regret, il me faut vous rendre votre liberté, mon bel oiseau de paradis !

— Déjà ?

— Eh oui ! Je suis de votre avis : il sera toujours trop tôt pour vous quitter...

Avec la curieuse — et désagréable ! — impression d'être échec et mat, Aldo garda le silence. Elle avait raison. L'énormité de son projet l'avait contraint à se faire l'avocat du diable, mais ce qu'il venait de proposer sous l'aiguillon d'une soudaine poussée de passion était tout aussi insensé. D'autre part, ne valait-elle pas la peine de courir les plus grands risques, cette exquise créature venue à lui avec des mots d'amour ? Il se faisait l'effet d'être une espèce de Joseph précautionneux en face d'une jeune et adorable Mme Putiphar. En un mot, il se jugea ridicule. Sans compter que, dans ce plan délirant — en apparence tout au moins ! — résidait peut-être la solution de son problème : retrouver le saphir pour Simon Aronov en attendant de partir à la reconquête des autres pierres...

Il se leva, vint prendre la jeune fille par les mains pour la remettre debout et l'enlaça.

— Vous avez raison, Anielka, et je suis un imbécile ! Si vous acceptez de vivre cachée pendant un certain temps, nous avons peut-être une chance de réussir...

— J'accepterai n'importe quoi pour être auprès de vous, soupira-t-elle en posant la petite toque de martin-pêcheur contre le cou d'Aldo.

— Laissez-moi deux ou trois jours pour réfléchir et voir comment nous pourrons nous en tirer au mieux. Soyez sûre que, pour vous, j'aurai toutes les audaces, tous les courages... mais êtes-vous certaine de ne jamais le regretter ? Vous allez renoncer à une vie de reine...

— Pour devenir princesse ? C'est presque aussi bien...

— Si vous deviez reculer au dernier moment, vous me feriez beaucoup de mal, dit-il, soudain très grave, mais elle se haussa sur la pointe des pieds pour poser ses lèvres contre celles de Morosini.

Sur un sourire et un salut à l'orientale, la main sur le cœur, il s'éloignait déjà quand elle le rappela :

— Aldo !
— Oui, Anielka ?
— Encore une dernière chose ! Si vous n'êtes pas là au soir du mariage, si je dois subir l'assaut de sir Eric, je ne vous reverrai de ma vie ! dit-elle avec une gravité qui le frappa. Parce que, si vous me faites défaut, cela voudra dire que vous ne m'aimez pas comme je vous aime. Alors je vous haïrai...

Un instant, il se figea comme s'il voulait graver dans sa mémoire la belle image qu'elle offrait puis, sans rien ajouter, il s'inclina et quitta la grande serre.

En regagnant la rue Alfred-de-Vigny, il s'efforça de remettre de l'ordre dans ses pensées, mais son trouble persistait. Il respirait encore le frais et délicieux parfum d'Anielka, il sentait encore contre ses lèvres la douceur des siennes. Non qu'il gardât le moindre doute sur ses propres sentiments : il était prêt à tout risquer pour cette enfant, à commettre les pires folies pour pouvoir l'adorer à son aise. Cependant, il ne serait vraiment libre que lorsqu'il aurait rempli la mission confiée par Simon Aronov.

« Si je ne devais voir Vidal-Pellicorne tout à

l'heure, je me précipiterais chez lui à l'instant ! J'ai grand besoin de mettre les choses au point avec lui. Pour jouer ce coup-là sans déchaîner un cataclysme, nous ne serons pas trop de deux ! »

Il trouva Mme de Sommières en compagnie de Marie-Angéline. Comme d'habitude, la marquise buvait du champagne dans son jardin d'hiver en écoutant distraitement sa demoiselle de compagnie lui lire une de ces sublimes phrases de Marcel Proust qui époumonent le lecteur parce qu'elles s'étalent sur plus d'une page.

— Ah ! te voilà ! fit-elle avec satisfaction. Il me semble qu'il y a des siècles que je ne t'ai vu. Tu dînes avec nous, j'espère ?

— Hélas non, tante Amélie, fit-il en baisant sa belle main ridée. Je suis attendu par un ami.

— Encore ? J'aurais pourtant bien voulu que tu me racontes ton entrevue avec ce sacripant de Ferrals !... Tu veux une coupe ?

— Non, merci. Je suis seulement venu vous embrasser. À présent, je dois me changer.

— Tant pis ! Dis à Cyprien de te faire préparer cette sacrée voiture à essence qui empeste et ne vaudra jamais un bel attelage d'irlandais !

— Cela m'ennuie de refuser vos présents, mais c'est inutile. L'ami en question habite dans le quartier. Rue Jouffroy. Je vais y aller à pied en traversant le parc...

— Comme tu voudras mais si tu ne rentres pas trop tard, viens bavarder un instant ! Me faire embrasser par toi devient une habitude que j'apprécie infiniment. Plan-Crépin, laissez tomber le divin Marcel et allez dire que l'on serve sans trop tarder ! J'ai une petite faim mais je n'ai pas envie de traîner à table.

Le repas de la marquise était terminé quand Morosini quitta la maison pour rejoindre l'entrée de l'avenue Van-Dyck en contournant l'hôtel Ferrals dont les fenêtres, comme d'habitude, brillaient de mille feux. Aldo envoya mentalement un baiser à la dame de ses pensées puis s'engagea sous les arbres de Monceau avec l'intention de profiter d'une de ces promenades nocturnes chères aux cœurs amoureux.

Il allait de son grand pas nonchalant, respirant les odeurs printanières de cette nuit de mai, quand il reçut un coup sur la nuque, un autre sur la tempe... et s'affaissa sans bruit sur le sable de l'allée...

Un petit rire se fit alors entendre, bizarre, grinçant, cruel.

CHAPITRE 7

LES SURPRISES D'UNE VENTE À L'HÔTEL DROUOT

L'impression d'être passé sous un rouleau compresseur! À l'exception des jambes, il n'y avait pas un pouce du corps d'Aldo qui ne fût douloureux et, comme si ce n'était pas suffisant, un bourreau sournois s'ingéniait à augmenter ses souffrances :

— Des côtes fêlées, rien de plus! C'est une manie dans cette maison, ronchonna une voix asthmatique. Une chance, en tout cas, que vous ayez été là, mademoiselle!

— C'est Dieu qui l'a voulu puisque je revenais du salut, répondit Marie-Angéline. Je me suis mise à crier et ces malandrins se sont enfuis...

— Je ne suis pas loin de penser qu'il vous doit la vie. On dirait qu'on avait entrepris de le battre à mort. Ah! il me semble qu'il revient à lui!

Aldo, en effet, s'efforçait de soulever des paupières qui pesaient une tonne. Il vit alors, auréolé par les lumières d'un lustre, un visage barbu orné d'un lorgnon qui le scrutait tandis que des mains appartenant sans doute au même personnage s'obstinaient à le tripoter.

— Vous me faites mal! se plaignit-il.
— Et douillet avec ça!
— Il y a peut-être de quoi? gronda le contralto de Mme de Sommières. Vous devriez essayer de le calmer, au lieu d'en rajouter?
— Un peu de patience, ma chère amie. Pour les côtes, on ne peut rien faire d'autre qu'un bandage, mais pour les autres contusions, je vais lui composer un baume miraculeux. Il ne restera pas bleu trop longtemps.

Aldo réussit à soulever sa tête qui sonnait comme un bourdon de cathédrale. Il reconnut sa chambre, son lit autour duquel s'égrenait une belle et noble assistance : la marquise était installée dans un fauteuil, Marie-Angéline sur une chaise, le médecin voltigeait en bourdonnant et Cyprien, debout près de la porte, était en train d'ordonner à un valet d'aller chercher des bandes Velpeau — les plus larges! — dans l'armoire à pharmacie.

Secouées les dernières brumes, le malade se rappela soudain ce qui s'était passé et où il se rendait quand on l'avait agressé.

— Tante Amélie, soupira-t-il, je voudrais téléphoner.
— Voyons, mon petit, ce n'est pas sérieux! Tu sors tout juste du coma et ta première pensée est pour le téléphone? Tu ferais mieux de songer à ceux qui t'ont mis dans cet état. Aurais-tu une idée...

— Aucune! mentit-il, car il en avait bien une ou deux. Mais si je veux téléphoner c'est parce que je devais dîner chez un ami qui doit être inquiet. Quelle heure est-il?

— Dix heures et demie, et il n'est pas question que l'on te descende chez le concierge. Cyprien va se charger de ton message. Tu n'as qu'à lui donner le numéro.

— Qu'il cherche dans mon veston un calepin en maroquin noir et, dedans, M. Adalbert Vidal-Pellicorne. Il faut lui faire savoir ce qui m'est arrivé, mais sans plus.

— Que veux-tu qu'on lui dise de plus? On ne sait rien. Tu as entendu, Cyprien?

La commission fut exécutée vite et bien. Le vieux maître d'hôtel revint annoncer que « l'ami de monsieur le prince » était désolé, qu'il lui souhaitait un prompt rétablissement, et demandait qu'on veuille bien lui dire quand il pourrait se présenter pour prendre des nouvelles...

— Demain! fit Aldo en dépit des protestations des dames. J'ai besoin de le voir de toute urgence...

Un moment plus tard, dûment enduit d'arnica en attendant le baume miraculeux et le torse enveloppé de plus de bandes qu'une momie de pharaon, Aldo remerciait le médecin de ses soins et Mlle du Plan-Crépin de sa bienheureuse intervention puis songeait à dormir quand il constata que, si Mme de Sommières mettait tout le monde à la porte, elle ne semblait pas disposée à quitter son fauteuil.

— Est-ce que vous n'allez pas vous coucher, tante Amélie ? fit-il sur le mode engageant. Il me semble que je vous ai déjà causé assez de tourments pour ce soir ? Vous devez être lasse...

— Taratata ! Je me sens très bien. Quant à toi, si tu avais assez de forces pour courir au téléphone, c'est qu'il t'en reste bien un petit peu à dépenser avec ta vieille tante ! Inutile de tourner autour du pot : c'est ce démon de Ferrals qui t'a fait ça ?

— Comment voulez-vous que je le sache ? Je n'ai pas vu âme qui vive. On m'a assommé et j'ai perdu connaissance. Mais dites-moi plutôt ce que faisait votre demoiselle de compagnie dans le parc à neuf heures du soir ? Je l'ai entendue dire qu'elle revenait du salut mais ça ne me paraît pas être le chemin direct depuis Saint-Augustin ?

— Ni d'ailleurs l'heure du salut ! Plan-Crépin, mon garçon, te suivait... sur mon ordre !

— Vous l'avez expédiée sur mes traces ?... une demoiselle dans le parc en pleine nuit ? Pourquoi pas Cyprien ?

— Trop vieux ! Et puis incapable de se déplacer moins majestueusement que s'il escortait une personne royale. Plan-Crépin ce n'est pas la même chose : comme toutes les grenouilles de bénitier, elle passe inaperçue, sait marcher sur la pointe des pieds et, en outre, elle est agile comme un chat sous son aspect empesé. Enfin sa curiosité ne dort jamais. Depuis qu'elle sait que tu es allé chez Ferrals, elle piaffe. J'ai préféré me donner les gants de l'expédier mais de toute façon, elle t'aurait pisté !

— Seigneur! gémit Aldo, je n'aurais jamais imaginé que j'étais tombé dans une succursale du Deuxième Bureau! Vous n'avez pas prévenu la police au moins?

— Non. Cependant, j'ai un vieil ami qui fut une des gloires du Quai des Orfèvres au début du siècle et qui pourrait peut-être...

— Pour l'amour du ciel, tante Amélie, n'en faites rien! Je veux régler ce compte-là comme les autres : moi-même!

— Alors dis-moi ce qui s'est passé chez le marchand de canons. Quand on tue les gens par centaines, on ne regarde pas à faire assommer un gêneur au coin d'un bois.

— C'est possible, mais je n'y crois pas, dit Aldo dans la mémoire de qui revenait le souvenir du rire aigre et discordant qui avait salué sa chute. La voix chaude et musicale de sir Eric ne pouvait émettre un tel son. Un homme de main peut-être, mais ce rire traduisait la haine, la cruauté, et un assassin à gages n'avait aucune raison de lui en vouloir personnellement.

Repoussant l'examen de la question à plus tard, quand sa tête serait moins douloureuse, il raconta son entrevue avec Ferrals dont la vieille dame retint surtout l'histoire tragique de l'Étoile bleue. Elle ne fit d'ailleurs pas mystère d'en être impressionnée.

— J'ai toujours pensé, murmura-t-elle, que cette pierre ne portait pas bonheur. Depuis le

XVIIᵉ siècle, les drames se sont succédé chez les Montlaure jusqu'à l'extinction en lignée masculine. C'est la raison pour laquelle ta mère en est devenue l'héritière. J'aurais souhaité qu'elle s'en défasse mais elle l'aimait, bien qu'elle ne l'ait pour ainsi dire jamais portée. Elle ne croyait pas à la malédiction. Sans doute parce qu'elle ignorait, comme nous tous, ce que tu viens de m'apprendre...

— Cette histoire est-elle vraie, au moins ? En dépit de la passion et du ton de sincérité de Ferrals quand il me l'a racontée, j'ai peine à croire qu'un de mes ancêtres ait pu...

Du coup, la marquise se mit à rire :

— Tu n'as pas honte d'être aussi naïf à ton âge ? Tes ancêtres, les miens, comme d'ailleurs ceux d'à peu près tout le monde, n'étaient rien d'autre que des hommes soumis aux convoitises, aux vilenies de l'humaine nature. Et ne me dis pas qu'à Venise où se sont perpétrées d'effroyables vengeances et où l'*aqua Tofana*[1] circulait comme le vin nouveau à l'époque des vendanges c'était mieux ? Il faut prendre ce que l'on trouve dans son berceau quand on vient au monde, mon cher Aldo, les ancêtres avec le reste ! Je ne pense pas que notre voisin ait voulu te faire abattre : il n'a aucune raison de t'en vouloir puisqu'il gagne sur toute la ligne...

— C'est un peu ce que je pense...

En revanche, ses soupçons tournaient davantage vers Sigismond, encore qu'il eût peine à croire ce

---

1. Célèbre poison.

jeune blanc-bec susceptible de monter une embuscade dont la préparation avait dû nécessiter une attentive surveillance. Et alors se posait la question : son rendez-vous avec Anielka – dont il n'avait pas soufflé mot à Mme de Sommières – avait-il été surpris, épié ? Auquel cas Ferrals revenait au premier plan : s'il aimait autant qu'il le prétendait, sa jalousie devait être redoutable...

En dépit des pensées contradictoires qui s'agitaient dans sa tête douloureuse, Morosini finit par s'endormir, vaincu par le calmant que le docteur de Bellac avait fait porter par son valet dès son retour à son cabinet. Il devait y avoir dedans de quoi anesthésier un cheval car lorsque, vers la fin de la matinée, il émergea enfin d'un sommeil dépourvu de rêves, il était à peu près aussi vif qu'un plat de *Risi e bisi*[1] froid avec, en plus, de grandes difficultés à mettre deux idées en place. Cependant, la pensée de rester croupir au fond de son lit ne l'effleura même pas : il importait de dédramatiser au plus vite la situation et, si Vidal-Pellicorne venait le voir ainsi qu'il l'espérait, il fallait qu'il le trouve debout. Ou au moins assis et habillé.

Après avoir réclamé du café fort et si possible odorant, il réussit, avec l'aide d'un Cyprien réprobateur, à mener à bien la double opération toilette et habillement. Non sans que la vue de son visage dans la glace de la salle de bains ne lui eût arraché

---

1. Riz et pois. Venise est la capitale du riz et un noble Vénitien ne saurait faire référence à un plat de spaghettis.

un soupir ou deux. Si Anielka le voyait, elle se souviendrait peut-être du jeune Ladislas avec un rien de nostalgie.

Néanmoins, une fois prêt, il se sentit mieux et choisit de s'installer dans un petit salon du rez-de-chaussée.

Ce fut là qu'à trois heures très précises, l'archéologue le découvrit fumant avec ardeur entre un verre de cognac et un cendrier plein. Des volutes gris bleuté roulaient à travers la pièce, rendant l'atmosphère presque irrespirable. Cyprien, qui avait introduit Adalbert, se hâta d'aller ouvrir une fenêtre tandis que le visiteur s'installait dans un fauteuil.

— Seigneur! s'écria celui-ci, quelle tabagie! Seriez-vous en train d'essayer de vous suicider par asphyxie?

— Pas le moins du monde, mais quand je réfléchis, je fume toujours beaucoup.

— Et est-ce qu'au moins vous avez trouvé une réponse aux questions que vous vous posez?

— Même pas! Je tourne en rond...

Vidal-Pellicorne repoussa sa mèche en arrière, se carra dans son siège et croisa les jambes après avoir tiré le pli de son pantalon :

— Racontez-moi tout! Peut-être qu'à nous deux on y verra plus clair, mais d'abord comment allez-vous?

— Aussi bien que possible après une raclée peu ordinaire. Je ressemble assez à une galantine truffée, j'ai une énorme bosse et la tempe multicolore que vous me voyez, mais à part cela je vais bien. Mes côtes se remettront toutes seules. Quant à mon problème, ce que je n'arrive pas à démêler, c'est à qui je dois ce désagrément.

— Pour autant que je connaisse Ferrals, je le vois mal dans le rôle du seigneur réunissant ses valets pour une bastonnade en règle. D'abord, il n'a aucune raison de vous en vouloir, et ensuite je le verrais plutôt vous tirer lui-même un coup de revolver, et de face. Il a une haute idée de sa grandeur...

— Sans doute, mais peut-être possède-t-il une bonne raison : la jalousie...

Et Morosini fit un récit complet de son entrevue avec sir Eric et de celle du Jardin d'Acclimatation. Quand il eut fini, Adalbert était plongé dans une songerie si profonde qu'il le crut endormi. Au bout d'un instant, les paupières se relevèrent, libérant un regard vif :

— J'ai peur de m'être un peu trop avancé en assurant que je pouvais vous aider à résoudre votre problème, dit-il de sa voix traînante. Il est certain qu'à la lumière de tout ce que vous venez de m'apprendre, les choses changent d'aspect. Mais dites-moi, elle ne manque pas d'imagination cette belle enfant ?

— Un peu trop peut-être. Vous devez trouver son plan insensé ?

— Oui et non. Une femme amoureuse est

capable de tout et de n'importe quoi et puisqu'il paraît que celle-ci vous aime...

— Vous en doutez? fit Aldo vexé.

L'archéologue lui dédia un sourire angélique :

— Pas vraiment, si l'on considère le seul fait que vous êtes un homme très séduisant. Cependant, je juge ce changement de sentiments bien soudain chez une jeune fille qui, par deux fois, a voulu se suicider pour un autre. Néanmoins, il se peut qu'elle ait trouvé son chemin de Damas en vous rencontrant. C'est assez versatile, un cœur de cet âge-là...

— Autrement dit, elle peut changer encore? Croyez bien, mon cher Adal, que je ne suis pas assez fat pour imaginer qu'elle m'aimera jusqu'à la fin de mes jours... mais j'avoue... que la journée d'hier a changé bien des choses, fit-il avec une émotion qui toucha son visiteur, et que j'exècre l'idée de laisser Anielka à un autre.

— Vous êtes en effet très atteint! constata Adalbert. Et bien décidé, si je lis entre les lignes, à enlever la mariée au soir de ses noces comme elle vous en prie.

— Oui. Cela ne simplifie pas notre affaire, n'est-ce pas, et vous devez me prendre pour un fou?

— Nous le sommes tous plus ou moins... et votre «folie» est tellement ravissante! Mais il y a dans cette aventure quelque chose de positif : nous savons maintenant que le saphir sera au château pour les noces. Comme j'ai l'honneur d'y être invité, je vais trouver là une occasion inespérée de faire preuve de mes talents en procédant à l'échange de la copie contre l'original. Ferrals cherchera bien entendu sa belle épouse mais ne se fera pas de souci pour son saphir, au moins pendant quelque temps, puisqu'il s'en croira toujours possesseur.

— Vous allez avoir une lourde responsabilité, dit en souriant Aldo chez qui un petit rayon d'espoir commençait à pointer.

— Il faudra bien que je m'en arrange, fit l'archéologue avec sa bonne humeur communicative. Seulement, il ne me paraît pas sage que vous filiez le soir même avec votre belle. Si, comme tout le laisse supposer, votre entrevue d'hier a été observée, c'est sur vous qu'on lâchera les chiens. En arrivant à Venise, vous les trouverez assis sur votre paillasson.

— Vous ne voulez pas qu'Anielka parte seule ?

L'entrée de Cyprien portant sur un plateau d'argent une grande enveloppe carrée qu'il offrit à Morosini interrompit la discussion.

— On vient d'apporter ceci de la part de sir Eric Ferrals, dit le vieux serviteur.

Deux paires de sourcils interrogateurs remontèrent avec ensemble.

— Voilà qui est intéressant ! susurra Adalbert en fronçant un nez gourmand. Ne me demandez pas la permission de lire, je vous l'accorde des deux mains.

Le message se composait d'une lettre et d'un épais bristol gravé qu'Aldo, après l'avoir parcouru d'un œil surpris, tendit à son compagnon pendant qu'il lisait les quelques lignes tracées d'une écriture volontaire :

« Mon cher Prince. Je viens d'apprendre la mésaventure dont vous avez été victime avec plus de regrets que vous ne le supposez sans doute. Le différend qui nous a opposés ne saurait détruire l'estime entre nous et j'espère sincèrement que vous n'avez pas été trop gravement atteint, que vous serez vite remis et que nous pourrons peut-être replacer sur un pied plus cordial des relations mal débutées. Ainsi, ma fiancée et moi-même serions heureux et si vous vouliez bien honorer notre mariage de votre présence. Ce serait, je crois, une bonne façon d'enterrer la hache de guerre. Veuillez croire... »

— Ou cet homme-là est innocent comme un agneau ou c'est le pire des hypocrites ! fit Aldo en passant la lettre à Adalbert. Mais je ne sais pas pourquoi, je pencherais plutôt pour la première proposition.

— Moi aussi... dès que j'aurai démêlé comment il a pu apprendre ce qui vous est arrivé sans y avoir mis le doigt.

— Alors là rien de plus simple : la messe de six heures à Saint-Augustin ! La lectrice de ma tante y entretient des relations suivies avec la cuisinière en chef de notre voisin, ce qui lui permet de savoir ce qui se passe chez lui.

— Vous m'en direz tant ! En tout cas, voilà qui renforce ce que je vous disais il y a un instant : si la jeune comtesse veut éviter la nuit de noces, il faut qu'elle disparaisse seule et que vous restiez bien visible au milieu des salons après que le prétendu enlèvement aura été découvert. C'est la seule façon d'accréditer son histoire de bandits rançonneurs... qui après tout n'est pas si mal imaginée.

— Si vous le dites, ce doit être vrai mais elle n'acceptera pas de partir sans moi... et pour aller où ?

— On va y songer ! fit Adalbert d'un ton apaisant. Ainsi qu'à la personne qui sera chargée de l'y conduire. Mon cher, vous me pardonnerez de vous quitter si vite, ajouta-t-il, mais je me découvre mille choses à mettre au point. Portez-vous bien et surtout essayez de retrouver une couleur normale pour le grand jour. Moi je vais vivre intensément. Rien de plus stimulant pour l'esprit qu'une bonne petite conspiration à monter !

— Et moi que vais-je faire pendant ce temps-là ? bougonna Morosini en le regardant voltiger vers la porte. De la tapisserie ?

— Je suis certain que vous ne manquez pas d'occupations ! Mettez un bon sparadrap sur votre tempe, sortez, visitez des musées, voyez des amis mais, je vous en supplie, n'approchez la belle Anielka ni de près ni de loin ! Je me charge de la mettre au courant de nos intentions...

— Dès l'instant où vous n'oublierez pas d'en

faire autant pour moi! soupira Morosini dont la tête redevenait douloureuse sous l'effet conjugué du tabac et de la discussion.

D'assez mauvaise humeur, il remonta chez lui dans l'intention de prendre un bain, d'avaler une collection de cachets d'aspirine et de ne plus bouger de sa chambre avant le lendemain. Quitte à rester oisif, autant en profiter pour se soigner! Il demanderait qu'on lui serve son dîner et ensuite il se coucherait.

Hélas, au moment où, bien calé dans son lit, il allait enfin s'endormir, Cyprien vint lui annoncer que sa secrétaire le demandait au téléphone et que c'était urgent.

— Elle ne pouvait pas attendre demain matin? ronchonna-t-il en enfilant pantoufles et robe de chambre pour descendre chez le concierge.

— Ce n'est pas la faute de cette demoiselle, plaida le vieux serviteur : il y a quatre heures d'attente entre Venise et ici...

La loge de Jules Chrétien, le concierge, embaumait la soupe aux choux et le tabac froid quand Aldo y fit son entrée. Le portier lui céda la place et alla fumer dans la cour, en emportant son chat. Aldo prit l'écouteur avec l'espoir que la communication aurait été coupée, mais Mina était bien au bout du fil et il crut même déceler dans sa voix une certaine acrimonie :

— On me dit que vous êtes souffrant? Rien de plus grave, j'espère, qu'une petite indigestion?

Vous avez grand tort, quand vous êtes à Paris, de trop fréquenter les grands restaurants...

— C'est pour me dire ça que vous me tirez de mon lit ? aboya Morosini outré. Je n'ai pas d'indigestion : je suis tombé !... Alors, qu'avez-vous de si urgent à m'apprendre ?

— Ceci : je croule sous le travail et il serait temps que vous rentriez, lança la Hollandaise. Il va durer encore longtemps ce séjour ?

« Ma parole, elle m'engueule ? » pensa Morosini, tenté sur l'instant de renvoyer Mina à ses tulipes natales. Malheureusement, elle était la seule capable d'assumer la charge de la maison en son absence. Et puis, il y tenait assez pour ne pas imaginer de travailler sans elle. Aussi se contenta-t-il de répondre sèchement :

— Le temps qu'il faudra ! Mettez une fois pour toutes dans votre tête batave que je ne suis pas ici pour m'amuser. J'ai à faire... et il y a en plus un mariage... de famille auquel je dois assister le 16. Si vous avez trop de travail, appelez la comtesse Orseolo. Elle adore s'occuper d'antiquités et vous donnera un coup de main.

— Merci, j'aime encore mieux m'arranger seule ! Autre chose : j'espère que, dans vos nombreuses occupations, vous avez inclus la vente des bijoux de la princesse Apraxine qui a lieu demain à l'hôtel Drouot ? Le catalogue annonce une parure de topazes et de turquoises qui est exactement ce que cherche le signor Rapalli pour l'anniversaire de sa femme. Alors au cas où ça ne vous dérangerait pas trop ?...

— Pour l'amour de Dieu, Mina, je connais mon métier ! Et quittez donc ce ton acerbe qui ne me convient pas. Quant à la vente, rassurez-vous, j'y serai et...

— Dans ce cas, monsieur, je n'ai plus rien à vous dire sinon « bonne nuit ». Veuillez m'excuser de vous avoir dérangé !

Et Mina raccrocha avec une vigueur réprobatrice. Aldo en fit autant, mais plus doucement, jugeant inutile de passer ses nerfs sur le matériel du concierge. Cependant, il n'était pas content mais c'était à lui-même qu'il en voulait. Que lui arrivait-il ? Il serait venu de Venise pour cette vente de prestige et voilà que sans Mina, il l'aurait oubliée ! Tout ça parce qu'il était en train de perdre la tête pour une trop jolie fille !

Tandis qu'il remontait vers sa chambre, il s'adressait de sévères reproches. Était-il prêt à sacrifier, pour Anielka, un métier qu'il adorait et jusqu'à la noble tâche qu'il venait d'accepter ? Aimer Anielka, c'était délicieux, mais il fallait qu'il réussisse à tout faire marcher ensemble. La vente de demain, en le replongeant dans son élément, allait lui faire le plus grand bien. D'autant qu'elle s'annonçait passionnante : l'écrin de cette grande dame russe qui venait de mourir ne recelait-il pas, entre autres merveilles, deux « larmes » de diamant ayant appartenu à l'impératrice Élisabeth de Russie ? Les collectionneurs allaient s'entre-tuer et la vacation serait excitante au possible !

Avant de se recoucher, Morosini annonça à Cyprien :

— Soyez assez bon pour envoyer demain matin, de bonne heure, le chauffeur chez M. Vauxbrun pour lui demander de me prêter le catalogue de la vente Apraxine. Qu'il lui dise aussi que je serai à l'hôtel Drouot pour l'ouverture des salles.

La foule des grands jours emplissait la plus grande salle de l'Hôtel des Ventes quand Morosini rejoignit Gilles Vauxbrun qui s'était dévoué pour lui garder une chaise de premier rang.

— Si tu as l'intention d'acheter, lui souffla-t-il en lui cédant la place conquise de haute lutte, je te souhaite bien du courage. Outre Chaumet qui guigne les diadèmes pour sa collection et quelques-uns de ses confrères de la rue de la Paix et de la Cinquième Avenue, il y a l'Aga Khan, Carlos de Beistegui et le baron Edmond de Rothschild : je te prie de croire que les larmes de la tsarine font recette !

— Tu ne restes pas ?

— Non. Moi, je vais m'occuper de deux canapés-corbeilles Régence que l'on va vendre à côté. On se retrouvera à la sortie si tu veux.

— D'accord ! Le premier qui aura fini attendra l'autre. Tu dînes avec moi ?

— À condition que tu refasses ton maquillage :

celui-là n'est pas très réussi..., dit l'antiquaire avec une grimace sardonique.

Tandis que Vauxbrun se frayait un passage vers la sortie au milieu d'un parterre de chapeaux féminins abondamment fleuris, Aldo inspecta l'assistance, repérant les personnalités signalées par son ami, mais les autres amateurs n'étaient pas négligeables. Quelques femmes célèbres aussi, venues par curiosité et pour être vues : des comédiennes comme Ève Francis, la grande Julia Bartet, Marthe Chenal et Françoise Rosay pour les plus connues, luttaient d'élégance avec la cantatrice Mary Garden. Beaucoup d'étrangers aussi et, bien entendu, des Russes dont certains n'étaient là que mus par une sorte de piété. Parmi eux, la haute silhouette du prince Félix Youssoupoff, l'exécuteur de Raspoutine, qui avait été et demeurait l'un des plus beaux hommes de son temps. Devenu courtier en meubles anciens, il n'était pas là pour acheter mais pour accompagner une très belle femme, la princesse Paley, fille d'un grand-duc, venue verser une larme sur celles d'Élisabeth.

La vente allait commencer sous le marteau du commissaire-priseur, maître Lair-Dubreuil, assisté de MM. Falkenberg et Linzeler, quand un remous se produisit dans la foule. Morosini vit voguer vers des places de premier rang que deux jeunes gens se hâtaient de libérer un extravagant chapeau doré emballé dans un flot de voilette noire à pois d'or sous laquelle apparaissaient le visage livide – dû à un curieux maquillage blanc veiné de vert! – et les yeux de braise de la marquise Casati. Fidèle à sa façon bien particulière de se vêtir et à sa passion de l'orientalisme, elle portait d'amples pantalons dorés de sultane sous une mante de velours noir.

« Luisa Casati ici ? pensa Morosini catastrophé. Je vais avoir toutes les peines du monde à m'en débarrasser. »

Il fut à peine surpris de remarquer, dans le sillage de la reine de Venise, l'élégante et fine silhouette de lady Saint Albans, habillée par Redfern d'un ensemble en crêpe de Chine bleu ciel et blanc beaucoup plus discret et d'un petit chapeau assorti. Son ennui s'en trouva augmenté : il ne gardait pas un bon souvenir de la visite que lui avait rendue la jolie Mary. « On dirait que ces deux-là sont devenues inséparables? grogna-t-il. Fasse le Ciel que je puisse leur échapper!... »

Mais c'était là un vœu aussi pieux que dérisoire : déjà le petit monocle serti de diamants de la Casati se braquait sur l'assemblée à la façon d'un périscope de sous-marin. Il eut tôt fait de repérer Aldo, et une main noir et or se leva pour lui faire signe. La chance voulut qu'à cet instant précis maître Lair-Dubreuil réclame l'attention de la salle : la vente commençait.

Les débuts furent sans histoire. Un bracelet-rivière de vingt-sept brillants, une paire de boucles d'oreilles formées chacune d'une émeraude rectangulaire entourée de brillants, une bague composée de deux beaux diamants, un sautoir de cent cinquante-cinq perles et une broche ornée de trois émeraudes purent s'enlever sans peine, trouvant preneur à des prix élevés, pourtant la fièvre des enchères ne faisait pas encore son apparition. Ces pièces étaient magnifiques, mais récentes : on attendait les joyaux historiques.

Le premier frisson traversa le public avec la parure d'or, de topazes et de turquoises recommandée par Mina. Constituée d'un collier, de deux bracelets, d'une paire de boucles d'oreilles et d'un délicieux petit diadème, c'était un ensemble très séduisant qui avait été offert, jadis, à une arrière-grand-mère de la princesse Apraxine par le tsar Alexandre Ier en échange de quelques bontés.

« Mina doit être folle ! pensa Morosini. C'est beaucoup trop joli pour la signora Rapalli : elle va avoir soixante-dix ans et elle est affreuse ! »

Cependant, il se reprocha vite ce jugement peu charitable. Que Rapalli fûut un nouveau riche ne l'empêchait pas d'adorer sa femme qui était en fait une charmante vieille dame. Telle qu'il la connaissait, elle ne porterait sans doute jamais la totalité de cette parure princière mais, y voyant une preuve de l'amour de son époux, elle en ferait son précieux trésor qu'elle contemplerait avec autant de dévotion qu'une image de la Madone. Un destin plus enviable, selon Morosini, pour des bijoux de cette classe que de trôner sur la tête d'une courtisane en vogue à l'occasion d'orgies en cabinets particuliers au Café de Paris ou chez La Pérouse. Or, le protecteur de l'une de ces dames enchérissait avec ardeur et, du coup, Aldo se lança dans la bataille. Qu'il gagna haut la main aux applaudissements frénétiques de Luisa Casati et de la colonie russe, vite renseignée sur le grand nom de l'acheteur.

La salle, à présent, se réveillait. Seul, un petit carré d'habitués ne se mêlait pas au tumulte. C'étaient des personnes âgées qui venaient là presque chaque jour comme au spectacle. Elles se tenaient dans un coin de la salle sans s'occuper des riches amateurs. Les unes consultaient le catalogue ; d'autres se contentaient de contempler les pièces encore à vendre. Parmi ces gens, il y avait un homme âgé – du moins si l'on s'en tenait à ses cheveux blancs ! – qui ne bougeait pas et semblait perdu dans un rêve. Aldo ne voyait de lui qu'un profil vague entre le bord d'un vieux feutre cabossé et un veston gris usagé mais dont la coupe révélait qu'il avait connu des jours meilleurs.

Le personnage était tellement immobile qu'on aurait pu le croire mort. Pourtant, quelque chose en lui intriguait Morosini, une vague réminiscence, si lointaine qu'il n'arrivait pas à la préciser. Il aurait bien voulu le voir de face mais de sa place c'était à peu près impossible.

La vente continuait. N'ayant plus l'intention d'acheter, Aldo suivait les enchères distraitement, préférant s'intéresser à la salle en pleine ébullition.

Parmi les plus acharnés, il remarqua vite lady Saint Albans. Transformée par sa passion mise à nu, la jeune Anglaise semblait en proie à une sorte de fureur sacrée. Elle se mesurait alors à l'Aga Khan pour la possession d'un pendentif du XVIᵉ siècle italien, composé d'une énorme perle baroque et de pierres multicolores, et elle lançait des enchères nerveuses tout en tordant ses gants entre ses mains.

« Seigneur! pensa Morosini, j'ai déjà vu bien des mordus dans ma vie, mais à ce point-là! Une chance que lord Killrenan ait mis deux ou trois mers entre elle et lui... »

Ce fut pis quand le prince oriental emporta la partie : des larmes de rage jaillirent des jolis yeux gris que Luisa Casati, pleine de sollicitude, s'efforçait d'essuyer en chuchotant quelque chose et en désignant le banc du commissaire-priseur : les larmes de diamant venaient de faire leur apparition sur un coussin de velours noir, saluées par une sorte de soupir général.

Morosini subit lui aussi leur fascination : c'étaient deux pierres splendides montées en girandoles qui scintillaient d'un éclat tendre et rosé. Un frémissement admiratif parcourut la salle comme une risée sur la mer et, là-bas, le vieux monsieur s'était dressé pour mieux voir, mais se rassit aussitôt, en donnant tous les signes d'une grande agitation.

À présent, les enchères fusaient de toutes parts.

Aldo lui-même s'y laissa entraîner, sans espoir de victoire pour autant. Dès l'instant où un Rothschild s'en mêlait, la lutte devenait trop inégale. Quant au vieil homme, il ne cessait de se lever et de s'asseoir, tant et si bien qu'il fut évident pour Morosini que maître Lair-Dubreuil lui attribuait des enchères. Non sans réticences d'ailleurs : l'aspect quasi misérable du personnage devait lui inspirer des doutes. Au point qu'à un moment donné il s'arrêta et s'adressa directement à lui :

— Vous désirez enchérir encore, monsieur ?

On entendit alors une voix timide et un peu affolée qui balbutiait :

— Moi ? Mais je n'ai pas enchéri...

— Comment cela ? Vous ne cessez de vous agiter, de lever les mains, et vous devez savoir qu'un simple signe suffit !

— Oh ! pardonnez-moi !... Je... je ne me suis pas rendu compte. C'est que je suis si heureux en ce moment ! Voyez-vous, il y a longtemps que je n'ai contemplé d'aussi merveilleuses pierres et...

Des rires fusèrent et le vieux monsieur se retourna, très triste mais plein de dignité :

— Je vous en prie ! Il ne faut pas rire !... C'est vrai ce que je dis...

Morosini, lui, ne riait pas. Bouleversé, il regardait ce visage surgi soudain de son passé le plus cher : celui de Guy Buteau, son ancien précepteur disparu pendant la guerre, mais la joie qui l'envahit en le reconnaissant fut aussitôt ternie par l'état où il le voyait : ce visage pâle aux rides profondes, ces cheveux trop longs et décolorés, ces yeux lointains et douloureux Un rapide calcul lui apprit que ce vieillard n'avait guère que cinquante-quatre ou cinquante-cinq ans. Dès lors, la vente perdit tout intérêt : il n'avait qu'une hâte, c'est qu'elle s'achève pour qu'il puisse rejoindre son ami.

Ce fut vite fait : le baron Edmond enleva les « larmes » et la salle, commentant l'événement, commençait à se disperser. Un rapide coup d'œil rassura Morosini sur un appel éventuel de la marquise Casati : elle était fort occupée à consoler son amie, venue là pour subir le supplice de Tantale puisqu'elle n'avait rien pu acheter et qui sanglotait, écroulée sur sa chaise. En quelques enjambées, il eut rejoint son ancien précepteur. Toujours assis sur sa chaise, celui-ci devait attendre que la foule soit partie. Lui aussi pleurait, mais en silence. Aldo se glissa sur le siège voisin :

– Monsieur Buteau, dit-il avec beaucoup de douceur, comme je suis heureux de vous retrouver !

Il s'emparait des mains transparentes abandonnées sur les genoux et les serrait dans les siennes. Mais déjà les yeux bruns qu'il avait connus si vifs se tournaient vers lui pour le contempler avec une sorte d'émerveillement.

– Vous me reconnaissez, j'espère ? Je suis Aldo, votre élève...

Un éclair de joie brilla enfin dans le regard noyé de larmes :

Les surprises d'une vente à l'hôtel Drouot

— C'est encore mes rêves ou bien est-ce vraiment vous?

— N'ayez crainte, c'est moi. Pourquoi nous avez-vous laissé croire que vous étiez mort?

— Je l'ai cru longtemps aussi... À la suite d'une blessure à la tête, j'ai perdu la mémoire... un grand trou dans ma vie mais, depuis quelques mois, je suis guéri... Enfin, je crois! J'ai pu quitter l'hôpital. Avec ma pension, je me suis installé dans une chambre, rue Meslay... pas très loin d'ici.

— Mais pourquoi n'avoir pas pris le train pour Venise? Pourquoi n'êtes-vous pas revenu chez nous?

— C'est que, voyez-vous, je n'étais pas bien certain que cette partie de mon existence soit réelle. Je pouvais l'avoir imaginée. Il s'est passé tant de choses dans ma tête quand je ne savais plus qui j'étais ni d'où je venais! Alors Venise!... C'est loin... et le voyage coûte cher. Si je m'étais trompé, si vous n'existiez pas, je n'aurais pas pu revenir chez moi et...

— Chez vous, c'est au palais Morosini, dans votre chambre, dans votre bibliothèque...

Un employé de Drouot vint inviter le prince à prendre possession de son acquisition et à la régler.

— Je viens! Attendez-moi un instant, monsieur Buteau, et surtout ne bougez pas!

Quelques minutes plus tard, il revenait portant sous le bras un grand écrin de cuir un peu fatigué mais timbré d'une couronne princière qu'il ouvrit devant le revenant:

— Regardez! N'est-ce pas magnifique?

Le visage fatigué redevint rose et l'une des mains pâles s'avança pour caresser la rivière dorée du collier :

— Oh si! J'avais remarqué cette parure quand je suis allé ce matin à l'exposition. Venir ici, c'est ma seule joie et c'est même pour ça que je me suis installé dans le voisinage... Vous avez acheté pour votre épouse, peut-être?

— Je ne suis pas marié, mon ami. J'ai acheté pour un client. Eh oui, je suis à présent antiquaire spécialisé dans les bijoux anciens et c'est à vous que je le dois. Quand j'étais enfant, vous m'avez transmis votre passion. Mais venez, ne restons pas ici! Nous avons beaucoup de choses à nous dire... Je vous emmène.

— Vous me ramenez chez moi?

— Oui, mais pas pour vous y laisser! J'ai trop peur que vous m'échappiez encore. Nous allons prendre un taxi, aller rue Meslay prendre vos affaires, régler ce que vous avez à régler et ensuite nous rentrons chez Mme de Sommières. Vous vous souvenez d'elle, j'espère?

Un vrai sourire teinté même d'un peu d'humour s'épanouit et fit briller les yeux bruns :

— Madame la marquise? Qui pourrait oublier une personnalité comme la sienne?

— Vous verrez : elle n'a pas changé. Je suis chez elle pour quelques jours, ensuite nous rentrerons tous les deux à Venise. Cecina sera folle de joie de vous revoir... et elle aura vite fait de vous remettre d'aplomb...

— Moi aussi, je serai bien content de la revoir... et surtout madame la princesse. Vous ne m'avez pas donné de ses nouvelles ?

— C'est qu'elle nous a quittés. Je vous raconterai sa mort avec le reste. Mais, dites-moi ! Quand j'ai acheté ceci, tout à l'heure, le commissaire-priseur a donné mon nom : il ne vous a pas frappé ?

— Non. Pardonnez-moi, mais j'étais surtout venu voir les diamants de l'impératrice Élisabeth. Ils me fascinaient. Et je ne pensais pas qu'un miracle allait avoir lieu !

Bras dessus, bras dessous, les deux hommes gagnèrent la sortie, mais si Morosini espérait en avoir fini avec Mme Casati, il se trompait : elle et sa compagne l'attendaient dans la galerie d'accès. La marquise lui tomba dessus, l'enveloppant du remous de sa cape de velours comme le torero fait du taureau avec sa muleta :

— Il vous en a fallu du temps pour payer cette babiole ! Un peu plus j'allais vous chercher mais je vous tiens, je vous garde : ma voiture est dans la rue Drouot et je vous ramène chez moi au Vésinet...

— Vous ne me ramenez nulle part, ma chère Luisa ! Permettez d'abord que je salue lady Saint Albans.

Celle-ci lui tendit une main molle avec un regard lourd de rancune :

— Je ne pensais pas que vous me reconnaîtriez, prince! Avez-vous changé d'avis à propos du bracelet de Mumtaz Mahal?

— Quel entêtement! fit-il en riant. Je vous ai répété que je ne le possédais pas. N'avez-vous donc pas essayé, comme vous en aviez l'intention, d'entrer en rapport avec lord Killrenan?

— Il ne l'a pas et je jurerais qu'il est chez vous...

Devinant que le dialogue allait s'éterniser, Aldo se tourna vers Luisa Casati, s'excusa auprès d'elle de ne pouvoir la suivre ainsi qu'elle l'y invitait si aimablement: la chance venait de remettre sur son chemin un très vieil et très cher ami auquel il entendait se consacrer.

— Nous nous reverrons quans vous rentrerez à Venise. Je ne suis ici que de passage...

— Pas moi! Je reste jusqu'au Grand Prix et vous savez très bien que je ne suis jamais sur la lagune en été: il y fait beaucoup trop chaud...

— Alors, ce sera pour plus tard. À mon grand regret, bien sûr! Mes plus fervents hommages, ma chère Luisa!... Lady Mary!

Baisant rapidement les mains des deux femmes, il enleva Buteau plus qu'il ne l'entraîna et s'engouffra avec lui dans la grande porte vitrée de l'Hôtel des Ventes.

— On dirait que Mme Casati a quelque chose d'éternel! remarqua l'ancien précepteur. Elle ne vieillit pas et si j'ai bien compris, elle possède toujours au Vésinet le joli palais Rose qu'elle avait acheté à M. de Montesquiou?

— J'ai l'impression que votre mémoire est en train de rattraper le temps perdu! s'écria joyeusement Aldo. Elle vous sera fort utile pour reprendre votre grand ouvrage sur la société vénitienne au XVe siècle. Il vous attend...

Hélant un taxi qui passait par là, il s'y engouffra avec ses deux acquisitions de la journée dont la plus précieuse — et de loin! — n'était pas la parure de topazes destinée à la signora Rapalli...

Ce soir-là, on fêta rue Alfred-de-Vigny la résurrection inespéré de Guy Buteau. Mme de Sommières, qui le connaissait bien et avait toujours apprécié sa culture, fit même en son honneur une entorse à ses habitudes champenoises pour trinquer à la santé du Bourguignon miraculé avec un somptueux chambolle-musigny datant des dernières années du siècle précédent. M. Buteau le dégusta les yeux fermés avec des larmes de béatitude. Ni lui ni son sauveur ne dormirent beaucoup cette nuit-là tant ils avaient à se dire. Aldo était si heureux qu'il en oubliait ses côtes endommagées et jusqu'au souvenir d'Anielka dont il se garda bien de parler. Il était inutile d'encombrer davantage l'esprit, peut-être encore un peu fragile, de son vieil ami...

Durant la journée du lendemain, Aldo prit un plaisir infini à jouer les marraines de Cendrillon en rhabillant M. Buteau de pied en cap grâce à une longue station chez Old England où l'on choisit un trousseau complet et à une visite, plus courte, chez un bon coiffeur. Quand ce fut fini, le petit vieillard de l'hôtel Drouot avait rajeuni de dix ans et avait presque retrouvé son aspect d'autrefois.

Ce ne fut pas sans combat que Morosini réussit à lui faire accepter sa métamorphose. M. Buteau ne cessait de protester, de dire que c'était trop, que c'était de la folie, mais son ancien élève avait réponse à tout.

— Quand nous serons rentrés, vous aurez plus à faire que vous ne l'imaginez et vous ne vous contenterez pas d'écrire votre grand ouvrage. J'ai bien l'intention de vous intégrer à la firme Morosini où vous pourrez me rendre de grands services. Vous serez appointé et, si vous y tenez, vous me rembourserez alors des quelques frais d'aujourd'hui. Cela vous va ?

— Je ne vois pas quelles objections je pourrais avancer. Vous me comblez de joie, mon cher Aldo! Et voyez comme je suis exigeant, je vais vous demander encore une faveur.

— Accordée d'avance.

— Je voudrais que vous cessiez de m'appeler « Monsieur Buteau » long comme le bras. Vous n'êtes plus mon élève et puisque nous allons travailler ensemble, faites-moi l'honneur de me traiter en ami!

— Avec joie! Bienvenue à la maison, mon cher Guy! Elle est un peu différente de ce que vous avez connu, mais je suis certain que vous vous y plairez! À ce propos, vous pourriez peut-être me rendre un premier service en entrant dès à présent en fonctions. Je vous l'ai dit, je crois, je reste encore ici quelques jours pour assister au mariage... d'une importante relation et cela m'arrangerait que vous rentriez à Venise demain. Je préférerais, bien sûr, vous ramener, mais je voudrais que la parure achetée hier soit là-bas aussi rapidement que possible... Elle est attendue avec impatience.

– Vous voulez que je l'emporte ? Avec plaisir, voyons !

– Je suis sûr que vous ferez bon ménage avec Mina Van Zelden, ma secrétaire, qui ne cesse de clamer qu'elle est trop occupée. Quant à Cecina et son époux, ils vont tuer le veau gras pour votre retour. Je vais téléphoner à Zaccaria et ensuite j'appellerai chez Cook pour retenir votre sleeping.

Le soudain désir de Morosini d'expédier à Venise un homme qu'il était si heureux d'avoir retrouvé ne s'expliquait pas par l'urgence de remettre à Mina les futures topazes de la signora Rapalli, mais par l'approche du mariage d'Anielka. Ignorant encore comment se passerait une journée qu'il imaginait tumultueuse, Aldo ne tenait pas à ce que M. Buteau y soit mêlé. Cet homme doux, paisible, ennemi des grandes aventures, aurait très certainement quelque peine à approuver celle-ci. Peut-être même à y comprendre quelque chose. Et, de toute façon, Aldo ne voulait à aucun prix jeter le moindre voile sur le bonheur dont rayonnait à présent un être qu'il aimait et qui avait beaucoup souffert...

Les habitants du parc Monceau

Une fois qu'il eut installé Guy au milieu des acajous, miroirs gravés, tapis et velours du grand train de luxe, il retrouva ses soucis intacts. Il allait beaucoup mieux mais il était sans aucune nouvelle de Vidal-Pellicorne, ce qui avait le don de l'agacer.

Mme de Sommières mit un comble à cet énervement en remarquant soudain sans avoir l'air d'y toucher :

— Est-ce que tu as songé au cadeau ?
— Cadeau ? Quel cadeau ? grogna Aldo.
— Est-ce que tu n'es pas invité, la semaine prochaine, à un mariage ? Dans ce cas, l'usage veut que l'on offre un présent au jeune couple pour l'aider à monter son ménage. Selon les moyens que l'on a et le degré d'intimité, cela va de la pelle à tarte et de la pince à sucre jusqu'au cartel Régence ou au tableau de maître, proposa-t-elle, l'œil pétillant de malice. À moins, bien sûr, que tu renonces à te commettre avec ces gens-là ?
— Il faut que j'y aille !
— Quelle obstination ! Je vois mal quel plaisir tu pourras trouver à ces noces... à moins que tu n'aies l'intention d'enlever la mariée à l'issue de la cérémonie, ajouta la marquise en riant, sans se douter qu'elle était en train d'énoncer une vérité. Par chance, elle était alors occupée à se servir une coupe de champagne, ce qui lui évita de constater qu'Aldo venait de s'empourprer comme une belle cerise. Aussi, afin de laisser à son visage le temps de recouvrer sa teinte naturelle, choisit-il de se lever et de filer vers la porte.

Les surprises d'une vente à l'hôtel Drouot

— Pardonnez-moi, s'écria-t-il. Je dois téléphoner à Gilles Vauxbrun.

La voix de tante Amélie le rattrapa au moment où il allait franchir le seuil :

— Tu n'es pas un peu fou ? Tu ne vas pas aller te ruiner chez un grand antiquaire pour ce bandit de Ferrals ? Et puis, encore une question : à qui comptes-tu adresser ton présent ? À lui ou à elle ?

— Aux deux puisqu'ils habitent sous le même toit. Ce qui d'ailleurs n'est guère convenable à mon sens !

— Je ne peux pas te donner tort : je trouvais cela scandaleux. Heureusement, il y a du nouveau : depuis avant-hier, les Solmanski ont émigré au Ritz où ils occupent le plus bel appartement. Il paraît qu'on n'y a jamais vu arriver autant de fleurs ! Notre marchand de canons met les fleuristes au pillage pour sa bien-aimée.

Morosini émit un sifflement admiratif :

— Peste ! Vous en savez des choses ! Votre Marie-Angéline aurait-elle autant de relations place Vendôme qu'à Saint-Augustin ?

— Tout de même pas. C'est cette vieille pie de Clémentine d'Havré qui est venue prendre le thé avec moi hier après avoir déjeuné au Ritz. Olivier Dabescat est venu pleurer dans son giron : il a dû décommander je ne sais quel maharajah qui avait retenu l'appartement royal pour le donner à la fiancée... Alors, pour qui le cadeau ?

— Pour lui, bien sûr, mais soyez tranquille : je choisirai la pelle à tarte !

Les habitants du parc Monceau

En réalité, dès le lendemain, il faisait l'acquisition d'un petit bronze romain du Ier siècle après Jésus-Christ représentant le dieu Vulcain en train de forger la foudre de Jupiter. Un symbole rêvé pour un marchand de canons! En outre, il eût été mesquin de lésiner avec un homme qu'il allait délester de sa jeune épouse et d'une pierre qu'à tort ou à raison il considérait comme ancestrale.

— Le malheur, commenta Adalbert quand il apprit l'envoi de la statuette, c'est que, marié à Vénus, ce pauvre Vulcain ne fut guère heureux en ménage. L'auriez-vous oublié ou bien l'avez-vous fait exprès?

— Ni l'un ni l'autre! fit Morosini désinvolte. On ne saurait penser à tout!...

CHAPITRE 8

UN MARIAGE PAS COMME LES AUTRES...

Deux jours avant le mariage de sir Eric Ferrals avec la ravissante comtesse polonaise dont tout Paris parlait, il n'était plus possible de trouver une chambre libre dans les hôtels ou auberges de campagne entre Blois et Beaugency. Il y avait les invités, trop nombreux pour qu'il soit possible de les loger au château, mais aussi la presse, grande ou petite, avide d'images et de potins, sans compter la police et les curieux attirés par une manifestation mondaine qui s'annonçait fastueuse.

Pour Aldo et Adalbert, le problème ne se posait pas : ils étaient à pied-d'œuvre dès l'après-midi du 15. Le premier fut accueilli dans un charmant manoir Renaissance proche de Mer par une ancienne camarade de couvent de tante Amélie, et il s'y rendit dans la « voiture à pétrole » de la marquise. Le second, doublement invité par Ferrals et le jeune Solmanski, effectua au château où il devait dormir une entrée bruyante dans sa petite Amilcar rouge. Par la vertu de ce bolide qui pouvait rouler à cent cinq kilomètres à l'heure, mais dont les freins n'actionnaient que les roues arrière, nul n'ignora son arrivée dans tout le village et même au-delà.

Restait un troisième personnage, auquel l'archéologue attribuait une importance capitale car il devait récupérer Anielka et la mettre à l'abri des recherches pendant le temps nécessaire. Celui-là était sur place depuis cinq jours et pêchait le brochet sur l'autre rive de la Loire en attendant de jouer son rôle. Il se nommait Romuald Dupuy et c'était le frère jumeau de Théobald, le fidèle valet d'Adalbert.

Un frère tellement jumeau que même Vidal-Pellicorne n'arrivait pas à les distinguer. Tous deux vouaient à l'archéologue un égal dévouement depuis que celui-ci avait, pendant la guerre, sauvé la vie de Théobald au risque de la sienne. C'était, pour les jumeaux, comme s'il les avait sauvés tous les deux.

Depuis cinq jours, donc, Romuald, arrivé dans le pays à motocyclette en se faisant passer pour journaliste, s'était arrangé pour louer à prix d'or une maisonnette et une barque appartenant à un pêcheur du cru. L'une et l'autre se trouvant situées presque en face du château, l'emplacement lui était apparu idéal et, depuis, il tuait le temps en trempant du fil dans l'eau.

De son bateau abrité par des saules argentés, il pouvait observer – à l'œil nu ou à l'aide d'une

Un mariage pas comme les autres...

paire de jumelles – la longue bâtisse blanche dont les courtisans d'une maîtresse royale disaient jadis que c'était le palais d'Armide porté par les nuées jusqu'aux bords de la Loire.

Entouré d'un parc immense et posé comme une offrande aux dieux sur d'admirables jardins en terrasses descendant jusqu'au fleuve par deux rampes majestueuses, le château, dont les nuances changeaient avec le ciel, était d'une beauté presque irréelle. Sous la course rapide des nuages, il avait toujours l'air d'être sur le point de s'envoler. C'était un spectacle captivant parce que sans cesse différent.

Cependant quand, au matin des noces, Romuald mit le nez à la fenêtre de sa maisonnette, il se crut le jouet d'un rêve : tout était blanc en face de lui comme s'il avait neigé durant cette nuit de mai. Les jardins étagés débordaient de fleurs immaculées et, sur les tapis de gazon, de grands paons plus blancs encore se promenaient avec majesté. C'était à la fois délirant et sublime, et l'observateur invisible admira en connaisseur. Pareil miracle avait dû nécessiter une armée de jardiniers travaillant à une vitesse de courants d'air, car le château était resté illuminé tard dans la soirée pour la réception qui avait suivi la cérémonie du mariage civil. Ce qui n'avait pas laissé beaucoup de temps avant que revienne le jour aux enchanteurs du plantoir et du rateau. Et Romuald, soudain songeur, pensa qu'elle devait être bien belle, celle pour qui un homme, très amoureux sans doute, déployait tant de merveilles.

Le cérémonial arrêté par sir Eric avait de quoi surprendre : le mariage religieux serait célébré au coucher du soleil dans une chapelle improvisée, un édifice éphémère décoré de grands rosiers grimpants, de lierre, de myrte, de lis et de lilas blancs, construit au bout de la longue terrasse devant un petit temple consacré au culte de l'Antique. Ensuite, il y aurait dîner au château, suivi d'un immense feu d'artifice, après quoi, escorté de porteurs de torches et de sonneurs de trompe, le couple gagnerait dans une calèche fleurie digne de la Belle au Bois Dormant le lieu secret où s'accomplirait le mystère nuptial.

– Espérons qu'il fera beau! avait commenté Morosini quand Vidal-Pellicorne lui avait détaillé un programme qui l'agaçait prodigieusement. S'il pleut, tout ce grand déploiement sera ridicule! En admettant que ce ne le soit pas déjà!

– Dieu n'oserait pas faire ça au grand sir Eric Ferrals, avait riposté l'autre avec un sourire de faune. De toute façon, cette agitation nous sera bien utile : il suffira à notre jeune mariée d'un changement de vêtements pour se fondre dans la foule des invités. Ensuite elle n'aura qu'à descendre au bord de l'eau où Romuald l'attendra avec sa barque pour la transporter de l'autre côté.

– Je n'aime pas beaucoup l'idée de lui faire traverser la Loire en pleine nuit. C'est un fleuve plutôt dangereux...

Un mariage pas comme les autres...

— Faites confiance à Romuald. C'est un homme qui étudie toujours son terrain, qu'il s'agisse de planter des salades ou de traverser un champ de mines.

En dépit de ces assurances, le cœur d'Aldo battait sur un rythme inusité quand il arrêta sa voiture dans la cour d'honneur et la confia, après s'être débarrassé de son cache-poussière et de sa casquette, à l'un des serviteurs chargés de ranger les automobiles sur l'esplanade qui partait des grilles.

Le point d'orgue de cette cour, au demeurant belle et harmonieuse, fit sourire Morosini et le détendit : c'était une grande statue de marbre représentant l'empereur Auguste. Pas de doute, il était bien chez Ferrals !

— C'est à cause d'elle et des nombreux bustes de césars et autres divinités romaines disséminées dans les jardins que notre Anglais international a acheté ce château, fit derrière Aldo la voix traînante de Vidal-Pellicorne qui fumait une cigarette sur le perron. Au départ, il le trouvait un peu modeste et aurait préféré Chambord.

Amusé, le Vénitien se retourna :

— Est-ce que nous nous connaissons ?

— Auriez-vous oublié, prince, cette agréable soirée que nous passâmes chez Cubat, claironna l'archéologue qui ajouta, plus bas : « Je crois que nous pouvons, à présent, nous déclarer vagues relations. Cela nous simplifiera la tâche. Et puis rien n'empêche que nous sympathisions ! »

Flanqué du comte Solmanski, sir Eric recevait ses invités dans l'un des salons dont les grands miroirs avaient reflété les satins nacrés et la grâce exquise de Mme de Pompadour. Tandis que le Polonais se contentait d'une brève inclinaison du buste et d'un vague étirement des lèvres, le marié tendit à Morosini une main large et franche que celui-ci ne prit pas sans une légère hésitation, gêné tout à coup en face d'un accueil inattendu :

— Je suis heureux de voir que vous êtes remis, dit Ferrals, et plus heureux encore de vous remercier : votre bronze est l'un des plus jolis cadeaux que j'aie reçus. Il m'a ravi au point de l'avoir placé aussitôt sur ma table de travail. Aussi ne le verrez-vous pas au milieu des présents que l'on a exposés dans la bibliothèque...

— Eh bien, dites donc! s'exclama Adalbert tandis qu'ils se perdaient parmi les invités. Voilà une réception inoubliable : cet homme-là vous adore!

— Je commence à le craindre et je ne vous cache pas que cela m'ennuie...

— Vous lui auriez offert une pince à sucre qu'il aurait été moins ému. Cela dit, remettons les choses au point, voulez-vous? Vous vous apprêtez à lui prendre sa femme, c'est entendu, mais il n'en détient pas moins un joyau qui vous appartenait et dont il sait qu'on a tué votre mère pour qu'il puisse l'acquérir. Alors pas d'états d'âme!

— Que voulez-vous, on ne se refait pas! soupira Morosini. Mais, pour parler d'autre chose, d'où

Un mariage pas comme les autres...

vient que je n'aperçoive pas votre ami Sigismond ? Il devrait bourdonner d'enthousiasme en ce jour de gloire qui rétablit ses finances présentes et à venir.

— Il cuve ! dit Adalbert. Nous avons eu hier soir un de ces dîners de contrat qui font date dans la vie d'un homme. Le beau jeune homme a englouti la rançon d'un roi rien qu'en château-yquem, romanée-conti et fine champagne. Nous ne sommes pas près de le revoir !

— Voilà une bonne nouvelle ! Que sommes-nous censés faire à présent ?

— La cérémonie n'est que dans une heure. Nous avons le choix entre nous rafraîchir à l'un des buffets ou aller admirer les cadeaux de mariage. Si vous le permettez, je pencherais plus volontiers vers la seconde proposition : l'exposition devrait vous plaire !

Les deux hommes suivirent le flot d'invités qui se dirigeait de ce côté, avec d'ailleurs des intentions différentes : certains voulaient voir si leur offrande se trouvait en bonne place et comparer, d'autres — et c'était la majorité — y allaient par curiosité pour ce que les journaux annonçaient déjà comme un véritable trésor.

Les présents se trouvaient réunis dans une vaste salle à peu près nue qui avait été jadis une bibliothèque. C'était une pièce sans fenêtres, éclairée par un plafond vitré et dont l'unique porte, gardée par deux policiers en civil, donnait sur le grand vestibule.

Les habitants du parc Monceau

La seule présence de deux ministres en exercice, de plusieurs ambassadeurs, de deux princes régnant, l'un sur une principauté européenne, l'autre sur un coin du Rajputana, justifiait une surveillance officielle mais moins peut-être que l'accumulation de richesses dans l'ancienne bibliothèque. En y pénétrant, Morosini crut, un instant, se trouver dans la caverne d'Ali-Baba. De longues tables chargées de vaisselle d'argent ou de vermeil, de cristaux, de gravures rares, de vases anciens et d'une foule d'objets précieux, en encadraient une autre, ronde et couverte de velours noir, où étaient exposés de magnifiques bijoux sur lesquels convergeait l'éclairage de plusieurs fortes lampes. Il y en avait de toutes les couleurs, joyaux anciens ou parures modernes, mais en dépit de l'attrait qu'exerçaient sur lui les pierres précieuses, Morosini n'en vit qu'une seule, celle qui, placée au sommet d'une pyramide, semblait régner sur les autres : le grand saphir étoilé qu'il n'avait pas contemplé depuis tant d'années. Et qui n'avait rien à faire dans cet étalage puisqu'il était la dot d'Anielka et non un présent.

Elle était là comme un défi, comme une revanche, la gemme merveilleuse pour laquelle des crimes avaient été commis ! Et, soudain, le remords que Morosini traînait après lui depuis la poignée de main de sir Eric s'effaça. C'était pour le narguer que le saphir wisigoth était exposé et il ne fallait pas chercher plus loin l'explication d'une invitation somme toute insolite.

Un mariage pas comme les autres...

Une bouffée de colère envahit soudain Morosini, avec l'envie brutale de balayer ce prétentieux étalage pour en arracher ce qui avait été un trésor familial et que l'on osait étaler sous ses yeux.

Adalbert comprit ce qui se passait chez son ami et le prit par le bras en chuchotant :

— Ne restons pas là ! Vous lui feriez trop plaisir s'il vous surprenait ainsi en contemplation devant ce qu'il vous a volé !

— Et que je n'ai plus beaucoup d'espoir de lui reprendre. Ainsi exhibé au vu et au su de tous, sous la garde de policiers vraisemblablement armés, il est mieux protégé que dans un coffre-fort. Mon pauvre ami, vous n'avez vraiment aucune chance de l'approcher seulement...

— Homme de peu de foi ! J'ai ma petite idée là-dessus dont je vous entretiendrai en temps utile. Alors n'y pensez plus, gardez le sourire et venez prendre un verre ! Quelque chose me dit que vous en avez besoin ?

— Vous commencez à me connaître presque trop bien !... Seigneur ! Il ne manquait plus qu'elle !

Cette dernière exclamation était suscitée par le couple qui pénétrait dans la salle et sur le passage duquel s'élevait un murmure flatteur. Le comte Solmanski, avec à son bras une femme éblouissante que Morosini venait de reconnaître avec consternation : Dianora en personne ! Et le pire était qu'elle venait droit à lui et qu'il était impossible de lui échapper.

Les habitants du parc Monceau

Ennuagée de mousseline azurée, auréolée d'une transparente capeline assortie, une cataracte de perles glissant de son cou et encerclant ses bras minces, elle répondait avec grâce aux saluts qu'on lui offrait, mais sans perdre de vue celui qu'elle avait décidé de rejoindre. Aldo entendit Adal siffler doucement puis jurer entre ses dents :

— Sacrebleu, la jolie femme!

— Soyez heureux! Vous allez avoir l'honneur de lui être présenté...

Un instant plus tard, c'était fait et la jeune femme enveloppait les deux hommes de son éclatant sourire :

— Très heureuse de vous connaître, monsieur, dit-elle à Pellicorne, mais plus heureuse encore, vous le comprendrez, de retrouver un ami de jeunesse...

— Alors il n'a guère d'avance sur moi, fit l'archéologue. C'est un ami de ce matin...

— Vous êtes charmant. En vérité, Aldo, quand le comte Solmanski m'a appris que vous étiez ici, je n'en croyais mes oreilles. J'étais à cent lieues de vous imaginer en France...

— Je pourrais vous en dire autant : je vous croyais à Vienne?

— J'y étais mais aucune femme ne peut se passer de Paris au printemps : ne fût-ce que pour les couturiers... Cependant, eussé-je été au bout du monde que j'en serais revenue pour assister à l'union de deux amis...

Un mariage pas comme les autres...

Le son grave et musical d'une cloche interrompit cette conversation. Le comte Solmanski se cassa en deux devant Dianora :

— Veuillez m'excusez, ma chère, mais l'heure est venue pour moi de conduire la mariée à l'autel...

Comme une mer qui se retire, le flot des invités reflua vers les portes-fenêtres pour gagner la terrasse et son étonnante chapelle de fleurs convergeant vers un chœur tapissé d'orchidées au milieu desquelles brasillaient une centaine de cierges. Le coup d'œil était féerique.

Avec autorité, Mme Kledermann s'empara du bras de Morosini :

— Vous allez être, mon cher, le compagnon idéal pour supporter l'ennui d'une cérémonie nuptiale. À mon avis, c'est encore plus assommant qu'un enterrement où, au moins, on peut se distraire en évaluant le degré d'hypocrisie des larmes de la famille.

D'un geste ferme, Aldo détacha la main gantée posée sur sa manche :

— Je m'en voudrais d'usurper la place de votre mari. Ou bien dois-je comprendre que vous êtes seule cette fois encore ?

— Tant que nous pourrons nous rejoindre, je ne serai jamais seule, murmura-t-elle de cette voix chaude et intime qui le bouleversait jadis mais qui, à présent, demeurait sans effet.

— Ce n'est pas une réponse. Si je ne savais ce qu'il représente dans le monde financier européen, je me demanderais s'il existe vraiment. C'est l'Arlésienne, cet homme-là !

— Ne dites pas de bêtises ! fit Dianora d'un ton mécontent. Naturellement il existe ! Moritz est, croyez-moi, bien vivant et fort attaché à une existence dont il sait tirer le meilleur parti. Seulement, le meilleur parti pour lui ne réside pas dans ce genre de manifestations. Il me les laisse bien volontiers.

— Et vous, vous les aimez ?

— Pas toujours mais quelquefois. Ainsi aujourd'hui : le roman de Ferrals me fascine. Cette machine à faire de l'argent saisie par la passion a quelque chose de magique... Alors ? Nous y allons ou bien préférez-vous rester planté dans ce salon jusqu'au jugement dernier ?

Il fallut bien, cette fois, qu'Aldo offrît son bras sous peine de se conduire comme un rustre. Sa compagne et lui rejoignirent les invités qui étaient en train de se répartir de chaque côté d'un long tapis vert sur lequel, dans un instant, deux jeunes filles allaient jeter des pétales de roses. Un invisible orchestre fit entendre une marche solennelle : le cortège de la mariée approchait. Composé de fillettes en robes d'organdi qui tendaient entre elles de longs rubans de satin blanc, symboles de pureté, noués à des bouquets ronds, il était charmant, mais Aldo, soudain bouleversé, ne vit plus qu'Anielka.

Ravissante et pâle, fluide comme un jet d'eau dans sa longue tunique blanche scintillante de perles de cristal, une adorable petite couronne de diamants posée sur sa tête blonde, elle s'avançait au bras de son père, les yeux baissés fixés sur la pointe de ses escarpins de satin blanc. Son air triste et absent serra le cœur d'Aldo. Il eut beaucoup de mal à lutter contre l'envie de se jeter au milieu des enfants pour emporter celle qu'il aimait loin de ces indifférents venus se repaître du spectacle d'une vierge de dix-neuf ans livrée contre argent sonnant à un contemporain de son père.

Ce fut pis encore quand elle passa devant lui, qu'il vit se relever les douces paupières. Les yeux d'or « grands comme des meules de moulin » s'arrêtèrent un instant sur les siens, lourds d'une véritable angoisse, avant de glisser, avec un éclair de colère, sur sa trop belle voisine. Puis se refermèrent. La longue traîne brillante sur laquelle moussait l'épaisse vapeur du voile de tulle s'étira interminablement jusqu'au prie-Dieu de velours vert près duquel attendait l'époux...

Comme l'avait voulu Ferrals, le soleil couchant incendiait le fleuve royal tandis que commençait à se dérouler la solennelle liturgie du mariage dont chaque mot ajoutait au malaise de Morosini. « Nous aurions dû emmener Anielka hier soir, pensa-t-il avec rage. Le mariage civil n'était pas gênant mais la bénédiction qui va venir... »

Pourtant, il savait bien que ce qui se passerait tout à l'heure au cœur de la douce nuit de mai le rendrait fou. Il se sentait l'âme d'Othello en imaginant, avec un réalisme bien masculin, Ferrals dévêtant Anielka puis la possédant... L'image fut même si nette dans son esprit qu'il voulut la repousser :

— Non! gronda-t-il entre ses dents. Non! Pas ça!...

Le coude de Mme Kledermann s'enfonça soudain dans ses côtes tandis qu'elle considérait avec une stupeur inquiète le visage crispé de son compagnon.

— Eh bien? chuchota-t-elle. Que vous arrive-t-il? Est-ce que vous êtes souffrant?

Il tressaillit, passa une main mal assurée sur un front soudain humide mais se contraignit au sourire :

— Excusez-moi! Je pensais à autre chose...

— ... J'ai cru que vous alliez vous élancer pour protester contre ce mariage. Vous aviez l'air d'un chien auquel on vient de retirer son os.

— Quelle stupidité! fit-il sans s'encombrer de courtoisie superflue. J'étais à cent lieues d'ici...

— Allons tant mieux! En ce cas, il est inutile de vous fâcher. Nous arrivons au cœur du problème.

En effet, l'instant des consentements arrivait. Là-bas, au fond de la conque de pétales et de flammes, le prêtre s'avançait vers les mariés que ses mains étendues rapprochaient. Le silence s'établit : chacun prêtait l'oreille pour saisir les nuances du serment mutuel. Celui de sir Eric, fermement articulé, résonna comme une cloche de bronze. Quant à Anielka, on l'entendit balbutier quelques mots

Un mariage pas comme les autres...

dans une langue incompréhensible – du polonais sans doute! – puis elle s'évanouit avec grâce tandis que l'officiant prononçait de confiance les paroles sacramentelles.

La belle cérémonie volait en éclats. Au milieu d'un concert d'exclamations qui fit taire l'orgue et les violons, Ferrals s'était jeté sur sa jeune femme pour la soutenir tout en appelant à grands cris un médecin. Un membre de l'Institut dont la jaquette s'ornait du canapé de la Légion d'honneur vint apporter son aide, accompagné d'une dame en dentelles mauves qui piaillait en moulinant de grands gestes. Quelques minutes plus tard, un vigoureux laquais emportait la jeune femme vers le château, suivi de l'époux, du médecin, de la femme du médecin et du comte Solmanski.

– Ne bougez surtout pas! enjoignit sir Eric à ses invités. Nous allons revenir. Ce n'est qu'un petit malaise!

Au milieu de la consternation générale, Dianora se permit un petit rire insolent :

– Comme c'est amusant! fit-elle en esquissant le geste d'applaudir. Voilà quelque chose qui sort de l'ordinaire. Cela me rappelle une soirée à la Scala de Milan où la diva s'est trouvée victime en scène d'un premier vertige de grossesse. Heureusement, elle a pu reprendre son rôle. Elle était un peu verte en revenant, mais comme elle chantait *La Traviata*, cela lui allait si bien qu'elle a eu un triomphe. Je gage que notre mariée aura le même.

— Vous n'avez pas honte ? gronda Morosini furieux. Cette pauvre petite est malade et ça vous amuse ? J'ai bien envie d'aller voir...

La main de la jeune femme saisit son bras et le serra avec une force surprenante :

— Restez tranquille ! siffla-t-elle entre ses dents. Personne ne comprendrait votre sollicitude et le mari moins que quiconque. Je ne vous savais pas si sensible au charme juvénile, mon cher ?

— Je suis sensible à toute souffrance.

— Il y a ici assez de monde pour s'occuper de celle-ci. D'ailleurs, moi je vais aller aux nouvelles...

— À quel titre ?

— Un : je suis une femme. Deux : une amie de la famille. Et trois : j'ai une chambre au château et il se trouve que je manque de mouchoirs pour pleurer avec vous. Attendez-moi !

Rassemblant d'une main ses mousselines bleues et ôtant, de l'autre, sa capeline, la jeune femme quitta sa place et se dirigea vers le château. Vidal-Pellicorne en profita pour rejoindre son ami. Lui toujours si sûr de lui semblait inquiet.

— Je n'y comprends rien, dit-il, sans songer à baisser le ton parce qu'autour d'eux tout le monde parlait avec animation. Cet évanouissement n'était pas prévu au programme. Tout au moins, pas à ce moment-là !

— Vous aviez décidé qu'elle aurait un malaise ?

— Oui. Pendant le souper. Elle devait se trouver mal et demander à se reposer jusqu'à l'heure du

Un mariage pas comme les autres...

départ. Ferrals ne pourrait pas rester avec elle : il a des invités trop importants et doit s'y consacrer. Pendant le feu d'artifice, Anielka aidée par Wanda qui nous est acquise devait s'habiller comme une femme de chambre et, en évitant la terrasse, descendre jusqu'au fleuve où l'attendrait Romuald. Je me demande ce qui a pu se passer. M'aurait-elle mal compris ?

— Et si elle était vraiment souffrante ? Quand elle est arrivée à la cérémonie, elle était pâle et triste.

— Vous pourriez avoir raison. Il y a quelque chose qui ne va pas ! Jusqu'ici, elle éprouvait une joie enfantine à l'idée de l'aventure de ce soir. En outre, je commence à croire qu'elle vous aime...

— C'est la seule bonne nouvelle de la journée ! Que comptez-vous faire à présent ?

— Rien ! On nous a priés d'attendre. Attendons ! Pendant ce temps-là, je vais réfléchir à la suite des opérations. Voyez-vous, je comptais sur l'intermède du souper pour m'occuper de la table aux bijoux et il faut que je trouve autre chose...

Tandis qu'il s'abîmait dans ses pensées, Aldo s'efforça de rester calme. Ce n'était pas facile, la patience n'étant pas sa vertu dominante. Il flairait une catastrophe et l'atmosphère de la chapelle artificielle n'avait rien d'apaisant. Une gêne s'installait, comme si ces gens étaient des naufragés abandonnés sur une île déserte. La musique ne jouait plus ; le prêtre avait disparu et les demoiselles d'honneur assises sur les marches de l'autel ou à même le tapis jouaient avec les fleurs et les rubans. Certaines commençaient à pleurer, tandis que les assistants qui se connaissaient s'interrogeaient du regard : devait-on rester, devait-on partir ? L'attente s'éternisait et, peu à peu, la patience fit place à une certaine agitation. Surtout du côté des personnalités officielles, ministres et ambassadeurs. Des bribes de phrases voltigeaient : « C'est inconcevable !... Un évanouissement ne dure pas si longtemps... On pourrait au moins s'inquiéter de nous !... Je n'ai jamais rien vu de pareil, et vous... ? »

Aldo tira sa montre :

— Si dans cinq minutes personne n'est venu nous donner des explications, je vais aux renseignements !

Il n'avait pas fini de parler que le comte Solmanski, toujours aussi froid, toujours aussi solennel mais visiblement ennuyé, reparut. Il traversa l'assemblée, prit la place de l'officiant et après avoir présenté des excuses au nom de sir Eric et en son nom, il rassura les invités sur l'état de santé de sa fille :

— Elle va mieux mais se sent trop lasse pour revenir assister à la messe qui devait être chantée. Le mariage ayant été célébré, c'est d'une importance mineure. L'échange des anneaux se fera plus tard et en petit comité mais la fête ne s'en déroulera pas moins comme notre hôte l'a prévu. Si vous vou-

Un mariage pas comme les autres...

lez bien me suivre jusqu'au château, nous avons tous besoin de retrouver l'atmosphère joyeuse de tout à l'heure...

Il alla offrir son bras à une dame assise au premier rang. C'était une Anglaise âgée mais de grande allure, la duchesse de Danvers, vieille et très proche amie de Ferrals. À leur suite, et avec un enthousiasme où entrait beaucoup de soulagement, les invités sortirent en commentant l'événement. Certains se demandaient si un mariage à ce point bâclé était valable puisque personne n'avait saisi ce que disait Anielka avant de perdre connaissance. Aldo était de ceux-là :

— Où Solmanski a-t-il pris que sa fille était mariée ? Même si le prêtre a saisi ce qu'Anielka a dit avant de s'évanouir, le rituel n'a pas été jusqu'au bout. Chez nous, à Venise, ce ne serait pas valable !

— Je ne suis pas orfèvre en la matière, mais Ferrals s'en fiche, dit Adalbert. Il est protestant.

— Et alors ?

— Mon bon, apprenez ceci : sir Eric n'a planté ce décor théâtral et consenti à cette cérémonie que pour faire plaisir à sa fiancée qui exigeait d'être mariée selon sa religion mais, pour lui, seule compte la bénédiction discrète qu'un pasteur leur a donnée hier soir après le mariage civil et avant le souper.

Suffoqué, Aldo n'en croyait pas ses oreilles :

— D'où sortez-vous ça ? Vous y étiez ?

— Non. C'est Sigismond qui me l'a raconté avant de se noyer dans les vieilles bouteilles de son beau-frère...

— Et c'est maintenant que vous me le dites?

— Vous étiez déjà bien assez nerveux comme ça. Et puis, dès l'instant où une bénédiction catholique devait suivre, cet épisode ne présentait pas tellement d'intérêt mais après ce que nous venons de voir, les choses se présentent de façon différente... et expliquent peut-être une pâmoison tellement inattendue.

Morosini s'arrêta au milieu de l'allée et obligea son ami à en faire autant en le saisissant par le bras. Il revoyait soudain le visage douloureux d'Anielka au moment où elle marchait à l'autel :

— Dites-moi la vérité, Adal! C'est tout ce que le jeune Solmanski vous a confié?

— Naturellement, c'est tout! D'ailleurs, après le dîner il était bien incapable d'articuler deux paroles sensées. Qu'est-ce que vous allez imaginer?

— Pourquoi pas le pire? En dépit de son faste et du titre de baron dont l'a décoré le roi George V, votre Ferrals n'est qu'un parvenu, un rustre capable de tout... même d'avoir exercé cette nuit ses droits d'époux. Oh, s'il a osé faire ça!

Possédé d'une colère aussi soudaine qu'un grain en mer sous les tropiques, il se tourna vers le château à présent illuminé comme s'il allait s'élancer pour le prendre d'assaut. Vidal-Pellicorne eut peur de la violence qu'il sentait sous l'apparence non-

Un mariage pas comme les autres...

chalante et raffinée de ce grand seigneur italien : il l'empoigna aux épaules :

— Qu'allez-vous chercher là ? C'est impensable, voyons ! Vous oubliez le père ! Il n'aurait jamais admis que sa fille soit traitée de cette façon... Je vous en prie, Aldo, calmez-vous ! Ce n'est pas le moment de causer un esclandre ! Nous avons mieux à faire...

Aldo essaya de sourire :

— Vous avez raison. Oubliez ça, mon vieux ! Il serait temps que cette journée se termine parce que je suis en train de devenir fou...

— Vous tiendrez jusqu'au bout ! Je vous fais confiance... En outre, il m'est venu une idée...

Il n'eut pas le temps d'en dire davantage.

— Eh bien, que faites-vous là ? lança soudain une voix joyeuse. Tout le monde est rentré ; on s'apprête à passer à table et vous restez à bavarder ?

Fidèle à son habitude, Dianora Kledermann effectuait l'une de ces apparitions dont elle semblait détenir le secret. Elle avait changé de vêtements — ou plutôt elle en avait retiré une bonne partie ! Elle portait à présent une robe de lamé d'argent qui la dévêtait somptueusement, laissant nus son dos, ses épaules, et couvrant à peine ses seins magnifiques. De longues girandoles de diamants et de saphirs tremblaient de chaque côté de son cou — dont aucun bijou ne venait rompre la ligne harmonieuse. En revanche, ses avant-bras disparaissaient sous des bracelets composés des mêmes pierres. Une seule bague : un solitaire énorme à la main qui tenait un grand éventail en plumes d'autruche blanches. Elle était assez étourdissante et le regard des deux hommes le lui avoua clairement. Mais ce fut à Adalbert qu'elle offrit un sourire ensorcelant :

– Voulez-vous bien nous précéder, monsieur Vidal-Pellicorne ? Je désirerais dire un mot en privé à notre ami.

– Que puis-je refuser, madame, à une sirène qui s'est donné la peine d'apprendre mon nom par cœur ?

– Eh bien ? demanda Morosini que cet aparté ne tentait pas. De quoi voulez-vous me parler ?

– De ceci !

En une seconde, elle fut contre lui ; ses bras scintillants glissèrent autour du cou d'Aldo tandis qu'une bouche à la fois fraîche et parfumée aspirait la sienne. C'était tellement inattendu, tellement rafraîchissant aussi – un vrai baume pour des nerfs douloureux ! – que celui-ci ne réagit pas. Il dégusta le baiser comme il eût savouré une coupe de champagne. Après quoi, il repoussa la jeune femme.

– C'est tout ? fit-il un rien moqueur.

– Pour le moment, oui, mais plus tard tu auras beaucoup plus. Regarde autour de nous ! C'est un endroit de rêve et la nuit est divine. Elle sera à nous quand Ferrals aura emporté sa jolie bécasse pour lui apprendre l'amour...

Un mariage pas comme les autres...

C'était la dernière chose à dire. Morosini prit feu :

— Ne peux-tu t'intéresser qu'à ce qui se passe dans un lit ? Je vois mal ce vieux bouc jouer les initiateurs !

— Oh ! il s'en tirera honorablement. Ce n'est pas un maître comme toi, mais il n'est pas sans talent.

— Ce n'est pas vrai ? Tu as couché avec lui ? fit Aldo abasourdi.

— Hmm... oui. Juste avant de rencontrer Moritz. Je me suis même demandé un instant si je n'allais pas me faire épouser, mais décidément je n'aime pas les canons. C'est trop bruyant. Et puis Eric n'est pas un vrai seigneur alors que mon époux, lui, en est un...

— Dans ce cas, je ne vois pas pourquoi tu tiens tant à le tromper. À présent, rentrons ! J'ai faim !

Et, saisissant Dianora par le poignet, il l'entraîna au pas de charge vers le château...

— Mais enfin, protesta-t-elle, je croyais que tu m'aimais ?

— Moi aussi... au temps où j'étais jeune et naïf !

Sir Eric n'était peut-être pas un vrai seigneur, mais il possédait une grande fortune et savait s'en servir. Durant la cérémonie, et en dépit du fait qu'elle s'était trouvée raccourcie, son armée de serviteurs avait opéré un nouveau miracle végétal : de l'enfilade des salons – à l'exception d'un seul ! – elle avait tiré une salle de festin en forme de jardin exotique où des orangers plantés dans de grands pots en porcelaine de Chine s'alignaient le long des murs couverts de treillages verts où s'accrochait une infinité de lianes fleuries rejoignant les grands lustres de cristal. Des obélisques taillés dans de la glace vive veillaient à la fraîcheur de cette végétation au milieu de laquelle des tables rondes nappées de dentelle et brillantes de vaisselle plate, de verrerie précieuse et de grands chandeliers de vermeil où brûlaient de longues bougies attendaient les convives que des maîtres d'hôtel en livrée verte guidaient vers leurs places. Tout cela voulu pour le plaisir d'une jeune épouse qui adorait les jardins...

Au soulagement de Morosini, il se trouva séparé de Mme Kledermann qui devait s'asseoir à la table d'honneur avec la duchesse de Danvers. Aldo fut mené à une autre, où on l'installa entre une ténébreuse comtesse espagnole à la forte lèvre ombrée et une jeune Américaine qui eût été charmante sans le rire hennissant dont elle faisait usage à tout propos. En revanche, Vidal-Pellicorne était à la même table, ce qui était une vraie satisfaction : avec lui, pas besoin de chercher des sujets de conversation. Il allait régaler son auditoire d'une docte conférence sur l'Égypte des Aménophis et des Ramsès.

Aldo espérait donc pouvoir rêver en paix quand il sentit qu'à la faveur d'un plat d'œufs brouillés aux queues d'écrevisses, on lui glissait quelque chose dans la main : un papier étroitement plié.

Ne sachant trop comment s'y prendre pour le lire, il s'arrangea pour capter le regard d'Adal, lui montrer discrètement ce qu'il tenait. Aussitôt, l'archéologue se lança dans une sorte de roman policier passionnant qui avait pour centre la reine Nitokris et qui captiva l'attention des autres convives. Aldo put lire son billet déplié dans sa serviette.

« Je veux vous parler. Wanda vous attendra en haut de l'escalier à dix heures et demie. A. »

Parcouru d'une onde de joie, il examina la situation. Quitter sa place sans être remarqué des hôtes de la grande table ne présenterait pas de difficulté : il lui suffirait de reculer juste un peu pour être caché par un oranger et par les retombées d'un gigantesque volubilis. En outre, il n'était pas éloigné d'une porte, ce qui constituait une chance.

L'heure venue, il s'assura d'un regard que Ferrals, lancé dans une discussion, ne s'occupait pas du reste de ses invités, puis il s'excusa auprès de ses voisines, recula sa chaise et quitta la salle...

Le hall n'était pas désert, loin de là ; le ballet des serveurs venant des cuisines s'y poursuivait sans précipitation et sans bruit. Dans la salle des cadeaux dont la porte demeurait ouverte – il eût été inconvenant et même offensant pour les invités de la fermer avant leur départ –, on entendait les gardes discuter entre eux. L'un de ceux qui se tenaient devant le seuil, se méprenant sur les intentions de Morosini, lui indiqua le grand escalier en précisant charitablement :

– C'est de l'autre côté, dans le renfoncement...

Les habitants du parc Monceau

Aldo remercia d'un geste de la main tout en se dirigeant vers l'endroit indiqué, y entra, en ressortit aussitôt, jeta un coup d'œil autour de lui puis, estimant l'instant favorable, s'élança sur la volée de marches recouvertes d'un tapis et, en quelques enjambées, atteignit le palier ouvrant sur deux larges couloirs éclairés par des torchères. Il n'eut pas à chercher longtemps : la silhouette épaisse de Wanda sortit de derrière une antique chaise à porteurs placée à l'entrée d'une des galeries. Elle lui fit signe de la suivre, l'amena devant l'une des portes puis, mettant un doigt sur ses lèvres pour l'inviter au silence, s'éloigna sur la pointe des pieds.

Morosini frappa doucement. Sans attendre de réponse, il posa la main sur la poignée pour entrer. Le coup l'atteignit à cet instant précis et il s'effondra sans avoir eu le temps de pousser un soupir mais avec l'impression bizarre que quelqu'un riait : un petit rire grinçant et cruel...

Quand il se réveilla, le choc retentissait encore douloureusement dans son crâne mais sans que ses facultés intellectuelles s'en trouvassent amoindries. Il fut surpris de se retrouver couché sur un lit confortable au milieu d'une chambre élégante et éclairée : quand le héros se faisait assommer, dans les romans policiers qu'il aimait lire, son réveil avait toujours pour cadre une cave tapissée de toiles d'araignée, un réduit sans fenêtres ou même un placard. Son agresseur semblait avoir pris de lui un soin tout particulier : deux oreillers soutenaient sa tête et sa jaquette habillait le dos d'un fauteuil sur lequel s'étalait déjà une robe de mousseline bleu pâle qu'il reconnut aussitôt.

De même que le parfum coûteux, complexe, enivrant et très original qui signait toujours le sillage de Dianora. Pour une raison encore obscure, l'homme qui riait d'une façon si caractéristique et si désagréable semblait s'être donné pour tâche, cette fois, le rapprochement des amants désunis...

– C'est gentil de sa part mais ce n'est certainement pas pour mon bien, marmotta-t-il.

Non sans que le décor basculât un peu, il s'assit puis réussit à se lever et à remettre de l'ordre dans sa tenue. Un coup d'œil à sa montre lui apprit qu'il était là depuis plus d'un quart d'heure et qu'il y était encore pour un moment, car la porte sur laquelle il se précipita était fermée à clef. « L'étude de la serrurerie va devenir urgente ! » pensa-t-il en évoquant avec un rien d'envie les talents si particuliers d'Adalbert. En tout cas, une chose était sûre : quelqu'un tenait à ce qu'il reste chez Dianora au moment où Anielka l'appelait. Mais le billet qu'il retrouva au fond de sa poche était-il bien l'œuvre de la jeune femme ? Cette écriture-là était plutôt banale...

La serrure – pur XVIIe ! – était superbe mais solide. Elle ne céderait que s'il enfonçait la porte. Ne sachant trop ce qu'il y avait derrière, il hésitait devant le bruit que cela causerait. Alors il alla vers la fenêtre qu'il ouvrit en grand sur l'enchantement lumineux des jardins. Beaucoup trop lumineux : au milieu de cette façade éclairée *a giorno*, il devait être aussi visible que s'il était en vitrine et, malheureusement, il y avait du monde dehors. En outre, la hauteur de deux bons étages de mur lisse le séparait du sol : de quoi se rompre le cou...

Il en était à envisager de nouer les draps du lit selon la méthode classique et au risque de passer pour un fou quand un affreux vacarme éclata au rez-de-chaussée, résonnant dans tout le château : un fracas suivi de cris, de galopades et de coups de sifflets. Ceux des policiers sans doute ? Alors il n'hésita plus : sans remords ni pitié pour les délicates peintures d'époque, il revint vers la porte comme un boulet de canon et l'enfonça d'un maître coup de pied. La belle serrure céda et il se retrouva dans la galerie déserte. En revanche, en bas, le tumulte continuait.

Le hall était plein de gens qui s'agitaient, parlant tous à la fois, ce qui lui permit de redescendre sans que l'on fît attention à lui. Tout ce monde s'entassait devant la salle des cadeaux dont la porte était close. Les deux gardiens qui s'y adossaient parlementaient avec les invités.

— Que s'est-il passé ? demanda Morosini qui réussit à se glisser au premier rang en jouant des coudes.

— Rien de grave, monsieur, répondit l'un des policiers. Nous avons reçu l'ordre de ne laisser entrer ni sortir personne.

Un mariage pas comme les autres...

— Mais pourquoi ? Qui est là-dedans ?

— M. Ferrals et quelques-uns de ses invités. Des dames qui, arrivées en retard, n'avaient pu voir l'exposition.

— Et il a besoin de s'enfermer pour ça ?

— Eh bien... justement... le pied d'une des dames lui a tourné et, en voulant se retenir, elle a arraché le tapis de velours de la table aux bijoux. Tout est tombé par terre. Alors M. Ferrals, tout en s'efforçant d'aider son amie à se relever, a ordonné que l'on ferme afin que personne ne sorte tant que les bijoux n'auraient pas été remis en place...

— Comme c'est aimable ! protesta quelqu'un. Cet Anglais n'a vraiment aucune éducation ! Est-ce qu'il suppose que cette pauvre femme a fait exprès de tomber afin de cambrioler sa quincaillerie ?

— C'est peu probable, fit le gardien en riant. D'après ce que je sais, il s'agit d'une vieille duchesse anglaise apparentée à la famille royale ! Pour l'instant, elle boit un verre de cognac installée dans un fauteuil tandis que les autres personnes ramassent les bijoux avec l'aide de mes collègues... Je vous en prie, mesdames et messieurs, ajouta-t-il en enflant la voix, veuillez regagner les salons en attendant que tout soit rentré dans l'ordre ! Il n'y en a pas pour longtemps...

— Espérons qu'il ne manquera aucun de ses sacrés bijoux, ronchonna le médecin qui avait porté secours à Anielka. Sinon, il est très capable de nous faire passer à la fouille avant de nous laisser repartir. J'ai bien envie de m'en aller tout de suite !

— Oh, restons encore un peu, Édouard! pria sa femme. C'est tellement amusant!

— Vous trouvez? On peut dire que vous n'êtes pas difficile, Marguerite! Regardez un peu les ministres!

Ils tenaient conciliabule avec deux ambassadeurs à l'entrée des salons, tentés de demander leur voiture bien qu'ils parussent prendre l'événement avec une certaine philosophie. Aldo entendit l'un d'eux, qui était M. Dior, ministre du Commerce et de l'Industrie, déclarer en riant :

— Voilà un mariage dont je me souviendrai! Dire que pour y assister j'ai abandonné à Marseille le président Millerand, retour d'Afrique du Nord et venu visiter l'Exposition coloniale!

— Mais ne l'aviez-vous pas inaugurée en avril avec Albert Sarraut, votre collègue des Colonies? fit l'un de ses interlocuteurs.

— Ce n'était qu'une pré-inauguration parce qu'elle n'était pas encore terminée. Mais l'Exposition est une réussite qui vaut d'être vue en détail. Il y a certains pavillons qui sont de vraies merveilles et...

Morosini se désintéressa des propos officiels pour chercher du regard Vidal-Pellicorne mais sa silhouette dégingandée surmontée de sa crinière bouclée n'apparaissait nulle part. Enfin, au bout d'un moment qui parut interminable à ceux qui attendaient, la double porte se rouvrit, livrant passage à sir Eric, très souriant et donnant le bras à la

Un mariage pas comme les autres...

vieille lady, cause bien involontaire de tout ce remue-ménage. Derrière eux venaient les invités qui s'étaient trouvés enfermés : parmi eux, la comtesse espagnole dont Morosini avait été le voisin, Dianora et Aldebert qui riaient.

— Ma parole ! On dirait que vous vous êtes bien amusés ? fit Aldo en les rejoignant.

— Vous n'imaginez pas à quel point ! dit la jeune femme. Cette pauvre duchesse à plat ventre sur le parquet avec son drap de velours où s'accrochaient encore quelques babioles très chères pendant que d'autres roulaient de tous côtés, c'était irrésistible ! Mais, ajouta-t-elle en baissant le ton, si vous aviez vu la tête de sir Eric, c'était encore plus drôle. Songez un peu ! Il n'apercevait plus son fétiche, la fameuse Étoile bleue dont il nous rebat les oreilles. J'ai cru, un instant, qu'il allait nous faire déshabiller et fouiller !

— J'aurais beaucoup aimé pour ma part ! dit Adalbert avec un clin d'œil qui lui valut un coup d'éventail.

— Ne soyez pas vulgaire, mon ami. En tout cas, c'est à vous que nous devons le salut : si vous n'aviez pas retrouvé l'objet où en serions-nous, mon Dieu !

Morosini eut un sourire de dédain :

— Le vernis mondain aurait-il craqué ?

— Vous voulez dire qu'il a explosé. Pffuit ! Nous avons vu un instant Harpagon privé de sa cassette. Mais nous avons eu chaud ! À ce propos, je monte me refaire une beauté avant le feu d'artifice. Je vous rejoindrai sur la terrasse...

Morosini hésita un instant à la prévenir qu'elle allait sans doute éprouver quelque peine à fermer la porte, mais il préféra lui laisser le plaisir de la découverte et entraîna Adalbert sur le perron pour fumer une cigarette. Il y avait, dans l'œil de son ami, un pétillement malicieux qui le faisait griller de curiosité mais il n'eut même pas le temps de poser la moindre question. Tout en allumant un énorme cigare fumant comme une locomotive, Vidal-Pellicorne murmura :

— Dépêchez-vous de me donner des nouvelles ! Je suppose que vous avez vu notre jolie mariée et qu'elle est en route pour rejoindre Romuald ?

— Je n'en ai pas la moindre idée ! Le billet n'était qu'un piège. On m'a assommé et je me suis réveillé dans le lit de Mme Kledermann.

— On aurait pu choisir plus mal, mâchonna l'archéologue qui ne semblait cependant guère disposé à sourire. Savez-vous qui a fait ça ?

— La même personne qui m'a rossé ou fait rosser dans le parc Monceau. J'ai entendu un rire bien caractéristique. Ça commence à devenir une habitude de me taper dessus et je trouve ça agaçant au possible !

— Et vous en êtes sorti comment ?

— En enfonçant la porte quand j'ai entendu le vacarme, en bas. Au fait, si vous me racontiez ce qui s'est passé : ce n'est tout de même pas vous qui avez fait tomber lady Clementine ?

Un mariage pas comme les autres...

Vidal-Pellicorne prit un air contrit :
— Hélas! C'est bien moi le coupable... Un croche-pied involontaire mais vous savez à quel point je suis maladroit avec mes extrémités inférieures! Cependant, ajouta-t-il plus bas et d'un ton beaucoup plus allègre, vous serez satisfait, le vrai saphir est dans ma poche. C'est la copie de Simon que l'on vient de renfermer dans son écrin.

La nouvelle était si formidable qu'Aldo aurait pu crier de joie.

— C'est vrai ? s'exclama-t-il.
— Pas si fort! Bien sûr que c'est vrai. Je pourrais vous le montrer mais ici, ce n'est pas l'endroit!

Les invités commençaient à sortir du château pour gagner les sièges disposés sur la terrasse. Mme Kledermann, une cape légère sur les épaules, était du nombre.

— Je vous cherchais, dit-elle. Il m'arrive une curieuse aventure : je ne sais quel imbécile a jugé bon de démolir la porte de ma chambre!

— Un admirateur un peu trop impétueux peut-être? suggéra Morosini mi-figue mi-raisin. J'espère qu'on vous a donné une autre chambre?

— C'est impossible : elles sont toutes occupées. Mais on répare. Ferrals était furieux quand il a vu les dégâts au moment où il allait chercher sa précieuse épouse afin qu'elle préside au moins le feu d'artifice avant de s'embarquer pour Cythère... À propos, si nous voulons être bien placés, il faut y aller! ajouta-t-elle en les prenant chacun par un bras. Geste que Morosini esquiva adroitement.

Les habitants du parc Monceau

— Allez devant, s'il vous plaît! Je voudrais me laver les mains.

— Moi aussi, fit Adalbert en écho. Je me suis traîné par terre à la recherche de ce fichu joyau...

En fait, tous deux voulaient surtout assister à l'apparition de sir Eric, avec ou sans sa jeune femme. Sans, très certainement, puisque Anielka devait profiter du feu d'artifice pour s'esquiver. Pour cela, il lui fallait convaincre Ferrals de la laisser se reposer encore un peu...

Il y avait encore foule dans le hall. La vieille duchesse, un peu fatiguée, se tenait assise dans un grand fauteuil à l'abri de l'escalier devant lequel le comte Solmanski, visiblement nerveux, faisait les cent pas en jetant de vifs coups d'œil vers l'étage. Voyant arriver les deux hommes, il ébaucha pour eux un sourire incertain.

— Quelle stupidité d'être venus ici, lâcha-t-il. Ce mariage si loin de Paris ne me disait rien qui vaille, mais mon gendre n'a rien voulu entendre. Sous prétexte que sa fiancée adore les jardins, il entendait lui offrir un mariage champêtre! Ridicule!

Visiblement de très mauvaise humeur, le beau-père! Vidal-Pellicorne lui offrit son visage le plus séraphique :

— C'est poétique! soupira-t-il. Est-ce que vous n'aimez pas la campagne?

— Je la déteste. Elle sue l'ennui!

— Alors, vous ne devez pas être un Polonais comme les autres. Ceux que je connais l'adorent...

Un mariage pas comme les autres...

Il s'interrompit. En haut de l'escalier, sir Eric venait de faire son apparition et Morosini nota avec une joie secrète qu'il était seul et semblait soucieux.

— Eh bien ? demanda Solmanski. Où est ma fille ?

Avec un soupir, sir Eric descendit vers lui :

— On est en train de la mettre au lit. Je crois qu'il va nous falloir passer la nuit ici... Elle a déjà perdu connaissance deux fois, m'a dit sa femme de chambre...

— Je vais voir ce qu'il en est! décida le père en commençant à monter, mais Ferrals le retint.

— Laissez-la tranquille! Elle a surtout besoin de repos et mon secrétaire est en train de téléphoner à Paris pour qu'un spécialiste soit là demain matin. Aidez-moi plutôt à en finir avec cette sacrée soirée en allant contempler les fusées, après quoi chacun rentrera chez soi. J'adresserai quelques mots à nos amis, ajouta-t-il en se dirigeant vers la duchesse à laquelle il offrit son bras avant de se tourner vers Aldo et Adalbert qui ne savaient trop que penser. Allons, messieurs, accompagnez-nous! Le spectacle qui nous attend sera, je crois, magnifique!

Tandis qu'étoiles, chandelles romaines, soleils et feux de Bengale illuminaient le ciel nocturne sous les cris admiratifs des invités oubliant leur quant-à-soi pour laisser revenir les enfants qu'ils avaient été, les deux amis trépignaient d'envie de descendre au bord du fleuve pour voir ce qui s'y passait, mais leur hôte semblait tenir à leur compagnie. Il fallut attendre que la fête s'achève puis que Ferrals ait débité un petit discours excusant sa femme et remerciant ses invités d'avoir fait preuve de tant de patience. Ce fut ensuite le rituel du départ pour ceux qui ne logeaient pas au château.

Chose bizarre, sir Eric tint à raccompagner lui-même Morosini jusqu'à sa voiture qu'un domestique était allé chercher. Et cela au grand désappointement de Mme Kledermann qui ne semblait guère disposée à se séparer de son ami mais dut s'incliner par souci de sa réputation. Elle trouva quand même le moyen de lui glisser qu'elle comptait se rendre à Venise dans un avenir prochain. Perspective qui ne le fit pas vibrer d'enthousiasme mais, ayant trop de soucis pour s'y attarder, il choisit de l'oublier aussitôt. A chaque jour suffit sa peine!

Il roulait déjà en direction des grilles où, en dépit de l'heure tardive, s'agrippaient journalistes et curieux quand Vidal-Pellicorne le rejoignit.

— J'ai oublié de vous demander votre adresse dans le coin.

— La Renaudière, chez Mme de Saint-Médard. C'est entre Mer et La Chapelle-Saint-Martin.

— Rentrez directement et ne bougez pas! J'irai vous voir demain matin.

Puis, lâchant la portière, il revint vers le château en criant comme s'il terminait une phrase :

— ... De toute façon, je vous en montrerai une presque semblable au musée du Louvre! À bientôt!

Un mariage pas comme les autres...

Ce ne fut pas sans regrets que Morosini prit la route du retour. Les événements avaient tourné de façon si étrange qu'il ne pouvait se défendre d'une angoisse due à l'expression bizarre du visage de Ferrals quand il était redescendu. Quelque chose lui disait que la comédie qui s'était changée en farce au moment des exploits d'Adal n'était peut-être pas loin, à présent, de prendre des allures de drame...

CHAPITRE 9

DANS LE BROUILLARD

Incapable de trouver le sommeil, Aldo passa le reste de la nuit à tourner en rond en fumant cigarette sur cigarette. L'aurore le découvrit au jardin arpentant les allées bordées de buis, les nerfs en boule et l'esprit tendu vers ce château qu'il avait fallu quitter sans savoir ce qui s'y était passé au juste. Ce fut la belle lumière rose qui le convainquit de rentrer pour ne pas inquiéter son hôtesse, une aimable mais fragile créature que le moindre bruit faisait sursauter et qui semblait toujours sur le qui-vive. Un certain temps s'écoulerait sans doute avant qu'Adalbert n'effectue son entrée : le mieux était de le passer sous la douche d'abord et de commander un solide petit déjeuner ensuite.

L'une était un peu rouillée, mais l'autre délicieusement campagnard avec de grandes tartines de pain bis grillées à point, du beurre tout frais pressé, d'attendrissantes confitures de reines-claudes et du café à réveiller un mort. Aussi les idées de Morosini retrouvaient-elles les couleurs de l'optimisme quand les pétarades de l'Amilcar firent rugir les échos des alentours et plonger sous ses oreillers la pauvre Mme de Saint-Médard qui était encore au lit.

— J'espère que vous m'apportez de bonnes nouvelles! s'écria Morosini en allant au-devant de son ami.

— Des nouvelles, j'en ai, mais on ne peut pas dire qu'elles soient bonnes... À vrai dire, elles sont incompréhensibles.

— Laissez un peu de côté votre goût du mystère et dites-moi d'abord où est Anielka!

— Dans sa chambre selon toute vraisemblance. Le château est plongé dans le silence afin qu'aucun bruit ne vienne troubler son repos : les domestiques sont montés sur semelles de feutre. Quand aux invités, ils doivent, à cette heure, être sur le départ. Ferrals leur a fait comprendre qu'il souhaitait les voir filer le plus vite possible!

— Elle est vraiment malade, alors? Mais de quoi souffre-t-elle? s'impatienta Morosini alarmé.

— Pas la moindre idée! Sir Eric et sa nouvelle famille sont muets comme des carpes. Et comme Sigismond était encore à jeun quand je suis parti, je n'ai rien pu en tirer. Vous ne partageriez pas vos agapes matinales avec un malheureux qui est debout depuis l'aube? J'ai quitté le château au lever du soleil...

— Servez-vous! Je vais demander du café chaud... mais, dites-moi, vous en avez mis du temps pour parcourir une douzaine de kilomètres?

— J'en ai fait plus que ça! Autant vous apprendre tout de suite le plus inquiétant : Romuald a disparu.

Adalbert raconta alors comment, avant d'aller se coucher, il avait fait un tour dans le parc pour « fumer un dernier cigare » et surtout voir ce qui se passait au bord du fleuve. Or il ne s'y passait rien. La barque était bien amarrée à l'endroit convenu, mais il n'y avait personne dedans : les rames y voisinaient avec la couverture dont le guetteur avait dû se munir pour envelopper sa passagère. Habitué de par son métier à scruter les terrains et les choses, l'archéologue, aidé de la lampe électrique emportée par précaution, réussit à relever néanmoins des traces suspectes : celles de pas imprimés dans la terre auprès d'autres plus légères, comme si une personne lourdement chargée s'y était déplacé en allant vers l'aval. D'autres marques encore dans le petit bateau : éclats de bois et de peinture récents, et aussi de la boue. Très soucieux, Vidal-Pellicorne s'efforça de suivre les pas pesants mais ils ne le menèrent pas loin : ils s'arrêtaient à quelques mètres au bord de l'eau puis disparaissaient. Il y avait eu là, certainement, un autre bateau, mais amené par qui et dans quel but?

Comme il était impossible, pour cette nuit, d'en savoir davantage, il remonta au château dont il fit le tour avant de regagner sa chambre, pour constater que les fenêtres de lady Ferrals étaient encore éclairées.

— J'étais partagé entre l'envie d'aller frapper à sa porte – mais sous quel prétexte ? – et celle de descendre au garage reprendre ma voiture pour aller de l'autre côté de la Loire visiter la petite maison louée par Romuald. Ce qui eût été imprudent alors que le saphir était toujours en ma possession. J'ai attendu le matin. Sans fermer l'œil une seule minute.

— Moi non plus, si ça peut vous consoler, fit Aldo en lui versant un grand bol de café tandis que son invité faisait disparaître une immense tartine avec la moitié du pot de confiture. Naturellement, vous êtes allé à la maisonnette en quittant la propriété ?

— Oui, et comme pour traverser il faut aller jusqu'à Blois, cela explique le temps que j'ai mis. Là-bas, j'ai trouvé les affaires de Romuald parfaitement en ordre mais rien d'autre : on dirait qu'il s'est volatilisé.

— Un accident peut-être ?

— De quelle sorte ? Sa motocyclette est toujours garée dans l'appentis du jardin. Je ne vois que deux solutions possibles : ou on l'a enlevé, mais qui, pourquoi et où l'a-t-on emmené, ou alors... je ne vous cache pas que j'ai peur, Morosini !

— Vous n'imaginez pas qu'on ait pu le tuer ? s'écria celui-ci horrifié.

— Qui peut savoir ? Peut-être n'y avait-il pas d'autre bateau au bord de l'eau ? Ça doit être assez facile, quand on est près d'un fleuve, de se débarrasser de quelqu'un...

Il eut un toussotement nerveux et, soudain, Aldo découvrit sous le masque angélique, insouciant et volontiers farfelu d'Adalbert un homme réfléchi jusqu'à l'angoisse et un cœur plus chaleureux encore qu'il ne le pensait. La crainte d'avoir perdu Romuald le bouleversait. Par-dessus la table, sa main vint se poser sur le bras de cet ami récent mais déjà cher.

– Que comptez-vous faire? demanda-t-il avec douceur.

Vidal-Pellicorne haussa les épaules :

– Fouiller la région jusqu'à ce que je trouve quelque indice et d'abord retourner à Blois voir si l'on n'aurait pas découvert un corps dans la Loire...

– Je vais avec vous. Nous allons prendre ma voiture : la vôtre est trop voyante. Trop bruyante aussi.

– Merci, mais c'est non. Il ne faut pas qu'on puisse nous repérer ensemble. N'oubliez pas que nous n'avons fait connaissance qu'hier. Et puis il faut que vous mettiez ça à l'abri.

De sa poche il sortit un mouchoir blanc et, de ce mouchoir, le pendentif au saphir qu'il mit dans la main d'Aldo. Ce ne fut pas sans émotion que celui-ci prit le bijou, mais la joie qu'il eût éprouvée naguère en le retrouvant n'était plus possible à présent qu'il en savait l'histoire véridique. Trop de morts, trop de sang sur cette pierre admirable! Au premier meurtre commis après le pillage du temple de Jérusalem, aux souffrances de l'homme enchaîné aux galères et mort sous le fouet des comites s'ajoutaient la mort d'Isabelle Morosini, d'Élie Amschel, le petit homme au chapeau rond, et peut-être celle de Romuald. Aussi Aldo éprouvait-il une hâte soudaine : celle de remettre à Simon Aronov la désastreuse merveille. Peut-être qu'une fois ressertie dans l'or bosselé du pectoral, l'Étoile bleue poserait enfin les armes ?

— Je ne vous remercierai jamais assez, murmura Morosini en refermant son poing sur le saphir. Il faut que je prévienne Aronov *via* la banque de Zurich mais, en attendant, je vais mettre ça en lieu sûr. Ma tante Amélie ne refusera pas de l'abriter dans son coffre.

— Vous ne repartez pas tout de suite pour Venise ?

— En vous laissant dans les ennuis jusqu'au cou ? Certainement pas ! Je rentre à Paris ce matin. Vous saurez où me trouver, alors appelez-moi si je peux vous être de quelque secours...

— Je ne pense pas que vous puissiez m'être utile. En revanche, vous le serez davantage à Paris où sir Eric compte ramener sa femme dans la journée : le château, dont la rénovation est encore inachevée, ne lui paraît pas assez confortable pour une malade.

— Je croyais qu'il avait appelé un grand patron au chevet d'Anielka ?

— L'un n'empêche pas l'autre. Tout ce que je sais, c'est qu'une ambulance a été commandée...

— Pour en revenir à Romuald, je me demande si

la thèse de l'enlèvement ne serait pas la meilleure : si on avait voulu le noyer, c'était bien inutile de le porter quelques mètres plus loin, on pouvait aussi bien faire ça depuis la barque.

— Prions pour que vous ayez raison ! Bon ! Je retourne à mes recherches. Merci pour le petit déjeuner... et aussi pour votre amitié !

Les deux hommes se serrèrent la main et Adal repartit par où il était venu. Une heure plus tard, Morosini prenait la route en sens contraire après avoir remercié Mme de Saint-Médard de son hospitalité.

Le trajet lui parut interminable ; d'autant qu'il fut victime d'une crevaison et dut changer une roue. Un exercice qu'il détestait et auquel il n'avait guère l'occasion de se livrer à Venise, ville civilisée où l'on glissait sur l'eau au lieu d'être cahoté bêtement sur des routes impossibles... et pleines de clous ! Son beau *motoscaffo* de cuivre et d'acajou n'avait nul besoin de pneus pour l'emporter sur les ailes du vent !

Aussi était-il de fort mauvaise humeur quand il arriva rue Alfred-de-Vigny. Cela ne s'arrangea pas lorsque Marie-Angéline vint à sa rencontre, tandis qu'il remettait la « voiture à pétrole » entre les mains de son conducteur habituel, pour lui apprendre qu'il avait une visite : arrivée le matin même, sa secrétaire était en train de prendre le thé avec « notre marquise ».

La mine satisfaite de Mlle du Plan-Crépin et sa

manie de se précipiter pour annoncer les nouvelles avant tout le monde achevèrent de l'exaspérer.

— Ma secrétaire ? aboya-t-il. Vous voulez dire une Hollandaise nommée Mina Van Zelden ? Qu'est-ce qu'elle viendrait faire ici ?

— Vous n'aurez qu'à le lui demander. Elle ne nous l'a pas confié...

— Eh bien, on va voir ça tout de suite !

Et Morosini fonça vers le jardin d'hiver après avoir laissé tomber avec désinvolture son cache-poussière et sa casquette sur les dalles du vestibule. Dès le premier salon, son dernier doute s'évanouit en percevant l'accent chantant de Mina quand elle parlait français ou italien. Mais ce fut en attaquant le deuxième salon qu'il la découvrit, égale à elle-même : costume de flanelle grise sur chemisier blanc et richelieu assortis, le chignon toujours aussi strict, elle était assise à l'ombre d'un aspidistra, le dos bien droit et une tasse de thé en équilibre dans une de ses mains. Il lui arriva dessus comme une bombe :

— Qu'est-ce que vous faites là, Mina ? Je croyais que l'abondance de vos tâches menaçait de vous écraser et je vous retrouve ici en train de papoter ?

— En voilà une entrée en matière ! protesta Mme de Sommières tandis que Mina s'empourprait à l'abri de ses lunettes. Qui t'a appris à faire irruption chez les gens sans même leur dire bonjour !

La mercuriale doucha Morosini. Un peu

penaud, il baisa la main de la vieille dame, puis, se tournant vers sa secrétaire :

— Excusez-moi, Mina ! Je ne voulais pas me montrer désagréable mais j'ai... quelques soucis en ce moment...

— Ah, ah ! fit Mme de Sommières, l'œil soudain émerillonné, le superbe mariage aurait-il connu des incidents ?

— Le terme est faible. Nous sommes allés de catastrophe en catastrophe mais je vous raconterai ça tout à l'heure. Vous d'abord, Mina ! Comment se fait-il que vous ayez tout planté pour me rejoindre ? Est-ce que vous ne vous entendez pas avec M. Buteau ?

— Lui ? Le cher homme ! Il est merveilleux, adorable ! Et tellement efficace ! fit Mina en joignant les mains avec un regard vers le plafond comme si elle s'attendait à voir Guy en descendre nimbé d'une auréole. Depuis son arrivée, il abat un travail incroyable et c'est ce qui m'a permis de venir vous apporter ceci, dit-elle en tirant de sa poche un télégramme. Je ne voulais pas vous en lire le texte au téléphone. C'est d'ailleurs M. Buteau — elle prononçait Butôô ! — qui me l'a conseillé ; il disait que vous auriez moins de peine !...

— Encore une catastrophe, souffla Morosini en prenant le papier avec une visible méfiance.

— J'en ai peur.

C'en était une, en effet. Les quelques mots fauchèrent les jambes d'Aldo qui dut s'asseoir : « Ai le regret vous informer de la mort de lord Killrenan, assassiné hier à son bord. Condoléances. Lettre suit... Forbes, capitaine du *Robert-Bruce*. »

Sans un mot, Aldo tendit le message à la marquise dont les sourcils se relevèrent.

— Comment? Lui aussi?... Comme ta mère? Qui a pu faire une chose pareille?

— On en saura peut-être plus avec la lettre du capitaine. Vous avez eu raison de venir, Mina! Merci!... Je vous laisse finir votre thé... Je vais me changer...

Il disait un peu n'importe quoi, pressé de se retrouver seul pour donner à cet ami les larmes qu'il sentait venir et qu'il refusait de montrer. Ainsi, le vieil — et si fidèle! — amoureux d'Isabelle venait de la rejoindre par ce chemin de la violence que le crime impose trop souvent à l'innocence! Sans doute en était-il heureux? La vie sans sa princesse lointaine, objet de son unique amour, devait lui être devenue pesante...

Longtemps Morosini rêva, assis sur son lit, sans même songer à faire couler un bain. Cette mort lui causait une peine profonde, mais il découvrit bientôt qu'elle lui posait aussi un grave problème! Le bracelet de Mumtaz Mahal n'était pas encore vendu: sir Andrew disparu, il entrait tout naturellement dans la succession. Cela, c'était la loi. Mais il y avait la volonté du vieux lord et cette volonté résonnait encore à ses oreilles: « Vendez à qui vous voulez sauf à l'un de mes compatriotes! » Il n'avait pas très bien compris tout d'abord mais à présent, et en revoyant le joli visage de Mary Saint Albans tel qu'il lui était apparu à la vente Apraxine : dévoré de cupidité puis convulsé d'une rage désespérée, il saisissait mieux la pensée de lord Killrenan. En formulant son interdiction, il devait penser à elle. Et, bien entendu, son époux était au nombre des héritiers. Alors ?

La solution, bien sûr, c'était de trouver très vite un amateur, de vendre le bracelet et d'envoyer l'argent au notaire. Un instant, il pensa à Ferrals : le ravissant ornement irait si bien au fragile poignet d'Anielka ! Malheureusement, il était anglais lui aussi, et, bien que naturalisé, il se trouvait exclu de fait. Ensuite, son esprit se tourna vers l'éternel absent : le richissime Moritz Kledermann. Pour un collectionneur de sa dimension, le bijou serait une pièce de choix... mais l'idée qu'il parerait Dianora, l'avide et insensible Dianora, lui fut insupportable. Elle ne méritait pas ce présent d'amour.

Et puis, enfin, la plus naturelle des idées lui vint : acheter lui-même, comme il en avait eu la tentation quand sir Andrew lui avait remis le bracelet. Ce qui eût été alors une folie devenait possible dès l'instant où, étant de nouveau en possession de l'Étoile bleue, il allait pouvoir la remettre à Simon Aronov, celui-ci n'ayant pas celé son intention de se montrer généreux... Sir Andrew apprécierait que sa dernière folie demeure au palais Morosini pour ajouter à la grâce de la dernière princesse. Qui serait peut-être polonaise ?...

Dans le brouillard

Satisfait d'une solution qui conjuguait son devoir, son amitié envers lord Killrenan et le respect dû aux légendes, Aldo descendit pour le dîner puis, toutes portes closes et Plan-Crépin partie pour Saint-Augustin où il y avait Adoration perpétuelle, tint avec Mme de Sommières et Mina une sorte de conseil de guerre. La marquise acceptait bien volontiers d'abriter le « trésor familial », mais Mina ne comprenait pas le pourquoi d'une halte à Paris :

— Vous allez rentrer, j'imagine ? dit-elle à son patron. Le plus simple n'est-il pas de le rapporter vous-même à Venise ?

— Sans doute, mais je ne repars pas tout de suite, Mina. Il m'est impossible de rentrer sans savoir ce qui s'est passé au château et d'abandonner mon ami Vidal-Pellicorne... Seulement je vais peut-être changer de domicile : je suppose, tante Amélie, ajouta-t-il en se tournant vers la vieille dame, que vous n'allez pas tarder à entreprendre votre périple estival ?

— Oh, rien ne presse ! Tant que tu restes ici, je reste aussi. C'est tellement plus amusant que de faire des parties de bézigue ou de dominos avec quelques-unes de mes contemporaines !

— Merci ! J'avoue que cela me fait plaisir, dit Aldo.

— Si je comprends bien, je vais rentrer seule, dit la jeune Hollandaise un peu pincée. Dans ce cas, rien de plus simple : je me charge de rapporter le saphir à la maison. Vous me direz où je dois le ranger...

— Elle n'a pas tort, Aldo, coupa la marquise. Moins ce dangereux bibelot restera dans tes alentours et mieux cela vaudra. Surtout si, d'aventure, le marchand de canons s'apercevait que son « talisman » lui a de nouveau faussé compagnie...

— Sans doute, mais vous venez de prononcer le mot qui me fait hésiter : dangereux ! Confier ce paquet de dynamite à une jeune fille seule et pour un long voyage...

— Voyons, monsieur, fit Mina avec l'ombre d'un sourire, regardez un peu les choses en face ! Il n'y a pas si longtemps, vous m'avez reproché ma façon de m'habiller ?

— Je ne vous l'ai pas reprochée, je me suis étonné qu'à votre âge...

— Ne revenons pas là-dessus, mais dites-moi plutôt qui pourait soupçonner la présence d'un joyau royal dans les bagages d'une... espèce d'institutrice anglaise – c'est bien le terme que vous avez employé ? – incolore et invisible... Je pense que vous ne pouvez pas trouver meilleur émissaire...

Sur ces mots et sans attendre de réponse, Mina se leva et demanda qu'on lui permît d'aller se reposer. Tandis qu'elle sortait, Mme de Sommières la suivit du regard :

— Une fille remarquable ! soupira-t-elle. Depuis que j'ai fait sa connaissance, lors de mon dernier séjour chez toi, l'an passé, je pense que tu as eu la main heureuse en la choisissant.

— Ce n'est pas moi qui ai choisi, c'est le Destin. Vous savez bien que je l'ai repêchée dans le rio dei Mendicanti où je l'avais précipitée sans le vouloir...

— Je me souviens. Mais elle vient de dire quelque chose qui m'a frappée : incolore et invisible. L'as-tu seulement regardée au moins une fois ?

— Bien sûr, puisque je lui ai fait des remarques sur ses vêtements.

— Tu ne me comprends pas : je veux dire vraiment regardée ? Par exemple, l'as-tu déjà vue sans ses lunettes ?...

Morosini réfléchit un instant, puis hocha la tête :

— Ma foi, non ! Même pendant son plongeon elle avait réussi à les garder sur le nez. Pourquoi me demandez-vous ça ?

— Pour savoir jusqu'à quel point tu t'intéresses à elle. Je reconnais qu'elle est plutôt fagotée et que ses « hublots » n'ont rien de gracieux, mais je l'ai bien observée, ce soir...

— Et alors ?

— Eh bien, vois-tu, mon garçon, si j'étais un homme, je crois que j'essaierais d'aller voir ce qu'il y a sous ces habits de quakeresse et ces besicles de vieux chartiste... Il pourrait y avoir matière à surprise...

L'entrée soudaine de Marie-Angéline mit un terme à la conversation. La pieuse demoiselle était excitée et brûlait de propager la nouvelle qu'elle apportait : une voiture d'ambulance couverte de poussière venait de franchir le portail de l'hôtel Ferrals !

Du coup, Aldo oublia sa secrétaire, le saphir et les inquiétudes d'Adalbert pour ne plus garder en tête qu'une seule idée : Anielka était de nouveau proche de lui et, grâce à cette merveilleuse Marie-Angéline qu'il habilla aussitôt aux couleurs d'Iris, la messagère des dieux, il aurait dès le lendemain de ses nouvelles.

Il en eut en effet, mais elles ne furent pas ce qu'il attendait. D'après la cuisinière, on avait transporté la nouvelle maîtresse dans sa chambre en compagnie de Wanda et d'une infirmière qui, seules avec son époux, pouvaient accéder jusqu'à elle. Pour le reste du personnel, la chambre était condamnée. Personne n'avait le droit d'en approcher, la jeune femme ayant contracté une maladie contagieuse sur la nature de laquelle on gardait un silence absolu.

– Mais enfin, pourquoi tout ce mystère ? Elle n'a pas la peste ? explosa Morosini.

– Qui peut savoir ? fit Plan-Crépin évasive mais enchantée de la tournure des événements. En tout cas, Mme Quémeneur l'ignore. Tout ce qu'elle a pu m'apprendre, c'est qu'un plateau assez copieusement garni a été monté hier soir et qu'il est revenu vide. On peut en déduire, je pense, que lady Ferrals n'est pas si malade que ça ?

– Ouais !...

Aldo réfléchit quelques minutes, puis se décida :

– Accepteriez-vous de me rendre un service ?

– Bien sûr ! exulta Marie-Angéline.

– Voilà : j'aimerais que vous essayiez d'apprendre où se trouve la chambre de lady Ferrals et quelles sont les fenêtres qui lui correspondent. Ce sera peut-être un peu difficile mais...
– Pas du tout ! Je le sais déjà : quand, avant le mariage, la jeune Polonaise et sa famille sont allées s'installer au Ritz, sir Eric a fait refaire la chambre qui lui était destinée. C'est à ce moment-là que Mme Quémeneur m'en a parlé : il paraît que c'est d'un luxe...
– Je n'en doute pas. Et pas davantage que vous ne soyez un don du ciel, coupa Morosini qu'une longue description ne tentait guère. Alors, elle se trouve où ?
– À sa place naturelle pour une maîtresse de maison : les trois fenêtres en rotonde du premier étage. Donnant sur le parc, bien sûr...
– Bien sûr, fit en écho Morosini qui, sur le point d'oublier Marie-Angéline, se rappela juste à temps qu'il lui devait des remerciements.

Il ne les lui ménagea pas mais, s'il espérait s'en débarrasser si vite, il se trompait : son cerveau n'était pas le seul à fonctionner. Il commençait à arpenter le salon, une cigarette au bout des doigts, quand Marie-Angéline suggéra :
– Le plus simple, c'est de passer par les toits. Ils sont contigus aux nôtres et avec une bonne corde on peut atteindre les balcons du premier étage. Cela au cas où vous jugeriez utile d'aller voir ce qui se passe au juste dans cette chambre...

Les habitants du parc Monceau

Sidéré, Aldo considéra la vieille fille dont le visage, dépourvu d'expression, offrait une curieuse image d'innocence. Il eut un petit sifflement :

— Eh bien, dites-moi ! C'est aux offices de Saint-Augustin que l'on apprend à cultiver des idées pareilles ?... D'excellentes idées, d'ailleurs !...

Cette fois, il eut droit à un sourire triomphant :

— L'Esprit souffle quand il lui plaît, don Aldo ! Et j'ai toujours aimé secourir ceux qui sont dans la détresse...

Elle eut droit, pour sa peine, à deux baisers sonores appliqués à pleines joues par un Morosini enthousiaste et s'enfuit à petits pas précipités, rouge jusqu'à la racine de ses cheveux.

Aldo ne quitta pas la maison de la journée, passant une grande partie de son temps au jardin, à examiner les façades et les toits des deux demeures mitoyennes. Plan-Crépin avait raison : descendre par le toit était beaucoup plus facile que traverser la moitié du jardin et escalader la façade comme il pensait le faire. Il prit tout de même le temps d'écrire à Zurich afin que le correspondant bancaire de Simon Aronov pût le prévenir du proche retour de la première pierre. Cyprien se chargea en personne d'aller porter la lettre à la poste, Mina profitant de sa journée à Paris – elle repartait le lendemain soir – pour visiter le musée de Cluny et ses tapisseries médiévales. Mais les heures parurent longues à Aldo jusqu'à ce que la nuit soit assez sombre pour que son expédition passe inaperçue.

Dans le brouillard

Quand, vers onze heures et demie, muni d'une corde enroulée autour de son épaule et vêtu comme lors de sa première rencontre avec Adalbert, il gagna la terrasse de l'hôtel, il eut la surprise d'y trouver Marie-Angéline – robe de laine noire et chaussons de lisière – qui l'attendait, assise par terre et adossée contre les balustres.

– Notre chère marquise a pensé qu'il était plus prudent d'être deux, chuchota-t-elle sans lui laisser le temps de protester. Je ferai le guet...

– Parce qu'elle est au courant ?

– Bien entendu ! Il ne serait pas convenable qu'elle ne sache pas ce qui se passe sous son toit... ou dessus !

– C'est ridicule ! Et puis ce n'est pas la place d'une demoiselle ! Vous pourriez vous casser quelque chose, ou simplement vous tordre un pied...

– Aucun danger ! Le château de mes parents comporte un logis Renaissance et quatre tours à poivrières. Vous n'imaginez pas combien de fois je me suis promenée dessus ! J'ai toujours adoré les toits. On s'y sent plus près du Seigneur !

Renonçant pour le moment à explorer plus avant les motivations de cette étrange fidèle qui élevait l'art des monte-en-l'air au niveau des vertus théologales, Morosini entreprit de passer sur le toit d'à côté, suivi de cet acolyte inattendu. Son intention n'était pas de faire irruption dans la chambre d'Anielka mais d'essayer de voir ce qui s'y passait. Étant donné la douceur du temps, l'une des fenêtres resterait sans doute entrouverte et, même si les rideaux étaient tirés, il devrait être possible de jeter un coup d'œil. D'autant qu'une chambre de malade n'était jamais plongée dans une obscurité complète : il était habituel d'y laisser une veilleuse pour faciliter le travail de la garde de nuit.

Aidé de Marie-Angéline, aussi muette et silencieuse qu'une ombre, il descendit sans peine sur le long balcon de pierre qui régnait de façon continue à la hauteur du second étage, beaucoup moins haut que les deux autres où les plafonds atteignaient leurs cinq mètres. Là, il attacha sa corde à la balustrade en prenant bien soin de la placer dans l'encoignure où la rotonde centrale se rattachait au reste du bâtiment, puis il se laissa glisser jusqu'à l'un des trois balcons de fer forgé qui commandaient les fenêtres de la nouvelle mariée. Celle devant laquelle il atterrit était bien fermée et aveugle, les rideaux intérieurs ayant été tirés.

Sans se décourager, Aldo enjamba le balcon central, plus large et plus ornemental, regardant droit sur les arbres du parc, et là il retint une exclamation de satisfaction : la double porte vitrée n'était pas close et un peu de lumière filtrait. Le cœur du visiteur battit plus vite : avec un peu de chance, il allait peut-être réussir à s'avancer jusqu'à la malade et à lui parler ? Alors, en prenant bien soin de ne pas faire bouger le vantail, il approcha son œil de l'ouverture...

Dans le brouillard

Ce qu'il aperçut le plongea dans la stupeur. À l'exception de Wanda qui dormait sur une chaise longue, la chambre tendue de brocart bleu était vide, et aussi le ravissant lit à la polonaise couronné de bouquets de plumes blanches... Où était Anielka ?

Aldo allait peut-être commettre la folie de s'introduire pour aller le demander à cette grosse femme endormie, quand la porte s'ouvrit doucement et Ferrals parut. Avec un regard indifférent pour Wanda, il alla s'asseoir dans un fauteuil, l'air accablé. Bien que la lumière dispensée par la veilleuse fût pauvre, Morosini put noter le ravage de son visage au-dessus de la soie foncée de la robe de chambre : de toute évidence, sir Eric avait de gros soucis. Il avait dû pleurer aussi... mais pourquoi ?

La tentation fut grande d'essayer d'arracher à cet homme la raison de son accablement, mais il préféra se retirer sans bruit, et rejoignit sa compagne qui l'attendait au bord du toit. Il apprécia qu'elle refrène sa curiosité jusqu'à ce que l'on fût revenu en pays ami, mais, une fois sur la terrasse, la question fusa, à voix basse cependant :

— Alors ? Vous l'avez vue ?
— Non. Le lit est vide.
— Il n'y a personne ?
— J'ai vu la femme de chambre endormie sur une récamier, puis sir Eric est entré et s'est assis. Sans doute pour faire croire à ses gens qu'il venait faire une visite à la malade...

— Autrement dit, cette histoire de contagion...
— Du vent ! Destiné à chasser les curieux...
— Ah !

Il y eut un court silence, puis Marie-Angéline soupira :

— Demain matin, il va falloir que Mme Quémeneur m'en dise un peu plus !

— Que pourrait-elle vous dire ? Comme tout le monde dans la maison, elle doit croire à la maladie...

— On verra bien ! Si je pouvais me faire inviter, m'introduire dans la place...

Morosini ne put s'empêcher de rire : décidément, Plan-Crépin développait une véritable vocation d'agent secret. Il pensa qu'il faudrait en parler à Adalbert. Cette fille n'était pas maladroite et débordait de bonne volonté...

— Faites à votre guise, dit-il, mais prenez garde ! C'est un terrain dangereux ! Et tante Amélie tient à vous.

— Moi aussi ! Il faut que nous sachions à quoi nous en tenir ! conclut la demoiselle du ton d'un général concluant une réunion d'état-major...

Elle n'eut pas à se donner beaucoup de peine : la bombe éclatait le lendemain dans les journaux du matin sous des titres énormes : « Les noces tragiques » – « La jeune épouse d'un grand ami de la France enlevée le soir de ses noces » – « Qu'est devenue lady Ferrals ? » et quelques autres tout aussi alléchants.

Dans le brouillard

Ce fut, bien entendu, Marie-Angéline qui apporta la nouvelle : en arrivant place Saint-Augustin pour la messe de six heures, elle était tombée sur le marchand de journaux occupé à décorer son kiosque avec l'événement du jour. Elle en acheta plusieurs et revint ventre à terre rue Alfred-de-Vigny en oubliant l'office matinal. Rouge et échevelée, aussi haletante que le coureur de Marathon, elle enfonça la porte de Morosini qui dormait encore et claironna :

– Eh bien voilà! Elle a été enlevée!... Réveillez-vous, bon sang! Et lisez!

En quelques minutes, la maison était au courant et bruissait comme une volière. Autour de la table du petit déjeuner servi avec une heure d'avance, on discutait ferme, chacun donnant son opinion. L'idée générale, à deux exceptions près, était que les ravisseurs ne pouvaient être que des gangsters américains : les journaux parlaient, en effet, d'une rançon de deux cent mille dollars.

– Toi qui assistais à ce mariage, dit Mme de Sommières, tu dois bien te rappeler s'il y avait là-bas des Yankees?

– Quelques-uns, je crois, mais les invités étaient très nombreux...

Il n'arrivait pas à croire à une intervention d'outre-Atlantique... À moins qu'un complot se soit noué simultanément avec celui qu'Adalbert et lui s'étaient efforcés de tramer ? Qui pouvait savoir combien d'ennemis s'était faits sir Eric au cours d'une carrière, sans doute mouvementée, de trafiquant d'armes ?

L'un après l'autre, il relisait les quotidiens qui racontaient tous à peu près la même chose, dans l'espoir d'extraire un détail, un signe de piste... Seule Mina ne se mêlait pas à la conversation. Assise très droite en face de lui, elle tournait sa cuillère dans sa tasse de café dont le mouvement semblait absorber son attention. Et soudain, relevant la tête, elle braqua sur son patron les reflets brillants de ses lunettes :

— Puis-je savoir pourquoi ces nouvelles semblent bouleverser cette noble assemblée ? demanda-t-elle de sa voix tranquille. Surtout vous, monsieur ? Ce Ferrals chez qui vous avez retrouvé votre saphir vous est donc si cher ?

— Ne dites pas de sottises, Mina ! coupa Aldo, et essayez de comprendre : voilà un homme qui a perdu le même soir une pierre à laquelle il tenait, et sa jeune femme. On peut s'y intéresser !

— À lui... ou à la dame ? Il est vrai qu'elle paraît... ravissante ! Et les photos de presse sont rarement flatteuses !

Aldo braqua sur sa secrétaire un regard sévère. C'était la première fois qu'elle se montrait indiscrète, et il lui était pénible de le constater. Mais il ne se déroba pas :

— C'est vrai, dit-il gravement. Je l'ai rencontrée voici peu, mais elle m'est devenue plus chère qu'il ne le faudrait peut-être. J'espère, Mina, que vous n'y voyez pas d'inconvénient ?

— Elle est mariée, cependant, puisque vous revenez de ses noces ?...

Il y avait, dans la voix de la jeune fille, une tension, une insolence inhabituelles. Mme de Sommières, dont le regard allait de l'un à l'autre jugea bon d'intervenir. Sa main se posa sur celle de Mina. Ce qui lui permit de constater qu'elle tremblait un peu :

— On dirait que vous ne connaissez guère votre patron, ma chère ? Les belles dames malheureuses et les demoiselles en détresse agissent sur lui comme un aimant sur la limaille de fer. Il n'a de cesse de voler à leur secours. C'est une vraie maladie mais, que voulez-vous, on ne se refait pas !

Tandis qu'elle parlait, son pied alla cogner avec quelque rudesse l'un des tibias de son petit-neveu, qui eut une sorte de hoquet mais comprit le message et détourna les yeux.

— Vous avez peut-être raison, soupira-t-il. Cependant, on ne peut que s'émouvoir devant pareille situation puisque, selon la presse, lady Ferrals risque de mourir si la rançon n'est pas payée...

— Il n'y a pas à s'inquiéter, reprit la vieille dame. Qu'est-ce que deux cent mille dollars pour un marchand de canons ? Il paiera et tout rentrera dans l'ordre... Mina, puisque vous partez ce soir pour Venise, puis-je vous charger d'un ou deux messages pour des amis que j'ai là-bas ?

— Bien sûr, madame la marquise ! Avec le plus

grand plaisir. Si vous voulez bien m'excuser, je voudrais. préparer mes bagages.

Elle quitta la salle à manger, suivie des yeux par Mme de Sommières qu'Aldo attaqua dès que la porte se fut refermée sur elle :

— Qu'est-ce qui vous prend de me donner des coups de pied, tante Amélie ? Vous m'avez fait un mal de chien !

— Non seulement tu es douillet, mais tu es idiot ! Et d'une maladresse !

— Je ne vois pas pourquoi ?

— C'est bien ce que je disais : tu es stupide ! Voilà une malheureuse qui va convoyer pendant plusieurs centaines de kilomètres un bijou aussi dangereux que de la dynamite, et toi tu te lamentes sur le sort d'une illustre inconnue ! Il ne te vient pas à l'idée que ta secrétaire pourrait être amoureuse de toi ?

Aldo partit d'un grand éclat de rire :

— Mina, amoureuse ? Mais vous rêvez tante Amélie !

— Rêver ? Je le voudrais bien ! Crois-moi ou ne me crois pas, mais si tu tiens à ta secrétaire, ménage-la un peu ! Même si tu t'obstines à ne pas voir en elle une femme, c'en est une malgré tout ! À vingt-deux ans, elle aussi a le droit de rêver...

— Que voulez-vous que je fasse, grogna Morosini. Que je l'épouse ?...

— Et dire que je te croyais intelligent ! soupira la vieille dame.

Dans le brouillard

Durant toute la journée, il fut impossible de mettre un pied dehors. Une marée humaine battait les murs de l'hôtel Ferrals. L'habituel mélange de journalistes, de photographes et de curieux qui, sans le cordon de police disposé autour, se serait insinué dans la moindre ouverture. Les voisins d'en face ou d'à côté se voyaient eux aussi assiégés.

— Il faudra pourtant bien que j'aille prendre mon train ce soir! fit Mina, alarmée.

— Vous pouvez avoir confiance en Lucien, mon « mécanicien », pour foncer dans le tas! la rassura Mme de Sommières.

— Je vous accompagnerai! promit Aldo. Je tiens à m'assurer que vous ferez un bon voyage. En attendant, il suffit que nous prenions notre mal en patience : ces gens-là ne vont pas camper jour et nuit devant nos portes.

Il n'en était pas certain, connaissant bien l'infinie patience d'une foule qui flaire une belle affaire criminelle, voire le sang... Vers la fin de l'après-midi, personne n'avait encore bougé, lorsque le téléphone sonna chez le concierge et que celui-ci vint annoncer que l'on demandait « Monsieur le prince » de la part de sir Eric Ferrals. Morosini bondit sans se poser la moindre question. Un instant plus tard, la voix inimitable résonnait à son oreille :

— Dieu soit loué, vous êtes encore à Paris! Je n'osais pas l'espérer...

— Des affaires à régler, fit Aldo sans se compromettre. Qu'avez-vous à me dire?

— J'ai besoin de vous. Pouvez-vous venir vers huit heures ?

— Non. À cette heure-là, je conduis une amie à la gare.

— Alors plus tard ! À l'heure que vous voudrez, mais, par pitié, venez ! C'est une question de vie ou de mort !...

— Vers dix heures et demie ! Prévenez votre service d'ordre...

— Vous serez attendu...

Il l'était en effet. Son nom lui permit de franchir le barrage de police et il trouva, sur le perron, le maître d'hôtel et le secrétaire qu'il avait déjà rencontrés. Peut-être y avait-il un peu moins de curieux, mais ceux qui étaient encore là prenaient leurs dispositions pour passer la nuit. Naturellement, l'arrivée de cet homme élégant suscita des curiosités. Des chuchotements s'élevèrent sur son passage et deux journalistes tentèrent de l'interviewer, mais il s'en tira avec un sourire plein de courtoisie :

— Je ne suis qu'un ami, messieurs ! Rien de bien intéressant pour vous...

Sir Eric était dans le cabinet qu'il connaissait déjà. Pâle et agité, le négociant en armes arpentait la vaste pièce, semant les mégots de cigarettes à demi fumées sans souci des dommages causés au superbe kilim turkmène étendu sous ses pas. L'entrée de Morosini arrêta ces allées et venues.

— Les journaux de ce matin m'ont appris le malheur qui vous frappe, sir Eric, commença le visiteur, aussitôt interrompu d'un geste brusque.

— N'employez pas ce mot-là! s'écria Ferrals. Je veux croire qu'il ne s'agit pas de l'irréparable. Cela dit, merci d'être venu.

— Au téléphone, vous m'avez appris que vous aviez besoin de moi. J'avoue n'avoir pas très bien compris. Que puis-je pour vous?

Sir Eric indiqua un siège mais resta debout, et Aldo eut l'impression que son regard posé sur lui pesait une tonne.

— Les exigences des ravisseurs de ma femme dont j'ai eu connaissance cette nuit font de vous une pièce maîtresse dans la partie... mortelle qu'ils ont engagée l'autre soir en enlevant lady Anielka dans ma demeure et presque sous mon nez.

— Moi?... Comment est-ce possible?

— Je l'ignore, mais c'est un fait et il me faut en tenir compte.

— J'aimerais que vous m'expliquiez une ou deux choses avant de m'apprendre le rôle que vous me réservez.

— Posez vos questions.

— Si ce que j'ai lu est l'expression de la vérité, même imparfaite, lady Ferrals avait déjà disparu lorsque vous nous avez annoncé qu'elle était très souffrante?

— En effet. Quand je suis allé la chercher pour qu'elle assiste avec moi au feu d'artifice, je n'ai trouvé dans sa chambre que Wanda, assommée et ligotée, servant de support à une lettre écrite en anglais et en caractères d'imprimerie, m'annonçant le rapt et m'ordonnant le silence. Je ne devais, en aucun cas, prévenir la police si je voulais retrouver vivante ma jeune épouse. On ajoutait que je serais avisé ultérieurement des conditions posées pour me la rendre... intacte. Je devais, en outre, rentrer à Paris dès le lendemain.

— D'où la fable de la maladie et l'ambulance ?

— Bien sûr. La voiture n'a emporté qu'un simulacre veillé par Wanda.

— Et celle-ci ne vous a rien appris sur ceux qui l'ont maltraitée ? Elle n'a rien vu, rien entendu ?

— Rien ! Elle a reçu un coup sur la tête sans comprendre d'où il venait.

— Je vois. Mais alors, pourquoi diable ce déchaînement des journaux depuis ce matin ?

— C'est ce que j'aimerais savoir. Vous pensez bien que je n'y suis pour rien.

— Quelqu'un de votre entourage, alors ?

— J'ai une entière confiance dans ceux qui m'ont aidé à jouer ma triste comédie. D'ailleurs, ajouta sir Eric avec un amer dédain, ils occupent chez moi des places qu'ils ne retrouveraient jamais parce que je ne le permettrais pas.

Il avait martelé les dernières syllabes pour en accentuer le caractère menaçant. Morosini hocha la tête, prit une cigarette dans son étui et l'alluma, les yeux ailleurs.

Dans le brouillard

— Eh bien, soupira-t-il, la première bouffée rejetée, il vous reste à m'apprendre la raison de ma présence ici ce soir.

Brusquement, Ferrals quitta l'appui de son bureau, marcha vers la fenêtre ouverte sur le parc nocturne, n'offrant plus que son dos à Morosini.

— Oh, c'est fort simple ! La rançon doit être payée après-demain soir et c'est vous qui devez la porter.

Il y eut un silence. Aldo, abasourdi, se demanda s'il avait bien entendu et jugea utile de faire répéter son hôte.

— Veuillez m'excuser, mais je dois avoir rêvé ? Venez-vous vraiment de dire que je dois porter la rançon ?

— C'est bien ça ! dit sir Eric sans se retourner.

— Mais... pourquoi moi ?

— Oh, il pourrait y avoir là une excellente raison ! ricana le baron. La presse, en effet, n'a pas été bien informée : elle ne mentionne, au sujet de la rançon, que les deux cent mille dollars en billets usagés.

— Et... il y a autre chose ?

Ferrals se retourna et revint à pas lents vers son visiteur. Ses profonds yeux noirs étincelaient de colère.

— Vous êtes bien sûr de ne pas le savoir ? gronda-t-il.

Aussitôt, Aldo fut debout. Sous le sourcil relevé, son œil, devenu d'un vert inquiétant, fulgura.

— Cela demande une explication, articula-t-il sèchement. Qu'est-ce que je devrais savoir?... Je vous conseille de parler, sinon je m'en vais en vous laissant vous débrouiller avec vos gangsters!

Et il se dirigea vers la porte. Qu'il n'eut d'ailleurs pas le temps d'atteindre.

— Restez! s'écria Ferrals. Après tout... peut-être n'y êtes-vous pour rien.

Morosini consulta sa montre.

— Vous avez trente secondes pour cesser de parler par énigmes. Que vous demande-t-on?

— L'Étoile bleue, bien sûr! En échange de la vie d'Anielka, ces misérables exigent que je la leur remette.

En dépit de la gravité de l'heure, Aldo éclata de rire.

— Rien que ça?... Et vous pensez que j'ai trouvé ce moyen commode de récupérer mon bien et de me faire un peu de menue monnaie par-dessus le marché?... Désolé, mon cher, mais c'est trop gros!

Vidé soudain de sa colère, sir Eric se laissa aller dans un fauteuil en passant sur son front une main lasse et qui tremblait.

— Essayez de vous mettre à ma place un instant! Le choix que l'on m'impose m'est insupportable. Plus que vous ne le pensez!... J'aime ma femme et je veux la garder mais perdre à nouveau — et peut-être à jamais! — la pierre que j'ai si longtemps cherchée...

— ... et obtenue au prix d'un crime! Je conçois

que ce soit difficile, fit Morosini sarcastique. Quand l'échange doit-il être fait ?

— Après-demain soir. À minuit.

— Très romantique ! Et où ?

— Je ne le sais pas encore. On doit me rappeler lorsque j'aurai obtenu votre réponse... Et, à ce propos, il me faut ajouter que la police ne sera pas avertie et que vous irez au rendez-vous seul... et sans armes !

— Cela va de soi ! fit Morosini avec un petit sourire insolent. Où serait le plaisir si je devais m'y rendre bardé de pistolets et avec un peloton de sergents de ville ? Mais, pendant que j'y pense, j'aimerais savoir quelle est l'attitude de votre beau-père et de son fils en face de ce drame ? Est-ce qu'ils ne devraient pas être auprès de vous pour vous soutenir ?

— Je me soucie peu de leur soutien et préfère les savoir à l'hôtel. On me dit que le comte fréquente les églises, récite des neuvaines, brûle des cierges... Quant à Sigismond, il boit et il joue, comme d'habitude.

— Charmante famille que vous avez là ! marmonna Morosini qui ne s'imaginait pas du tout Solmanski dans le rôle du pieux pèlerin errant de sanctuaire en sanctuaire pour implorer la pitié du ciel.

Ce fut aussi l'avis d'Adalbert que, une fois rentré, Aldo trouva en train de se restaurer en compagnie de Mme de Sommières. Visiblement fatigué et d'humeur morose, l'archéologue n'en faisait pas moins disparaître méthodiquement un pâté en croûte, un demi-poulet et un plein saladier de laitue.

— C'est sûrement une attitude à l'usage des journaux et des concierges. Quelque chose me dit que les deux Solmanski trempent dans cette affaire jusqu'au cou. Que les ravisseurs réclament le saphir ne fait que conforter mon impression. Et, naturellement, vous allez faire ce qu'on vous demande ?

— Vous ne le feriez pas, vous ?

— Si, bien sûr ! Il va même falloir qu'on en parle sérieusement. Mon Dieu ! gémit Vidal-Pellicorne en repoussant en arrière les mèches retombant sur son front, je n'arrive plus à mettre deux idées bout à bout. Cette histoire est en train de me rendre malade ! soupira-t-il, en faisant glisser dans son assiette une belle part de brie.

— Toujours pas de nouvelles de Romuald ?

— Pas la moindre ! Disparu ! Envolé, Romuald, fit Adalbert en s'efforçant d'éliminer le chat logé dans sa gorge. Et si je suis venu droit ici au risque d'importuner Mme de Sommières, c'est parce que je ne sais pas encore comment je vais annoncer la nouvelle à son frère !

— Vous avez bien fait, assura la vieille dame. Il vaudrait même mieux que vous passiez la nuit chez nous : les mauvaises nouvelles délivrées au grand jour sont moins pénibles que dans l'obscurité. Cyprien va vous préparer une chambre...

— Merci, madame. Je crois que je vais accepter. J'avoue qu'un peu de repos... À propos, Aldo, vous n'auriez pas l'intention, par hasard, de livrer « votre » saphir ?...

— Rassurez-vous! Même si je le voulais, je ne le pourrais pas : il roule en ce moment vers Venise, cousu dans la coiffe du chapeau de ma secrétaire. Et j'ai prévenu Zurich.

— Enfin une bonne nouvelle!... Cependant, n'allez-vous pas courir un gros risque en remettant... l'autre pierre ? Si jamais ces gens-là s'y connaissent...

— De toute façon, le danger existe, et moi je ne fais qu'apporter ce que Ferrals m'aura remis. Cependant, au cas où il m'arriverait quelque chose de désagréable, je vais écrire une lettre à l'intention de Mina afin qu'elle se mette à votre disposition pour terminer au mieux cette affaire.

— Donnez-la plutôt à notre hôtesse! Tant que je ne saurai pas ce qu'il est advenu de Romuald, ceux qui l'ont attaqué n'en auront pas fini avec moi. Sans compter l'aventure que vous allez courir et qui ne me dit rien qui vaille...

Un peu plus tard, retirée chez elle, Mme de Sommières écoutait Marie-Angéline lui lire quelques pages de *La Chartreuse de Parme*. Préoccupée, elle écoutait d'une oreille distraite. L'aventure dans laquelle Aldo était engagé et qui l'avait d'abord amusée commençait à l'inquiéter!

« À ce mot, la duchesse fondit en larmes; enfin

elle pouvait pleurer. Après une heure accordée à la faiblesse humaine, elle vit avec un peu de consolation que ses idées commençaient à s'éclaircir. Avoir le tapis magique, se dit-elle, enlever Fabrice de la citadelle... »

— Arrêtez-vous, Plan-Crépin! soupira la vieille dame. Ce soir, la magie de Stendhal ne peut pas grand-chose contre mes soucis, même si je prends bien part à ceux de la Sanseverina...

— Est-ce que nous nous tourmenterions pour notre neveu?

— N'est-ce pas justifié? Si seulement je savais que faire.

— Je sais bien que nous ne raffolons pas des exercices spirituels, mais ce serait peut-être le moment de dire une prière?

— Vous croyez? Il y a si longtemps que je ne me suis pas adressée au Seigneur! Il va me claquer la porte au nez!

— Nous devrions essayer Notre-Dame? Entre femmes, il est plus facile de se comprendre.

— Il se peut que vous ayez raison. Autrefois, je lui étais fort dévote — j'entends, lorsque j'étais au couvent des Dames du Sacré-Cœur. Et puis nos relations se sont espacées et j'ai bien peur, avec le temps, d'être devenue une vieille mécréante. Peut-être l'influence de cette maison?... Mais, ce soir, j'ai peur, Marie-Angéline, tellement peur!...

La cousine-lectrice pensa que la vieille dame devait être au bord de la panique pour s'être souvenue de son prénom. Elle s'agenouilla près du lit, fit un rapide signe de croix, ferma les yeux et commença :

– *Salve Regina, mater misericordiæ, vita, dulcedo et spes nostra...*

Mme de Sommières découvrit avec surprise qu'elle pouvait suivre sans difficulté et que les paroles oubliées des anciennes prières remontaient du fond de sa mémoire...

CHAPITRE 10

L'HEURE DE VÉRITÉ

Il était près de minuit.

Silencieuse et imposante, la Rolls noire de sir Eric Ferrals prenait l'avenue Hoche en direction de l'Étoile, conduite d'une main prudente par Morosini. En d'autres circonstances, il eût éprouvé un vif plaisir à piloter cette superbe machine dont le moteur ultra-silencieux ronronnait à peine sous la laque brillante du long capot au bout duquel s'envolaient les draperies d'argent de la « Silver Lady », le prestigieux bouchon de radiateur. Comme beaucoup d'Italiens, il adorait l'automobile, avec une nette préférence pour les modèles de course, mais mener ce genre de voiture était une expérience qui valait d'être vécue.

Trois minutes plus tôt, il quittait l'hôtel Ferrals sous l'œil torturé de Riley, le chauffeur que l'usine de Crewe avait « livré » en même temps que la merveille, ainsi que l'exigeait un règlement auquel se soumettaient même les têtes couronnées. De toute évidence, le malheureux se disait que « sa » précieuse « Silver Ghost » allait à la catastrophe et que cet habitué des gondoles et des *motoscaffi* ne serait jamais capable de la diriger selon les règles.

Ces quelques instants tragi-comiques avaient un peu détendu Aldo dont les nerfs avaient été mis à rude épreuve par les quarante-huit heures d'incertitude qu'il venait de vivre. En effet, il n'y avait guère plus d'une heure que les ravisseurs d'Anielka s'étaient manifestés pour donner leurs dernières instructions : le prince Morosini, nanti de la rançon et du saphir, prendrait place au volant de la Rolls-Royce de sir Eric — on avait bien spécifié la marque parmi celles que possédait le baron — et devrait se trouver à minuit à l'entrée de la contre-allée de l'avenue du Bois-de-Boulogne, côté numéros pairs, non loin de la rue de Presbourg.

À sa surprise, le maître des lieux était demeuré invisible. Il souffrait, paraît-il, d'une cruelle névralgie et ce fut des mains de John Sutton, son secrétaire, que le messager reçut la mallette contenant l'argent et l'écrin. Il n'en fut pas surpris : il devinait quel déchirement éprouvait le marchand d'armes à se défaire de son talisman bien-aimé.

— Si tu savais la vérité, mon bonhomme, mâchonna Morosini entre ses dents, tu serais peut-être moins triste, mais plus furieux !

Mina était arrivée sans encombres à destination avec son précieux chargement, ainsi que le lui avait appris, la veille au soir, un bref coup de téléphone. À présent, il s'agissait de délivrer Anielka, mais pour en faire quoi ? L'honnêteté voulait qu'elle soit ramenée à l'époux qui s'imposait pour elle un si lourd sacrifice et Morosini était un homme d'honneur, ce qui ne l'empêchait pas d'éprouver une vive répugnance à l'idée de remettre celle qu'il aimait entre les bras d'un autre. Vidal-Pellicorne, en lui serrant la main tout à l'heure, avait ramené le problème à ses justes dimensions en déclarant :

— Sortez-en tous les deux vivants et ce sera déjà magnifique ! Ensuite, elle aura peut-être son mot à dire.

Il avait plu toute la journée. La nuit restait fraîche et humide. Pas grand-monde dehors. La voiture glissait avec un bruit soyeux sur le ruban d'asphalte luisante au bout duquel se dressait l'Arc de Triomphe, vu de trois quarts et mal éclairé.

Arrivé à l'endroit prescrit, Morosini arrêta l'automobile, tira son étui à cigarettes pour calmer ses nerfs, craqua une allumette mais n'eut pas le temps d'enflammer le mince rouleau de tabac : par la portière brusquement ouverte, un souffle puissant éteignit la flamme. En même temps, une voix nasillarde dotée d'un accent new-yorkais intimait :

— Pousse-toi ! C'est moi qui vais conduire. Et pas un geste de trop !

Le canon de revolver que l'autre appliquait sous son maxillaire était des plus dissuasifs. Aldo se glissa sur le siège voisin en se contentant de demander :

— Vous avez déjà conduit une Rolls ?

L'heure de vérité

— Pourquoi ? Y a un mode d'emploi ? C'est une bagnole, non ? Alors ça marche comme n'importe quelle autre.

Morosini imagina ce que pourrait dire le chauffeur Riley de cet incroyable blasphème, puis l'oublia : l'autre portière s'ouvrait à son tour et une paire de menottes claqua autour de ses poignets, après quoi on lui appliqua sur les yeux un épais bandeau noir.

— On peut y aller ! déclara une voix faubourienne, qui, pour être parisienne, n'en était pas moins antipathique.

L'homme qui s'assit derrière le volant devait être un colosse. Aldo s'en rendit compte en sentant diminuer son espace vital. Le poids — horreur suprême ! — fit grincer très légèrement un ressort. Le nouveau venu empestait le rhum, tandis que son compagnon dégageait des effluves de parfum oriental à bon marché grâce auquel l'aristocratique véhicule prit un petit air de souk.

Le nouveau conducteur mit en marche, passa une vitesse, mais si brutalement que la boîte, indignée, protesta. Morosini fit chorus :

— Qu'est-ce que vous croyez conduire ? Un tracteur ? Je savais bien, moi, que « sir Henry » ne serait pas content.

— Sir Henry ?

— Apprenez, mon ami, que chez Rolls-Royce, on appelle ainsi les moteurs construits par la maison. C'est le prénom du magicien qui les fait naître.

— Tu veux qu'j'le fasse taire, c't'espèce de snob ? grogna le passager de l'arrière. Y m'agace!

Le snob en question s'abstint cette fois de donner son avis, se doutant de la façon dont l'autre comptait lui imposer silence. Il s'enfonça dans son siège et s'efforça de suivre le chemin. Il connaissait bien Paris, aussi comptait-il sur sa mémoire pour se repérer mais, dans l'obscurité totale où il se trouvait, il perdit le fil assez vite. La voiture descendit d'abord l'avenue du Bois, tourna à droite, puis à gauche et encore à droite, à droite, à gauche... Au bout d'un moment, les noms des rues se brouillèrent, bien que le chauffeur occasionnel, rendu prudent par les sarcasmes de son prisonnier, eût adopté une allure modérée.

Le voyage dura une heure, ainsi que l'attesta l'horloge d'une église qui frappa un coup peu de temps avant l'arrivée. Quant à la nature du chemin suivi, la suspension exceptionnelle de la Rolls ne permettait guère de l'apprécier. Pourtant, après une légère secousse, le passager entendit crisser sous les roues le gravier d'une allée. Quelques instants plus tard, la voiture s'arrêtait.

Le chauffeur, qui n'avait pas ouvert la bouche depuis la petite leçon de Morosini, grogna :

— Reste tranquille! J' vais t' sortir de là et puis j' t' aiderai à marcher...

— Des fois qu'y casserait sa belle gueule, ricana son compagnon, ça s'rait un vrai malheur!

Lorsqu'il mit pied à terre, Morosini sentit qu'on

L'heure de vérité

le prenait par le bras ou plutôt qu'on le hissait : son soutien devait avoir la taille d'un gorille. Ainsi tracté, ce qui l'obligeait à lever l'autre bras pour que les menottes ne lui entament pas la peau, il gravit quelques marches de pierre. Autour de lui, cela sentait la terre, les arbres, l'herbe mouillée. Quelque propriété à l'écart de Paris, sans doute ? Ensuite, il y eut un dallage et le claquement d'une lourde porte derrière lui. Enfin, un parquet grinça sous ses pas vite amortis par un tapis.

Le poing qui le soutenait l'abandonna et il se sentit déstabilisé comme l'aveugle qu'on lâche sans appui au milieu d'un espace vide. Mais, soudain, le bandeau trop bien ajusté s'envola et Morosini, ébloui, chercha à préserver ses yeux de ses mains enchaînées. La violente lumière d'une lampe posée sans doute sur une table l'éblouit soudainement.

Une voix métallique et froide, teintée d'un léger accent, ordonna :

— Enlevez-lui les bracelets ! C'était peut-être utile dans la voiture, mais pas ici.

— Si vous vouliez bien aussi diriger votre lampe dans une autre direction, je crois que j'apprécierais, dit Morosini.

— N'en demandez pas trop ! Vous avez l'argent et le bijou ?

— Je les avais quand j'ai quitté l'hôtel de sir Eric Ferrals. Pour le reste, adressez-vous à vos sbires !

— Tout est là, patron ! fit l'Américain soulagé de s'exprimer dans sa propre langue.

— Alors qu'est-ce que tu attends pour me l'apporter ?

En s'avançant dans le flot lumineux, le gorille — le personnage en possédait les dimensions : environ un mètre quatre-vingt-quinze et taillé en conséquence ! — obtura l'éclairage et apaisa d'autant le malaise du prisonnier. Le faisceau changea aussitôt de direction pour illuminer le dessus de ce qui devait être un bureau.

La silhouette d'un homme assis derrière se dessina, mais seules ses mains, belles et fortes, sortant de manches en tweed, furent visibles. Elles s'activèrent à ouvrir la mallette, sortant les liasses de billets verts et l'écrin qu'elles ouvrirent, libérant les feux profonds du saphir, ceux plus froids des diamants de la monture, et arrachant à l'inconnu un sifflement admiratif. Pour sa part, Morosini rendit mentalement hommage à l'habileté de Simon Aronov : c'était en vérité un grand artiste. Son faux faisait presque plus vrai que le vrai.

— Je commence à regretter de ne pas le garder pour moi ! murmura l'inconnu. Mais quand on a donné sa parole, il faut la tenir !

— Heureux de vous voir animé de si nobles sentiments ! persifla Morosini. Dans ce cas et, puisque vous avez ce que vous désirez, puis-je vous prier de me rendre d'abord lady Ferrals et ensuite la liberté... sans compter la Rolls-Royce, pour que je puisse ramener votre captive chez elle ? Si toutefois elle est encore vivante, ajouta-t-il d'un ton où perçaient à la fois l'angoisse et une menace.

— Rassurez-vous, elle va très bien ! Vous allez pouvoir en juger dans un instant. On va vous conduire auprès d'elle.

— Je ne viens pas faire une visite : je viens la chercher !

— Chaque chose en son temps !... Je crois que vous devriez...

Il s'interrompit.

Une porte venait de s'ouvrir en même temps que le plafonnier s'allumait, révélant une pièce assez grande plutôt mal meublée dans un style bourgeois prétentieux et tapissée d'un affligeant papier à ramages et à fleurs dans des tons verdâtres, chocolat et rose bonbon qu'Aldo jugea écœurants.

— Ah ! Je vois que tout est là ! s'écria Sigismond Solmanski en s'avançant avec empressement vers la table où s'étalait la rançon de sa sœur dont il palpa quelques billets. L'homme qui en faisait l'inventaire les lui ôta brusquement pour les renfermer dans leur mallette.

— Que venez-vous faire ici ? gronda-t-il. N'était-il pas convenu que vous ne deviez pas vous montrer ?

— Sans doute ! fit le jeune homme d'un ton léger en s'emparant de l'écrin qu'il ouvrit. Mais j'ai pensé que cela n'avait plus d'importance et puis, mon cher Ulrich, je n'ai pas pu résister à l'envie de voir la tête de cet imbécile qui, en dépit de ses grands airs, est venu se jeter dans nos pattes comme un puceau amoureux ! Alors, Morosini, ajouta-t-il méchamment, quel effet cela fait-il d'avoir été réduit à l'état de larbin du vieux Ferrals?

Aldo, que cette apparition n'avait pas autrement surpris, allait se contenter d'un dédaigneux haussement d'épaules quand Sigismond se mit à ricaner: un petit rire grinçant qu'il n'eut aucune peine à reconnaître. Instantanément, son poing partit comme un bélier en un uppercut foudroyant qui atteignit Sigismond au menton et l'envoya au tapis pour le compte.

— Espèce de petite ordure! cracha-t-il en massant ses phalanges un peu endolories. Je te devais ça depuis un moment! J'espère ne pas vous avoir fait trop de peine? ajouta-t-il en se tournant vers le nommé Ulrich toujours debout derrière sa table.

— Heureux de vous avoir donné l'occasion de régler un compte, monsieur, fit celui-ci d'un ton placide où perçait un certain respect. Vous avez une droite redoutable.

— La gauche n'est pas mal non plus.

— Félicitations! Sam, emporte ce jeune blanc-bec à la cuisine, ranime-le mais arrange-toi pour qu'il se tienne tranquille pendant un moment! Vous, suivez-moi! ajouta-t-il pour Aldo.

Celui-ci lui emboîta le pas sans trop savoir que penser du personnage. Un étranger à coup sûr, mais quoi au juste? Allemand, Suisse, Danois? C'était un homme grand et maigre, avec une figure en lame de couteau surmontée de grosses lunettes d'écaille de provenance américaine et assez semblables à celles que portait Mina Van Zelden. Difficile à manier, très certainement : le jeune Solmanski, affilié à sa bande et qui avait dû indiquer « le bon coup », semblait payé pour s'en apercevoir.

Derrière lui, Morosini pénétra dans le couloir central de la maison, gravit un escalier de bois mal entretenu, arriva sur un palier où donnaient quatre portes. Ulrich en ouvrit une après avoir frappé.

— Entrez! dit-il. Vous êtes attendu.

Aldo pénétra dans une chambre dont il ne vit rien, à l'exception d'Anielka dont l'attitude ne laissa pas de le surprendre. Il s'attendait à voir une malheureuse éplorée, épuisée, ligotée : il vit une jeune fille vêtue d'une robe élégante occupée à se polir les ongles, assise devant une coiffeuse ornée d'un vase de fleurs. Elle semblait détendue, à son aise, et il se traita d'idiot : si son frère était à l'origine de l'enlèvement, il n'y avait aucune raison qu'elle soit maltraitée ; quant au danger, il devenait illusoire. Aussi, refrénant son élan primitif, préféra-t-il se tenir sur ses gardes, mais comme Anielka n'avait pas l'air de s'apercevoir de sa présence, il éprouva un début d'irritation. L'idée qu'elle pouvait être en train de se moquer de lui l'effleurait :

— Heureux de vous voir en bonne santé, ma chère, mais puis-je dire que vous avez une curieuse façon d'accueillir votre libérateur ? Les tourments que vous avez causés n'ont pas l'air d'altérer votre sérénité ?

Elle éloigna l'une de ses mains pour juger de l'effet puis, avec un petit sourire triste, elle haussa les épaules :

— Des tourments ? Pour qui ?

— Pas pour votre frère, en tout cas ! Je viens de le voir : il est épanoui, ce garçon. Son mauvais coup a réussi et je commence à croire que c'est aussi le vôtre ?

— Peut-être. Ne devais-je pas m'enfuir au soir de mes noces ?

— Oui, mais avec moi ou avec des gens convenables. D'où sortez-vous ces truands américains, français, allemands ou Dieu sait quoi ?

— Ce sont des amis de Sigismond et je leur suis très reconnaissante.

Elle se levait enfin pour regarder Aldo en face.

— Reconnaissante ? Et de quoi, s'il vous plaît ?

— De m'avoir évité la plus grosse bêtise de ma vie en vous rejoignant et, surtout, de m'être vengée de ceux qui ont osé m'offenser !

— Et qui sont ? Parlez, bon sang ! Il faut vous arracher les mots !

— Sir Eric et vous !

— Moi, je vous ai offensée ? J'aimerais bien savoir comment.

— En trahissant à la face de tous, publiquement et presque sous mes yeux, ce grand amour que vous disiez éprouver pour moi. Lorsque je suis venue à vous, j'ignorais — et vous vous êtes bien gardé de me l'apprendre ! — quel lien intime vous unissait à Mme Kledermann...

— Je ne vois pas pourquoi je vous aurais parlé d'une histoire vieille de plusieurs années. Avant la guerre, elle a été ma maîtresse mais nous ne sommes plus que... des amis. Et encore!...

— Des amis? Comment pouvez-vous être aussi lâche, aussi menteur? Faut-il vous dire que je vous ai vu avec elle, de mes propres yeux vu, sous la fenêtre de ma chambre. Votre façon de vous embrasser n'avait rien d'amical...

Aldo maudit les impétuosités de Dianora et sa propre stupidité mais le mal était fait : il fallait jouer avec les mauvaises cartes distribuées par un destin ironique.

— J'avoue, fit-il, que je me suis mis là dans un mauvais cas, mais je vous en supplie, n'attachez pas d'importance à ce baiser, Anielka! Si je n'ai pas repoussé Dianora quand elle s'est jetée à mon cou, c'est parce que j'ai appris à me méfier de ses emballements, de ses foucades. C'est elle qui a voulu notre séparation en 1914 et je reconnais bien volontiers qu'elle essaie de renouer. Ce soir-là, j'en conviens, j'ai eu l'intention de l'utiliser comme paravent, mais c'était dans le seul but d'écarter de moi — et donc de vous! — les soupçons de sir Eric lorsque votre fuite serait découverte.

— Mes félicitations! Si c'était un rôle, vous l'avez joué fort convenablement... et jusque dans son lit! Fallait-il aller si loin?

— Dans son lit?

— Allez-vous cesser de me prendre pour une

idiote, à la fin ? hurla la jeune fille en empoignant un flacon de parfum qui rata de peu la tempe d'Aldo. Dans son lit, oui! Je vous y ai vu, dormant à poings fermés après avoir fait l'amour avec elle, je suppose. La chemise ouverte, les cheveux en désordre, vous étiez répugnant! Le mâle assouvi!

Elle s'emparait déjà d'un autre projectile, mais Aldo bondit sur elle et la maîtrisa en dépit de sa furieuse défense.

— Une seule question : l'avez-vous vue auprès de moi ?

— Non. Elle préférait sans doute vous laisser reprendre de nouvelles forces en toute tranquillité! Oh, je vous hais, je vous hais!

— Haïssez-moi tant que vous voulez, mais écoutez d'abord! Et tenez-vous tranquille un instant! Il ne vous est pas venu à l'idée que j'avais pu être assommé ou drogué avant d'être apporté sur ce lit? C'est ce bon Sigismond, n'est-ce pas, qui vous a conduite dans la chambre afin de mieux vous convaincre de partir avec lui? C'est bien ça, n'est-ce pas? On ne vous a pas fait violence un seul instant...

À mesure qu'il parlait, les événements s'éclairaient petit à petit. Anielka n'essayait même pas de nier. Au contraire, elle aurait eu plutôt tendance à revendiquer.

— En effet, et je suis partie avec joie! C'était la seule façon pour moi de vous échapper : vous et cet horrible vieillard! Oh! je voudrais vous voir morts tous les deux!

L'heure de vérité

Morosini lâcha la jeune furie et alla vers la fenêtre qu'il ouvrit pour respirer un peu la fraîcheur de la nuit. Il se sentait étouffer dans cette chambre étroite.

– Tout ce que je pourrais dire ne servirait à rien ? Vous avez décidé que j'étais coupable et votre jugement est sans appel ?

– Vous n'avez pas droit aux circonstances atténuantes ! D'ailleurs... même sans votre trahison, je ne serais pas partie avec vous.

– Pour quelle raison ?

– Souvenez-vous de ce que je vous ai dit au Jardin d'Acclimatation : « Si je dois subir l'assaut de sir Eric, je ne vous reverrai de ma vie. » ... Et si, ce soir, j'ai tenu à vous parler, c'est parce que je ne voulais pas m'éloigner sans vous avoir jeté au visage tout le mépris que vous m'inspirez... C'est fait maintenant : vous pouvez partir !

Abandonnant la fenêtre, Aldo se tourna vers Anielka, mais il ne la vit que de dos. Un dos prolongeant des épaules qui tremblaient, une tête penchée. Il supposa qu'elle pleurait, et un peu d'espoir lui revint en dépit des paroles affreuses qu'elle venait de prononcer et qu'il ne comprenait pas bien.

– Ce que vous m'avez dit au jardin ? Mais... vous n'avez pas eu à subir... quoi que ce soit, j'imagine ?

La brusque volte-face d'Anielka lui montra un visage noyé de larmes :

— Eh bien, vous imaginez mal, mon cher! Cette blancheur dont j'étais environnée pour marcher à l'autel n'était que dérision... pitoyable mascarade : depuis la nuit précédente, je n'étais plus vierge et j'étais déjà la femme de Ferrals.

Morosini eut un cri de protestation puis, soudain très malheureux, il enveloppa la jeune femme d'un regard à la fois incrédule et suppliant.

— Vous dites ça pour me faire mal. Je refuse de croire que cet homme soit une brute. Je sais... on m'a dit qu'après la cérémonie civile vous aviez reçu la bénédiction d'un pasteur, mais tant que vous n'étiez pas mariée selon le rite catholique...

— Et je ne le suis toujours pas! Pourquoi croyez-vous que je me suis évanouie au moment des consentements après avoir prononcé dans sa langue des mots qui ne signifiaient rien?

— A quoi cela pouvait-il vous servir si, comme vous le prétendez, le pire était arrivé?

— Cela me sert à savoir que Dieu n'a pas consacré cette union et que, devant lui au moins, je suis toujours libre. Et je ne « prétends » pas que le pire soit arrivé : j'ai été violentée! Il est venu dans ma chambre comme un voleur, mais il avait bu... et il m'a soumise! Oh! le lendemain il s'est excusé en alléguant la passion que je lui inspirais et qui avait été plus forte que sa volonté...

— J'ai bien peur qu'elle soit réelle, fit Aldo avec amertume.

— Peut-être, mais rien ne sera suffisant pour

L'heure de vérité

effacer l'odieux souvenir des caresses de cet homme. C'était... c'était horrible... répugnant !...

Elle écartait les doigts de ses deux mains et, avec une expression de dégoût profond, elle les passait sur ses épaules, sa gorge et son ventre comme si elle essayait de chasser des traces de salissure. En même temps, des larmes coulaient de ses yeux grands ouverts.

Incapable d'endurer ce désespoir, Aldo se risqua à l'approcher et la prit dans ses bras. Il craignait une réaction violente, des cris de colère, une défense furieuse, mais il n'en fut rien. Tout au contraire, Anielka, secouée de sanglots, se blottit contre sa poitrine et il en éprouva un bonheur infini. Ce fut un instant d'une telle douceur qu'il en oublia leur inquiétant environnement... mais ce fut un instant qui ne dura pas.

D'un sursaut, Anielka s'arracha et mit entre eux deux toute la longueur de la chambre. Et, cette fois, quand il voulut la rejoindre, elle le cloua sur place d'un geste impérieux :

— N'approchez pas ! C'est fini !... Nous venons de nous dire adieu.

— Je ne peux accepter ce mot-là entre nous. Vous m'aimez toujours, j'en suis certain, et mon Dieu m'est témoin que je ne vous ai pas trahie et qu'il n'y a, dans mon cœur, que vous seule... En outre, vous venez d'être injuste...

— Vraiment ?

— Vraiment. Si j'avais pu deviner ce qui se

passerait la veille du mariage, je ne l'aurais jamais permis. À présent, il faut que vous essayiez d'oublier! Avec un peu de temps et beaucoup d'amour, vous y arriverez. Vous allez venir avec moi, puisque je suis venu vous chercher!
— Et vous pensez que je vais vous suivre?
— Votre rançon est payée. Vous êtes libre.
— Je l'ai toujours été. D'ailleurs, vous me mentez encore : c'est Ferrals qui a payé, Ferrals qui vous envoie alors que son « grand amour » lui faisait une obligation de venir lui-même. Mais non, il se contente d'attendre sereinement que vous me rameniez dans son lit! Et moi, je ne veux pas! Nous avons une belle somme d'argent et notre saphir familial, ajouta-t-elle en appuyant sur le dernier mot. Il faudra bien que père s'en contente. Tant pis pour la fortune! Il en trouvera une autre.
— Avec vous comme appât, cela ne fait aucun doute! Mais imaginez-vous par hasard que vos associés vont tout vous remettre ou même partager avec vous? Ça m'étonnerait! Et où comptez-vous aller en sortant d'ici?
— Je ne sais pas encore. Peut-être en Amérique? Assez loin, en tout cas, pour que l'on me croie morte...
— Et votre père est d'accord?
— Il ne sait rien et je pense qu'il ne sera pas très content mais Sigismond arrangera tout et il comprendra que nous avons eu raison.
— Je vois! Alors mettez un comble à vos bontés en m'apprenant ce que l'on va faire de moi?

L'heure de vérité

— On ne vous fera pas de mal, rassurez-vous! Ils m'ont juré de ne pas attenter à votre vie. Vous allez être abandonné ici, soigneusement ligoté et quand vous pourrez donner l'alerte nous serons loin...

— ... et comme je ne ramènerai ni le saphir ni vous, votre époux – il l'est que vous le vouliez ou non! – pensera que je me suis approprié les deux. C'est assez répugnant mais plutôt bien imaginé! Dire que j'ai été assez stupide pour vouloir faire de vous ma femme! On n'est pas plus ridicule! Quant à vous et votre Sigismond, vous n'êtes que des gamins dangereux et irresponsables pour qui la vie ou les sentiments des autres sont lettre morte! Seuls, vos caprices...

— Cela vous va bien de parler de sentiments, vous qui vous êtes joué des miens, qui avez osé...

— Vous trahir? Je sais! Ne recommençons pas!... Votre seule excuse, c'est votre jeunesse, et j'aurais dû être sage pour deux! A présent, allez au diable avec qui vous voulez puisque votre distraction favorite consiste à vous enfuir avec le premier venu! Moi, j'en ai assez...

Tournant les talons, il se dirigea vers la porte mais, au moment où il atteignait le bouton, elle le rattrapa, le tira en arrière près de la fenêtre demeurée ouverte.

— Sauvez-vous pendant qu'il en est temps encore! s'écria-t-elle. En suivant le rebord, on peut atteindre une petite terrasse d'où il doit être facile de rejoindre le sol. Ensuite, si vous allez tout droit,

Les habitants du parc Monceau

vous trouverez un mur mais il n'est pas très haut. Derrière, il y a la route de Paris qu'il faut prendre à droite...

— Vous voulez que je m'enfuie, à présent ? Qu'est-ce que ça cache encore ?

Il la regardait au fond des yeux et vit qu'ils étaient pleins de larmes et de supplications. Elle semblait bouleversée.

— Rien d'autre que mon désir de vous savoir vivant, murmura-t-elle. Après tout... je ne connais pas ces gens, même si mon frère les porte aux nues, et j'ai peut-être eu tort de leur faire confiance. Maintenant, je ne sais plus qui croire... et j'ai peur ! S'il allait vous arriver quelque chose... je... je serais très malheureuse !

— Alors venez avec moi !

Il l'avait saisie aux épaules pour mieux lui communiquer sa force et sa conviction, mais elle n'eut pas le temps de répondre : la voix métallique d'Ulrich se faisait entendre sur le seuil :

— Charmant tableau ! J'espère que vous vous êtes tout dit ? Nous n'avons plus de temps à perdre ! Alors veuillez lever les mains en l'air, tous les deux, et sortir sans faire d'histoires !

Le gros revolver à barillet qui prolongeait son poing rendait la discussion difficile, pourtant Aldo protesta :

— Pourquoi elle ? Je vous croyais complices ?

— Je le croyais aussi mais, après ce que j'ai entendu, je n'en suis plus très sûr.

L'heure de vérité

— Qu'allez-vous en faire?

— C'est à elle de choisir : si elle veut toujours nous suivre, son frère l'attend dans la voiture sous la garde de Gus. Si elle préfère rester avec vous, elle partagera votre sort.

— Laissez-la partir!

— J'ai peut-être mon mot à dire? s'insurgea la jeune femme.

— Vous le direz plus tard! On perd du temps. Descendez et pas un geste ou je tire!

Rien d'autre à faire que de s'exécuter!

La double porte du salon n'était que poussée. À l'intérieur, le gigantesque Sam attendait avec les menottes qu'il reboucla autour des poignets d'Aldo, et des cordes qui lui servirent à le ficeler soigneusement sur une chaise plantée au beau milieu de la pièce. Quand ce fut fait, Ulrich qui tenait toujours Anielka en respect l'interrogea :

— À votre tour, ma belle! Que choisissez-vous? Une autre chaise aussi confortable, ou la Rolls de votre riche époux? Car, bien entendu, nous n'avons pas l'intention de la rendre. Elle plaît beaucoup à mon ami Sigismond qui a bien mérité cette récompense...

— Elle le mènera tout droit en prison, ricana Morosini. Il va en faire quoi, de sa Rolls? La promener dans Paris où elle sera repérée en deux minutes?

— C'est son affaire. Alors, ma jolie, que choisissez-vous?

Anielka croisa les bras et releva son joli nez d'un air de défi.

— Dire que je vous prenais pour un ami ! Je préfère encore rester ici...

— Ne soyez pas stupide, Anielka ! fit Aldo. Allez-vous-en ! Je n'augure rien de bon de ce qui m'attend et au moins vous serez avec votre frère.

— Ça, t'as bougrement raison ! s'exclama le gros Sam. Parc' que si tu veux savoir, on va foutre l' feu à la cabane avant d' se tirer !

Le hurlement terrifié de la jeune femme couvrit la protestation d'Ulrich reprochant à son acolyte d'avoir la langue trop longue, puis s'arrêta net : le géant venait de la frapper brutalement et elle s'écroula tandis qu'il commençait à la ficeler. Cette fois, Ulrich approuva :

— C'est aussi bien comme ça ! Elle commençait à faire trop de bruit. Quant au gamin, s'il nous embête trop, on s'en débarrassera aussi ! Au moins on gardera tout !

— Vous êtes vraiment de fiers misérables ! jeta Morosini indigné. Emmenez-la donc ! Sa mort ne vous rapportera que de très gros ennuis...

Penché sur le corps de la jeune femme, Sam marquait un instant d'hésitation quand il s'écroula avec un cri, atteint dans le dos par la balle que venait de tirer Ferrals. Le baron pénétrait à cet instant dans la pièce, un Colt à chaque poing. Ulrich, furieux, fit feu à son tour mais l'une des deux gueules noires cracha, lui arrachant son propre pistolet avec une précision diabolique.

— On dirait que vous savez vous en servir ? commenta Morosini qui n'avait jamais été aussi content de voir cet homme qu'il n'aimait pas. D'où sortez-vous donc, sir Eric ?

— De ma voiture. Je suis venu avec vous sans que vous vous en doutiez...

— Je vois ! J'aurais dû vous laisser vous débrouiller seul !... En attendant, sortez votre femme de là ! Elle va étouffer sous ce poids...

Sans quitter de l'œil Ulrich que sa main brisée faisait gémir, Ferrals s'efforça de faire basculer à coups de pied le corps de Sam, mais l'Américain était lourd et la jeune femme sans connaissance. Posant alors une de ses armes, il se pencha pour empoigner l'énorme carcasse et la tirer en arrière quand Morosini, qui suivait la manœuvre avec impatience, l'avertit :

— Attention ! La porte !

Une silhouette s'encadrait dans le chambranle : celle de Gus, l'homme des faubourgs. Il était armé d'un couteau qu'il lança avec une rapidité dénotant une longue habitude, et qui manqua sir Eric d'un cheveu avant d'aller se planter dans le parquet. L'Anglais tira à son tour mais cette fois rata une cible qui venait de disparaître. En même temps, une voix bien connue criait :

— Cessez le feu ! C'est moi, Vidal-Pellicorne !

Il était méconnaissable parce que noir de la tête aux pieds : vêtements, casquette à pont enfoncée jusqu'aux yeux et visage passé à la suie, le parfait ramoneur ! Sous son bras, l'archéologue traînait le corps de Gus qu'il venait d'assommer et qu'il laissa tomber à terre, quand il s'aperçut que, maîtrisant sa souffrance, Ulrich tentait de s'approcher de son arme partie sous un fauteuil. Il s'en empara, la mit dans sa poche après avoir asséné au personnage un coup de crosse suffisant pour l'envoyer au pays des rêves en attendant qu'on l'attache.

— La police ne devrait pas tarder ! déclara-t-il en allant ramasser le couteau dont il se servit pour couper les liens d'Aldo. Mon compagnon de route est allé la prévenir dès que nous avons repéré la maison. Mais par quel miracle êtes-vous là, sir Eric ?

— Pas de miracle. Lorsque j'ai commandé la Rolls qui a amené le prince, j'ai indiqué à l'usine un aménagement spécial : il s'agissait de pratiquer, sous la banquette arrière, une cache où un homme de taille moyenne puisse se tenir couché et respirer grâce à des aérations soigneusement dissimulées. Cette disposition m'a déjà rendu de grands services et j'ai été tout à fait ravi quand ces imbéciles ont exigé cette voiture-là. Je suis donc venu à l'insu du prince Morosini. Ce dont je lui demande infiniment pardon... Mais au fait, et vous, Vidal ? Comment se fait-il que vous soyez ici et qui est ce compagnon dont vous venez de parler ?

— Un charmant garçon, sportif, que je dois à Mme de Sommières. Elle était fort tourmentée de savoir un neveu qu'elle aime embringué dans une histoire inquiétante...

— ... et elle a prévenu la police au risque de faire tuer ma chère épouse? s'écria sir Eric.

— Pas du tout! Elle s'est contentée d'en toucher un mot à un vieil ami à elle, le commissaire Langevin, aujourd'hui en retraite, en lui faisant jurer de ne pas avertir les autorités : elle voulait seulement un conseil!... Accordez-moi un instant, ajouta-t-il en s'escrimant sur les menottes qui retenaient encore Aldo à son siège, je voudrais bien trouver la clef de ça!

— Cherchez dans la poche du cadavre! renseigna Morosini.

— Merci!... Où en étais-je?... Ah oui, M. Langevin a donné mieux qu'un avis : le fils d'un de ses amis qui désire entrer dans la police et qui se trouve être un grand sportif, particulièrement à vélo. En ce qui me concerne, je ne me débrouille pas trop mal non plus dans cette discipline et, quand nous avons su le lieu et l'heure du rendez-vous, nous nous sommes équipés en conséquence et nous sommes allés nous cacher dans les buissons de l'avenue du Bois-de-Boulogne. Quand la voiture est repartie, nous l'avons suivie, tous feux éteints, en prenant soin de rester sur les côtés de la route...

— Suivre une voiture de cette qualité, c'était de la folie! dit sir Eric. Elle peut aller très vite!

— Vaut mieux pas quand on n'a pas l'habitude de la conduire. Une fois ici – au fait, nous sommes au Vésinet que je connais fort bien – le jeune Guichard, dûment muni d'un mot du commissaire

Langevin, est parti à la recherche du poste de police, malheureusement un peu éloigné, pendant que je me mettais en quête d'un moyen de pénétrer dans la maison. Votre fenêtre ouverte, mon cher Aldo, a été un trait de génie, même si vous n'en avez rien fait. Moi, elle m'a été fort utile!...

— Allons, tant mieux! grogna l'interpellé, mais j'en ai autant à votre service qu'à celui de sir Eric : pourquoi ne m'avoir pas prévenu?

— Votre côté chevaleresque, mon cher! Même un policier en retraite vous aurait fait pousser les hauts cris. Vous auriez été capable d'exiger qu'on vous laisse agir seul...

— C'est possible! concéda Aldo de mauvaise grâce. Mais puisque vous connaissez si bien l'endroit, vous devriez essayer de trouver une aide quelconque, un médecin par exemple! Lady Ferrals — Dieu que le nom avait du mal à passer! — n'a pas l'air bien, ajouta-t-il en massant ses poignets endoloris. En attendant, j'ai quelque chose à faire.

Sans s'expliquer davantage, il prit l'une des armes de sir Eric et s'élança au-dehors : il ne voulait laisser à personne le soin de capturer Sigismond qui était sans doute encore dans la voiture. Le coup de poing qu'il lui avait administré tout à l'heure avait un goût de trop peu et il rêvait de le compléter avec une solide correction, mais quand il fut devant la maison, il fallut bien se rendre à l'évidence : il n'y avait personne.

Rien non plus autour de la bâtisse. Le beau

L'heure de vérité

Sigismond avait filé avec la Rolls, qu'il devait considérer comme sienne, en abandonnant sa sœur à son destin. Et Aldo maudit le trop grand talent des constructeurs anglais : pendant l'échange de coups de feu, le silencieux « sir Henry » s'était fait le complice du jeune misérable.

Lorsque Morosini regagna le salon, il vit qu'Ulrich, sommairement pansé, et Gus étaient ligotés et que, sur le canapé, Anielka revenait à la conscience sous l'œil attentif de celui qu'elle voulait fuir et qui lui parlait tout bas en serrant ses mains entre les siennes. À l'écart, Adalbert, debout près de la table, faisait jouer des reflets dans les profondeurs du faux saphir. Il eut pour son ami un clin d'œil significatif et demanda :

– Vous avez trouvé ce que vous cherchiez ?

– Non. Il s'est enfui mais il ne perd rien pour attendre.

– Qui donc ?

– Le jeune Solmanski, voyons ! C'est lui la cheville ouvrière de ce gâchis. Envie de se faire de l'argent, je suppose ? En tout cas, il vient de filer avec votre voiture, sir Eric...

– Je n'aime pas ce garçon, remarqua celui-ci. Et pas beaucoup plus son père. Au fait, était-il d'accord, celui-là ?

– Il paraît que non. En fait... cela m'étonnerait, admit Morosini à contre-cœur.

– Ce serait tellement stupide ! Mais je me ferai un devoir de l'informer car, en vérité, ce qu'il a osé faire à sa propre sœur dépasse l'entendement. C'est... c'est immonde!... Comment allez-vous, ma très chère?

La dernière phrase s'adressait à Anielka dont les yeux, à présent, étaient grands ouverts. Le cœur arrêté, Aldo épia sa réaction en face du visage qui se penchait sur elle, mais elle n'eut pas un tressaillement. Au contraire, il put voir l'ombre d'un sourire sur les jolies lèvres pâlies :

— Eric! murmura-t-elle. Vous êtes donc venu? Je ne l'aurais jamais cru...

— Peut-être parce que vous ne savez pas encore à quel point je vous aime? Oh, mon bel amour, j'ai été si malheureux! Au point de croire un instant que vous vous étiez enfuie pour me punir de... de l'autre nuit!

— Vous avez pensé ça et, cependant, vous avez été jusqu'à sacrifier votre précieux saphir... et risquer votre vie?

— Je sacrifierais plus encore s'il le fallait! Mon âme elle-même! Oh! Anielka, j'ai eu tellement peur de vous avoir perdue! Mais vous êtes là! Tout est oublié!

Il y avait maintenant des larmes sur son visage et Anielka, qui semblait ne plus voir que lui, tendait ses mains pour les essuyer en murmurant des paroles d'apaisement.

Incrédule et accablé, Aldo écoutait cet incroyable duo en luttant contre l'envie furieuse de clamer la vérité, d'expliquer à ce fauve changé en agneau bêlant que sa bien-aimée lui jouait une indigne comédie, qu'elle était partie de son plein gré et qu'elle souhaitait encore, un instant plus tôt, mettre entre eux la plus longue distance possible. Ce serait tellement bon de faire comprendre à Ferrals qu'il n'inspirait même pas la pitié à cette ravissante créature! Rien que du dégoût... À moins qu'après tout elle n'ait encore menti? Depuis qu'elle était réveillée, elle n'avait pas eu un regard pour lui ni pour Adalbert. Mais il n'était pas de ceux qui dénoncent. Il choisit de se taire et de rejoindre son ami qui comptait les billets tout en observant la scène du coin de l'œil :

– N'essayez pas de comprendre, chuchota celui-ci. Les desseins de Dieu sont impénétrables : ceux des jolies filles aussi. En outre, celle-ci est terrifiée.

– Par quoi?

– Par vous, bien sûr! Elle craint que vous ne parliez... Ah! ajouta-t-il en changeant de registre, je crois que voilà enfin la maréchaussée! Je commençais à me demander si le jeune Guichard ne s'était pas perdu en route...

Un moment plus tard, dans la voiture de police qui le ramenait rue Alfred-de-Vigny avec Adalbert – on avait amarré le vélo de l'archéologue à l'arrière du véhicule – Morosini remit la question sur le tapis :

– Pourquoi avez-vous dit tout à l'heure qu'Anielka craignait que je parle?

– Mais parce que c'est la vérité ! Elle mourait de peur que vous ne révéliez qu'elle était de mèche avec ses ravisseurs. Qu'elle ait suivi son frère ne changerait rien à la chose : les sentiments de Ferrals pourraient se modifier singulièrement à son égard et, pour une raison connue d'elle seule, elle préfère qu'on la croie toujours une victime. Alors elle caresse Ferrals dans le sens du poil. Peut-être par crainte de son père ? Solmanski n'est sûrement pas un tendre et doit détester qu'on se mette en travers de ses projets... dont le plus mirifique doit être toujours de mettre la main sur la fortune de son gendre.

– C'est possible, mais vous devriez penser à Ulrich. Celui-là ne va pas garder le silence.

– Oh ! que si ! Parce qu'il n'a aucun intérêt à la dénoncer. Il chargera Sigismond, oui, mais pas Anielka. Il peut escompter qu'elle lui en sera reconnaissante et c'est sans doute ce qui arrivera. Il se taira, soyez-en sûr ! C'est d'ailleurs ce que je lui ai conseillé de faire avant que la police n'arrive.

Bien qu'il n'en eût pas vraiment envie, Aldo se mit à rire et, appuyant sa tête sur la moleskine de la banquette, ferma les yeux.

– Vous êtes impayable, Adal ! Vous pensez à tout ! Quant à moi, Anielka est persuadée que je lui ai menti : elle a vu Mme Kledermann m'embrasser, après quoi Sigismond a pris soin de m'exhiber quand j'étais inanimé sur son lit. Et elle ne veut rien entendre !

L'heure de vérité

— Eh bien, voilà la dernière pièce de mon puzzle! fit Adalbert avec satisfaction. Je vous l'ai dit: les jolies filles sont imprévisibles, mais quand elles sont slaves leurs réactions relèvent de la poésie lettriste. Et dans la jalousie, elles deviennent monstrueuses. Celle-ci mérite peut-être un peu d'indulgence: pour un être aussi impulsif, cela a fait beaucoup d'émotions contradictoires.

Aldo ne répondit pas. Une pensée soudaine venait de lui traverser l'esprit tandis qu'Adal cherchait des excuses à Anielka: pendant qu'il était auprès d'elle, pas un instant il n'avait pensé à demander des nouvelles de Romuald: elle seule, avec Vidal-Pellicorne et lui-même, connaissait l'endroit du rendez-vous et, à moins que le malheureux n'eût été découvert par hasard, elle avait peut-être quelque responsabilité dans sa disparition. Et lui, Morosini, venait de se conduire en parfait égoïste.

— Vous parliez à l'instant d'un puzzle complet. Il me semble à moi qu'il y manque un important morceau: nous ne savons toujours pas ce qu'est devenu le frère de Théobald...

Adalbert se frappa le front:

— Par tous les dieux de l'ancienne Égypte! Quel étourdi je suis! Il est vrai qu'avec ce qui s'est passé cette nuit, je peux plaider les circonstances atténuantes! Romuald est rentré! Ce soir, vers les dix heures. Éreinté, moulu, affamé, trempé par un retour à moto sous la pluie mais bien vivant!

Théobald et moi en avons pleuré de joie et, à cette heure, le brave garçon doit dormir dans la chambre d'amis après le copieux repas préparé par son frère.

— Que lui est-il arrivé?

— Des hommes masqués lui sont tombés dessus, l'ont ligoté, enlevé de sa barque puis jeté dans une autre qui attendait un peu plus loin en aval, cachée dans des roseaux, après quoi, arrivés au milieu du fleuve, on l'y a balancé sans autre forme de procès. Il a bien cru sa dernière heure arrivée. Par chance, le courant l'a porté vers un banc de sable où les racines d'une végétation fournie l'ont accroché. Il est resté là jusqu'à l'aube où une femme l'a découvert, une riveraine qui venait relever des nasses à brochets. Elle l'a emmené chez elle pour le réconforter et c'est là que le conte de fées se change en vaudeville : une fois installé chez « la Jeanne », le pauvre Romuald a eu toutes les peines du monde à en sortir. Non que ce soit une mauvaise créature, mais elle s'est prise aussitôt pour lui d'une espèce de passion : elle l'appelait Moïse, il était son rescapé et elle ne voulait rien entendre pour se séparer de lui...

— Ce n'est pas vrai?

— Oh que si! Enfermé à double tour quand sa châtelaine allait aux commissions, le Romuald! Le premier jour, il ne s'en est pas rendu compte parce qu'il avait vraiment besoin de récupérer, mais ensuite, il a compris qu'il n'avait quitté un piège que pour un autre : afin qu'il ne se sauve pas, elle mettait des barres à ses volets et traînait en travers de la porte un matelas sur lequel elle dormait. Vous imaginez l'état d'esprit du garçon ? D'autant qu'il se faisait un sang d'encre à notre sujet. Alors il a joué la faiblesse pour que la surveillance se relâche et puis, ce matin, quand elle est revenue du marché, il lui a sauté dessus, l'a ligotée sans trop serrer pour qu'elle puisse se libérer assez facilement, a fermé la porte de la maison et s'est enfui en courant pour remonter le fleuve. Heureusement, il était sur la rive droite et pas trop loin de sa maisonnette et de sa motocyclette. Le temps de ramasser ses affaires, de sauter sur son engin, et il fonçait à travers un bel orage sur la route de Paris. Je ne vous cache pas que je me sens beaucoup mieux depuis que j'ai revu sa bonne figure.

— A moi aussi, ça me fait plaisir. C'eût été trop injuste qu'il soit la seule victime de cette histoire stupide ! Je crois que je vais me sentir mieux à présent...

— Quelles sont vos intentions ?

— Rentrer chez moi, bien sûr !

La voiture où flottait une désagréable odeur d'humidité et de tabac refroidi atteignait la porte Maillot. Les lumières violentes de Luna-Park, le fameux parc d'attractions populaire, brillaient encore, reflétées par la chaussée mouillée comme au bord d'un canal vénitien.

— Je vous l'avoue, mon ami, continua Morosini, j'ai hâte de revoir ma lagune et ma maison ! Ce qui ne veut pas dire que je n'aie plus l'intention d'en bouger. Je vais y attendre des nouvelles de Simon Aronov et le moment de partir pour l'Angleterre afin d'assister à la vente du diamant. Vous devriez venir me voir, Adal! Vous aimeriez ma maison et la cuisine de ma vieille Cecina.

– Vous me tentez!

– Il ne faut jamais résister à la tentation! Je sais bien qu'en été nous débordons un peu de touristes et de jeunes mariés, mais vous n'aurez pas à en souffrir. Et puis la grâce de Venise est telle qu'aucun oripeau, aucune foule vulgaire ne saurait l'atteindre. On y est mieux que partout ailleurs pour lécher des blessures...

Oubliant un peu son ami, Morosini avait pensé tout haut. Quand il s'en aperçut, il était trop tard, mais ce fut au bout d'un silence assez long qu'Adalbert demanda doucement :

– Cela fait si mal?

– Encore assez, oui... mais ça passera!

Il l'espérait de toute sa volonté sans y croire tout à fait. Ses chagrins d'amour avaient la vie dure. Peut-être qu'en ce moment même il adorerait encore le souvenir de Dianora si Anielka n'était venue l'effacer? Mais qui l'aiderait à oublier Anielka?

En rentrant chez Mme de Sommières, les deux hommes la trouvèrent dans son jardin d'hiver qu'elle arpentait en faisant sonner les dalles sous sa canne. Assise dans un coin sur une chaise basse,

L'heure de vérité

Marie-Angéline faisait semblant de tricoter et ne sonnait mot, mais au mouvement de ses lèvres il était évident qu'elle priait.

Quand Aldo entra, la vieille dame exhala un soupir de soulagement et courut l'embrasser avec une chaleur qui donnait la mesure de son anxiété :

– Tu es vivant ! souffla-t-elle contre son cou. Merci à Dieu !

Il y avait des larmes dans sa voix mais n'étant pas femme à s'abandonner longtemps à une émotion, elle se reprit vite. S'écartant de lui, elle le tint un instant à bout de bras :

– Tu n'es pas trop détruit ! remarqua-t-elle. Cela veut dire que la jeune femme est sauve ?

– Elle n'a jamais été en danger ! En ce moment, elle regagne tranquillement la maison de son époux.

La marquise ne posa pas de questions, se contentant de scruter avec attention, le beau visage amer et fatigué.

– Et toi, murmura-t-elle, tu pars demain ou à peine plus tard. Ma vieille demeure ne te reverra pas de longtemps, sans doute ?

Une toute petite fêlure dans la voix. Une infime note de mélancolie mais qui toucha Aldo au plus sensible. Ces jours passés ensemble les avaient beaucoup rapprochés. Elle lui était devenue chère et ce fut lui, cette fois, qui la prit dans ses bras, ému de sentir une fragilité insoupçonnable chez cette indomptable vieille dame.

— J'ai passé ici de trop bons moments pour ne pas souhaiter y revenir, dit-il gentiment. Et de toute façon, nous allons nous revoir bientôt. J'espère que vous ne renoncerez pas à votre voyage d'automne à Venise ? Pas avant octobre cependant ! Je devrai, en septembre, me rendre en Angleterre pour une affaire importante, ajouta-t-il avec un coup d'œil en direction de Vidal-Pellicorne qui avait rejoint Marie-Angéline près de la cave à liqueur. Si Adalbert m'accompagne comme il me l'a laissé entendre, je viendrai vous embrasser en passant le chercher.

Un bris cristallin signala que la cousine venait de casser un verre et attira l'attention sur elle. On put voir alors qu'elle était devenue toute rouge mais que ses yeux brillaient de façon insolite.

— Quelle maladroite vous faites, Plan-Crépin! rugit la marquise, enchantée, au fond, de trouver un dérivatif à son attendrissement. Ces verres appartenaient à défunte Anna Deschamps et sont irremplaçables! Que vous arrive-t-il encore?

— Oh! je suis navrée, s'exclama la coupable qui n'en avait vraiment pas l'air, mais je crains que nous ne soyons absentes en septembre. Ne devons-nous pas répondre à l'invitation de lady Winchester pour... chasser le renard ?

— Est-ce que vous ne perdez pas un peu la tête ? s'étrangla la marquise. Chasser le renard ? Et quoi encore ? Que voulez-vous que je fasse, à mon âge, sur un canasson ? Je ne suis pas cette folle de duchesse d'Uzès, moi!

— Pardonnez-moi! Il se peut que j'aie confondu! C'était peut-être la grouse en Écosse, mais je suis formelle : nous devons être en Grande-Bretagne en septembre. Remarquez, cela ne doit pas empêcher le prince Aldo de passer. Ce serait peut-être amusant de voyager ensemble?

Cette fois, Mme de Sommières éclata de rire :
— Vos malices sont cousues de fil blanc, ma grande! fit-elle avec une nuance affectueuse qui n'échappa à personne. Croyez-vous qu'il ait besoin de s'encombrer d'une vieille femme délabrée et d'une vieille fille un peu folle... même si cela vous amuse beaucoup de vous mêler de ses affaires et de galoper sur les gouttières en sa compagnie? Vous vous contenterez de prier pour lui. Et ça, croyez-moi, ça lui sera utile!

Morosini s'approcha de Marie-Angéline et prit de ses mains le verre de cognac qu'elle venait de servir en tremblant un peu :
— L'aide a été trop intelligente et trop efficace pour être dédaignée, tante Amélie, et j'en serai toujours reconnaissant à Marie-Angéline. Je bois à vous, cousine, ajouta-t-il avec un sourire qui chavira le cœur de son ancienne acolyte. Sait-on jamais ce que l'avenir nous réserve? Il nous arrivera peut-être encore de courir les aventures ensemble. Je vous écrirai avant de partir. Mais, à présent, je crois que je vais aller me reposer...

Quand il monta dans sa chambre, le premier geste d'Aldo fut d'aller fermer les persiennes. Il ne voulait pas voir se refléter sur la verdure du parc les lumières des fenêtres d'Anielka. Cette page-là devait être tournée et le plus tôt serait le mieux! Ensuite, il s'assit sur son lit pour consulter l'indicateur des chemins de fer...

Cependant, s'il pensait en avoir fini avec son joli roman polonais, il se trompait.

Le lendemain dans l'après-midi, alors qu'il achevait de boucler ses bagages, Cyprien vint lui annoncer que sir Eric et lady Ferrals demandaient à lui parler et l'attendaient au salon.

– Seigneur! fit Morosini. Il a osé franchir le seuil de cette maison? Si tante Amélie l'apprend, elle va vous ordonner de le jeter dehors.

– Je ne crois pas qu'elle en ait l'intention. Madame la marquise a reçu elle-même vos visiteurs. Je dois dire... avec plus de grâce que l'on ne pouvait s'y attendre. Elle vient de remonter dans sa chambre en m'ordonnant d'aller prévenir monsieur le prince.

– Mlle du Plan-Crépin est avec elle?

– N... on. Elle est en train de donner des soins aux pétunias du jardin d'hiver qui présentent des signes de fatigue depuis ce matin mais, se hâta-t-il d'ajouter, j'ai pris soin de bien fermer les portes!

Aldo ne put s'empêcher de rire. Comme si une porte pouvait quelque chose contre l'insondable curiosité féminine? La discrétion et le sens de sa dignité interdisaient à tante Amélie d'assister à la visite mais ne l'empêchaient pas de laisser traîner derrière elle les oreilles attentives de sa lectrice. Et c'était à cette même curiosité qu'elle avait obéi en recevant l'homme qu'elle détestait tant : elle avait beaucoup trop envie de contempler de ses yeux celle qui faisait perdre la tête à son « cher enfant ». Qui donc pourrait lui en vouloir ? C'était, après tout, une des formes de l'amour. Aldo descendit rejoindre ses visiteurs.

Ils l'attendaient au petit salon dans l'attitude habituelle aux couples quand ils sont chez le photographe : elle posée gracieusement sur un fauteuil, lui debout à son côté, une main appuyée sur le dossier du siège et la tête fièrement levée.

Morosini s'inclina sur la main de la jeune femme et serra celle de son mari.

— Nous sommes venus vous dire adieu, dit celui-ci, et aussi toute la gratitude que nous conserverons de l'aide généreuse que vous nous avez apportée dans des circonstances pénibles. Ma femme et moi...

Aldo n'aimait pas les discours et moins encore celui-là. Il y coupa court :

— Je vous en prie, sir Eric ! Vous ne me devez aucun remerciement. Qui ne serait prêt à risquer certains désagréments pour une jeune femme en danger ? Et puisque tout est rentré dans l'ordre, permettez-moi d'y trouver ma meilleure récompense.

Son regard s'attachait à celui de Ferrals, évitant de glisser vers Anielka afin d'être plus sûr de garder une pleine maîtrise de soi. Un bref coup d'œil lui avait suffi pour constater qu'elle était plus ravissante que jamais dans une robe de crêpe de Chine imprimée blanc et bleu Nattier, un étroit turban de même tissu emprisonnant sa tête exquise. Elle gardait trop de pouvoir sur lui et il n'avait pas envie de se mettre à bégayer comme un potache amoureux.

Il pensait, par ces quelques mots, en finir avec une visite plus pénible qu'agréable mais sir Eric avait encore quelque chose à dire.

— J'en suis tout à fait persuadé. Cependant je voudrais que vous me permettiez de matérialiser ma reconnaissance en acceptant ceci.

Aucun doute, c'était bien l'écrin du saphir qui venait d'apparaître sur sa main et, pendant un instant, Morosini fut partagé entre la surprise et l'envie de rire.

— Vous m'offrez l'Étoile bleue ? Mais c'est de la folie ! Je sais trop ce que cette pierre représente pour vous.

— J'avais accepté de m'en séparer pour retrouver ma femme et grâce à vous, c'est chose faite. Ce serait tenter le diable que vouloir tout garder et puisque j'ai retrouvé le plus précieux...

Il tendait le coffret de cuir qu'Aldo repoussa d'un geste doux masquant à merveille la jubilation quasi diabolique qui l'envahissait.

— Merci, sir Eric, mais l'intention me suffira. Je ne veux plus de cette pierre.

L'heure de vérité

– Comment ? Vous refusez ?
– Eh oui ! Vous m'avez dit un jour que, dans votre esprit, le saphir et celle qui était alors votre fiancée étaient inséparables. Rien n'a changé depuis et il va trop bien à lady Ferrals pour que l'idée m'effleure de lui voir une autre destination. Ils sont vraiment faits l'un pour l'autre, ajouta-t-il avec une ironie qu'il fut seul à apprécier. C'était délicieux de se donner les gants d'offrir une pierre fausse à une femme qu'il jugeait tout aussi fausse !

Cette fois, le marchand d'armes semblait confus et, pour alléger l'atmosphère, Morosini rompit les chiens :

– Pour en finir avec la triste histoire que vous avez vécue, puis-je vous demander si vous avez retrouvé votre voiture et votre beau-frère.
– La Rolls oui. Elle était abandonnée à la porte Dauphine. Le beau-frère non, mais je préfère que nous n'en parlions pas afin de ne pas ajouter au chagrin de mon épouse et à celui du comte Solmanski, très affecté par la conduite d'un fils dévoyé. Je n'ai d'ailleurs pas porté plainte et je me suis arrangé pour que la presse ne soit pas informée : nous avons retrouvé ma femme, la rançon, et capturé les ravisseurs, un point c'est tout ! Le nom de Solmanski ne sera pas traîné dans la boue ! Le comte rentre à Varsovie ces jours prochains et nous partons demain pour notre château du Devon où il nous rejoindra plus tard quand la plaie de sa fierté sera un peu cicatrisée...

Aldo s'inclina devant cet homme décidément insaisissable. Il fallait qu'il fût un saint... ou plutôt éperdument amoureux d'Anielka pour agir avec cette magnanimité. Cela méritait bien un coup de chapeau.

— Je ne peux que vous approuver... et vous souhaiter tout le bonheur du monde.

— Rentrez-vous bientôt à Venise ?

— Ce soir même... et avec une joie que je ne saurais exprimer...

Entre lui et Anielka, aucune parole n'avait été échangée. Il n'avait même pas rencontré son regard mais, à nouveau, il prit la main qu'elle lui offrait. Ce fut quand il se pencha sur elle, presque à la toucher de ses lèvres, qu'il sentit le billet que l'on glissait entre ses doigts...

Un instant plus tard, l'étrange couple s'éloignait. Aldo remonta dans sa chambre pour dérouler le message et le lire : il ne contenait que peu de mots : « Je dois obéir à mon père et accomplir ma pénitence. Pourtant c'est vous que j'aime, mais le croirez-vous encore ?... »

Pendant un moment, son cœur battit plus fort. De joie peut-être, et aussi d'une vague espérance Pourtant la méfiance ne voulait pas mourir : il revoyait Anielka étendue sur le canapé l'autre nuit, regardant Ferrals, souriant à Ferrals, acceptant Ferrals...

Il fourra le mince papier dans sa poche en essayant de ne plus y penser. C'était difficile. Les mots dansaient dans sa tête. Les plus beaux surtout, les plus magiques : « ... c'est vous que j'aime. » Et cela dura des heures, jusqu'à devenir intolérable; peut-être parce qu'au regret, au désir réveillé, se mêlait un peu de honte : sir Eric avait été le jouet d'une assez vilaine comédie qu'il ne méritait pas.

Alors, quand il se retrouva seul dans le luxueux compartiment du Simplon-Orient-Express fonçant à pleine vitesse à travers les campagnes bourguignonnes endormies, Aldo baissa la vitre, tira l'unique lettre d'amour d'Anielka, la déchira en menus morceaux que le vent de la course emporta. Ensuite seulement il put dormir...

*TROIS MOIS PLUS TARD,
À L'ÎLE DES MORTS...*

Une brassée de roses à la proue, la gondole noire aux lions ailés traçait sa route vers l'île-cimetière de San Michele. Assis sur les coussins de velours amarante, Aldo Morosini regardait approcher l'enceinte blanche, ponctuée de pavillons, qui cernait la masse sombre et dense des grands cyprès.

Chaque année, les princes de son nom allaient fleurir leur chapelle funéraire en l'honneur de madonna Felicia, née princesse Orsini, au jour anniversaire de sa mort, et Aldo ne manquait jamais de se conformer à ce rite, mais aujourd'hui, le pieux voyage prenait un double sens grâce au message qu'un banquier zurichois lui avait fait parvenir une semaine plus tôt : « Le 25 de ce mois, vers dix heures du matin, à l'île San Michele. S.A. » Quelques mots mais qui avaient apporté à Morosini un appréciable soulagement.

Depuis environ deux mois qu'il était rentré chez lui, Aldo s'inquiétait d'un inexplicable silence. Aucune nouvelle ne lui était arrivée en réponse au bulletin de victoire envoyé depuis Paris et annonçant le succès de sa première mission. Il avait craint d'apprendre qu'une catastrophe quelconque était venue réduire à néant la quête du Boiteux. Heureusement, il n'en était rien.

La journée s'annonçait belle. La lourde chaleur estivale sous laquelle Venise étouffait chaque année faisait trêve depuis le gros orage qui avait éclaté la veille au soir. La lagune devenait satin et miroitait sous un soleil léger. C'était un beau matin paisible, animé par le cri des oiseaux de mer. Guidée avec force et douceur par Zian, la gondole – pour rien au monde Aldo n'eût pris le canot automobile pour faire visite à ses chères princesses ! – griffait à peine l'eau calme et, en regardant approcher la cité des morts, il éprouva une fois de plus l'impression d'être au bout du monde vivant, de voguer vers quelque Jérusalem céleste, parce que San Michele lui rappelait un peu ces palais blancs débordant de verdure qu'il avait admirés, avant la guerre, au cours d'un inoubliable voyage aux Indes et qui surgissaient soudain du miroir liquide d'un beau lac où leur reflet s'inscrivait avec une netteté parfaite.

Quand l'embarcation atteignit le pavillon à colonnes dont les degrés de marbre plongeaient dans l'eau, Aldo sauta à terre, prit l'énorme bouquet et entra dans le cimetière, salué familièrement par le gardien qu'il connaissait de longue date. Il s'engagea dans l'une des allées bordées de hauts cyprès où une légère brume s'attachait encore. Tout autour, des tombes marquées de croix blanches, toutes semblables mais abondamment fleuries. De loin en loin, une aristocratique chapelle dont les occupants étaient assurés qu'on les laisserait tranquilles. En effet, les habitants des tombes n'étaient là que de passage : faute d'espace et en dépit de l'étendue du cimetière, les restes humains étaient relevés au bout d'une douzaine d'années pour être confiés à l'ossuaire.

Aldo aimait bien San Michele, qu'il ne trouvait pas triste. Toutes ces petites croix blanches émergeant d'une masse de corolles diversement teintées ressemblaient à un parterre sur lequel il aurait neigé.

Le champ du repos était vide, à l'exception d'une vieille femme en grand deuil courbée sur l'une des sépultures, un chapelet de buis coulant de ses mains, abîmée dans sa prière. Ce fut seulement quand il atteignit la chapelle familiale qu'il vit le prêtre ou ce qu'il crut un instant en être un. La longue robe noire, un peu flottante, et la coiffure ronde pouvaient appartenir à plusieurs Églises d'Orient ainsi que la barbe rejoignant les grands cheveux, mais il sut très vite qu'il avait déjà vu ces belles mains et la puissante canne d'ébène où elles s'appuyaient. Debout devant la porte de bronze, le visiteur, tête penchée, semblait plongé dans une profonde méditation et Aldo patienta un petit moment. Il était certain que, derrière les lunettes fumées masquant le haut du visage, s'abritait un œil unique d'un bleu aussi profond que celui du saphir, et que Simon Aronov était devant lui.

Soudain, celui-ci parla, sans même se retourner :

— Pardonnez-moi mon silence! dit-il. Je crains qu'il ne vous ait inquiété mais je me trouvais assez loin. En outre, je tenais à ce que, pour cette fois, nous nous rencontrions ici, à Venise, et devant ce tombeau afin de rendre hommage à celle qui fut la dernière victime de la pierre bleue. Je voulais venir plier le genou sur les cendres d'une grande dame et prier. En face du Très-Haut, ajouta-t-il avec l'ombre d'un sourire, les prières, en quelque langue qu'on les prononce, n'ont d'autre valeur que leur sincérité...

Pour toute réponse, Aldo tira une clef de sa poche et ouvrit la porte du tombeau :

— Entrez! dit-il.

Bien qu'entretenu à la perfection, l'intérieur de la chapelle sentait les fleurs fanées, la cire refroidie et surtout l'humidité, mais dans ce milieu quasi aquatique, aucun Vénitien n'y prêtait attention. Morosini désigna le banc de marbre placé en face de l'autel et propice aux méditations. Le Boiteux s'y assit tandis qu'il déposait ses roses dans une jardinière.

— Vous fleurissez souvent cette tombe? demanda Aronov.

— Assez souvent, oui, mais aujourd'hui ce n'est pas pour ma mère. Le sort a voulu que vous me

A l'île des Morts

fixiez rendez-vous au jour anniversaire de la mort de notre amazone : Felicia Orsini, comtesse Morosini, qui toute son existence lutta pour ses convictions et pour venger son époux fusillé à l'Arsenal par les Autrichiens. Si nous avions le temps, je vous raconterais sa vie : elle vous plairait... mais ce n'est pas pour écouter la saga de ma famille que vous êtes venu. Voici ce que je vous ai annoncé!

Il tendait un écrin de cuir bleu qu'Aronov garda un instant entre ses doigts, sans l'ouvrir. Une larme glissa de son œil :

— Après tant de siècles! murmura-t-il. Merci!... Me ferez-vous la grâce de vous asseoir un instant auprès de moi?

Pendant un moment qui lui parut très long, Aldo regarda les longs doigts caresser le maroquin soyeux. Jusqu'à ce qu'enfin il disparût dans les plis de la robe noire, mais à sa place surgit un petit paquet enveloppé de soie pourpre parfilée d'or. La voix lente et chaude du Boiteux se fit entendre à nouveau :

— Parler d'argent ici serait un sacrilège, dit-il. À cette heure, mes banquiers doivent être en train de régler la question avec votre trésorerie. Ceci — et j'espère que vous l'accepterez! — est un don personnel offert aux mânes d'une princesse chrétienne.

En même temps, il ôtait le tissu chatoyant, révélant un reliquaire d'ivoire d'un travail admirable que l'œil averti du prince-antiquaire attribua sans hésitation au VIe siècle byzantin. Par les cloisons évidées, on pouvait voir qu'il était doublé d'or et qu'au centre reposait un mince étui de cristal enfermant quelque chose qui ressemblait à une aiguille brune.

— Ceci, dit Aronov, appartenait à la chapelle privée de la dernière impératrice de Byzance au palais des Blachernes. C'est une épine de la couronne du Christ... du moins on l'a toujours cru et je veux le croire aussi, ajouta-t-il avec un sourire d'excuses qu'Aldo comprit : il y avait tant de reliques à Byzance qu'il était difficile d'en attester toujours l'authenticité. Le présent n'en demeurait pas moins royal.

— Et vous me le donnez ? dit Morosini la gorge soudain sèche.

— Pas à vous. À elle ! Et je vois là un tabernacle de marbre où mon humble hommage trouvera la place qui lui convient. Il apaisera peut-être l'âme inquiète de votre mère. On dit chez nous que c'est le cas lorsqu'il s'agit d'un assassinat...

Aldo hocha la tête, prit le reliquaire, le déposa pieusement à l'intérieur du tabernacle devant lequel il s'agenouilla un instant avant de le refermer et d'en enlever la clef. Puis il revint à son visiteur.

— J'espérais pouvoir l'apaiser moi-même, soupira-t-il avec amertume, mais le meurtrier court encore. Cependant, j'ai quelques doutes depuis que j'ai rencontré le dernier possesseur du saphir.

— Le comte Solmanski... ou celui qui se fait appeler ainsi ?

— Vous le connaîtriez ?

— Oh oui ! Et j'ai aussi appris bien des choses en lisant les journaux parisiens du mois de mai. Il y avait dedans une excellente photographie de la jeune mariée enlevée au soir de ses noces... et une autre de son père !

— Il ne le serait pas ?

— Ça, je l'ignore, mais ce dont je suis certain c'est que le nom annoncé n'est pas le sien. Le vrai Solmanski a disparu en Sibérie, voilà de nombreuses années. Il y a été déporté pour complot contre le tsar. Il doit y être mort car je n'ai pas réussi à savoir ce qu'il est devenu, mais son remplaçant — Ortschakoff de son véritable nom — doit être au courant pour avoir osé venir s'installer à Varsovie dans le palais de celui qui a été sans doute sa victime. Comme beaucoup d'autres au nombre desquelles il aimerait me compter !

— Il est votre ennemi ?

— Il est celui du peuple juif. Pour une raison que j'ignore, il en a juré la perte et je puis vous dire qu'il a participé à plusieurs pogroms. Il cherchait déjà le pectoral dont il connaît la légende et il « me » cherchait. C'est pourquoi je vis dans la discrétion... et sous un faux nom.

— Parce que vous aussi...

— Oui. Je ne m'appelle pas Aronov mais mon vrai nom ne vous dirait rien. Et voyez comme les choses sont étranges : pendant des années nous n'avons rien su l'un de l'autre. Il a fallu que je commette l'imprudence de vous appeler pour que le voile soit levé et la piste retrouvée. Nous voulions le saphir tous les deux : lui l'a volé, ou fait voler, ce qui suppose des complicités ici et singulièrement à la poste de Venise : j'ai eu grand tort d'envoyer un télégramme. Ce papier bleu a tout déclenché... pour aboutir à la mort de mon pauvre Amschel. Malgré tout, je ne regrette rien : il n'est jamais bon de se mouvoir dans le brouillard.

— Que comptez-vous faire maintenant ?

— Continuer, voyons ! Ma tâche n'en devient que plus urgente. Seulement... j'ai quelques scrupules à vous entraîner avec moi.

— Pourquoi ? Vous m'aviez prévenu qu'il y aurait du danger ?

— Certes. Je vous ai parlé de cet ordre noir qui est en train de naître, et j'en arrive à penser qu'Ortschakoff pourrait en faire partie. Cependant, dans l'état actuel des choses, le péril ne vous menace pas trop même si Solmanski – appelons-le ainsi pour la facilité ! – vous connaît personnellement. Il est normal que vous recherchiez votre bien et tant qu'il croira le saphir entre les mains de sa fille vous n'aurez rien à craindre. C'était un geste de grand seigneur mais c'était surtout très adroit de votre part d'avoir l'air d'abandonner la lutte en laissant le joyau chez Ferrals.

— Vous savez tout cela ?

— Oui. J'ai rencontré Adalbert voici peu et il m'a tout raconté.

Aronov prit un temps et Aldo se demanda s'il avait été informé de ses relations passionnelles avec Anielka mais comme il n'y fit pas allusion en reprenant la parole, le prince en conclut qu'Adalbert était resté discret. À moins que le Boiteux ne fût particulièrement délicat ?

— C'est sur ce malheureux Anglais que pèse maintenant la menace. Un jour ou l'autre, Solmanski voudra récupérer la pierre et, tôt ou tard, son gendre y laissera la vie. Mais revenons à vous ! Pour ce forban, vous n'avez plus d'intérêt : vous êtes rentré chez vous et comme il ignore les accords que nous avons passés, vous sortez pour lui du circuit infernal. En revanche, s'il vous retrouve sur sa route à la recherche des autres pierres, il comprendra que vous travaillez pour moi et là vous aurez tout à craindre. Voilà pourquoi j'ai assez de scrupules pour vous proposer de rompre notre pacte.

Morosini n'hésita même pas.

— Je ne reviens jamais sur ma parole et vos scrupules sont hors de saison. D'ailleurs, n'aviez-vous pas évoqué une autre légende selon laquelle je serais l'élu, le preux chevalier chargé par le destin de conquérir le Graal ? fit-il avec un sourire impertinent. Rassurez-vous, je sais me défendre, ajouta-t-il plus sérieusement, et nous formons une excellente paire, Adalbert et moi !

— Ça aussi, je le sais. Cependant, vous pouvez encore réfléchir.

— C'est tout réfléchi ! Pourquoi voulez-vous que

je retourne à une vie paisible de commerçant quand vous m'offrez une passionnante aventure ? Apprenez-moi plutôt quand doit avoir lieu la vente du diamant du Téméraire ! En septembre, je crois ?

— Un peu plus tard ! La campagne de presse commencera, à Londres, la dernière semaine de septembre mais, étant donné l'importance historique du bijou, la nouvelle débordera sur l'Europe occidentale. La vacation est prévue, chez Sotheby's, pour le mercredi 4 octobre.

— C'est parfait pour moi. Diamant ou pas, je serais parti pour l'Angleterre de toute façon à cette époque afin d'assister aux funérailles d'un vieil ami, en Écosse. Il est mort en Égypte en mai dernier...

— Vous parlez de lord Killrenan qui a été assassiné à bord de son yacht ?

— Oui. On l'a retrouvé étranglé dans sa couchette et ses appartements ont été fouillés de fond en comble et cambriolés, mais la police égyptienne n'a pas encore réussi à capturer l'assassin, aussi, après une foule de tracasseries administratives, le corps ne sera rapatrié qu'en septembre. Pour rien au monde je ne manquerais l'enterrement...

Par respect et par amitié d'abord, mais aussi par curiosité : il voulait voir de près cette famille que le vieux sir Andrew détestait au point d'avoir englobé les Anglais dans son interdiction de leur vendre le bracelet moghol. Quelque chose lui disait que ce meurtre crapuleux n'était pas le fait d'un des nombreux sacripants qui grouillent dans tous les ports du monde, à Port-Saïd comme ailleurs.

— Vous pensez à un crime sur commande ? demanda Aronov qui semblait lire dans les pensées de son compagnon.

— C'est possible. Tout est possible lorsqu'un joyau exceptionnel, historique de surcroît, fait son apparition, et vous le savez mieux que quiconque. Lord Killrenan en possédait un. Du moins sa famille le croyait, mais il ne l'avait plus.

— Et il a payé de sa vie. On dirait que les pierres précieuses, tirées des entrailles de la terre pour scintiller au front des dieux, sont chargées à la fois d'un pouvoir et d'un message dont nul ne saura jamais s'ils sont d'amour ou de mort : « Étoiles au-dessus, étoiles au-dessous, tout ce qui est au-dessus apparaîtra au-dessous. Heureux seras-tu toi qui liras l'énigme », dit Hermès trois fois grand dont les Grecs firent un très ancien roi d'Égypte et qu'ils assimilaient à Thot. J'ai bien peur que personne n'ait su la lire jusqu'à présent.

— Pas même vous qui savez tant de choses ?

— Pas autant que je le voudrais. Les pierres demeurent une énigme pour moi comme tout ce qui possède un pouvoir fascinateur. Je les recherche dans un but sacré, ce qui ne veut pas dire qu'elles me protégeront car elles ne portent pas souvent bonheur. La passion des hommes est payée, par elles, de noire ingratitude. Et, pour vous mon ami, je ne peux que prier afin qu'elle vous soit épargnée. Dieu vous garde, prince Morosini !

Trois mois plus tard

Un instant plus tard, le Boiteux avait disparu. Aldo alla rouvrir le tabernacle et pria un long moment pour cet homme et pour le succès de sa quête...

Cependant, la sinistre prédiction de Simon n'allait guère tarder à se réaliser. Peu de semaines après leur rencontre et deux jours avant le départ de Morosini pour l'Angleterre, les grands journaux européens annonçaient la mort de sir Eric Ferrals. Assassiné...

Saint-Mandé, août 1994

TABLE DES MATIÈRES

Prologue. Le retour. Hiver 1918-1919   11

PREMIÈRE PARTIE
L'HOMME DU GHETTO. PRINTEMPS 1922

1. Un télégramme de Varsovie.   95
2. Le rendez-vous. 129
3. Jardins de Wilanow! 160
4. Les voyageurs du Nord-Express 196

DEUXIÈME PARTIE
LES HABITANTS DU PARC MONCEAU

5. Ce que l'on trouve dans un buisson 231
6. Cartes sur table. 271
7. Les surprises d'une vente à l'hôtel Drouot 311
8. Un mariage pas comme les autres 345
9. Dans le brouillard. 382
10. L'heure de vérité. 418

Trois mois plus tard, à l'île des Morts. 463

DU MÊME AUTEUR
CHEZ POCKET

La Florentine
1. FIORA ET LE MAGNIFIQUE
2. FIORA ET LE TÉMÉRAIRE
3. FIORA ET LE PAPE
4. FIORA ET LE ROI DE FRANCE

Les dames du Méditerranée-Express
1. LA JEUNE MARIÉE
2. LA FIÈRE AMÉRICAINE
3. LA PRINCESSE MANDCHOUE

DANS LE LIT DES ROIS
DANS LE LIT DES REINES

LE ROMAN DES CHÂTEAUX DE FRANCE t. 1 et t. 2

UN AUSSI LONG CHEMIN

DE DEUX ROSES L'UNE

ROMAN

ADLER ELIZABETH
Secrets en héritage
Le secret de la villa Mimosa
Les liens du passé

ASHLEY SHELLEY V.
L'enfant de l'autre rive
L'enfant en héritage

BEAUMAN SALLY
Destinée
Femmes en danger

BECK KATHRINE
Des voisins trop parfaits

BENNETT LYDIA
L'héritier des Farleton
L'homme aux yeux d'or
Le secret d'Anna

BENZONI JULIETTE
De deux roses l'une
Un aussi long chemin
Les émeraudes du prophète
Les dames du Méditerranée-Express
  1 - La jeune mariée
  2 - La fière Américaine
  3 - La princesse mandchoue
Fiora
  1 - Fiora et le Magnifique
  2 - Fiora et le Téméraire
  3 - Fiora et le pape
  4 - Fiora et le roi de France
Les loups de Lauzargues
  1 - Jean de la nuit
  2 - Hortense au point du jour
  3 - Félicia au soleil couchant
Les treize vents
  1 - Le voyageur
  2 - Le réfugié
  3 - L'intrus
  4 - L'exilé
Le boiteux de Varsovie
  1 - L'étoile bleue
  2 - La rose d'York
  3 - L'opale de Sissi
  4 - Le rubis de Jeanne la Folle
Secret d'État
  1 - La chambre de la reine
  2 - Le roi des Halles
  3 - Le prisonnier masqué
Marianne
  1 - Une étoile pour Napoléon
  2 - Marianne et l'inconnu de Toscane

BICKMORE BARBARA
Une lointaine étoile
Médecin du ciel
Là où souffle le vent

BINCHY MAEVE
Le cercle des amies
Noces irlandaises
Retour en Irlande
Les secrets de Shancarrig
Portraits de femmes
Le lac aux sortilèges
Nos rêves de Castlebay
C'était pourtant l'été
Sur la route de Tara

BLAIR LEONA
Les demoiselles de Brandon Hall

BRADSHAW GILLIAN
Le phare d'Alexandrie
Pourpre impérial

BRIGHT FREDA
La bague au doigt

BRUCE DEBRA
La maîtresse du Loch Leven
L'impossible adieu

CASH SPELLMAN CATHY
La fille du vent
L'Irlandaise

CHAMBERLAIN DIANE
Vies secrètes

Que la lumière soit
Le faiseur de pluie
Etranges secrets

CHASE LINDSAY
Un amour de soie

COLLINS JACKIE
Les amants de Beverly Hills
Le grand boss
Lady boss
Lucky
Ne dis jamais jamais
Rock star
Les enfants oubliés
Vendetta
L.A. Connections
  1 - Pouvoir
  2 - Obsession
  3 - Meurtre
  4 - Vengeance

COLLINS JOAN
Love
Saga

COURTILLÉ ANNE
Les dames de Clermont
  1 - Les dames de Clermont
  2 - Florine
Les messieurs de Clermont

COUSTURE ARLETTE
Émilie
Blanche

CRANE TERESA
Demain le bonheur
Promesses d'amour
Cet amour si fragile
Le talisman d'or

DAILEY JANET
L'héritière
Mascarade
L'or des Trembles
Rivaux
Les vendanges de l'amour

DELINSKY BARBARA
La confidente
Trahison conjugale

DENKER HENRY
Le choix du docteur Duncan
La clinique de l'espoir
L'enfant qui voulait mourir
Hôpital de l'espoir
Le procès du docteur Forrester
Elvira
L'infirmière

DERVIN SYLVIE
Les amants de la nuit

DEVERAUX JUDE
La princesse de feu
La princesse de glace

DUNMORE HELEN
Un été vénéneux

FALCONER COLIN
Les nuits de Topkapi

GAGE ELIZABETH
Un parfum de scandale

GALLOIS SOPHIE
Diamants

GOUDGE EILEEN
Le jardin des mensonges
Rivales
L'heure des secrets

GREER LUANSHYA
Bonne Espérance
Retour à Bonne Espérance

GREGORY PHILIPPA
Les dernières lueurs du jour
Sous le signe du feu
Les enchaînés

HARAN MAEVE
Le bonheur en partage
Scènes de la vie conjugale

IBBOTSON EVA
Les matins d'émeraude

JAHAM MARIE-REINE DE
La grande Béké

Le maître-savane
L'or des îles
1 - L'or des îles
2 - Le sang du volcan
3 - Les héritiers du paradis

JONES ALEXANDRA
La dame de Mandalay
La princesse de Siam
Samsara

KRANTZ JUDITH
Flash
Scrupules (t. 1)
Scrupules (t. 2)

KRENTZ JAYNE ANN
Coup de folie

LAKER ROSALIND
Aux marches du palais
Les tisseurs d'or
La tulipe d'or
Le masque de Venise
Le pavillon de sucre
Belle époque

LANCAR CHARLES
Adélaïde
Adrien

LANSBURY CORAL
La mariée de l'exil

MCNAUGHT JUDITH
L'amour en fuite
Garçon manqué

PERRICK PENNY
La fille du Connemara

PHILIPPS SUSAN ELIZABETH
La belle de Dallas

PILCHER ROSAMUND
Les pêcheurs de coquillages
Retour en Cornouailles
Retour au pays

PLAIN BELVA
A force d'oubli
A l'aube l'espoir se lève aussi
Et soudain le silence
Promesse
Les diamants de l'hiver
Le secret magnifique

PURCELL DEIRDRE
Passion irlandaise
L'été de nos seize ans
Une saison de lumière

RAINER DART IRIS
Le cœur sur la main
Une nouvelle vie

RIVERS SIDDONS ANNE
La Géorgienne
La jeune fille du Sud
La maison d'à côté
La plantation
Quartiers d'été
Vent du sud
La maison des dunes
Les lumières d'Atlanta
Ballade italienne
La fissure

ROBERTS ANN VICTORIA
Possessions

RYAN MARY
Destins croisés

RYMAN REBECCA
Le trident de Shiva
Le voile de l'illusion

SHELBY PHILIP
L'indomptable

SIMONS PAULLINA
Le silence d'une femme

SLOAN SUSAN R.
Karen au cœur de la nuit

SPENCER JOANNA
Les feux de l'amour

1 - Le secret de Jill
2 - La passion d'Ashley

STEEL DANIELLE
L'accident
Coups de cœur
Disparu
Joyaux
Le cadeau
Naissances
Un si grand amour
Plein ciel
Cinq jours à Paris
La foudre
Honneur et courage
Malveillance
La maison des jours heureux
Au nom du cœur
Le Ranch
Le fantôme
Le klone et moi
Un si long chemin

SWINDELLS MADGE
L'hérithière de Glendiran
Les moissons du passé

TAYLOR BRADFORD BARBARA
Les femmes de sa vie

TORQUET ALEXANDRE
Ombre de soie

TROLLOPE JOHANNA
Un amant espagnol
Trop jeune pour toi
La femme du pasteur
De si bonnes amies
Les liens du sang
Les enfants d'une autre

VICTOR BARBARA
Coriandre

WALKER ELIZABETH
L'aube de la fortune
Au risque de la vie
Le labyrinthe des cœurs

WESTIN JANE
Amour et gloire

WILDE JENNIFER
Secrets de femmes

WOOD BARBARA
African Lady
Australian Lady
Séléné
Les vierges du paradis
La prophétesse
Les fleurs de l'Orient

Achevé d'imprimer sur les presses de

BUSSIÈRE
GROUPE CPI

à Saint-Amand-Montrond (Cher)
en mars 2001

POCKET - 12, avenue d'Italie - 75627 Paris Cedex 13
Tél. : 01-44-16-05-00

— N° d'imp. 11274. —
Dépôt légal : avril 2001.

Imprimé en France